NAJEM WALI
SARAS STUNDE

Roman

Aus dem Arabischen
von Markus Lemke

Carl Hanser Verlag

Die arabische Originalausgabe erschien 2018
unter dem Titel *Itm Sara* bei Daralrafidain in Beirut und Bagdad.

1. Auflage 2018

ISBN 978-3-446-25826-6
Umschlag: Peter-Andreas Hassiepen, München,
Motiv: © plainpicture/Harald Braun – aus der Kollektion Rauschen
Satz: Satz für Satz, Wangen im Allgäu
Druck und Bindung: CPI books GmbH, Leck
Printed in Germany

MIX
Papier aus verantwortungs-
vollen Quellen
FSC
www.fsc.org
FSC® C083411

»Gnade sei uns, die wir immer an den Grenzen kämpfen,
Gnade für unsere Irrtümer, Gnade über unsere Sünden.«
Guillaume Apollinaire (aus »Die schöne Rothaarige«)

»Die Rache ist mein, und ich will vergelten.«
Anna Karenina, Lew Tolstoi

Für S. B. und S. A. und ihre Mitstreiterinnen
im Kampf gegen Stein mit einem Körper aus Glas,
dort im Königreich des Sandes …

DAS ENDE
DER SÜNDE

Da war er, lag dort in seinem Bett, und nichts trennte sie mehr von ihm als ein durchsichtiges weißes Stück Stoff. Sie musste nur ein wenig herantreten, den Stoff beiseiteziehen und wäre genau auf Höhe seines Kopfes. Doch diesen Gedanken verdrängte sie vorerst. Sie wollte lieber noch etwas warten, hier, ganz in seiner Nähe. Ihr blieb ja noch ein wenig Zeit, um ihn weiter zu beobachten. Als wollte sie sichergehen, dass es auch wirklich er war und kein anderer, der da regungslos vor ihr lag. Womöglich hatte sie sich bis zu diesem Augenblick auch noch gar nicht entschieden, auf welche Weise er sterben sollte, denn im Vergleich zu ihm war sie ja, was das Töten anging, noch Amateurin. Dass sie ihn aber mit ihren eigenen Händen umbringen und sein Ableben nicht dem Willen eines anderen überlassen würde, etwa dem Willen des Gottes, an den er glaubte, dessen war sie sich sicher. Sie brauchte nur noch etwas Zeit, um zu realisieren, dass sie tatsächlich so mühelos und schnell bis zu ihm vorgedrungen war. Sie hatte ihr Auto auf dem Parkplatz vor dem Haupteingang des Polyklinikums abgestellt, und alles, was sie von da an erlebte, bis sie das Gelände wieder verließ, schien ihr wie ein Traum. Nicht nur, weil sie ihn endlich tot vor sich liegen sehen würde, wie sie es viele Nächte lang geträumt hatte. Nein, sie allein und niemand sonst würde über seinen Tod bestimmen. Seit sie sich sicher war, dass er hier in der Wachstation lag, hatte sie alles durchdacht, damit ihr Plan gelingen würde.

Sie war gezielt um die Mittagszeit gekommen. Wie heiß

mochte es sein? Fünfundvierzig? Fünfzig? Unwichtig. Es zählte nur, dass um diese Zeit alle schlafen würden. Und wer nicht schlief, den hatte die Hitze gewiss so träge gemacht, dass er schon halb weggetreten war und noch halb gegen den Schlaf ankämpfte. Auch ihr war schrecklich heiß. Doch davon ließ sie sich nicht aufhalten. Sie hatte sich sorgfältig verkleidet: Sie trug Männerkleidung, eine Perücke und einen Panamahut auf dem Kopf, und ihre Augen waren hinter einer breiten, dunklen Ray-Ban-Sonnenbrille versteckt. Sie versuchte, sich genauso zu bewegen und zu wirken wie die Marines von der Militärbasis: Mit selbstbewusstem Schritt auf das Ärztehaus zusteuernd, pfiff sie eine geläufige Melodie und versuchte, sich möglichst natürlich zu verhalten. Sie unterließ es, sich an den Sicherheitsbeauftragten in der Aufnahme im Haupteingangsbereich zu wenden, um einen Besucherausweis ausgehändigt zu bekommen, wie die Anweisungen des Polyklinikums in großen, fetten Lettern auf dem Schild neben dem Haupteingang es vorsahen, und steuerte zur Tarnung erst einmal den zum Krankenhaus gehörigen Vergnügungs- und Erholungsbereich an. Den Fußweg, der zu den Stationen 1 und 2 führte, überquerte sie, ohne nach rechts oder links zu schauen, als kenne sie sich nicht nur bestens aus, sondern arbeite dort seit Ewigkeiten. Dabei war sie in Wirklichkeit nur ein einziges Mal hier gewesen, mit ihrem Vater, als sie neun oder zehn Jahre alt war.

Nichts hatte sich verändert. Alles sah noch genauso aus. Als sie tiefer in das Gebäude vorgedrungen war, bog sie knapp vor der Notaufnahme nach links ab, in Richtung Aufenthalts- und Besuchsbereich, und sobald sie das zum Polyklinikum gehörende medizinhistorische Museum und das Zentrum für Kunsthandwerk hinter sich gelassen hatte, kurz vor dem Schwimmbad und dem italienischen Coffeeshop, ging sie schnurstracks auf die gegenüberliegende Seite, wo sich der Fahrstuhl befand. Sie fuhr in den dritten Stock zur Station 3. Sie wollte über die Hinterseite zu seinem Zimmer gelangen. Erst als die Fahrstuhltür sich öffnete und sie den langen Korridor vor sich sah, an dessen Ende die Wachstation mit seinem Zimmer lag, fühlte sie ihr Herz schneller schlagen. Sie nahm ihren Hut vom Kopf. Erst hielt sie ihn in den Händen, dann presste sie ihn an die Brust. Jetzt nur nicht schwitzen. Nur nicht mit den Händen zittern. Nur kein Aufsehen erregen. Eine oder zwei Sekunden lang blieb sie unschlüssig stehen, doch als dann eine Gruppe indischer oder jemenitischer Krankenschwestern zum Fahrstuhl strebte und sie mit einem »Guten Tag, Herr Doktor« begrüßte, bekam sie einen großen Schreck. Ihr Herz hämmerte jetzt regelrecht in ihrer Brust. Hieß das, ihre Verkleidung war doch nicht glaubwürdig? Alle, denen sie im Korridor begegnete, grüßten sie, als sei sie ein dort tätiger und ihnen bekannter Arzt. Die drei Putzfrauen, die Müllsäcke hinter sich herzogen, der indisch oder pakistanisch aussehende junge Mann in seiner Cafeteria-Arbeitsuniform, ja selbst der Arzt, der, wie es schien, für den Korridor, auf dem sich »ihr Patient« befand, zuständig war, grüßte sie auf seinem Weg zum Fahrstuhl ganz beiläufig, wie einen Kollegen. Hielt man sie etwa für einen Spaßvogel? Oder die Krankenschwestern: Hätten sie sich dieses Kichern nicht verkneifen können, als sie aus dem Fahrstuhl trat? Sie konnte ihr Geflüster ja bis hier noch hören! Aber warum bezog sie das Gekicher auch auf sich? Sie hatten ihr beim Betreten des Fahrstuhls nur einen kurzen, verstohlenen Blick zugeworfen. Außerdem wusste sie doch, wie ängstlich ausländische Krankenschwestern in der Regel darauf bedacht waren, jegliche Auseinandersetzungen mit Einheimischen zu vermeiden. Bestimmt waren sie einfach nur müde und konnten es nicht erwarten, endlich ihre Arbeitskleidung abzustreifen, die Abteilungen hinter sich zu lassen und in ihrem Wohnheim zu verschwinden. Was machte sie sich also verrückt? Hauptsache, alles lief wie geplant. Hauptsache, die Krankenschwestern, der Arzt und die Arbeiter ließen sie in Ruhe, dachte sie, während sie zielstrebig weiterging. Als sie schließlich bei seinem Zimmer angelangt war, atmete sie noch einmal tief durch. Dann trat sie ein und schloss die Tür sanft hinter sich, ganz, wie es ein Arzt tun würde, der bei seinem Patienten zur Visite erscheint. Wenn ihr vorher jemand gesagt hätte, dass sie es bis hierher schaffen würde: Sie hätte es nicht geglaubt. Genau, wie sie auch jetzt kaum glauben mochte, dass es nur noch eine Frage der Zeit war, bis alles Vergangenheit sein würde: ihr ganzes Leben, so man denn von einem Leben sprechen konnte, all die Jahre, die sie hinter sich gelassen hatte.

»Wo fange ich an mit dir?«, flüsterte sie, während ihr Blick auf dem Mann im Krankenbett ruhte. Auch er hätte wohl niemals gedacht, dass er eines Tages in einer Intensivstation wie dieser liegen würde, auf seinem Totenbett, mit nur mehr künstlich am Leben gehaltenem Herz und Lungen, und dass sein Schicksal einzig und allein in ihrer Hand läge, und nicht in den Händen seines Gottes oder, im besten Fall, der Ärzte. Sie wusste, es war so gut wie ausgeschlossen, dass sie ihn noch einmal ins Leben zurückholen konnten. »Das würde an ein Wunder grenzen«, wie sich einer seiner Ärzte gegenüber der Presse geäußert hatte. »Sein Zustand ist beinahe aussichtslos. Er hat sehr schwere Blutungen erlitten.« Ja, es war mehr als unwahrscheinlich, dass jemand in seiner Lage noch lange am Leben blieb: Drei Patronen hatten sich in seinen Körper gebohrt. Zwei in seinen rechten Lungenflügel, die dritte in den Schädel.

Sie herauszuoperieren würde seinen sofortigen Tod bedeuten. Er hatte viel Blut verloren, und allen war es ein Rätsel, warum der Täter ihn nicht ebenfalls an Ort und Stelle erledigt hatte, so wie er es ja mit dem anderen gemacht hatte: einem wichtigen Geheimdienstoffizier und Verhörspezialisten, der an jenem Tag bei dem Scheich zu Besuch gewesen war. Sämtliche Tore der Villa waren abgesperrt gewesen, und die Polizei hatte lange gebraucht, um die Schlösser aufzubrechen. Der Verfolger hätte also genug Zeit gehabt, die Sache zu Ende zu bringen. Doch er floh und ließ seine beiden Opfer zurück. Der eine bald tot, der andere schwerverletzt und laut stöhnend am Boden. So hatte ihn wenigstens die Polizei, die durch einen anonymen Anruf benachrichtigt worden war, rasch finden können; nur wenige Minuten später, als ihn der Krankenwagen abtransportierte, war er bereits ins Koma gefallen. Ohne jenen anonymen Anruf wäre er sicher noch am selben Tag gestorben. Bis heute hat die Polizei den Täter nicht ausfindig gemacht. Es sei sicher ein Terrorist gewesen, so der Wortlaut der Zeitung, die sie im Flugzeug bei ihrer Rückkehr aus London gelesen hatte. »Immer das Gleiche«, hatte sie sich gesagt. »Immer verwenden sie diesen nichtssagenden Begriff: Terrorist. Ideal, um nicht zu sehr ins Detail gehen zu müssen. Oder vielleicht gar, um den Verdacht von sich selbst abzulenken.«

Wie gerne würde sie denjenigen kennenlernen, der die Tat begangen hatte. Von Herzen danken würde sie ihm. Ja, wenn nötig, würde sie sogar zur Belohnung mit ihm schlafen! So oft er wollte und wie immer er es wünschte. Selbst, wenn es eine Frau wäre! Zudem musste man es ihm hoch anrechnen, dass er für sie noch einen Rest Leben in dem Mann vor ihr belassen hatte. Fast drei Monate lag er nun schon im Koma. Sie hatte mit ihrem Plan so lange gewartet, weil sie sich zuerst noch um ihren im Sterben liegenden Vater hatte kümmern müssen. Oder auch, weil sie ihr Opfer einfach noch ein bisschen leiden lassen wollte, so wie es sein Attentäter auch getan hatte. Und selbst als ihr Vater schließlich gestorben war, machte sie sich nicht gleich auf zu ihm in der Intensivstation. Sagte sich: »Im Grab wird er noch lange genug Ruhe finden.« Erst als sie im Fernsehen und im Radio die Pressemitteilung seines persönlichen Arztes hörte, der von einem unverhofft eingetretenen »göttlichen Wunder« sprach, das den Scheich in die Lage versetzt habe, »sich zu bewegen und Laute von sich zu geben«, und dass man sich jetzt verstärkt auf die Nahrungszufuhr konzentriere, damit er nach und nach wieder zu Kräften komme, da dachte sie, dass es höchste Zeit war. Nichts sollte sie mehr aufhalten. Was blieb ihr denn noch? Das Studium, das sie vor zwei Monaten angefangen hatte? Das konnte sie vergessen. Die Stelle bei Saudi Aramco, die sie vor einem Monat ohne große Mühe bekommen hatte, womöglich aufgrund ihres fließenden Englisch, wobei vielleicht auch das hohe Ansehen, das ihr Vater innerhalb der Firma genoss, eine Rolle gespielt hatte? Auch die konnte sie vergessen. Und was blieb ihr sonst noch? Endlose Stunden in ihrem viel zu großen Haus zu sitzen und ihre Lebensgeschichte aufzuschreiben? Nein, sie musste das alles vergessen. Für sie gab es kein Leben, keine Freude, kein Glück und keine Lebenslust mehr, solange der Schatten des Mannes, der dort auf dem Bett ausgestreckt lag, auf ihrem Leben lastete wie ein Albtraum. Seine bloße Existenz vergiftete ihr Leben, selbst wenn er nur im Koma lag. Und was, wenn das »göttliche Wunder« am Ende tatsächlich eintrat, und er wieder zum Leben erwachte? Nein, er musste weg. Und sie würde ihn eigenhändig beseitigen. Nicht einmal die Tatsache, dass er in einem luxuriösen Fünf-Sterne-Krankenhaus untergebracht war, das eigentlich für die Behandlung von Militärs bestimmt war, hatte sie von ihrem Plan abbringen können.

Jetzt konnte niemand ihm mehr helfen. Vielleicht wollte am Ende auch einfach keiner für seinen Tod verantwortlich sein. Vielleicht hatte man ihn deshalb hier einfach sich selbst überlassen. Vielleicht hoffte man tatsächlich auf ein Wunder. Sicherlich hätte selbst er, in einem kurzen Anflug von Bewusstsein, fest daran geglaubt, er würde genesen und zurück in ein normales Leben kehren – nicht ahnend, dass es mit ihm schon so gut wie vorbei war. Denn sie würde ihn so oder so erledigen. Sie musste nur noch einen passenden Tod für ihn wählen. Sollte sie ihn einfach mit dem Kissen ersticken? Oder ihm die Sauerstoffmaske vom Gesicht nehmen? Oder lieber doch den Stecker der Herz-Lungen-Maschine ziehen? Sie musste sich zusammenreißen, musste sich konzentrieren, um endlich einen Entschluss zu fassen, musste die Augen schließen und tief durchatmen. Sie musste nur ein wenig herantreten, dann würde sie den durchscheinenden Stoff beiseiteschieben und ihr Gesicht wegdrehen, um seinen langen Bart nicht sehen zu müssen, in dem noch immer ein Rest roten Hennas war und den sie, vielleicht gerade aufgrund seiner unnatürlich kräftigen Farbe, so sehr hasste; sie würde ihr Gesicht abwenden, um seine mächtige Glatze nicht sehen zu müssen, die jetzt in ihrer ganzen Nacktheit vor ihr gleißte. Sie würde ihr Gesicht wegdrehen und ihre ganze Willenskraft zusammennehmen, um das zu Ende zu bringen, was sie sich vorgenommen hatte. Nur noch ein paar Sekunden länger wollte sie ihre Augen geschlossen halten und sich selbst mehrmals hintereinander sagen, dass sie das nicht für sich allein tat. Sie tat es im Namen aller. Im Namen ihres Zwillings, ihrer unsichtbaren Gefährtin Aramco, die sie sich als Kind ausgedacht hatte, um sich hinter ihr zu verstecken, um, wann immer man ihr vorwarf, etwas angestellt zu haben, zu sagen: »Aber das war doch Aramco«; im Namen ihrer zwei großen Schwestern und Brüder, die bis heute nichts von all dem wussten, was er ihr angetan hatte; im Namen ihrer Familie, die ein auf ihre Weise glückliches Leben geführt hatte, wie andere Familien auch, und die heute im Exil lebte; im Namen ihres Vaters, der eines entwürdigenden Todes gestorben war; im Namen ihrer Mutter, die der Kummer umgebracht hatte; im Namen Nassirs, ihres Schicksalsgefährten und Leidensgenossen, dessen Los es war, sein Sohn zu sein, und der heute in einem fernen Gefängnis sein Dasein fristete; im Namen ihrer Kindheitsfreundin Alhanuf, deren Schicksal niemand kannte; im Namen der asiatischen Haushaltshilfen, im Namen aller Demütigungen und Herabwürdigungen, die sie erlitten haben mochten. Ja. Sie tat es im Namen aller. Besonders aber im Namen ihrer armen Tante väterlicherseits, die kinderlos war, bis sie eines Tages in der Wüste bei einer Ziege ein halbverhungertes, verlassenes Mädchen fand. Sie nannte es Muda, wie Sara erfuhr. Diese beiden waren ihr einziger Trost für den Rest an Leben, der ihr noch blieb. Wenn es nach ihr ginge, würde sie den Rest ihrer Tage an ihrer Seite verbringen und dasselbe Leben führen, das diese auch führten: mit ihnen von Wadi zu Wadi wandern, auf dass die Wüste ihre neue Heimat würde. Im Namen des Mannes ihrer Tante, den diese bis in den Tod geliebt hat, für den sie Familie und Elternhaus verlassen hatte, weil sie, wie sie sich auszudrücken pflegte, dem Ruf ihres Herzens gefolgt war. Nie hätte ihre Tante geglaubt, der Schatten des Todes würde sie eines Tages selbst in jenem abgelegenen Winkel in der tiefsten Wüste, wohin sie sich mit ihrem Mann geflüchtet hatte, heimsuchen, und noch dazu in Gestalt ihres Bruders Ghazi al-Djaassi, Saras Vater.

»Im Namen all jener namenlosen Mädchen, die dir zum Opfer gefallen sind«, wiederholte Sara mehrmals mit fester Stimme, während sie leise an ihn herantrat. »Auf dass ich mich jetzt befreie, für alle Ewigkeit, solange ich noch Leben in mir habe.« Und als sie dann doch die Augen auf seine richtete, sah sie, dass er sie anschaute. Sein Blick war kalt, gefroren. Da war kein Flehen in seinen Augen, keine Bitte um Gnade. Es war ein eisiger, leerer Blick. Der Blick eines Mörders. Ohne Angst oder Reue, und Sara musste noch einmal all ihre Kraft sammeln, um die Kontrolle über ihre rechte Hand zu bewahren. Nur noch ein paar Sekunden, dann würde alles vorbei sein. Das Notsignal des Apparats würde sie einfach ignorieren. Sie würde schon irgendwie entkommen. Würde schnell davonlaufen. Oder vielleicht auch nicht. Sollten sie sie doch festnehmen. Sie musste es tun. Ruckartig presste sie ihre linke Hand, die noch immer den Hut hielt, an die Brust, machte die Augen zu und hob mit der Rechten die Sauerstoffmaske von seinem Gesicht. Er wehrte sich nicht, er zuckte nicht, und als sie ihre Augen wieder öffnete, fühlte sie, dass ihr ein Stein vom Herzen fiel. Ihr Atem beruhigte sich. Sie fühlte sich leicht. Als sei ein Gewicht, das seit vielen Jahren auf ihre Brust drückte, von ihr abgefallen. Jetzt würde sie sich bewegen können, würde unbelastet zurückkehren. Sie drückte die Sauerstoffmaske wieder auf sein Gesicht, als wäre nichts geschehen, und drehte sich um, um das Zimmer zu verlassen.

Sie öffnete die Tür, ging ruhigen, gemessenen Schrittes aus dem Zimmer, wie es jeder Arzt tun würde, nachdem er seinen Patienten untersucht hatte. In den ersten Sekunden verspürte sie noch ein wenig Angst. Das Notsignal, das aus dem Krankenschwesternraum kam, war bis weit in den Korridor zu hören. Sie dachte, bestimmt würde sie, wie im Film, gleich eilig herbeistürzende Füße hören und erschrockene Gesichter sehen, die eilten, um nachzusehen, was mit den lebenserhaltenden Instrumenten beziehungsweise dem Herzen des Patienten nicht stimmte. Doch nichts dergleichen geschah. Entweder war niemand da, oder die Sache schien niemanden etwas anzugehen. Mit Ausnahme des Notsignalstakkatos herrschte absolute Stille auf dem Gang. Es war ja die Siesta-Stunde, und auch die Zeit des allgemeinen Schichtwechsels aller Angestellten im Krankenhaus, vom Arzt bis zum Krankenpfleger. Sie machte sich nicht die Mühe, schneller zu gehen. Es würde ohnehin niemandem auffallen, dass er tot war, bevor nicht der neue für ihn zuständige diensthabende Arzt kommen würde. Und das würde frühestens zu Beginn der Besuchszeit der Fall sein, erst in drei Stunden. Das war mehr als genug Zeit. Nicht nur, um denselben Weg, den sie gekommen war, in aller Ruhe wieder zurückzugehen, waren es doch nur knapp zehn Minuten zu Fuß von der Station Nummer 3 bis zu Parkplatz B. Die Zeit reichte auch völlig aus, um die Strecke von sechzig Kilometern, die sie noch zu fahren hatte, zurückzulegen: von der Einfahrt des militärmedizinischen Polyklinikums Königs Khaled ibn Abd al-Aziz bis nach Hafar al-Batin. Diesmal wirkte das Krankenhaus noch leerer. Sie musste lachen. Das eigentlich Unheimliche jetzt war das Gefühl, die Einzige zu sein, die um diese Zeit wach war, dachte sie. Bis auf den Mann in Dischdascha mit dem von einem rotgetupften Tuch halbverdeckten Gesicht, den sie am Ende des Ganges zwischen Wachstation und Fahrstuhl hatte stehen sehen, als hätte er dort auf sie gewartet. Vielleicht hat er sie auch kurz angesehen. Das war zumindest ihr Eindruck. Dann jedenfalls war er schnell die Treppe hinuntergegangen. Bis auf diese Person also, die wie ein Gespenst gleich wieder verschwand, war ihr niemand be-

gegnet. Weder oben auf dem Gang oder beim Betreten des
Fahrstuhls noch auf dem Weg im Lift nach unten. Selbst beim
Anblick der mit Netzen bestückten Reinigungskräfte, die sie
durch die Glaswände des Fahrstuhls im Schwimmbad gesehen
hatte, verlangsamte sie ihre Schritte nicht oder dachte daran,
ihr Gesicht zu verbergen. Nur aus dem italienischen Coffeeshop drangen ein paar Stimmen zu ihr, doch selbst diese, die
eher einem monotonen Gemurmel glichen, verloren sich unter den Klängen klassischer Musik, die aus den Lautsprechern
tönte. Es erklang das »Concierto de Aranjuez«. Wie lustig das
alles doch eigentlich war. Als bräuchte es hier diese Musik, um
einzuschlafen und friedlich zu träumen. Dabei war dies die
Stunde der Massenhypnose. Nur der Pförtner war noch wach,
oder besser: halbwach. Aus den Augenwinkeln konnte sie sehen, wie er gegen den Schlaf ankämpfte, sich dagegen wehrte,
dass ihm die Augen zufielen. Und als sie den Parkplatz erreicht
hatte, stieg sie in ihr Auto, warf den Panamahut auf den
Rücksitz, ließ den Motor an und drehte die Klimaanlage auf.
Anfangs rollte der Wagen langsam dahin. Nach der ersten
Abzweigung, als sie auf die Hauptstraße abgebogen war und
die Einfahrt des Militärkrankenhauses, das ihr wie eine große
Trutzburg vorkam, hinter ihr lag, atmete sie tief durch. Und
als dann schließlich die Reifen den Asphalt der Schnellstraße
berührten, warf sie einen Blick in den Spiegel und erkannte
sich selbst nicht mehr. Eine seltsame Kälte hatte sich ihrer
Gesichtszüge bemächtigt. Eine teilnahmslose Kälte, die sie ein
wenig erschreckte. Als wäre das gar nicht ihr Gesicht. Als wäre
die, die da gerade das Auto lenkte, eine junge Frau, die sie zum
ersten Mal sah. Eine junge Frau, der einen Namen zu geben
ihr schwerfiel. Eine junge Frau, von der sie überhaupt nicht
wusste, wie sie sie ansprechen konnte. Und noch weniger

würde sie wissen, was sie sagen sollte, wenn sie jetzt die Verkehrspolizei anhalten würde, oder schlimmer, die Männer der Hisba, des Komitees zur Wahrung der Tugend, wie man hierzulande die Religionspolizei nannte. Bestimmt würden sie sie für eine Art Gespenst halten. Nicht nur, weil sie weder Personalien noch Fahrzeugpapiere dabeihatte, sondern weil sie nicht wusste, was sie antworten würde, wenn man sie nach ihrem Namen und ihrem Ausweis fragte. Welchen Namen sollte sie nur wählen? Oh, wäre sie doch noch ein Kind. Dann würde sie sich einfach hinter ihrer Zwillingsschwester Aramco verstecken. Aber sie war kein Kind mehr. Und die Sittenwächter würden vermutlich ohnehin keinen Spaß verstehen. Für einen Augenblick schloss sie die Augen und trat dann, anstatt sich weiter mit der Suche nach einem Namen abzugeben, kräftig aufs Gaspedal. Die Straße reichte bis an den Horizont. Staub und Sand. Nichts als Staub und Sand lagen vor ihr.

SARAS SÜNDE

Erstes Kapitel

SARA, DIE REINSTE FREUDE

Sechs Monate vor ihrer Geburt, als noch niemand wusste, welches Geschlecht das Kind haben würde, das zur Welt kommen sollte, hatte ihr Vater sie *Aramco* nennen wollen. Am Tag, da ihm seine Frau von der Schwangerschaft erzählte, dachte er, dass es keinen passenderen, moderneren Namen gab, egal, ob für Jungen oder Mädchen. Er war gerade mit seinem GMC in Richtung Dhahran unterwegs. Keinen anderen Namen bewunderte er so, nicht nur wegen des fremden Klangs, sondern auch, da er, seitdem die saudisch-amerikanische Firma Aramco ihren Hauptsitz in Dhahran eröffnet hatte, sein Glück gefunden hatte. Mit dem Erfolg der Firma hatte sich sein Leben beachtlich verbessert: Das kleine Haus, das bis vor wenigen Jahren nur aus zwei Stockwerken bestanden hatte, war inzwischen stolze drei Stockwerke hoch, gar nicht zu reden von dem Anbau, den er für die asiatische Dienerschaft hatte errichten lassen, die »Javaner«, wie seine Landsleute sie zu nennen pflegten. Und trotzdem war es ein trauriger Ort. Ihm war nichts geblieben als »die Arbeit an einem weiteren Nachkommen«, der die Trostlosigkeit des Hauses vertreiben würde, wie er seiner Frau vor einem Jahr gestanden hatte, in dem Versuch, sie zu überzeugen, auf die Schwangerschaftsverhütungssalben zu verzichten, hergestellt von einer indischen Wahrsagerin, die sich auf Kräutermedizin verstand. Insbesondere jetzt, da seine vier Kinder groß waren, der ältere der beiden Söhne zur Universität und der jüngere auf die Oberschule ging. Von seinen zwei Töchtern war die ältere bereits mit dem Sohn ihres Onkels verheiratet, während ihre jüngere Schwester ebenfalls die Oberschule besuchte. Aber als er dann seine neue Tochter sah, von der Hebamme ins Wohnzimmer getragen, nachdem sie sie gewaschen und behutsam in ein weißes Tuch gewickelt hatte, erinnerte er sich, wie dieselbe, inzwischen betagte Beleghebamme vor jetzt fast fünfzig Jahren als damals noch junges Mädchen auf genau diese Weise seine kleine Schwester hereingetragen hatte, und wie sein Vater, nachdem er sie auf die Stirn geküsst hatte, ausrief, alles an dieser Tochter ruft Freude hervor. Wir werden sie Sara nennen, die Beglückende.»Gepriesen sei Gott«, murmelte Ghazi al-Djaassi bei sich, der sein Erstaunen nicht zu verbergen vermochte, vielleicht, weil er nicht wusste, ob das, was seine Augen sahen, Phantasie oder Wirklichkeit war, doch er musste seinen neuen Sprössling nicht lange betrachten, um sicher zu sein, dass diese Tochter keinen anderen Namen als Sara bekommen konnte. Nicht nur, weil sie ihm wie ein Abbild seiner kleinen Schwester erschien, die er schon seit Jahren nicht mehr gesehen hatte. Als Entschädigung also gewissermaßen für seine einzige Schwester, die er abgöttisch geliebt hatte, bevor diese herangewachsen war und sich entschieden hatte, das Leben mit einem Mann zu teilen, der nichts, aber auch gar nichts an sich hatte, um für Stolz und Ansehen zu sorgen, und den sie unter allen anderen Männern nur gewählt hatte, weil sie ihn liebte. Vor allem würde er sie Sara nennen, weil alles an ihr beglückte, ihr überraschtes Lächeln, ihre Ruhe, die Bewegung ihrer kleinen Hand, die er behutsam fasste, als wollte auch sie, dass er überrascht wäre, oder als versuchte sie, ihm zu sagen, ich bin dein neues Vorzeichen im Leben, und dass er nicht zögern solle, nicht auf die innere Stimme hören durfte, die ihn – und sei es nur andeutungsweise – Zweifel empfinden ließ, die ihn warnte, ihr nicht diesen Namen zu geben, der sie vom ersten Augenblick an dazu verurteilte, den Weg ihrer Tante zu beschreiten: ein Leben nur nach dem eigenen Willen zu wählen.

Sara kam in den frühen Morgenstunden des 22. September 1980 zur Welt, an jenem Tag, an dem ihr Vater, Ghazi al-Djaassi, eigentlich zeitig hätte aufbrechen müssen, um einen ersten Vertrag zum größten Geschäft seines Lebens zu unterzeichnen, einem Ausrüstungs- und Versorgungsauftrag für die amerikanischen Luftlandeeinheiten, die eine Woche zuvor in der amerikanischen Airbase in Dhahran stationiert worden waren, und mit ihnen ein Geschwader von AWACS-Aufklärungsmaschinen. Aber bevor er das Haus verließ, rief seine Frau nach ihm, bat, er möge die Beleghebamme rufen, da sie im Begriff sei niederzukommen. Das sei ein Unding, erwiderte er, denn nach seiner Berechnung habe sie bis zur Geburt noch fast zwei Monate. In jenem Augenblick blieb seiner Frau nichts anderes, als ihren Mann verblüfft anzusehen und – trotz der Schmerzen, die sie überwältigten – zu lächeln, da es das erste Mal überhaupt war, dass ihr Mann den Verlauf ihrer Schwangerschaft mitverfolgte. Seit wann interessierte ihn das? Vier Kinder hatte sie ihm bis jetzt geboren, und noch nie hatte ihn das geschert. Zwei- oder vielleicht dreimal, sie erinnerte sich nicht mehr, hatte sie allein mit der Hebamme dagesessen, hatten sie gemeinsam drei oder vier Tage auf seine Rückkehr von einer Geschäftsreise gewartet, damit sie den richtigen Namen des Kindes eintragen lassen konnte, und er sich nicht aufregen und außer sich geraten würde, wie er es einmal bei der Geburt ihrer zweiten Tochter getan hatte. Wieder war er nicht zu Hause gewesen, sie hatte eine geschlagene Woche auf seine Rückkehr gewartet und dann, als sie resignierte und schon nicht mehr an eine baldige Rückkehr glauben mochte, die Tochter Hudham genannt. Wofür sie von ihm nur Verdruss erntete. »Hudham … Warum hast du sie nicht gleich Djusam genannt, Lepra?« Und als sie zurückgegeben hatte, er solle besser den Mund halten, da Hudham eine der Ehefrauen des Propheten gewesen sei und außerdem eine der Frauen des Königs so heiße, war er verstummt. Und jetzt überraschte sie nicht nur, dass er offenbar über jeden Tag und jede Stunde Buch führte, ja vielleicht gar über jede Minute, und so nicht nur um den Tag ihrer Niederkunft wusste, sondern auch nichts dagegen einzuwenden hatte, höchstpersönlich zu Misna, der alten Beleghebamme, zu fahren und nicht zur Arbeit.

Von ihrem Haus bis zu dem der Hebamme war es nicht gerade ein Katzensprung, er würde mindestens eine halbe Stunde brauchen, bis er mit Misna wieder da wäre, und hätte er ihr Anliegen abgelehnt, hätte sie Verständnis dafür gehabt. Der Vertrag, den er an diesem Tag unterzeichnen sollte, bedeutete schließlich das Geschäft seines Lebens. Außerdem war er ja überzeugt, sie sei erst im siebten Monat. Und vielleicht hätte sie auch angenommen, er spaße oder würde sie allein mit ihren Wehen lassen, wie es bei den letzten Malen der Fall gewesen war, hätte sie ihn nicht nach vielleicht zwanzig Minuten oder etwas mehr zurückkehren sehen. Sie wusste nicht, wie lange sie auf dem großen Sofa im Wohnzimmer gelegen hatte, und als sie die Augen aufschlug, sah sie, dass die Hebamme die beiden indischen Bediensteten anhielt, das Neugeborene gründlich zu waschen. Dann wickelte sie es in ein Tuch und machte Anstalten, mit dem Bündel den Raum zu verlassen. Ich zeige sie Ihrem Mann, ehe er zur Arbeit geht, meinte die Hebamme nur. Sie hätte das kleine Mädchen zu gerne einmal kurz gehalten, war aber zu erschöpft, um einen Ton herauszubringen. Wäre es nach ihr gegangen, sie wäre augenblicklich eingeschlafen. Für einen Moment sah sie, wie er zu ihr hereinschaute, mit dem Mädchen auf dem Arm, sah, wie er lächelte und ihre Hand ergriff, und wusste nicht, warum sie plötzlich weinen musste, vielleicht, weil sie genau dies bei ihren vorherigen Geburten vermisst hatte, oder vielleicht – was sehr viel wahrscheinlicher war –, weil sie in einem der amerikanischen Filme eine solche Szene gesehen und sich Ähnliches für sich selbst gewünscht hatte, wie es ihr bei anderen Gelegenheiten auch immer wieder passierte. »Wir werden sie Sara nennen«, sagte er und fügte, damit es gar nicht erst zu einem Missverständnis zwischen seiner Frau und ihm kam, erklärend hinzu: »Nicht, damit sie den Namen meiner Schwester trägt, sondern weil alles an ihr Freude weckt.« Damit übergab Ghazi al-Djaassi das Neugeborene an die Hebamme, sagte: »Habe ich nicht recht, Misna?«, verabschiedete sich von seiner Frau und verschwand, ohne eine Antwort abzuwarten.

Dass sie die Einzige unter ihren Geschwistern war, die noch vor dem Eintreffen der Hebamme nur mit Hilfe zweier indischer Bediensteter zur Welt kam, war nicht die einzige Überraschung, für die Sara sorgte. So brach am Abend des 22. September, dem Tag ihrer Geburt, der irakisch-iranische Krieg aus, und wer an jenem Tag prophezeit hätte, dieser Krieg würde nach einigen Tagen oder Wochen oder längstenfalls ein, zwei Monaten beendet sein, hätte sich den Spott Ghazi al-Djaassis zugezogen, denn er wusste, dieser Krieg würde dauern und dauern und so bald kein Ende finden. Warum sollte es auch anders sein? Und solange sich der Krieg in die Länge ziehen würde, würde sich sein Vertrag verlängern und sein Wohlstand mehren. Das folgerte er aus dem geschäftigen Treiben auf dem Stützpunkt in Dhahran: Pausenlos hoben Flugzeuge ab, während andere landeten, Militärlaster schafften unterschiedliche Gerätschaften heran, darunter Flugabwehrgeschütze, Truppentransporter luden große Gruppen von Soldaten ab, ja selbst das Arbeitstreffen sagte ihm alles: Dieser Stützpunkt hechelte hinter dem Krieg her. Alle wussten, dies war die größte Airbase der Amerikaner im gesamten Königreich, auch er hatte dies gewusst, nicht anders als die Einwohner der Ostprovinz. Aber als er vor jetzt sechs Monaten den Stützpunkt zum ersten Mal betrat, um mit Daniel Brooks, dem für Lebensmittelversorgung zuständigen Offizier, zu verhandeln, musste er feststellen, dass er so gut wie nichts wusste. Er konnte vergessen, was er vor seinem Eintreffen über diesen Stützpunkt gehört hatte, sei es von anderen Menschen, egal, ob diese nun aus Dhahran oder aus anderen Teilen des Königreichs kamen, oder auch von dem amerikanischen Offizier selbst, den er zuvor in der Hafenstadt Dammam kennengelernt hatte. Wann immer ihn der Amerikaner im Büro seiner Firma besucht hatte, der Ahlam-Company für Im- und Export, oder seiner Einladung gefolgt war, mit ihm in einem der Nobelrestaurants der Stadt oder im Hafen zu essen, hatte dieser herzensgute Mann nicht mit den besten Wünschen für ihn gegeizt, hatte gemeint, er sähe einen großen Bauunternehmer wie den Libanesen Rafiq Abu de Gaulle in ihm, oder wenigstens einen Großversorger des Luftwaffenstützpunkts in Dhahran. »The mother of all the bases that we have in the kingdom«, hatte der junge Amerikaner gesagt, und vielleicht war es eben dieser Satz gewesen, der

Ghazi eine allgemeine Vorstellung von dem Stützpunkt beschert hatte. Das tatsächliche Bild aber war für ihn immer vage geblieben, doch warum hätte er sich damit auch beschäftigen sollen, solange er nicht mit Lebensmittellieferungen dorthin betraut gewesen war.

Der Stützpunkt überstieg jede Vorstellung, in seiner Größe, seinen Ausmessungen und dem Verkehr, der dort herrschte, denn in seiner Anlage, der Bauweise von Büros und Unterkünften im Inneren ähnelte er eher einer gewaltigen Festung, die er nun voller Stolz betrat. Seit seinem ersten Besuch im Stützpunkt hatte er davon geträumt, ihn ein weiteres Mal zu betreten, und jetzt wurde sein Traum Wirklichkeit. Und diesmal kam er als ständiger Geschäftspartner. Und das alles nur dank Oberleutnant Daniel Brooks, der zu ihm gekommen war, um ihm zu sagen, er werde zur Airbase in Dhahran versetzt, obgleich er nicht nur seinen Job im Hafen, sondern die ganze Stadt geliebt habe, den Stadtteil Adama, das Viertel az-Zuhur und den Ayal-Nasir-Markt. Er wolle noch seinem Freund Ghazi al-Djaassi anlässlich der Geburt seiner Tochter Sara ein Geschenk machen, und wenn er ihm schon nicht unter die Arme hatte greifen und ihm zu einem Versorgungsauftrag für den Stützpunkt Dammam verhelfen können, weil es dort bereits einen anderen Vertragspartner gab, so würde er jetzt alles in seiner Macht Stehende unternehmen, damit er einen Kontrakt für Lebensmittellieferungen an die Airbase in Dhahran bekäme. Und genau so war es gekommen. Hatte Sara mit ihrer Geburt ihm also kein gutes Omen beschert? Sein ehemaliger Geschäftspartner, der seinen Anteil an der Firma vom eigenen Vater geerbt hatte, der wiederum der Kompagnon von Ghazi al-Djaassis Vater gewesen war, hatte ihm gesagt, ein wichtiger Mann, ein Scheich von der Behörde, der »Behörde für die Verbreitung von Tugendhaftigkeit und für die Verhinderung von Lastern«, habe ihn informiert, dem Geschäft stünde nichts im Wege, der amerikanische Offizier habe bereits für die Amerikaner unterzeichnet, und der Vertrag warte jetzt nur noch auf die Unterschrift der saudischen Seite, und würde es das Gesetz erlauben, hätte die Behörde längst selbst den Vertrag unterzeichnet. Denn wer, wenn nicht sie, könnte die Unbedenklichkeit von Ausrüstungsgütern überwachen, insbesondere, da ja von Nahrungsmitteln die Rede sei. Doch nach dem Gesetz seien sie nun mal nicht befugt, seien Religionspolizei und nicht mehr. Ghazi würde im Namen der Firma unterschreiben, und sie würden den Prozentsatz erhalten, der vereinbart worden war. Vielleicht war er ja tatsächlich besorgt gewesen, hatte befürchtet, die Amerikaner könnten in letzter Sekunde noch ihre Meinung ändern, aber Saras Geburt hatte alles verändert. Seit er sie gesehen hatte, konnte er nicht anders als Freude empfinden und sich wie ein König fühlen. Kein Grund, sich umzusehen, denn er sprach nur mit sich selbst, und es saß keiner mit ihm im Wagen, der ihn hätte anzeigen können, weil er sich soeben mit dem König verglichen hatte.

Eine halbe Stunde dauerte die Fahrt von seinem Haus am Meer bis nach Dhahran, länger als gewöhnlich, weil die Straßen von Militärfahrzeugen verstopft waren, die er aber gar nicht wahrnahm, da sein Kopf nur mit ihrem Namen angefüllt war, Sara. Und als er in der Stützpunktkommandantur schließlich vor der Tür des Büros angekommen war, dachte er, noch ehe ihn seine Füße über die Schwelle in den Raum trugen, wenn er nach Hause zurückkäme, würde er zu seiner Frau sagen, Masha'il, hör mal, es ist Zeit, dass wir das Dach des Hauses umbauen, wir werden ein großes Zimmer für unsere Tochter darauf errichten, sie muss doch »modern«, zeitgemäß und ungestört dort leben können. Möglich, dass ihn das Wort »modern« dazu brachte zu lächeln, denn als er den jungen Offizier – ja, er konnte sagen, seinen Freund – Oberleutnant Daniel sah, lächelte der ebenfalls und sagte: »You are very happy today, aren't you?« Ob er glücklich sei heute? Was für eine Frage! »Taba'an, taba'an – gewiss, gewiss«, antwortete Ghazi al-Djaassi gedankenverloren, bevor ihm aufging, dass er ja im Büro des für Beschaffungsaufträge des amerikanischen Luftwaffenstützpunkts in Dhahran zuständigen Offiziers Daniel Brooks stand und mit diesem Englisch sprechen musste. »Oh, I mean, yes, my friend«, verbesserte sich Ghazi al-Djaassi. »Yes, thank you, I am very happy, my friend.« Doch der junge Amerikaner beschwichtigte: »Doesn't matter«, gab ihm dann die Hand und fügte hinzu: »That's my gift for your new kid.«

Sogar Misna, die alte Hebamme, machte keinen Hehl aus ihrem Erstaunen, sagte zu Masha'il, ich habe noch jedes deiner Kinder zur Welt gebracht, aber diese Tochter ist anders als alle anderen, ja, sie bekräftigte sogar, in all den langen Jahren ihrer Tätigkeit noch kein Kind gesehen zu haben, das wie dieses kleine Mädchen war, und auch von ihren Kolleginnen noch nie eine ähnliche Geburtsgeschichte gehört zu haben. Deine Tochter, sagte sie, hatte es eilig, wollte schnell aus deinem Bauch kommen. Lieber heute als morgen, lächelte Masha'il. Misna musste ihr dies nicht sagen, sie wusste es ja selbst. Ihre Tochter hatte nicht auf sich warten lassen, hatte, kaum dass der siebte Monat ihrer Schwangerschaft angebrochen war, begonnen, in ihrem Bauch zu treten, pünktlich mit dem ersten Tag des siebten Monats. Im ersten Moment hatte Masha'il es nicht glauben wollen, hatte gedacht, das seien gewöhnliche Schmerzen, die kämen und gingen, aber als die Tritte am nächsten Tag heftiger wurden, wusste sie, dass es das Kind in ihrem Bauch war, das für die Schmerzen sorgte, und dass ihre Niederkunft nicht mehr fern war. Und als sie sich in ihr Bett zurückgezogen hatte und das Eintreffen der Hebamme erwartete, glaubte sie es nicht, da sie ihren schweren Körper auf die Matratze gewuchtet hatte und ihre Oberschenkel spreizte, bis sie einen stärker werdenden Druck im Unterbauchbereich verspürte, ein Druckgefühl, das sie schnell ihre Unterhose abstreifen und ihre Schenkel ganz weit öffnen ließ, doch nicht einmal für diese Bewegung ließ ihr das ungeduldige Wesen in ihrem Bauch ausreichend Zeit. Glücklicherweise war Masha'il geistesgegenwärtig genug, nach der indischen Dienerin zu rufen, sie möge sofort zu ihr kommen, denn der Kopf des Kindes schaute bereits aus ihrer Scheide, als die Dienerin zusammen mit ihrer Tochter herbeigeeilt kam. Und als die Dienerin ihre Tochter anwies, ihr eine Schüssel mit Wasser zu bringen, hatte das kleine Mädchen schon seinen ganzen Körper aus der Vagina seiner Mutter geschoben, begnügte sich aber nicht damit, sondern kroch von der Brust der Mutter weg, während ihre Hände mit der Nabelschnur spielten. Selbst die indische Dienerin, die das Schauspiel verfolgte und der Hebamme bei deren Eintreffen in gebrochenem Arabisch schilderte, was sich zugetragen hatte, konnte ihre Fassungslosigkeit nicht verbergen. Misna ließ sich warmes Wasser bringen und versorgte das Neugeborene, ging dann in ihr Zimmer, um eine Schale voller Weihrauch zu holen, den sie entzündete und damit im Zimmer auf und ab ging, um, wie sie sagte, den bösen Blick von der Tochter zu verscheuchen. Woher aber will die indische Dienerin wissen, dass diese Tochter auf die Hilfe von niemandem angewiesen sein wird, sagte Misna zu Masha'il, als diese nach ein, zwei Stunden aus ihrem Schlummer erwachte. Wer allein zur

Welt kommt, vertraut in seinem Leben auf niemanden. Was der alten Hebamme aber noch merkwürdiger erschien und für sie feststand, gleich nachdem sie das Neugeborene gebadet hatte, war, dass dieses Mädchen vom Augenblick seiner Geburt nirgendwo dauerhaft bleiben wollte, egal, wo, ob im Arm oder an der Brust, immer war seinem Körperchen anzuspüren, dass es wegwollte, immerzu auf dem Sprung schien.

»Der HERR schütze sie vor dem Bösen«, sagte Misna, während sie das kleine Geschöpf abtrocknete, denn das Verhalten der Tochter sei ein früher Fingerzeig darauf, was sie in Zukunft einmal sein werde. Und zwar?, fragte Masha'il und streckte die Hände nach dem Kind aus. Meinst du, sie wird gerne reisen? Nein, erwiderte Misna und legte die Tochter ihrer Mutter an die Brust. Deine Tochter wird sich nur wohlfühlen, wenn sie überall sein kann, sie ist wie ein Vogel, der es hasst, nur auf einem Baum zu sitzen, und überall hinfliegt. Natürlich blieben Misnas Sätze einigermaßen rätselhaft, nicht nur für Masha'il, sondern auch für den stolzen Vater Ghazi al-Djaassi, doch im selben Maße, wie die Worte der Hebamme die Mutter besorgt machten, verschafften sie dem Vater doppelte und dreifache Freude. Alles an diesem Mädchen bedeutet Gutes, sagte er zu seiner Frau, die er gleich nach seiner Rückkehr in ihrem Schlafzimmer aufsuchte. Ganz egal, was die welke Hebamme sagt. Und damit zog er aus der Tasche seines Hemdgewands den Vertrag, den er einige Stunden zuvor mit dem amerikanischen Oberleutnant Daniel Brooks unterzeichnet hatte. Schau dir das an, sagte er und blätterte schnell durch die Seiten, dieser Vertrag ist es, der uns fliegen lassen wird. Alles Gute kommt mit Sara, mach dir keine Sorgen, sagte er und schaute dann nach seiner Tochter, fand sie aber nicht auf dem Bett, auf dem sie bis vor einem Moment noch gestrampelt hatte, als wollte sie ihm persönlich beweisen, was die Hebamme Stunden zuvor geweissagt hatte. Doch ihr Vater legte sie zurück, wo sie hingehörte, an die Brust ihrer Mutter, küsste sie auf die Stirn und erhob sich. Bevor er aber aus dem Zimmer war, ließ ihn Masha'ils Blick innehalten. Sie ergriff seine Hand und sagte, diese Tochter macht mir große Angst, Ghazi. Er lächelte seiner Frau zu und sagte scherzend, dann müsse sie zum Propheten beten, sicher käme ihre Sorge daher, dass auch sie älter geworden sei und schon vergessen habe, wie kleine Kinder nun mal seien, was aber ganz natürlich sei, da ihre neugeborene Tochter ja jünger war als ihre Enkelin, die Tochter ihrer Erstgeborenen. Er zog seine Kufiya unter dem Iqal zurecht, sagte, sie müsse sich einfach jung fühlen nach der Geburt dieser süßen Tochter. Obgleich es das erste Mal in ihrem Leben als Eheleute war, dass sie ein solches Kompliment von ihm zu hören bekam, wollte Masha'il ihrem Mann gestehen, ihr Herz sage ihr, dass diese Tochter anders war als die anderen Töchter. Jetzt aber sah er zu, dass er das Zimmer verließ, sagte noch, er müsse zum Sitz der Behörde, müsse den Sittenwächtern ihren Anteil in bar bezahlen, und schon war er aus der Tür und ließ sie allein mit ihren Gedanken zurück. Vielleicht bin ich ja wirklich einfach nur erschöpft, sagte sich Masha'il, und dass das sicher in ein, zwei Tagen vorüberginge, wenn sich ihr Zustand gebessert hätte, nicht wissend, dass sie diesen Satz später noch viele Male wiederholen würde, doch nicht, weil sie angestrengt oder müde gewesen wäre, sondern weil ihre Tochter, genau wie Misna behauptet hatte, sich tatsächlich von ihren Geschwistern unterschied, ja anders war als alle Kinder, die Masha'il je gesehen hatte.

Sara war offensichtlich nicht geboren, um sich an einen einzigen Baum zu binden, doch sie war ständig in Bewegung, weil sie bereits damals nach einem Rückzugsort zu suchen schien. Schon in der Stillzeit begann sie, sich von anderen Kindern abzuheben. Ihre Mutter war sorgsam darauf bedacht, sie ausgiebig und ohne Unterbrechungen zu stillen, da sie nicht zufrieden mit dem Geburtsgewicht der Tochter war. 2260 Gramm, wirklich ein Fliegengewicht. Die amerikanische Ärztin im Krankenhaus, das ausschließlich den Kindern der auf dem amerikanischen Luftwaffenstützpunkt in Dhahran Beschäftigten vorbehalten war, hatte Masha'il zudem angehalten, vornehmlich stärkehaltige und vitaminreiche Speisen zu sich zu nehmen und weniger Fett zu essen, damit ihre Tochter auf natürliche Weise ernährt würde. Und wie hätte sie eine amerikanische Ärztin hinters Licht führen können? Ihr blieb gar nichts anderes, als ihrem Rat zu folgen. Seit ihrem ersten und einzigen Besuch bei dieser Ärztin (Ghazi al-Djaassi hatte nicht gewollt, dass seine Frau ein weiteres Mal zu ihr ging, »die Leute sollten nicht über uns sagen, wir hätten eine kranke Tochter!«), hatte Masha'il besondere Sorgfalt auf Saras Stillen verwandt. Doch ihre Tochter ließ die Nahrungsaufnahme vielleicht eine Minute oder zwei, ein- oder zweimal nacheinander über sich ergehen, vor allem in jenen Momenten, in denen sie echten Hunger verspürte, weigerte sich aber kurz danach. Zur Überraschung ihrer Mutter, der Hebamme Misna und auch von Doktor Bandi, dem pakistanischen Kinderarzt, dem in jenen Tagen im Ostdistrikt ein sagenhafter Ruf vorauseilte, zu ihrer aller Erstaunen also tat Sara ihren Widerwillen gegen das fortgesetzte Stillen nicht kund, indem sie geweint oder geschrien hätte, wie es andere Kinder tun. In den ersten Tagen begnügte sie sich noch damit, ihren Mund von der Brustwarze ihrer

Mutter zu nehmen und sich die Augen zu reiben, doch schon bald begann sie, sich mit ihrem ganzen Gewicht aus den Armen der Mutter zu winden, presste, sobald sie fühlte, dass ihre Mutter sie zu sich heranzog, das Mündchen noch fester zu, auch wenn Masha'il versuchte, eine ihrer Brüste zwischen die Lippen ihrer Tochter hineinzustecken. Ein Schauspiel, das sich immer öfter wiederholte: Die Mutter bemühte sich, den Mund der Tochter gewaltsam zu öffnen, und das kleine Geschöpf hielt eisern den Mund geschlossen und drehte das Gesichtchen weg. Als ihr Mann Ghazi al-Djaassi diese Szene zum ersten Mal mitbekam, protestierte er, sagte, sie werde die Tochter noch ersticken, ja sie müsse ihr ihren Charakter lassen. Masha'il erwiderte, die Kleine müsse aber etwas trinken, wir müssten eine Lösung finden, sonst stürbe unsere Tochter schon bald.

Von dem Tag an begann ihr Vater, ihr Milchpulver in Dosen mitzubringen, und entgegen der Erwartung ihrer Mutter, Sara würde, wie andere Kinder auch, aus Pulver angerührte Milch hassen, schien sie sie zu lieben. Vielleicht, weil sie ihr ein bisschen Freiheit verschaffte, da das Trinken aus dem Fläschchen nicht das Saugen an der Brust der Mutter bedeutete. Doch damit nicht genug, Masha'il meinte sogar, so etwas wie Glückseligkeit auf dem Gesicht ihrer Tochter zu sehen, ein Glücksgefühl, das die Dosen mit dem Milchpulver ihr bescherten: Man musste sie nur sich selbst überlassen, und sie griff sich das Fläschchen mit der angerührten Milch und nuckelte daran. Auch konnte Masha'il sich das Lachen nicht verkneifen, als sie sah, wie ihre Tochter mit dem Fläschchen ein neues Mittel entdeckte, der Wiege zu entkommen, in der sie zumeist nach dem Wechseln der Windel lag. Nachdem sie wenige Minuten an dem Fläschchen gesaugt hatte, begann Sara damit zu spielen, um es schließlich aus der Wiege zu werfen. Es war das Signal, dass ihre Mutter sie herausheben und sie in Freiheit auf dem Fußboden sich selbst überlassen würde. Ähnliches passierte mit der Windel: Für Masha'il war das Wickeln der Tochter eine Routineangelegenheit, die sie wie jede andere Mutter im Schlaf beherrschte, und sie tat nichts anderes als alle anderen Mütter auch, wickelte ihre Tochter jede Nacht nach dem Fläschchen in die Windel, ein großes Stück Stoff aus einfacher Baumwolle, das sie nach ihrer letzten Geburt, der von Saras älterer Schwester, aufgehoben hatte. Doch ihre jüngste Tochter widersetzte sich heftig, sobald sie spürte, wie der Baumwollstoff um ihren Körper geschlungen wurde, ja sie fing sogar an zu schreien. Dabei hatte sie noch nie geschrien, weder bei ihrer Geburt noch in den Tagen danach, doch in jenen Nächten begann sie lauthals zu schreien. Beim ersten Mal nahm Masha'il an, ihrer jüngsten Tochter passe nicht, dass ihr Körper in dieselbe Windel gewickelt würde, die schon bei ihrer Schwester Verwendung gefunden hatte, weshalb sie ein neues Stück Stoff kaufte, doch entgegen ihrer Hoffnung änderte die neue Windel nichts an der Reaktion ihrer Tochter. Sonderbar war, dass Saras Aufbegehren nicht einer einfachen Ablehnung, sondern einer regelrechten Revolte glich, denn sie schlug mit ihren Händchen und trat um sich, wenn ihre Mutter sie gegen ihren Widerstand wickelte und sich dabei auch gegen ihren Mann behaupten musste, der in mehr als nur einer Nacht verlangte, sie solle es doch sein lassen. Die Windel sei wichtig für das Wachstum der Knochen, beschied sie ihm, ihre Tochter müsse kräftige Knochen bekommen, doch wollte sie Sara auch weiterhin wickeln, musste sie den Kampf mit ihr aufnehmen, ein Kampf indes, der schon im Vorhinein verloren war. Denn alle Schlachten, in die Masha'il gegen ihre jüngste Tochter zog, sollten für

Sara ausgehen, nicht nur um das Milchfläschchen und die Windel, sondern auch, was ihre Entwöhnung anbelangte.

Als Sara das erste Lebensjahr vollendet hatte und in ihr zweites trat, ja exakt an ihrem ersten Geburtstag, stellte sie die drei Mahlzeiten ein, die ihre Mutter ihr aufzwingen wollte. Was für andere Kinder völlig selbstverständlich war, galt nicht für Sara. Und dies wurde nicht nur ihrer Mutter und der alten Hebamme immer bewusster, nicht nur den indischen Bediensteten oder ihrem Vater Ghazi al-Djaassi, ihren Geschwistern oder den Verwandten, die sie von Zeit zu Zeit besuchen kamen, sondern einfach jedem, denn alle, die das Mädchen in jenem jungen Alter vor Eintritt in die Schule sahen, jeder, der mit ihr scherzte, ihr zärtliche Worte sagte, meinte, dieses Mädchen unterscheide sich vollkommen von allen anderen Kindern ihres Alters. Und sie ihrerseits, als hörte sie die Kommentare oder das Flüstern der anderen über sie, geizte nicht mit allem, was diesen Eindruck noch weiter nährte, wobei niemand hätte sagen können, ob sie dies bewusst tat oder einem inneren Gebot folgte. Wie auch immer, Sara war noch keine zwei Jahre alt, als sie aus all den Kämpfen mit ihrer Mutter als Siegerin hervorgegangen war, sich nicht mehr stillen ließ, wie ihre Mutter es gewollt hätte, keine Windel mehr trug und es schließlich mit der Entwöhnung ebenso eilig hatte, wie sie ihre Geburt im siebten Schwangerschaftsmonat vorzeitig eingeleitet hatte. Mit einem Wort, sie setzte alles durch, was es ihr ermöglichte, sich frei zu bewegen, alles, was dem Muster entsprach, nach dem ihr Leben sich in den folgenden Jahren entwickeln würde, seien es die Jahre der Kindheit bis zum Eintritt in die Grundschule oder die Zeit danach – sie alle bekräftigten, dass dieses Mädchen nicht geboren war, um sich durch eine Nabelschnur fesseln zu lassen oder ein Stoffband, wie ihre Mutter es ihr zuweilen umlegte, als sie klein war, ja dass sie nicht geboren war, um sich an einen einzigen Baum zu binden, sondern schlicht ein Palmschössling war, der alleine für sich im Garten groß zu werden gedachte.

Wie lässt sich wissen, ob ein Kind ein Wunderkind ist? Kann man es sagen, bloß weil es sich von anderen unterscheidet? Können wir beispielsweise sagen, Sara sei, auf ihre Art, ein Wunderkind gewesen? Natürlich hängt die Beantwortung dieser Frage von der Sichtweise derjenigen ab, die Sara in jenen Jahren oder vielleicht auch später noch gekannt haben, insbesondere all jene, die ihre Entwicklung begleiteten, womit hier in erster Linie nicht ihre Familie gemeint ist, denn Familien betrachten die Entwicklung ihrer Kinder als etwas Natürliches. Doch es gibt auch Kinder, die schon früh die Neigung an den Tag legen, sich von ihren Altersgenossen zu unterscheiden, und genau dies traf auf Sara zu. Ihr eigenes Aufbegehren erschien wie ein instinktives Bedürfnis, vor allem seit sie wusste, dass ihr Vater die erste Person überhaupt war, die ihr dieses Privileg zugestand, genauer gesagt, seit sie anfing, allein mit ihm Ausflüge zu unternehmen, etwas, was keines seiner Kinder vor ihr getan hatte, wie sie von ihren Geschwistern und ihrer Mutter zu hören bekam. Sie ihrerseits registrierte, dass er sie bei verschiedenen Gelegenheiten durchdringend anschaute. Zum ersten Mal nahm sie dies wahr, als sie auf dem Beifahrersitz neben ihm saß, in ein weißes Gewand mit Quasten gekleidet, und er wie an jedem Morgen den GMC auf seinem Weg zum amerikanischen Luftwaffenstützpunkt in Dhahran steuerte. In jenen frühen Morgenstunden drückte sein Blick vor allem Nachdenklichkeit aus, ja sie erinnerte sich auch, ihn ein wenig finster dreinblickend gesehen zu haben, ehe er unvermittelt damit begann, sie unverwandt anzuschauen, als fürchtete er, etwas könnte jeden Augenblick passieren, in jenem Moment, in dem sie nebeneinander im Wagen saßen, oder auch später, als könnte er sie plötzlich verlieren. Dann sah sie, wie er sich die Hand auf die Brust legte. Es war das erste Mal, dass sie ihn nach seinem Herz greifen sah, als spürte er einen leichten, aber schmerzhaften Stich in der linken Brusthälfte, ohne zu wissen, ob dieses Stechen ein organischer Schmerz war, als sei sein Herz über Nacht gealtert, oder der Sorge über die Zukunft seiner Tochter geschuldet war. Aber war es das erste Mal, dass er sich um seine Töchter sorgte?

Tatsächlich war die Geburt seiner anderen beiden Töchter, Asma und Hudham, für ihn eine eher neutrale Angelegenheit gewesen. Beide waren eines Tages zur Welt gekommen, so wie ihre Mutter eines Tages mit ihnen schwanger geworden war. Ihre Anwesenheit im Haus stellte für ihn nichts Außergewöhnliches dar, und hätte seine Frau nicht ab und an von ihnen gesprochen, hätte er wohl vergessen, dass er zwei Töchter zu Hause hatte. Bei ihr, Sara, jedoch hatte er, wie er ihr später verraten sollte, zum ersten Mal überhaupt bei sich Freude darüber festgestellt, eine Tochter zu haben. Nimmt es daher wunder, dass sie zu seiner unbestrittenen Lieblingstochter wurde, so als wäre sie seine einzige Tochter, ja beinahe sein einziges Kind? Wie ja allgemein bekannt, ist der Mann in jenen Breiten derjenige, der letztendlich den Ausschlag gibt, also sollten wir sagen, dass sie aus seinem Verlangen geboren wurde. Er war sich nicht sicher gewesen, ob er überhaupt noch einmal Vater werden würde, doch sie hatte ihm das Leben zurückgegeben und ihn dazu gebracht, »nicht mehr anderen Frauen nachzuschauen«, ja zu seinem eigenen Erstaunen stellte er irgendwann fest, dass er, wie er eines Tages Daniel Brooks verriet, in den letzten drei Jahren, seit Saras Geburt, seine alte Leidenschaft ganz drangegeben hatte, »den Bediensteten nachzustellen«! Und er konnte keinen anderen Grund dafür finden als seine kleine Tochter, die ihn dazu gebracht hatte, sich mehr für sie zu interessieren als für jedes andere weibliche Wesen. Sogar der »schwarze Oberleutnant«, wie er ihn bei seinen Erzählungen zu Hause oder gegenüber anderen Bekannten zu nennen pflegte, sogar dieser Brooks hatte begonnen, sie und ihren Vater nicht mehr mit ihren eigenen Namen anzusprechen. Nachdem er festgestellt hatte, dass Ghazi al-Djaassi nur noch in Begleitung Saras erschien, um jeden Morgen die täglichen Lebensmittellieferungen zu kontrollieren, gewöhnte er sich an, ihn nur noch mit einem »Good morning, Romeo« zu begrüßen, während er für sie ein »Good morning, Miss Juliet« parat hielt. Ihr Vater musste bei dem Vergleich immer lachen, antwortete dem amerikanischen Oberleutnant mit einem »Yes, Sir«, um dann noch immer lauthals lachend zu korrigieren: »Zwischen meiner Tochter und mir herrscht eine platonische Liebe.« Auch die Wachposten am Haupttor waren es bald gewohnt, sie zu sehen, und als sie anfing zu sprechen, ließ sie immer die Seitenscheibe herunter und rief ihnen die Losung zu, die ihr Vater für den Zutritt zum Stützpunkt vereinbart hatte, und die Soldaten begrüßten sie immer mit einem »Hey, Ma'am«. Auch auf dem Markt pflegten einige der Händler mit ihr zu spaßen, sagten: »Du hast deinen Vater zur Vernunft gebracht, Sara.«

Ghazi al-Djaassi war sich dessen bewusst, dass alle Welt mitbekam, Sara war sein unbestrittenes Lieblingskind, die Tochter, die er nicht wie ihre Brüder und Schwestern ständiger Kontrolle und Rechenschaft unterzog, sondern auf deren Gesellschaft er im Gegenteil weder bei der Arbeit noch bei Einkäufen, weder bei Ausflügen noch bei Verwandtenbesuchen verzichten mochte. Es war, als suchte er in ihr einen Ersatz für verlorengegangene Freundschaften. Und als ihn Jussuf al-Ahmad, sein Schwager und Saras Onkel, warnte, auf diese Weise verdürbe er die Tochter, er solle sich an ihrer Stelle besser einen Freund suchen, gab er zurück, du meinst wohl nicht dich selber? Was er jedoch nicht sagte, um sich zu verteidigen, sondern weil er sich oft gegenüber seiner Frau oder seinen Kindern, wann immer eines von ihnen in Begleitung eines Freundes nach Hause kam, damit brüstete, es gäbe keinen falscheren Begriff als Freundschaft, die Menschheit müsse ein anderes Wort dafür erfinden. Seine Frau führte sein fehlendes Vertrauen und seine Unlust an Freundschaften darauf zurück, was zwischen ihm und ihrem Bruder vorgefallen war, da beide vor ihrer Hochzeit unzertrennliche Freunde gewesen waren. Ghazi al-Djaassi hatte angenommen, der Bruder würde bei allen künftigen Streitigkeiten zwischen seiner Frau und ihm stets auf seiner Seite sein und sich ganz anders verhalten, als er es dann immer tat, wenn er sich mal wieder zum Haus seines Schwagers ins Landesinnere nach Buraida begeben musste, um seine Frau zu beschwichtigen und zurück nach Hause zu holen, und ihr Bruder ihm jedes Mal noch erbittertere Vorwürfe mit auf den Weg gab. Ja, es war schon vorgekommen, dass der Bruder sich gegen eine Rückkehr seiner Schwester zu Ghazi gewandt hatte, und bei den einzigen beiden Malen, als Sara ihre Mutter begleitet hatte, noch vor ihrem Eintritt in die Schule, hatte sie ihren Onkel zu ihrem Vater sagen hören, er solle Gott fürchten und sich schämen, solle aufhören, den »Javanerinnen« nachzustellen, den asiatischen Frauen, da die Stellung seiner Schwester höher und ehrbarer sei als die der

Bediensteten aus Bangladesch, Indien oder Pakistan. Und wenn Ghazi spottete, es spreche ja nur der Neid aus ihm, wenn er könnte, würde er genau dasselbe tun, doch seine fanatische Frömmelei bei Tag und bei Nacht und die Tatsache, dass er gleich mit vier Frauen verheiratet war, ließen ihm keine Zeit, nach Wonnen Ausschau zu halten, erwiderte sein »ehemaliger« Freund, es gäbe keine köstlichere Wonne als das Wort Gottes und nichts Heilsameres, als dem Vorbild seines Propheten nachzueifern. Doch die Argumente und Kommentare seines Schwagers und »ehemaligen« Freundes bereiteten ihm höchstens ein Schwindelgefühl. So etwas wie einen Freund gab es nicht, Freundschaften waren nur Lug und Trug, bereiteten nichts als Verdruss und zerrten an den Nerven, wie sie ihn bei verschiedenen Gelegenheiten gegenüber ihrer Mutter lamentieren hörte, ohne zu verstehen, was all das genau bedeuten sollte. Warum warnte ihr Onkel ihren Vater vor den Bediensteten? Und warum kreischten die Bediensteten zuweilen, wenn ihr Vater unverhofft in die Küche kam?

Das Gerede ihres Vaters und sein Prahlen mit dem freundschaftlichen Verhältnis zu ihr waren nicht frei von Übertreibung und drückten vor allem einen geheimen Wunsch aus, den er in seinem Innersten hegte. Was jedoch Sara betraf, so wählte sie stets Freundinnen, die älter waren als sie. Mit drei war ihre beste Freundin Hanadi, die Tochter ihrer Tante, fünf Jahre alt. Und als sie vier wurde, war ihre Freundin Sadjia, die Tochter ihres Bruders, bereits sieben Jahre alt. Mit fünf dann gab sie diesen beiden vorherigen Freundinnen den Laufpass und freundete sich mit der achtjährigen Djarah an. Und je älter Sara wurde, desto größer wurde der Altersabstand zwischen ihr und ihren Freundinnen. Mit fünf wurde sie schließlich auch eingeschult, obgleich das gesetzliche Mindestalter für Erstklässler bei sechs Jahren lag. Doch sie überredete ihren Vater, der ihr niemals einen Wunsch abschlagen konnte. Anfangs bemühte ihr Vater das Gesetz, erklärte ihr, man würde sie an der Schule nicht annehmen, ehe sie nicht das sechste Lebensjahr erreicht hatte. Doch ihre Antwort lautete schlicht, er solle den Eintrag im Geburtsregister fälschen. Und als er sein fassungsloses Erstaunen zum Ausdruck brachte, wo sie denn das Wort »fälschen« schon einmal gehört habe, sagte sie, sie habe ihn dies schon Dutzende Male verwenden hören, wenn er mit den Männern von der Behörde spreche, die die Etiketten der Lebensmittel und den Herstellungsort fälschen würden. Und dann fügte sie noch hinzu, sie wisse sogar, wie das auf Englisch heiße, etwas »faken« nämlich. Ihr Vater schwieg und verlangte dann von ihr, außer ihm niemandem gegenüber jemals ein Wort darüber zu verlieren. Nur unter der Bedingung, dass du alle meine Wünsche erfüllst, erwiderte sie. Ihr Vater lachte, dachte, sie scherze, und kniff ihr zärtlich in die Wange. Alles, was du möchtest.

In der Schule, für die sie nun offiziell am 22. September 1979 zur Welt gekommen war, ging Sara von der ersten Klasse an nur Freundschaften mit Schülerinnen ein, die deutlich älter waren als sie. Als ihre Lehrerinnen dies mitbekamen und mit der Direktorin darüber sprachen, bestellte diese Saras Mutter ein und eröffnete ihr, sie betrachte die Entwicklung ihrer Tochter mit Sorge. Das Mädchen sei zwar fleißig und gehöre in allen Fächern zu den besten Schülerinnen, verhalte sich und mache sich aber ständig älter, als sie tatsächlich sei. Da ihre Mutter mehr zu Diplomatie neigte als ihr Vater, gelang es ihr, die Direktorin und die Lehrerinnen zu beschwichtigen, indem sie ihnen versprach, sie werde versuchen, diese Anomalie bei ihrer Tochter zu beheben. Doch als sie ihrem Mann von dem Gespräch in der Schule berichtete, fuhr Ghazi al-Djaassi sie an, sagte, die Direktorin und ihre Lehrerinnen sollen zum Teufel gehen, meine Tochter ist frei, und ich bin stolz auf sie, lass sie gefälligst tun, was ihr richtig erscheint. Doch seine Gattin parierte in einem ironischen Ton, wer dich reden hört, könnte meinen, du seiest ein vernünftiger und verständiger Mann, aber das Gegenteil ist der Fall, dein Verhalten zu Hause und wie du deine Töchter und Söhne bisher behandelt hast, sind Beleg genug. Aber warum rede ich überhaupt mit dir, denn Worte sind bei dir ja nutzlos. Jedes Mal, wenn sie fortan aneinandergerieten, rief jeder von ihnen nach der Tochter, sie solle kommen und sich neben sie setzen. Sara, komm her, rief die Mutter, und ihr Vater übertönte sie, nein, komm her, Sara! Am Ende trug ihr Vater zwar meistens den Sieg davon, da Sara wusste, wie sie auf seinen Saiten spielen musste, um zu erreichen, was sie wollte, aber ihr Vater wusste nicht, dass sie beide Elternteile gleichermaßen zufriedenstellte, Mutter und Vater, jeden auf seine Weise. Denn einerseits erkannte sie die Notwendigkeit, sich die Zuneigung ihrer Mutter zu sichern, da die Mutter diejenige war, die zu Hause alle Zügel in der Hand hielt, weshalb sie sich im Haus konsequent so verhielt, dass ihre Mutter nicht drohte, ihren Vater über alles in Kenntnis zu setzen, was ihr ein unschickliches Betragen zu sein erschien. Und andererseits wusste sie, dass der Vater derjenige war, der außerhalb des Hauses das Sagen hatte, weshalb man seine Liebe gewinnen musste, damit sie mit ihm unterwegs sein konnte, wann immer sie wollte.

Und so, wie Sara es verstand, ihre Loyalität auf beide zu verteilen, wusste sie sich auch so zu verhalten, dass keiner von ihnen erzürnt wurde, was insbesondere für das Verhältnis zu ihrer Mutter galt. Obschon sie mit Gewissheit wusste, dass keine Macht der Welt die Beziehung zu ihrem Vater zu zerstören vermochte, ließen sie ihr Verstand und ihre Abgeklärtheit schon frühzeitig ein inniges Verhältnis zu ihrer Mutter pflegen, da sie wusste, die Mutter war alles andere als erfreut darüber, dass sie ständig mit dem Vater unterwegs war, und hätte lieber gewollt, dass sie mit ihr zu Hause blieb. Mehr als einmal nur machte Masha'il ihrem Mann Vorhaltungen, er nehme seine kleine Tochter ständig mit, vielleicht ja um sie zu ärgern und alleine mit den Bediensteten zu Hause sitzen zu lassen, aber was er nicht wisse, sei, dass er seine Tochter auf diese Weise zu einem unsteten Leben erziehe. »Warte, bis sie groß ist, und du wirst noch an meine Worte denken.« Am meisten machte Sara Angst, ihr Vater könnte klein beigeben und zurückweichen oder aber ihre Gesellschaft weniger häufig wollen, weshalb sie, um sich die Gunst ihrer Mutter zu sichern, jedes Mal, wenn sie mit dem Vater unterwegs war, darauf bestand, ihr auf dem Markt ein Geschenk zu kaufen. Masha'il lächelte dann und freute sich, weil ihr Mann allem Anschein nach endlich begonnen hatte, an sie zu denken, und zumeist schwieg Ghazi al-Djaassi und verkniff sich, ihr zu sagen, du solltest lieber deiner Tochter danken.

Vielleicht wäre ihre Sonderstellung, die durch ihre herausragenden schulischen Leistungen noch genährt wurde (in den ersten beiden Grundschuljahren war sie Jahrgangsbeste), nur ein vages Gefühl geblieben, das sie insgeheim gehegt hätte, oder das zumindest auf den Kreis ihrer Familie beschränkt geblieben wäre, und falls es doch nach außen gedrungen wäre, dann auf keinen Fall über die Sperrzäune des amerikanischen Luftwaffenstützpunktes in Dhahran hinaus, denn ihr Vater bestand nach wie vor darauf, dass sie ihn begleitete, wann immer er dorthin fuhr, um die von Oberleutnant Daniel Brooks angeforderten Lebensmittellieferungen zu koordinieren. Ja, mit einiger Sicherheit wäre nichts davon offensichtlich geworden, hätte ihre Schule nicht Besuch von einem Scheich der »Behörde für die Verbreitung von Tugendhaftigkeit und für die Verhinderung von Lastern« bekommen, einem der Sittenpolizisten. Sie war in der dritten oder vierten Klasse auf der Grundschule, genau erinnerte sie sich später nicht mehr, hatte vielleicht das achte oder neunte Lebensjahr vollendet, aber entscheidend war, dass sie alle Einzelheiten jenes Tages für immer in Erinnerung behalten sollte.

Es war zu Beginn des Herbstsemesters gewesen, der Zeit, in der es mitunter heftig zu regnen begann, ja der Unterricht musste erst ein, zwei Wochen zuvor wieder angefangen haben, da im Königreich das Schuljahr für gewöhnlich um diese Zeit startete, was jedoch nicht von Bedeutung war. Wichtig allein war, dass das, was sich an jenem Tag ereignete, ihrem Leben für viele Jahre einen Stempel aufdrücken würde und sie zwang zu erkennen, dass ihre Individualität, die sie sich bisher bewahrt hatte, mit einem Mal der eigenen Kontrolle entzogen war und nichts ihr half, den Fluch wieder loszuwerden, mit dem dieser Scheich sie belegte, dieser Mann, dessen Bild in ihrem Gedächtnis haften blieb, solange sie leben sollte. Und was die Angelegenheit in jenen Tagen für ihre Familie noch heikler machte, insbesondere für ihren Vater, war, dass dieser Scheich nicht einer der gewöhnlichen Scheichs war, deren Wort vielleicht kein großes Gewicht gehabt hätte, sondern ein wirklich schweres Kaliber, einer jener Scheichs, die von der Behörde mit der Verbreitung von Tugendhaftigkeit und der Verhinderung von Lastern betraut waren und direkt von der Zentrale in der Hauptstadt Riad entsandt wurden. Ja, sogar der Scheich selbst war überzeugt, die Dienstreise an jenem Tag würde eine Routineangelegenheit werden, würde »ruhig und von Glauben gesättigt« über die Bühne gehen, wie er sich den Kollegen gegenüber spreizte, so wie noch alle seine Reisen der vergangenen Jahre verlaufen waren.

Was er mit Fug und Recht annahm, denn diese Inspektionsreisen stellten eine allgemein bekannte Tradition dar, der die Behörde zu Beginn jeden Schuljahres folgte: Jedes Jahr wurde eine Schule ausgewählt, was selbstverständlich auch die Mädchenschulen einschloss, da »muslimische Mädchen in den Grundsätzen des hanafitischen Glaubens unterwiesen werden müssen, solange ihre Nägel noch weich sind«, wie es in einer Broschüre hieß, die die Behörde für gewöhnlich einmal im Jahr oder zu besonderen Anlässen an allen Schulen des Königreichs verteilen ließ. Besagte Broschüre untersagte auch für Tage wie diesen strikt die Nichtanwesenheit der Schülerinnen, ganz gleich mit welcher Begründung (ja selbst im Krankheitsfall). Es gab keinen Grund, der sie berechtigt hätte, an jenem Tag der Schule fernzubleiben, und eine Schülerin, die dennoch fehlte, würde für den Rest des Schuljahres vom Unterricht ausgeschlossen, blieb eine Klasse sitzen, da »die Anwesenheit aller Schülerinnen bei der Unterrichtsstunde des erhabenen Scheichs eine heilige Pflicht darstellt, in deren Genuss sie zu Beginn des neuen Schuljahres kommen«. Zudem sei das Erscheinen »ein Beleg für den Glauben unserer muslimischen Töchter«, und »wer sie an dem Genuss dieses Glaubensfestes hindert, wird seine unvermeidliche Strafe durch Vertreter der Behörde für die Verbreitung von Tugendhaftigkeit und für die Verhinderung von Lastern erfahren«.

Die kleine, drei oder vier Seiten starke bunte Hochglanzbroschüre, deren Deckblatt die Bilder eines betagten Scheichs, dessen langer Bart bis zum Gaumen reichte, und von verschleierten Schülerinnen zeigte, legte auch in allen Einzelheiten die Zeremonie dieses besonderen Tages dar, zumindest was die Vorbereitungen der Schülerinnen selbst betraf, angefangen von ihrer Kleidung und ihrem Haarschnitt – »Sie müssen sauber sein« – über den Weg, den sie zur Halle, in der sich alle versammelten, zurücklegen mussten, bis hin zur Art und Weise, wie sie »sittsam« zu sitzen hatten, immer zwei nebeneinander auf einer Bank. Zudem war striktes Schweigen verordnet, und die Hand sollte gehoben werden, um eine Frage zu stellen. Auch waren die Mädchen angewiesen, den Blick zu Boden zu richten und »den Kopf gesenkt zu halten, bis das Kinn den Hals berührt«, wie es auf der zweiten Seite unter der Überschrift »Unterweisung zum sittsamen Sitzen« hieß: »Die Schülerinnen sind gehalten, sich den Lebenswandel der Töchter des Propheten, Gott segne ihn und schenke ihm Heil, zum Vorbild zu nehmen.« Nicht alles, was in der Broschüre stand, verstanden die Mädchen genau, wie sollten sie auch, hatten doch einige von ihnen mit dem neuen Schuljahr gerade erst begonnen, das Alphabet zu erlernen, während andere einfach zu jung waren, um derlei Einzelheiten zu verstehen, die ihnen durch die Direktorin der Schule dargelegt wurden, einer Frau von Mitte dreißig, die sich nicht nur damit begnügte, einen schwarzen Dschilbab zu tragen, sondern darüber noch einen schwarzen Übermantel, eine Aba'a, die sie aber nicht nur über die Schultern gelegt trug, wie es andere Frauen taten, sondern auch ihren Kopf damit bedeckte, und dies, obwohl sie in dem Augenblick nur kleinen Mädchen gegenüberstand.

Auch wirkte die Direktorin an diesem Tag strenger als sonst, befahl ihren Schülerinnen, auf dem Schulhof Aufstellung zu nehmen, unter der noch immer brennenden Septembersonne, und nach dem Absingen der Hymne »Ich liebe den Propheten Muhammad und hasse die Ketzer«, die sie zwei Tage zuvor erlernt hatten, rief sie eine nach der anderen auf und verlangte von jeder Schülerin, den Finger zu heben, wenn ihr Name an der Reihe war. Und danach führte sie sie in den großen Schulsaal.

Im ersten Augenblick überlegte Sara, weit vorne zu sitzen, spürte aber plötzlich die Hand ihrer Nichte Sadjia, der Tochter ihres Bruders, die sie mit sich zog, um in einer der hinteren Reihen Platz zu nehmen. Hätte sie nicht die Angst in den Augen ihrer zwei Jahre älteren Nichte gesehen, hätte sie ihr womöglich nicht gehorcht, da sie wusste, es war besser, vorne zu sitzen, denn nur so konnte man dem kontrollierenden Blick entkommen, wer in den hinteren Reihen saß, war diesem ganz gewiss ausgeliefert, da die Direktorin ihren Blick in die Ferne schweifen ließ, nicht aber die nahe zu ihr gelegenen Reihen ins Visier nahm. Nachdem die Direktorin sie angewiesen hatte, sich geziemend und folgsam hinzusetzen, teilte sie den Schülerinnen mit, der erhabene Scheich von der Behörde für die Verbreitung von Tugendhaftigkeit und für die Verhinderung von Lastern komme direkt aus Riad, der Hauptstadt des Königreichs, und habe ihre Schule eigens ausgewählt, um ihnen die erste und wichtigste Unterweisung überhaupt zukommen zu lassen, die sie zu erlernen hätten, nicht nur, weil dies die erste Unterrichtsstunde des neuen Schuljahres sei, wie die Direktorin ihnen darlegte, sondern die einzige für ihr Leben wirklich verpflichtende Lektion.

Mehr musste die Direktorin nicht sagen. Auch so saßen ihre Schülerinnen allesamt schreckensstarr da, zweihundert oder mehr Mädchen, einheitlich gekleidet in islamischer Tracht, die kleinen Körper von einer dicken Aba'a verhüllt, in der sie aussahen wie Karikaturen. Sara musste an Frau Pfeffertopf denken, die immer, wenn sie nieste, auf die Größe eines Teelöffels zusammenschrumpfte und die Fähigkeit hatte, ihren Körper je nach Situation zu verändern, die Comicheldin, die sie schon oft in der gleichnamigen Zeichentrickfilmserie gesehen hatte. Doch der beleibte Scheich, der schließlich den Saal betrat, machte in seinem kragenlosen, zu kurzen Hemdgewand einen sonderbaren Eindruck auf Sara, eine Aufmachung, die sie in gewisser Weise an ein Frauenunterkleid erinnerte. Woher sollte sie auch wissen, dass dies die offizielle Einheitstracht war, die von den Mitarbeitern der Behörde für die Verbreitung von Tugendhaftigkeit und für die Verhinderung von Lastern getragen wurde. Sie wollte ihre Freundin und Banknachbarin Sadjia, die Tochter ihres Bruders, danach fragen, aber als sie sah, dass diese am ganzen Körper bebte, ließ sie es sein. Vielleicht, dachte sie, war ihre fast drei Jahre ältere Nichte ja krank oder litt an irgendetwas, denn es war mehr als ungewöhnlich, dass jemand an einem heißen Tag wie diesem am ganzen Leib zitterte, zumal auch die Klimaanlage nicht wie gewöhnlich lief. Aber als sie sich umschaute, sah sie, dass alle Mädchen, auch die, die deutlich älter waren als sie oder in Sadjias Alter, schweigend dasaßen, die Arme um den Körper geschlungen hatten und sorgsam in ihre schwarzen Übermäntel gewickelt hockten, als quälte sie bittere Kälte.

Jetzt war sie es, die dachte, sie sei krank, da sie die Einzige zu sein schien, der der Schweiß über die Stirn lief, zumal sie in jenem Augenblick noch nicht wusste, warum die Klimaanlage ausgeschaltet blieb. Als vollkommene Stille herrschte und man meinte, nicht einmal mehr das Zähneklappern und Zittern der Mädchen zu hören, ja nicht einmal mehr ihr Atemholen, ließ sich der Scheich auf dem ihm zugedachten Platz nieder. Er war schon fast ein Greis von Mitte siebzig oder noch älter, aber als er jetzt auf seinem großen Stuhl saß, der sie an andere, ähnliche Stühle denken ließ, die sie schon mal im Fernsehen gesehen hatte, vielleicht sogar an den des Königs, zog alles an diesem Scheich den Blick auf sich. Und wäre es Sara möglich gewesen, von ihrem Platz in einer der hintersten Reihen besser zu sehen, hätte sie die gepunktete Ghutra näher betrachtet, das Kopftuch, das der Scheich um seinen Schädel geschlungen trug, seinen langen Bart, den er immerzu kraulte, ein spitz zulaufender, mit Henna gefärbter Bart, und seine tiefliegenden Augen, das rechte matt und glanzlos, vielleicht erblindet, und das linke mit auffällig großem, weißem Augapfel. Sie erinnerte sich nicht genau, wo sie ihn schon einmal gesehen hatte, vielleicht auf einem Bild, das in einem der Kaffeehäuser in al-Chobar oder in Dammam hing, wohin sie ihren Vater an einem der Tage begleitet hatte, oder vielleicht auch im Fernsehen, flüchtig in einer Nachrichtensendung gesehen. Sie hatte seinen Namen schon mehrfach gehört, vielleicht hieß er Abd al-Aziz Baz oder Abd al-Aziz Saqar, sie wusste es nicht, auf jeden Fall aber sah der Scheich, der dort vorn im Saal saß, nicht viel anders aus mit seinem großen Gesicht, den trüben Augen, seinem Hemdgewand und dem Mantel darüber, dem Kopftuch und seinem fortwährenden Bartkraulen, seiner Art zu sprechen. Für eine Weile starrten die Augen aller Mädchen wie gebannt auf den Mund des Scheichs, warteten auf die Zauberworte, die daraus kommen würden, während der Scheich ebenfalls mit weit aufgerissenen Augen ausgiebig die Schülerinnen beäugte, mit der einen Hand die weiße Ghutra auf seinem Kopf befühlend und mit der anderen seinen langen, rostroten Bart, doch bevor er anhob und mit der ihnen versprochenen Predigt begann, gab er der Direktorin, die das Haar mit einem schwarzen Tuch bedeckt und ihren Körper an diesem heißen Tag unter einem schweren, schwarzen Dschilbab verborgen hatte, mit einem unmerklichen Kopfnicken ein Zeichen. Sie griff nach einem Aktenkoffer, der auf dem Stuhl neben ihr gestanden hatte, entnahm ihm eine große Tüte mit Süßigkeiten in zweierlei Form, die eine noch umhüllt von der Originalverpackung und die andere unverpackt, und forderte alle Schülerinnen auf, zu ihr zu kommen und sich eine Süßigkeit auszusuchen.

Nachdem die Prozession der Schülerinnen an ihr vorübergezogen war, reichte die Direktorin dem Scheich die Tüte mit den übriggebliebenen Süßigkeiten. Er warf einen Blick hinein, richtete diesen dann auf die Schülerinnen und sagte, wie ich sehe, haben alle Schülerinnen eine verpackte Süßigkeit gewählt. Und warum habt ihr nicht eine ohne Verpackung genommen? Weil diese Süßigkeiten schmutzig sind und Bakterien tragen, die uns schaden können, kam die Antwort. Um den Mund des Scheichs spielte ein triumphierendes Lächeln, als habe er von den Schülerinnen genau diese Antwort erwartet. Diese Süßigkeit ist wie ihr und die Verpackung wie der Hidschab. Wenn der Mann kommt, um sich zu verheiraten, wird er nach dem Rechtschaffenen, dem Nutzbringenden suchen wie dieser verpackten Süßigkeit. Habt ihr verstanden? Noch während er sprach und die andere Hand ohne Unterlass seinen Bart durchfurchte, reichte der Scheich die Tüte mit den Süßigkeiten zurück an die Direktorin und murmelte vor sich hin, »Im Namen des barmherzigen gnädigen Gottes«, doch nicht nur einmal, gleich zwei- oder dreimal wiederholte er die Anrufungsformel, in einem Tonfall, der etwas Furchterregendes hatte, etwas Bedrohliches, das mit jeder Wiederholung anschwoll, als wollte er auch auf diese Weise die Schülerinnen zwingen, ihm zuzuhören. Dann verstummte er für einen Augenblick, drehte den Kopf nach rechts und nach links, murmelte erneut unhörbar, hob dann die Stimme und wurde immer lauter: »Bismillahi r-Rahmani r-Rahim.« Schließlich eröffnete er seine Predigt mit einer Sure aus dem Koran, der Sure des Dschilbab, wie er ihnen sagte: »Gott, der Erhabene, sprach: O Prophet! Sag deinen Gattinnen und Töchtern und den Frauen der Gläubigen, sie sollen sich etwas von ihrem Gewand über den Kopf herunterziehen. So ist es am ehesten gewährleistet, dass sie erkannt und daraufhin nicht belästigt werden. Gott aber ist barmherzig und bereit zu vergeben …«

An jenem Herbsttag, der zu einer Zäsur in ihrem Leben werden sollte, wusste Sara noch nicht, dass ihre Persönlichkeitsbildung genau genommen an ebenjenem Punkt beginnen würde, dem Punkt, an dem der Scheich zu seiner Predigt anhob. Wohl hatte sie einen Großteil seiner Worte schon einmal gehört, in Brocken und Fragmenten aus dem Radio, das ihre Mutter zumeist in der Küche angeschaltet hatte, oder im Fernsehen, spätnachts oder an den Freitagen, wenn sie die Predigten aus den Moscheen verfolgte. Doch bei all diesen Gelegenheiten waren die Worte der Prediger zum einen Ohr rein- und zum anderen wieder rausgegangen. Sie wusste nicht, dass sie trotz allem und ungewollt viel davon in sich aufgenommen hatte, als hätten sich die Sätze, die um sie ertönten, die von den Mattscheiben, aus Radiolautsprechern und von den Minaretten der Moscheen gellten, in ihr Ohr gebohrt. Es fiel ihr schwer, eine andere Erklärung zu finden, denn was sie am Morgen oder Mittag jenes Herbsttages von dem Scheich der Behörde, dem Scheich der Glaubenspolizei, vernahm, erinnerte sie an vieles, was sie zuvor schon einmal gehört hatte. Allein mit dem Unterschied, dass es das erste Mal war, dass sie es live zu hören bekam. Und ein weiterer Unterschied bestand darin, dass sie anders als zu Hause in der Schule nicht aufstehen und herumlaufen konnte, denn sie durfte ihren Platz nicht verlassen, solange der Scheich sprach, und musste bis zum Ende der Predigt durchhalten. Hätte sie ein Stück Stoff zur Hand gehabt, hätte sie es sich in die Ohren gestopft.

Aber nein, wie ihre Mitschülerinnen war sie gezwungen, dort zu sitzen, und nicht nur das, sondern so, wie es in der von der Behörde verbreiteten Broschüre von ihnen verlangt wurde, züchtig, den Kopf gesenkt, hatten sie der nicht enden wollenden Predigt des Scheichs zu lauschen. Er sprach jetzt zu ihnen von den Qualen, die jede von ihnen erwarteten, sollten sie die Unterweisungen ihres Glaubens vergessen, die er ihnen dem Wort Gottes und seines Propheten gemäß anbefahl. Dann beschrieb er ihnen das Feuer, dessen Flammen nie verlöschten, und die Spieße, an denen ihre Körper geröstet würden, vor allem jene, die den Hidschab nicht kannten, berichtete ihnen von den beiden Todesengeln Munkar und Nakir – »Abscheulich« und »Widerwärtig« –, die, wenn sie mit ihren Opfern oben angelangt seien, diese ins Feuer der Hölle und des Verderbens würfen. Auch erzählte er ihnen von den Stimmen der Sünderinnen, die Gott vergebens um Hilfe anflehten, zu spät Verzeihen und Gnade von ihm verlangten, sprach von den Körpern, die bei Tag und Nacht eiterten und deren Fäulnis einige tausend Kilometer weit zu riechen sei, und von den verschleierten Gläubigen, die von ihrem Platz im Paradies zuschauen und über die ungläubigen Sünderinnen spotten würden. Nichts ließ der Scheich aus, redete wie ein Experte für Foltertechniken, und jedes Mal, wenn er auf eine neue Tortur zu sprechen kam, nahm seine Begeisterung noch einmal zu, als sei er höchstpersönlich im Begriff, die Folter durchzuführen. Ja, er biss sich auf die Zähne, kraulte seinen Bart, riss beide Augen weit auf, starrte in die der Schülerinnen. Zweihundert oder mehr Grundschülerinnen saßen dort vor ihm, zitternd, nicht nur, weil sie das allermeiste von seinen Ausführungen nicht verstanden, sondern vor allem, weil sie nicht wussten, ob vielleicht sie gemeint waren. Es waren ja ihre ersten Tage in der Schule, und mit Ausnahme ganz weniger von ihnen, die sich an einer Hand abzählen ließen, hatten ihre Familien keine Zeit gehabt, die für sie passenden Übermäntel und Hidschabs zu kaufen. Auch warteten die meisten Familien noch auf die notwendigen Informationen. Welche Art von Hidschab genau wurde verlangt? Kein Geheimnis war, dass die speziellen Vorschriften für den Hidschab jedes Jahr andere waren. Die meisten der kleinen Mädchen wussten dies zwar, insbesondere jene unter ihnen, die bereits das siebte oder achte Lebensjahr vollendet hatten, was sie aber nicht daran hinderte, sich furchtbar zu ängstigen, denn ganz sicher würden sie in dem Höllenfeuer enden, von dem der Scheich gesprochen hatte.

Selbst Sara verspürte Angst, klapperte mit den Zähnen und schloss unter Aufbietung aller Kräfte den Mund wieder, um nicht zu schreien. Sie wusste, ihr Schrei würde die Stille zerreißen, die herrschte, und den Scheich verstummen lassen. Und als sie es schließlich nicht mehr ertragen konnte und, nachdem sie ihre Hefte zusammengeklaubt hatte, von ihrem Platz aufstand, als ihr ganzer Körper zu beben begonnen hatte und sie ihre Hände auf die Ohren presste, um sie vor dem Wortschwall des Scheichs zu verschließen, als sie endlich beschlossen hatte, zu schreien und von dem Scheich zu verlangen, er solle den Mund halten, spürte sie, wie eine kühle Feuchtigkeit in ihre Schuhe eindrang und ihre Söckchen durchnässte. Sie wusste, sie hatte das nicht getan, wusste dies ganz genau, aber sie musste nicht einmal nach ihrem Unterrock tasten, da sie eine große Urinpfütze sich unter ihren Füßen ausbreiten sah, die genau neben ihr, von rechts kommend, entstanden war, wo Sadjia, die Tochter ihres Bruders, saß. Doch wäre Sara nicht wie von einer Schlange gebissen aufgesprungen, hätten der Scheich und die Direktorin womöglich gar nichts von all dem mitbekommen. Und anstatt, dass einer von ihnen sie gefragt hätte, was ihr geschehen sei, um dann herauszufinden, dass nicht sie es war, die nicht hatte an sich halten können, sondern die Tochter ihres Bruders, verlangten die beiden von ihr, augenblicklich nach vorne zu kommen und ihren Mitschülerinnen die Angst zu demonstrieren, die durch alle Poren ihrer Haut geflossen war und sie hatte urinieren lassen.

Doch Sara folgte dieser Aufforderung nicht, sondern ging auf den Scheich zu und stieß, als sie unmittelbar vor ihm stand, unvermittelt einen langen, gellenden Schrei aus, der ihn in panischem Schrecken aufspringen ließ. Noch ehe die Direktorin sie ergreifen konnte, brach sie ab und rief: Der Schrei eben war von Sara! Und jetzt, warte, was ich, Aramco, mache! So als spräche sie im Namen zweier unterschiedlicher Mädchen, ehe sie einen Lachanfall hatte, den auch die Direktorin nicht zu unterbinden vermochte, ein beinahe hysterisches Lachen, das ihren ganzen Körper durchschüttelte und erst abbrach, als sie die Hand des Scheichs mit Wucht auf ihrer Wange landen spürte. Er fixierte die Direktorin und fragte nach dem Namen dieser Schülerin. Sara, kam die Antwort. Dieses Mädchen Sara ist vom Teufel besessen und hat keinen Platz hier, sagte er mit eisiger Stimme. Schon vom nächsten Tag an sollte Sara nicht nur für das ganze anstehende Schuljahr zu Hause bleiben, sondern musste von nun an auch mit dem Stempel leben, den einer der Scheichs der Behörde für die Verbreitung von Tugendhaftigkeit und für die Verhinderung von Lastern ihr aufgedrückt hatte. Sie sei vom Teufel besessen, hieß es in dem offiziellen Runderlass, den die Behörde als »Warnung für den, der ihrer bedarf« an alle Schulen des Königreichs verschickte und der den Titel »Saras Sünde« trug.

Die Privatschulen waren eine zu jener Zeit im Königreich noch weitgehend unbekannte Einrichtung, und selbst ihr Vater, der von vielen Dingen Kenntnis hatte, wusste nicht von der Existenz auch nur einer einzigen solchen Schule im gesamten Königreich. Und sollte er verschiedentlich doch schon etwas darüber gehört haben, dann waren es immer nur Gerüchte gewesen und nicht mehr. Ja, hätte er nicht von Oberleutnant Daniel Brooks davon erfahren, hätte er dem Ganzen wohl keinen Glauben geschenkt, aber nachdem es sich wie ein Lauffeuer verbreitet hatte, was Sara in der Schule mit dem Scheich widerfahren war, beruhigte ihn der »gute schwarze Amerikaner, dieser anständige Kerl«, wie Saras Vater seinen Geschäftspartner auf dem Luftwaffenstützpunkt zu bezeichnen pflegte, sagte, er solle sich keine Sorgen machen, seine Tochter werde zwar dieses Schuljahr versäumen, aber er könne ihm helfen, indem er Sara für das kommende auf der gemischten Privatschule der Luftwaffenbasis in Dhahran anmelde, die von den Söhnen und Töchtern der auf dem Stützpunkt Beschäftigten besucht werde, insbesondere den Kindern der ausländischen Mitarbeiter. Bis zur dritten Grundschulklasse würden Jungen und Mädchen dort gemeinsam unterrichtet, ehe sie getrennt würden und auf separate Schulen gingen. Er solle alles ihm überlassen, sagte er, er werde mit der Schulleiterin sprechen, eine amerikanische Lady, die von einem Tag auf den anderen zur frommen Muslimin geworden sei. Seither versuche die *Miskina* – die Ärmste, wie er auf Arabisch sagte –, jeden Soldaten, der ihr auf dem Stützpunkt über den Weg laufe, zu überreden, zum Islam zu konvertieren. »Perhaps that makes her agree«, vielleicht werde das sie bewegen, seiner Bitte zu entsprechen, »she will think, I will be a muslim, maybe?« Das werde seine erste Rate auf einen Übertritt zum Islam sein, scherzte Brooks noch lachend. Und tatsächlich, ab dem neuen Schuljahr besuchte Sara die auf dem Luftwaffenstützpunkt neu gegründete »Schule der amerikanisch-saudischen Freundschaft«, wenn auch nur dank einer kleinen »Fälschung«, mit der selbst die neumuslimische Schulleiterin keine Probleme hatte. Denn ohne diesen Kunstgriff hätte Sara gar nicht an der Schule angenommen werden können, war sie doch laut einer von der Behörde für die Verbreitung von Tugendhaftigkeit und für die Verhinderung von Lastern herausgegebenen Empfehlung »bis auf Widerruf vom Schulbesuch ausgeschlossen«, oder aber bis ihr Erziehungsberechtigter den Beschluss eines angesehenen Scheichs vorlegen konnte, der bestätigte, dass sie von ihrer Krankheit geheilt war. »Dieses Mädchen ist vom Teufel besessen und hat sich in die Behandlung geistlicher Autoritäten zu begeben, die auf die Austreibung des Satans spezialisiert sind«, so hatte es im Verdikt der Behörde wörtlich geheißen. Und obgleich weder ihr Vater noch die Schulleiterin wussten, ob eine derartige Entscheidung der Behörde auch für Privatschulen galt, war keiner von beiden erpicht darauf, in dieser Causa Nachfragen anzustellen. »Let sleeping dogs lie«, sagte die Direktorin, und Ghazi al-Djaassi wusste, sie hatte recht, er durfte keine schlafenden Hunde aufwecken, denn das wäre für die Behörde gewiss eine willkommene Gelegenheit, die »Schule der amerikanisch-saudischen Freundschaft« auf dem Luftwaffenstützpunkt Dhahran ins Visier zu nehmen. Sara musste einfach den Schulbesuch wiederaufnehmen, und Schluss. Sicher, sie hatte leider ein Jahr versäumt, andererseits war sie ja auch vorzeitig eingeschult worden, und das Einzige, was zählte, war, dass sie eine neue Schule gefunden hatte. Und wie glücklich sie war, konnte jeder auf ihrem Gesicht ablesen, seit ihr Vater ihr die Nachricht überbracht hatte. Was er aber nicht wusste, war, dass trotz aller Freude seiner Tochter über die Schule, an der sie, wenn auch nur für ein Jahr, neu anfangen würde, Sara ebenso betrübt war, weil sie nicht schon früher gewusst hatte, dass es so etwas wie gemischte Schulen überhaupt gab, zumindest bis zur dritten Grundschulklasse, ehe sie dann auf eine reine Mädchenschule gehen würde, die unmittelbar neben ihrer neuen Schule gelegen war. Denn hätte sie schon früher von der Existenz einer solchen Schule gewusst, wäre sie gleich dorthin gegangen.

Die Entscheidung, die als Bestrafung gedacht gewesen war, hatte sich in ein Geschenk des Himmels verwandelt, nicht nur, weil diese Privatschule sie von dem Zwang befreite, einen Hidschab zu tragen, sondern vor allem auch die Gelegenheit des Umgangs mit Jungen verschaffte, zumindest während ihres ersten Jahrs an der Schule. Mädchen und Jungen saßen zwar in getrennten Klassen, doch war den Kindern während der Pausen das gemeinsame Spielen auf dem Schulhof erlaubt. Selbst im darauffolgenden Schuljahr würde die gemischte Schule und die reine Mädchenschule nur eine flache Hecke aus Myrtenbüschen trennen, sodass es für die Jungen und die Mädchen ein Leichtes war, hindurchzuschlüpfen und zum Spielen in den Garten der benachbarten Schule zu gelangen. Was die Schüler in ihrem Tun vielleicht zusätzlich ermutigte, war die

Tatsache, dass es sowohl an ihrer Schule als auch an der gemischten Schule ausschließlich Lehrerinnen gab, und das Fehlen strenger männlicher Lehrer ließ die Mädchen und Jungen sich zum gemeinsamen Spiel auf dem Schulhof oder an der Buschhecke treffen. Und genau das war es, was Sara am meisten liebte, nicht weil sie sich beim Erfinden neuer Spiele hervorgetan hätte, sondern weil diese Schule, wie Sara schon bald entdeckte, im Unterschied zu ihrer früheren Schule, ihren Schülern neue Spielmöglichkeiten zuhauf bot.

Ihr Vater brachte sie jeden Tag in seinem GMC zur Schule, und wenn er sie nach dem Unterricht wieder abholte, musste er schon nach einigen Tagen eine ganze Weile warten, bis sie ihr Spielen beendet hatte. Nicht selten musste er insgeheim lachen, wenn er sie mit älteren Mädchen oder Jungen spielen sah, überlegte einige Male, sie aufzufordern, das doch zu lassen, wusste aber andererseits nur zu gut, wie schwer es seiner Tochter fallen würde, diese Gewohnheit abzulegen. So war sie nun einmal, und das hatte sie schon seit frühester Kindheit von anderen Kindern unterschieden: ihre Weigerung, mit Gleichaltrigen zu spielen, von jüngeren Kindern ganz zu schweigen. Und warum sollte sie sich ausgerechnet jetzt ändern, da im Unterschied zu ihrer vorherigen Schule weder die Lehrerinnen noch die Direktorin am Verhalten seiner Tochter etwas auszusetzen hatten. Im Gegenteil, die Schulleiterin versäumte schon nach wenigen Tagen, die Sara am Unterricht teilgenommen hatte, keine Gelegenheit, Ghazi al-Djaassi gegenüber den Fleiß und die Beteiligung, vor allem aber die Stellung seiner Tochter unter den anderen Schülerinnen und Schülern hervorzuheben, für die sie so etwas wie eine Richterin war, die schlichtete und gerechte Urteile fällte, wann immer es zum Streit kam. Auch kämen sie zu ihr und verlangten ihren Rat, wie die Direktorin ihm bei einer Gelegenheit erklärte. Er könne stolz auf seine Tochter sein. Wer weiß, meinte die Direktorin, was eines Tages noch aus diesem Mädchen werden wird? Welche Verantwortung würde sie in ihrem Leben noch übernehmen? Nicht zuletzt sei sie sehr intelligent, wissbegierig und mit großer Neugierde gesegnet. Sollte er das Urteil einer amerikanischen Schulleiterin etwa in Zweifel ziehen? Warum hätte er das tun sollen? Und natürlich fragte sich Saras Vater nicht, ob seine Tochter sich absichtlich so verhielt. Was er nicht wusste, war, dass sie niemals bewusst darüber nachdachte, dass sie zu keinem Zeitpunkt ihre Freundinnen aufgrund ihres Alters auswählte oder andere Mädchen noch nie nach ihrem Alter gefragt hatte. Sie verhielt sich einfach automatisch so, was vielleicht mit ihrer Persönlichkeit zusammenhing, die sie schon früh ausgebildet hatte. Vielleicht war sie mit frühreifen Genen zur Welt gekommen, oder vielleicht hatte das Ganze einfach mit einer gewissen inneren Zufriedenheit zu tun. Wer weiß? Aber wir wollen uns nicht über ihre neuen Freundschaften den Kopf zerbrechen, insbesondere der innigsten zu einer ihrer Mitschülerinnen – der zu Alhanuf.

Alhanuf war genauso alt wie sie. Und es war nicht nur das erste Mal, dass Sara sich mit einer Gleichaltrigen anfreundete, sondern auch das erste Mal, dass sie erfuhr, was es bedeutet, Glück zu haben. Wäre sie nicht mit einem Jahr Verspätung auf ihre neue Schule gekommen, hätte sie Alhanuf womöglich niemals kennengelernt. Gleich an ihrem ersten Tag in der neuen Klasse hatte Sara beobachtet, dass das zierliche Mädchen, deren Namen sie bald erfahren sollte, die Einzige war, die sich von den anderen Schülern und Schülerinnen fernhielt, mit niemandem Umgang pflegte, weder in der Klasse noch auf dem Pausenhof, immer in der letzten Reihe in der Klasse saß und offenbar den Großteil ihrer Zeit damit verbrachte, ihr Heft mit Phantasiezeichnungen zu füllen, die Sara bei aller Rätselhaftigkeit perfekt und wunderschön erschienen. Sie wusste nicht, was sie an ihnen fand, es waren eher abstrakte Buntstiftkritzeleien, wie Sara sie zuvor nie gesehen hatte. Und hätte die Lehrerin nicht von ihr verlangt, ihren Platz ganz vorne in der Klasse aufzugeben und gegen den neben Alhanuf zu tauschen, hätte sie diese Zeichnungen oder Kritzeleien vielleicht gar nicht zu Gesicht bekommen.

Sara war auch in ihrem ersten Jahr an der neuen Schule die Klassenbeste. Und aus einem Grund, den sie damals noch nicht durchschaute, schien die Lehrerin Sympathie für Alhanuf zu hegen, auch wenn sie wusste, dass diese Schülerin ihren Erklärungen keine Beachtung schenkte, dass sie keine Hausaufgaben machte und nach Lust und Laune zum Unterricht erschien, ja zuweilen mit reichlich Verspätung in die Klasse kam. Aber die hübsche, aus dem Libanon stammende Lehrerin, deren Name wahrscheinlich Maj war – mit den Jahren sollte Sara den Namen vergessen haben, erinnerte sich aber an ihre elegante, schlanke Gestalt, ihr schönes braunes Gesicht, die honigfarbenen Augen und ihre ruhige, feste Stimme –, diese außergewöhnliche Lehrerin also, die Haushaltsführung unterrichtete, tat ihr Möglichstes, damit sich Alhanuf nicht belästigt fühlte, selbst wenn sie sie aus ihrer Entrücktheit weckte, ihrer Unaufmerksamkeit, ja ihrer kompletten Abwesenheit aus der Klasse, was sie immer auf ihre sanfte Art machte, sie freundlich beim Namen rief und aufforderte aufzustehen, um ihre Fragen zu beantworten. Alhanuf dachte dann immer nach, das heißt, wenn sie gleich reagierte, denn die Lehrerin mit Namen Maj oder so ähnlich musste ihre Aufforderung in aller Regel noch einmal wiederholen. Alhanuf also dachte nach, zuweilen mehrere Minuten lang, und wenn sie dann etwas sagte, waren es immer nur ein oder zwei Sätze, »Haushaltsführung ist nicht meine Spezialität« oder »Vergeuden Sie nicht Ihre Zeit mit mir«, das waren ihre Lieblingssätze.

Doch die Lehrerin wollte sie offenbar zu nichts zwingen, forderte sie auf, sich wieder zu setzen, und wies dann Sara leise an: »Setz dich bitte neben sie.« Sie war allerdings die einzige Lehrerin, die so verfuhr. In allen anderen Stunden sah sich Sara, um weiter neben Alhanuf sitzen zu können, zu kleineren Vergehen gezwungen, damit die Lehrerinnen sie bestraften und in der hintersten Reihe sitzen bleiben ließen, neben der »faulen Alhanuf«, wie sie sagten, ohne zu wissen, welches Vergnügen sie Sara damit bereiteten, die sich so ungestört an Alhanufs Zeichnungen erfreuen konnte. Alhanuf benutzte einen dünnen Pinsel, den sie in ein Fläschchen mit Farbe tauchte, das sie vor sich auf das Pult stellte, jede Stunde ein neues Fläschchen mit einer anderen Farbe. Zum Zeichnen aber benutzte sie verschiedene Spezialstifte, wie Sara sie noch nie zuvor gesehen hatte. Und im Unterschied zu allen anderen Schülerinnen enthielt ihr Schulranzen nicht Hefte, Schulbücher oder Sandwichs, welche die Mütter ihren Töchtern zubereitet hatten, sondern war ausschließlich mit Zeichensachen gefüllt. Alhanufs Zeichnungen und ihr Verhalten, ihre Bewegungen und mitunter ihre grüblerische Nachdenklichkeit, dies alles vermittelte das Bild eines ernsthaften Mädchens, das älter wirkte, als es eigentlich war, eines introvertierten Mädchens, das in seiner Phantasie weit weg von allem war, eines unendlich versonnenen Mädchens, zu dessen ganz eigener Welt man nicht so einfach Zutritt erhielt. Und wenn eine der Lehrerinnen sie energisch aufrief (im Unterschied zu der libanesischen Lehrerin), sprang sie immer wie von einer Tarantel gestochen auf, ihr Blick zerstreut, das Haar wirr abstehend und ihre ganze Erscheinung so befremdlich, dass die ganze Klasse über sie lachen musste, doch mit der Zeit begannen die Lehrerinnen an der Schule auf ihre Zeichnungen aufmerksam zu werden, ja einige von ihnen zögerten nicht zu fragen, ob sie ihnen die eine oder andere davon wohl als Geschenk überließ. Sogar die Direktorin schmückte ihren Schreibtisch mit einer von Alhanufs Zeichnungen, genauer gesagt mit der Skizze eines schönen jungen Mädchens, das auf einem Totenbett liegt. Sara hätte nicht gewusst, von wem die Zeichnung stammte, die die Direktorin mit einem schönen Holzrahmen versehen hatte, hätte diese nicht zu ihrem Vater gesagt, als sie einmal alle zusammen waren, die Schule sei stolz darauf, mehrere hochbegabte Schülerinnen zu haben, und um nur ein Beispiel zu geben, wies sie auf die Zeichnung und sagte: »Das hier zum Beispiel stammt von einem künstlerisch hochtalentierten Mädchen.« Sara wusste da natürlich noch nicht, wer dieses »künstlerisch hochtalentierte Mädchen« war, oder hatte sich zumindest nicht dafür interessiert, jetzt aber war sie sich sicher, dass es nur Alhanuf sein konnte, denn niemand sonst an der Schule besaß eine solche Begabung. Alhanuf war offenbar glücklich und sich selbst genug, wusste, dass sie eine Ausnahmeerscheinung in der Schule darstellte, und in der ersten Zeit hatte Sara Angst, ihre Nähe zu suchen. Ein Gefühl sagte ihr, sie solle vorsichtig sein. Was sollte sie ihr sagen? Was, wenn Alhanuf sie zurückwies?

Eines Morgens, da waren schon drei Monate oder mehr vergangen, dass sie sie heimlich nicht nur während des Unterrichts, sondern auch in den Pausen beobachtete, beschloss Sara, Alhanuf nachzugehen. Wie gewöhnlich hatte sie sich von den anderen Schülerinnen abgesondert, und als sie den Stacheldrahtzaun erreicht hatte, der die Schule hinten abgrenzte, sah sie, wie Alhanuf durch ein winziges Loch im Zaun, das sie vielleicht selbst gemacht hatte, nach draußen schlüpfte. Ohne zu zögern zwängte auch Sara sich durch diese Öffnung, stellte fest, dass dieses Mädchen um einiges zierlicher als sie selbst sein musste, da sie nicht annähernd so viel Anstrengung darauf verwendet hatte, sich aus dem Zaun zu befreien und auf die andere Seite zu gelangen, wo sich ein kleiner, aber dicht bewachsener Garten erstreckte, genauer gesagt auf der Fläche zwischen dem Schulzaun und der Wand des gegenüberliegenden Depots, das Sara kannte, seit sie ihren Vater zu seinen Stippvisiten bei Oberleutnant Daniel Brooks begleitet hatte. Etwa fünf oder sechs Meter vor der Gebäudewand erhob sich ein niedriger gedrungener Baum, von dem Sara später erfahren sollte, dass es ein Hennastrauch war, und unter diesem sah sie eine Steinbank, deren Enden zu beiden Seiten hinter dem mächtigen Stamm des Baumes hervorschauten, während das meiste, vornehmlich das Mittelstück der Bank, von dem Stamm verdeckt wurde. Und genau dort saß Alhanuf.

Anfangs zögerte Sara noch, wusste nicht, ob sie weitergehen sollte oder nicht. Sie schlich auf Zehenspitzen, als wollte sie die Aufmerksamkeit der anderen nicht wecken, und als sie an dem Baum angelangt war, verbarg sie ihren Körper hinter seinem Stamm und reckte den Kopf vor, sah das Mädchen, das ganz ruhig auf der Steinbank saß, mit einem kleinen Block auf dem Schoß. So vertieft sie auch in ihr Zeichnen schien, hinderte sie dies nicht daran, ohne den Kopf zu heben zu Sara zu sagen: »Ich weiß, dass du mich verfolgst.« Um sie dann in demselben, ruhigen Ton, der erst vor wenigen Augenblicken zum Vorschein gekommen war, aufzufordern, doch näher zu kommen. »Komm her und setz dich neben mich«, sagte das Mädchen und zeichnete weiter, ohne jedoch ein Stückchen nach rechts oder nach links zu rücken. Sara ließ sich neben sie auf die Bank sinken und betrachtete neugierig die Skizzen. »Vögel«, sagte das Mädchen, schlug das Blatt um und begann eine neue Zeichnung. Solange sie dort nebeneinandersaßen, konnte Sara verfolgen, wie das Mädchen, sobald es eine Vogelzeichnung beendet hatte, umblätterte und sogleich eine neue Zeichnung in Angriff nahm. Sie komme jeden Tag her, um die Vögel zu beobachten. »Siehst du sie?«, fragte sie und zeigte mit der Hand in eine Richtung. »Dort auf dem Dach des Lagerhauses!«

Sara wollte ihr nicht sagen, dass sie dieses Depot sehr gut kannte, seit Jahren schon, seit ihr Vater begonnen hatte, sie jeden Morgen mit hierher zur Arbeit zu nehmen. Sie wusste, dies war eines der Lagerhäuser, in denen die Nahrungsmittel aufbewahrt wurden, welche die Firma ihres Vaters anlieferte. Das Gebäude war so etwas wie ein Getreidespeicher, Getreide, das von weit entfernten Orten stammte. »Die Vögel kommen von weit her und landen auf den Dächern«, setzte das Mädchen hinzu. »Komisch ist, dass sie stundenlang auf dem Dach sitzen bleiben und nicht woanders hinfliegen wollen.« Hätte das Mädchen gewusst, dass diese Lagerhäuser eine Art von Kleingetreidesilo waren, wäre sie wohl nicht so erstaunt gewesen über die Zahl der Vögel auf dem Dach. Jetzt berichtete sie, sie ziehe es vor, hier zu sitzen und zu zeichnen, anstatt – wie sie sagte – »mit den Kleinen zu spielen«. Was, außer Problemen, könne man denn von den Kleinen erwarten? »Das sind alles Babys«, sagte sie, als sei sie überzeugt, nicht das Alter ihrer Klassenkameradinnen zu teilen. »Die Vögel dagegen sind toll«, stellte sie mit Nachdruck fest, und die zeichne sie, weil sie überzeugt sei, nur so die Vögel leben zu lassen. Bis jetzt habe sie 244 Vögel gezeichnet und werde nicht müde, immer noch mehr zu zeichnen. Schließlich forderte sie Sara auf, aus ihrem Ranzen, der unter ihrem Arm lehnte, zwei oder drei Hefte zu nehmen und sich ihre Zeichnungen anzuschauen. Und zum ersten Mal überhaupt hielt sie beim Zeichnen inne. »Die Vögel sind meine Freunde, solange sie wissen, dass ich sie zeichne, kommen sie jeden Tag her und mit ihnen immer neue Vögel.« Bei diesen Worten schaute das Mädchen Sara ins Gesicht, sah, dass sie ihr aufmerksam zuhörte, und fragte mit einem Mal, ob sie Langeweile empfinde oder wegen irgendetwas bedrückt sei? Und noch ehe Sara antworten konnte, sagte die andere, ach was, du bist ja gerade neun geworden! Sie kenne nichts, was dümmer sei, als neun Jahre alt zu sein. Sie selbst auf jeden Fall habe es eilig, dieses Alter möglichst schnell hinter sich zu lassen, und wenn es nach ihr ginge, würde sie noch heute ihr Alter ändern, wie oft hatte sie schon gehofft, eines Morgens aufzuwachen und festzustellen, dass sie zehn war. »Zehn Jahre«, bekräftigte Sara, »ist das richtige Alter für ein Mädchen.« Alhanuf verstand zunächst nicht, warum Sara ihr dies sagte, aber Sara, die in jenem Moment über ihren eigenen Gedanken erstaunt war, erklärte: »Du hast gesagt, die Vögel leben länger, weil du sie zeichnest. Was hältst du davon, mich zu zeichnen?« Und um ihre Idee deutlicher zu machen, fügte sie hinzu: »Wenn du mich zeichnest, werde ich zehn Jahre alt.« Da lachte Alhanuf und verriet ihr, wie sehr sie ihr eigenes Alter hasse. Und dann legte sie ihr dar, in welcher Weise die Vögel sich von den Menschen unterschieden. »Die Vögel können keine Entscheidung treffen«, sagte sie und folgte mit dem Blick den Vögeln, von denen einige sich jetzt den Füßen der beiden Mädchen näherten. »Aber du und ich, wenn wir beide beschließen, zehn Jahre alt zu sein, sind wir von heute ab zehn.«

Doch die beiden entschieden an jenem Tag nicht nur über ihr Alter, sondern schworen bei Gott und seinem Propheten Muhammad, dass sie immer zusammenbleiben und Freundinnen werden würden. Es war, als hätte Sara endlich eine Gefährtin gefunden, mit der sie den Wunsch zu fliegen teilen konnte.

Von jenem Tag an verband die beiden eine innige Freundschaft. Während der Unterrichtsstunden und Pausen waren sie nicht mehr zu trennen. Sara hörte auf, mit den anderen Kindern zu spielen, und erlöste Alhanuf von ihrem Schicksal, allein auf der einsamen Steinbank unter dem Hennastrauch zu sitzen. »Wir sind wie sie«, sagte sie eines Tages zu Sara. »Wie die Bank und dieser Baum, zwei Einsame, die die Rollen tauschen.« Es war das erste Mal überhaupt, dass Sara Vertrautheit zu einem Mädchen empfand, das nicht zwei oder drei Jahre älter, sondern genau in ihrem Alter war. Wie selbstverständlich stahlen sich die beiden Mädchen vom Schulhof und begaben sich in den verwunschenen Garten hinter der Schule und verfolgten die Vögel. Mehr als dreihundert Arten von Vögeln beobachteten sie im ersten Jahr, und während Alhanuf sie zeichnete, musste Sara ihnen Namen geben. Wie ratlos sie in den ersten Wochen war, welcher Name für diesen oder jenen Vogel angemessen sein könnte, denn es war keine leichte Aufgabe für sie, ihr Vorrat an Vogelnamen ließ sich bis dahin an den Fingern beider Hände abzählen, ging nicht über die Vögel hinaus, deren Namen sie zu Hause schon einmal gehört hatte, und selbst die wären ihr nicht bekannt gewesen, hätte ihr Haus nicht nah zum Meer gestanden. Ja, sie musste mehr als nur eine Nacht durchwachen, um ihrer Freundin am nächsten Tag mit einem neuen Namen aufwarten zu können. Bisweilen zögerte sie nicht, ihren Vater zu fragen, er möge ihr den Namen eines Vogels sagen, denn wichtig war nur, dass sie ihrer Freundin einen neuen Vogelnamen präsentieren konnte. Alhanuf dankte ihr jedes Mal, wenn sie einen ungewöhnlichen Namen von ihr zu hören bekam, aber auch wenn sie bloß einen wiederholte, den sie schon am Vortag bereits genannt hatte. »Die Vögel leben, wenn sie einen Namen tragen«, behauptete Alhanuf. Sie mochte sie zwar zeichnen und dadurch lebendig machen, aber der Name sei es, der den Unterschied ausmache. »Die Vögel sind wie Menschen«, sagte Alhanuf, »jeder Vogel hebt sich durch seinen Namen von einem anderen ab.« Und jedes Mal, wenn sie einem Vogel einen Namen gäben, würden sie ihm auch seine eigene Persönlichkeit schenken. Sara staunte über Alhanufs Ausdrucksweise, die fast so sprach wie die Erwachsenen, als sie noch ein kleines Mädchen gewesen war und ihr Vater sie bei jeder Gelegenheit mitgenommen hatte, ehe die Schule dann das meiste ihrer Zeit in Anspruch nahm und sie daran hinderte, mit ihm unterwegs zu sein. Damals hatte Sara ähnliche Gespräche gehört. Dennoch hatte sie das Gefühl, ihre Freundin sage Worte, die unvergleichlich waren, die sie noch nie zuvor gehört hatte. Ein Tag, an dem sie ihre Freundin nicht sah, war ein schwarzer Tag in ihrem Leben. Natürlich ließen sich in der Schule ähnliche Freundschaften beobachten, sah man sowohl Mädchen als auch Jungen unzertrennlich zu zweit auf dem Schulhof herumspazieren, doch zumeist waren dies keine Freundschaften von Dauer, endeten in der Regel mit Abschluss des Schuljahres. Saras und Alhanufs Freundschaft hingegen schien sich mit der Zeit nur immer mehr zu vertiefen, mit jedem neuen Schulabschnitt.

In ihrem zweiten gemeinsamen Jahr auf der Schule etwa, dem Jahr nach ihrem Kennenlernen, als beide, inzwischen tatsächlich zehn Jahre alt, in die vierte Grundschulklasse kamen und damit auf die reine Mädchenschule wechselten, die an die gemischte Schule angrenzte, verlangten die zwei von ihrer Lehrerin, sie solle sie nebeneinander setzen, und so saßen sie fortan auf einer Bank. Als beide dann in die fünfte Klasse kamen und elf Jahre alt wurden, in Saras Fall zumindest laut den offiziellen Dokumenten, musste ihr Vater immer öfter in das benachbarte Hafar al-Batin, um die Lebensmittelsendungen zu überwachen, die er an den dortigen Stützpunkt der Eingreiftruppe des Golf-Kooperationsrates lieferte. Alhanuf bestürmte daraufhin einen ihrer drei Brüder, die sie für gewöhnlich von der Schule abholten, sie sollten auch ihre Freundin mitnehmen und sie nach Hause fahren, trotz des erheblichen Umwegs in Richtung Norden. Wenn keiner der Brüder zum Abholen erschien, dann verlangte Sara von ihrem Vater, zunächst Alhanuf nach Hause zu fahren, und jedes Mal empfanden beide Mädchen einen Anflug von Trauer, wenn der Wagen vor dem Haus von einer von ihnen hielt, und sie genötigt wurden, sich voneinander zu verabschieden.

Was aber lernte Alhanuf von Sara? Schlicht und einfach das Briefeschreiben.

Jede Nacht vor dem Schlafengehen machte es sich Sara zur Gewohnheit, Blatt und Stift zur Hand zu nehmen, einen der Buntstifte, die sie nur für diesen Zweck aufbewahrte, und nicht eher einzuschlafen, bis sie ihrer Freundin einen Brief geschrieben hatte. Und nie vergaß sie, ihren Brief mit einem ihrer geliebten Parfüms zu bestäuben, die ihr Vater ihr kaufte. Sogar das Briefpapier war besonders, farbig. Und Alhanuf machte nie einen Hehl aus ihrer Freude, wenn sie einen Brief von ihrer Freundin erhielt. Gleich beim ersten Brief hatte sie ihr gesagt, es sei das erste Mal überhaupt, dass jemand ihr schreibe.

Das war ungefähr eine Woche nach ihrer Begegnung im Garten hinter dem Schulzaun, und im ersten Moment dachte Alhanuf, einer der Jungen unter ihren Mitschülern habe den Brief in ihren Ranzen gesteckt. Der Brief war gut verborgen und steckte in einem türkisfarbenen Umschlag, dessen Parfümgeruch ihr sogleich in die Nase schlug, kaum hatte sie den Brief aus dem Ranzen gezogen. »Für Alhanuf ... die beste Freundin und den großartigsten Menschen auf der Welt«, stand auf dem Umschlag, und als Alhanuf den Brief endlich in ihrem Zimmer öffnete, spürte sie ihr Herz wild schlagen und sah, wie ihre Finger zitterten. Und erst als sie sich vergewissert hatte, dass der Brief mit dem Namen ihrer Freundin unterzeichnet war, »Sara, an der alles Freude weckt«, war sie sicher, dass diese es war, die ihr geschrieben hatte. In jenem Augenblick überkam Alhanuf ein unermessliches Glücksgefühl, oder richtiger gesagt eine noch nie vorher erlebte Mischung aus Furcht und Freude, aus Neugier und Angst, aus Sehnsucht und Verlustgefühl. Ihre Empfindungen waren auf jeden Fall eigenartig und für sie bis dahin unbekannt, aber seit dem Tag wusste sie, dass es ihr künftig schwerfallen würde, sich einen Tag vorzustellen, an dem sie keinen Brief von Sara in ihrem Ranzen finden würde. Und Sara ihrerseits geizte nicht, und selbst wenn es nicht viel gab, was sie hätte berichten können, begnügte sie sich damit, zwei oder drei Zeilen zu schreiben, Hauptsache, sie schrieb etwas. Oder, wie sie ihrer Freundin eines Tages erklärte, dass sie etwas tat, was ihr das Gefühl gab, ihr nahe zu sein, dass sie niemals wirklich von ihr getrennt war und, wo auch immer sie sein mochte, mit ihr sprach, denn es sei unerlässlich, dass ihre Freundin erfahre, wie ihr Tag gewesen sei. In ihrem Alter, in dem sie mit dem Briefeschreiben begann, wusste Sara noch nicht, dass das, was sie ihrer Freundin schrieb, etwas von einem Tagebuch hatte, angefangen von der Schilderung kleinster Einzelheiten bis hin zum Bericht über ihre täglichen Eindrücke.

Denn es waren diese Briefe, die Alhanuf vieles über ihre Freundin und deren Träume verrieten: dass sie, als sie klein war, zum Beispiel davon geträumt hatte, fliegen zu können, oder wie sehr sie sich gewünscht hatte, eines Tages Schönheitskönigin zu werden, die erste Schönheitskönigin des Königreichs – »Aber ach, die Verhältnisse«, schrieb sie missmutig wie eine reife Frau –, und wie sehr sie, sooft sie aus dem Fenster auf das Meer schaute, sich in eine Welle verwandeln und nach Belieben dort tummeln wollte. Verstehst du mich?, wollte sie altklug von ihrer Freundin wissen, um ihr bei anderer Gelegenheit vorzuschlagen, wenn sie beide erwachsen wären, würden sie vielleicht zum Studium an eine Universität gehen. Das müssten sie einfach machen. »Willst du mit mir studieren?«, fragte sie in einem Brief. »Wo möchtest du, dass wir studieren?« Sie frage, weil sie selbst nicht wisse, welchen Ort oder welche Fachrichtung sie für das Studium wählen solle. Aber sie wolle die Entscheidung ihrer Freundin überlassen. Was meinst du?, fragte sie Alhanuf unschuldig, ohne ihr im nächsten Brief, wenn bis dahin noch keine Antwort gekommen war, noch einmal die Frage in Erinnerung zu rufen. Als käme es nur darauf an zu schreiben, nicht aber Antworten zu erhalten, während für Alhanuf allein von Bedeutung war, einen Brief von Sara zu bekommen, ganz gleich welchen Inhalts. Was sie dazu brachte, ihren Ranzen zumeist in Saras Nähe abzustellen, um sich dann unter einem Vorwand zu entfernen und wenig später wiederzukommen oder für einen Moment die Augen zu schließen, damit ihre Freundin nicht den Eindruck bekam, sie überwache sie. Das Briefeschreiben also war Saras Aufgabe, während Alhanuf die Rolle der Empfängerin ausübte, und damit war die Angelegenheit erledigt, wurde zur nicht mehr in Frage gestellten Routine, ja wenn sich beide am nächsten Tag in der Schule trafen, sprachen sie, einmal abgesehen von zwei, drei Anlässen, nur höchst selten über den Inhalt der Briefe.

Der erste dieser Anlässe ereignete sich, als Sara ihrer Freundin schrieb, ihr acht Jahre älterer Cousin sei zu Besuch und habe von ihrem Vater verlangt, er möge ihm helfen, die Brücke nach Bahrain zu überqueren, da er an der Universität von Manama studieren wolle, sein Vater aber nicht eingewilligt habe. Sie hatte zu Hause Geflüster gehört, der Vater habe Angst, sein Sohn könne dort verderben. Warum? Das wusste sie nicht. Sara vergaß auch nicht, ihrer Freundin mitzuteilen, es sei das erste Mal überhaupt, dass sie Nassir zu Gesicht bekommen habe, so hieß der jüngste Spross der zwanzig Nachkommen ihres Onkels, eines von drei Kindern, die seine erste Ehefrau Rimal ihm geschenkt hatte. Ob sie schon gesagt habe, wie sehr sie diese Tante liebe? Natürlich war am nächsten Tag nicht die Reise ihrer Tante mit dem Sohn Gesprächsthema der beiden Freundinnen, sondern die Frage, ob das Studium in Bahrain eines ihrer Ziele sein sollte, wenn sie groß wären. Nein, eher nicht, darauf verständigten sich die Mädchen schließlich. »Mein Vater sagt, Bahrain ist ein Angebername«, denn ein Land, in dem es nur zwei Wasserhähne gebe, einer im Norden und der andere im Süden, könne, seiner Meinung nach, wohl kaum *Bahrain* – zwei Meere – genannt werden. Die Freundinnen hatten herzlich gelacht über Ghazi al-Djaassis Bemerkung.

Der zweite Anlass war, als sie ihr in einem Brief von einer Tante erzählte, deren Namen sie als gutes Omen trug: Sara.

Es war Alhanuf, die von ihrer Freundin verlangte, Näheres zu erfahren, doch Sara musste einräumen, dass alles, was sie über diese Tante wusste, sich auf die Geschichten beschränkte, die sie schon als kleines Mädchen aufgeschnappt hatte. Doch sooft sie nachgefragt hatte, hatte man ihr gesagt, sie sei noch zu jung, um die Geschichte im Einzelnen zu erfahren. Einige Male hatte sie, als sie noch jünger war, ihren Vater dabei ertappt, wie er sie gebannt angestarrt hatte, um nach langem Sinnieren zu sagen: »Du erinnerst mich an meine Schwester Sara.« Aber sooft sie die Falten auf der Stirn des Vaters und seinen mürrischen Gesichtsausdruck bei diesen Worten sah und hörte, wie seine Stimme einen traurigen, belegten Klang annahm, hatte sie vermutet, ihre Tante Sara müsse entweder tot oder von einem gewaltigen Unglück heimgesucht worden sein, weshalb sie nicht weiter nach ihr fragen durfte, denn ihre Fragen weckten beim Vater nur Trauer und Niedergeschlagenheit. Nach ihrem Brief jedoch verriet ihr Alhanuf, sie habe einmal bei sich zu Hause ein Gespräch mit angehört, in dem es um ihre Tante Sara gegangen sei. Alhanufs großer Bruder, der Leiter des Museums in Dammam war, habe gesagt, Saras Tante hätte sich in einen Mann verliebt, der nicht zu ihrem Stamm gehörte, und darauf bestanden, diesen zu heiraten, was ihr Bruder aber nicht erlaubt habe, weshalb sie jetzt mit diesem Mann an irgendeinem Ort in der Wüste lebe. »Oh«, entfuhr es Sara, »die Wüste!« Ihre Freundin wisse ja nicht, wie sehr sie die Wüste liebe. »Meine Seele wohnt dort!« Alles, was sie hoffe, sollte sie lange genug leben, sei, einmal in die Wüste zu ziehen, um dort zu leben. »Ich glaube, sogar die Vögel ziehen dort frei umher«, sagte sie zu Alhanuf, um sie dann, als wäre ihr plötzlich etwas Wichtiges aufgegangen, zu fragen, ob ihr Bruder denn diesen Ort in der Wüste, an dem ihre Tante lebte, näher bezeichnet habe, denn lieber heute als morgen würde sie sie treffen wollen. Doch ihre Freundin erwiderte, nein, leider habe sie nicht mehr Einzelheiten zu hören bekommen, denn ihr Bruder sei mit einem Mal verstummt, als er seine Schwester den Hof des Hauses betreten sah, offenbar aus Sorge, sie könnte etwas weitererzählen. »Ja«, bestätigte Sara, »die Großen denken, sie können uns nicht vertrauen.« Und dann berichtete sie, was sie von ihrem Vater zu hören bekommen hatte, der ihr die Worte eines amerikanischen Militärs wiedergab, mit dem er geschäftlich auf dem amerikanischen Stützpunkt zu tun hatte. »Bringen Sie Ihre Tochter nicht mehr mit auf den Stützpunkt«, habe dieser ihm gesagt, »solange sie noch so klein ist.« Dann habe der Offizier, ihrem Vater zufolge, noch erklärt, Sara könnte schlimmstenfalls militärische Geheimnisse der Luftwaffenbasis verraten. »Alle Kinder sind geschwätzig«, habe er gesagt.

Am Ende und nach jahrelangem Briefeschreiben nahm es nicht wunder, dass sie zuweilen durcheinanderkam, was sie in ihren Briefen an Alhanuf geschrieben hatte und was nicht, dass sie nicht immer auseinanderhalten konnte, was sich tatsächlich ereignet hatte. Und Sara war nicht bewusst, dass ihre Briefe Tag um Tag gemeinsam mit ihr reifer und erwachsener wurden, und dass jeder Buchstabe, den sie zu Papier brachte, auf ihre Art die Persönlichkeit einer Sara zeichnete, der sie künftig entsprechen sollte, in allem, was sie an Wünschen und Träumen besäße, was sie an Last und Sorge empfände. Denn ihre Briefe waren wie sie, und je mehr Wünsche und Phantasien darin anklangen, unschuldige und einem Mädchen in ihrem Alter angemessene Phantasien, umso mehr kamen in ihren Briefen auch Klagen und Fragen an sich selbst zum Ausdruck, zuweilen auch Ratlosigkeit und Verwirrung. So schrieb sie in einem ihrer Briefe der Freundin, sie wolle ihr ein Geheimnis anvertrauen, das sie aber für sich behalten müsse: »Mein Vater ist krank nach Bediensteten«, schrieb sie Alhanuf, obschon sie nicht wusste, was genau damit gemeint war oder wie ihr Vater von dieser Krankheit geheilt werden konnte, aber sie hatte von frühester Kindheit an ihre Mutter diesen Satz ausrufen gehört, wenn diese aufgebracht zu ihrer Familie nach Buraida in den Norden gefahren war. Und es war die Liebe zu ihrem Vater, die sie darüber nachdenken ließ, wie ein erfolgreicher Weg zu finden wäre, ihn zu behandeln. Ja, wie sehr wünschte sie, er würde durch ihre Hand wieder gesund, und dieser Gedanke schließlich war es, der Sara zum ersten Mal über ein Medizinstudium nachdenken ließ. Ja, Heilkunde oder genauer gesagt Seelenheilkunde würde sie erlernen. »Ich werde die erste Psychiaterin im Königreich!«, schrieb sie an ihre Freundin, um gleich anzufügen: »Ja, ich will nicht mehr die erste Schönheitskönigin des Königreichs werden, ich will die erste Psychiaterin in Saudi-Arabien werden!«

Die Briefe, die Alhanuf in einer kleinen Dose aus Elfenbein aufhob und die eines Tages zum einzigen Kommunikationsmittel zwischen den beiden Frauen werden sollten, ließen eine noch größere Nähe zwischen ihnen entstehen, machten sie unzertrennlich. Die Liebe zueinander hatte sie in ihren Bann geschlagen, seit sie zum ersten Mal in dem kleinen Garten miteinander gesprochen hatten, ihrem Zufluchtsort zwischen dem Schulzaun und den gegenüberliegenden Lagerhäusern der amerikanischen Militärbasis, ohne dass sie einen unmittelbaren Grund dafür gewusst hätten. Und von jenem Augenblick an dachten beide auch, nichts könnte sie eines Tages auseinanderbringen, oder dass irgendetwas, was sich in der Welt um sie herum ereignete, auch sie irgendwann betreffen würde. Im Gegenteil, das Gefühl der Liebe währte, sooft sie sich trafen, sooft sie darüber nachdachten, was sie morgen tun würden, und womöglich hätte dieses Gefühl für immer fortbestanden, wäre nicht etwas geschehen, das ihrer beider Leben in einer Form aus den Fugen geraten ließ, die sie niemals erwartet hätten. Eines Tages tauchte plötzlich Saras Onkel in al-Chobar auf.

Zweites Kapitel

SARAS ALBTRAUM

Bevor er im Auftrag der Behörde für die Verbreitung von
Tugendhaftigkeit und für die Verhinderung von Lastern die
Inspektionsaufgabe für die Ostprovinz übertragen bekam, war
Scheich Jussuf al-Ahmad überzeugt gewesen, niemals in einer
der Küstenstädte zu enden, die er sein Leben lang verflucht
hatte. Und wohin schließlich hatte es ihn verschlagen? Ausgerechnet nach al-Chobar, die Stadt, um die er bis jetzt immer
einen Bogen gemacht hatte. Er, ein Mann, der in der Provinz
al-Qasim geboren war und nie eine Gelegenheit ausgelassen
hatte, seinen Stolz darüber zum Ausdruck zu bringen, in einer
der »achtbareren« Regionen des Königreichs aufgewachsen
und zur Schule gegangen zu sein. Und konnte es eine Provinz
geben, die achtbarer war als jene, die einen Dichter wie Antara
ibn Schaddad oder einen gottesfürchtigen Poeten wie Zuhair
ibn Abi Sulma hervorgebracht hatte? Ersterer war als helden-
hafter Krieger gestorben, während Letzterer seinen Namen auf
immer der Geschichte anvertraut hatte, denn keinen anderen
hatte der Prophet der Muslime, Gott segne ihn und schenke
ihm Heil, gepriesen, und wem, wenn nicht ihm, war diese
besondere Gunst zuteilgeworden: die Erlaubnis durch den
Gesandten der Gesandten, Gottes Segen sei mit ihm, seine Gedichte vorzutragen. »Die Dichter gehören zu den Verführern,

wie es in Gottes Wort, des Erhabenen und Mächtigen, heißt, nicht aber Zuhair ibn Abi Sulma«, hatte der hochherzige Gesandte gesagt. Ja, wie oft hatte er dies erst seinen Lehrern und später seinen Schülern zum Besten gegeben, und wäre er nicht in dieser Region geboren worden, hätte er nicht so früh erfahren, dass der Besuch einer ihrer Schulen ein Privileg war, das von keinem anderen übertroffen wurde, denn die besten Schulen des Königreichs fanden sich in der Provinz al-Qasim. Als Knabe hatte er zuerst die berühmte Grundschule Al Sulaiman besucht und später als Heranwachsender deren weiterführenden Ableger, das »Wissenschaftliche Institut in Buraida«, ehe er schließlich seine Ausbildung vollendet hatte durch ein Studium an der Fakultät für islamisches Recht und die Grundlagen des Glaubens, die Teil der Imam-Muhammad-Al-Saud-Universität war, der islamischen Universität der Provinzhauptstadt Buraida.

An jener Fakultät hatte er die Ehre genossen, durch saudische Scheichs unterwiesen zu werden, die der Geschichte des neuzeitlichen Königreichs ihren Stempel aufgedrückt hatten, wobei es genügt, nur einen von ihnen zu nennen, den bekannten Rechtsgelehrten Abd al-Aziz ibn Baz, der einige Jahre lang das Amt des Großmuftis innehatte und auch als Vorsitzender des Rats der Großen Gelehrten fungierte. Wäre dieser Scheich nicht gewesen, wie Scheich Jussuf al-Ahmad viele Male betonte, hätte er wohl kaum, im Vergleich zu seinen Kommilitonen, so schnell den heiligen Koran und dann die Werke Muhammad ibn Abd al-Wahhabs, »Die drei Fundamente«, »Die Erläuterungen der vier Prinzipien über Polytheismus« und das »Buch des Eingottglaubens« sowie die berühmte »Wasitiya« von Ibn Taimiya und das Grammatikwerk »Adjurrumiyya« memorieren können. Seine schnelle Auffassungsgabe und sein

Lerneifer hatten Scheich Ibn Baz auf ihn aufmerksam werden lassen, der ihn schließlich ermutigt hatte, seine Erläuterungen zur Prophetenbiografie des Ibn Taimiya vor mehreren Gelehrten zu vertreten, und dies, obgleich Jussuf al-Ahmad zum damaligen Zeitpunkt noch Student der Fakultät für islamisches Recht war. Doch es waren seine herausragenden Leistungen und sein gutes Gedächtnis für die Wissensschätze des Glaubens, die ihn auszeichneten und seinen Stern schnell aufgehen ließen, zunächst, nach seinem Abschluss, als Repetitor an der Fakultät in Buraida, ehe er nach nur einem Jahr Professor an der Imam-Muhammad-Al-Saud-Universität wurde. Dann aber war er von seinem Lehrauftrag entbunden worden, nachdem er in Vorlesungen an der Universität und außerhalb davon mehrfach zu politischen Angelegenheiten Stellung bezogen und dabei die Sünden der »Neuerung« gegeißelt hatte, wie er es nannte, die sich im Königreich wie eine Pestseuche ausgebreitet hätten, das Fernsehen etwa und Musik, die Erlaubnis für Frauen, ohne Aufseher im Journalismus und den Medien zu arbeiten oder Seidenblusen zu tragen und zum Studium ins Ausland zu gehen.

Bis heute verstand er nicht, wie der Gebieter, der Inhaber des Throns in diesem Königreich, der »Hüter der beiden heiligen Stätten«, derjenige, der verantwortlich war für alle sakralen Orte der Muslime auf der ganzen Welt, den Worten der Heuchler hatte Glauben schenken können, um von einem Tag auf den anderen plötzlich seine Inhaftierung zu befehlen. Er sei gegen den Thron und gegen den Gebieter, hatte man ihm gesagt, und müsse in seine Schranken gewiesen werden. Sie hatten ihn für einige Zeit in eines der Gefängnisse von Riad gesteckt, und wäre nicht einer der Prinzen, der damals verantwortlich war für die Sicherheits- und Geheimdienstorgane, auf ihn aufmerksam geworden, hätte er wohl noch einige Jahre dort verbracht. Doch dieser Prinz hatte ihn in seinem Gefängnis in Riad aufgesucht, hatte seine Freilassung veranlasst und ihm gleichzeitig die Leitung der *Sahwa* übertragen, der »Wiedererwachungsbewegung«, wie jene Bildungszirkel damals bezeichnet wurden, die im Frühling des Jahres 1980 entstanden waren und nicht nur eine Antwort auf die feindliche Propaganda des »Chomeinismus und der iranischen Revolution« darstellten, sondern an erster Stelle die erzieherische Aufgabe schultern sollten, »junge Männer mittelbar zu überzeugen, sich den Mudschaheddin anzuschließen«, den Kämpfern für den Islam oder – wie sie damals bezeichnet wurden – den »afghanischen Arabern«. Die Wahl des Prinzen, der für die Sicherheits- und Nachrichtendienste im Königreich verantwortlich war, fiel nicht von ungefähr auf ihn, da ihm das Ansehen des Scheichs oder »Künders« (diesen Ehrentitel trug er seither) zu Ohren gekommen war. Nicht nur wegen seiner Vorlesungen, die unter den Studenten größten Einfluss zeitigten, sondern vor allem, weil ihm der Ruf vorauseilte, der strikteste Gelehrte seiner Generation zu sein bei der Auslegung der Sunna, der Prophetenbiografie und der Werke der Imame Ibn an-Nahhas und Ibn Taimiya, jener Schriften und Werke, die die Mudschaheddin, welche die Grundsätze der wahhabitischen Lehre auf der Welt und insbesondere in Afghanistan verbreiteten, untereinander diskutierten. Ja, einem Dossier zufolge, das vom Büro des Prinzen angefordert wurde, basierten die Bildungs- und Aufklärungsprogramme in den Ausbildungslagern der arabischen Kämpfer in Afghanistan größtenteils auf Büchern des Scheichs Jussuf al-Ahmad und seiner immer populärer werdenden Auslegung der Koranwissenschaft, der Sunna und der Hadithe – der Überlieferungen der Aussprüche und Handlungen des Propheten. Dazu zählten etwa »Ein Kompendium zum richtigen Weg des Muslims«, »Das Buch der Ketzerei und ihres Einflusses auf Wissen und Überlieferung«, »Der Windhauch des Hedschas im Lebensweg des Ibn Baz«, »Die Wege des jungen Kamels in der Entscheidungsschlacht gegen die Juden«, und auch »Die Reinheit der Gliedmaßen bei der Verwendung des Wassers«, »Meine Töchter« und »Die Besorgnisse einer verpflichteten jungen Frau«, die – so hieß es – mit dafür gesorgt hatten, dass sich eine nicht eben geringe Anzahl muslimischer Frauen den afghanischen Mudschaheddin angeschlossen hatten, um sie zu heiraten und mit ihnen in den Ausbildungslagern dort zu leben. Das berühmteste Werk des Scheichs jedoch war und blieb »Die Sunna des Propheten nach dem Scheich des Islams Ibn Taimiya«, ein Buch, das er zur Widerlegung der Argumente der Schiiten verfasst hatte und das als sein wichtigstes Werk im Kampf gegen die Abtrünnigen galt.

Als besagter Prinz das Sonderdossier las, das einer seiner Berater für Belange des Dschihad für ihn zusammengestellt hatte, kam er zu dem Schluss, es gebe wohl keine geeignetere Person als diesen inhaftierten Scheich, um das Treiben der *Sahwis*, der Mitglieder der Wiedererwachungsbewegung, die sich ja auf ebenjene Thesen stützten, die in den Werken dieses Hardliners zu finden waren, zu überwachen. Ein durch seine Person vertretenes Königreich würde gleich zwei Fliegen mit einer Klappe schlagen, erstens die Freilassung dieses »Künders« aus dem Gefängnis, um ihm ein Tätigkeitsfeld zu geben, wo er seine politischen Ideen verbreiten konnte, ohne sich in die inneren Angelegenheiten des Königreichs zu mischen, und zweitens die Nutzbarmachung seiner politischen Ideen für die Ziele des Königreichs.

An einem kalten, aber sonnigen Wintertag telefonierte dieser auf seine Art außergewöhnliche Prinz mit dem Direktor des Gefängnisses in Riad und verlangte, Scheich Jussuf al-Ahmad unverzüglich aus seiner Einzelzelle zu holen und ihn ins Büro des Direktors bringen zu lassen, ja ihn »respektvoll zu behandeln«, wie der Prinz wortwörtlich sagte. Und als der Gefängnisdirektor persönlich ihn in sein Büro geleitete und nicht einer der Aufseher, kamen Scheich Jussuf al-Ahmad einige Zweifel, nahm er an, man würde ihn vielleicht in eines der anderen Gefängnisse von Riad bringen wollen, ins al-Ha'ir-Gefängnis im Süden der Hauptstadt etwa oder ins Igel-Gefängnis. Doch als er die veränderte Behandlung registrierte, die man ihm diesmal zuteilwerden ließ, und ihn der Gefängnisdirektor bei ihrem Eintreffen im Leitungstrakt aufforderte, sich gut vorzubereiten und seine Kleidung noch einmal zu richten, wusste er, dass eine Überraschung anderer Art ihn erwartete. Vielleicht war er auf alles Mögliche gefasst, nur nicht darauf, diesen Scheich zu sehen, den er damals nur vom Hörensagen kannte und der dort im Büro des Direktors saß und auf ihn wartete. Im ersten Moment war ihm dies alles unverständlich, auch nach der Begrüßung durch den Prinzen, und erst als er sah, dass dieser nach einem seiner Begleiter rief und ihn anwies, ihnen einen Kaffee zu bringen, fasste er langsam Vertrauen. Der Prinz forderte ihn auf, Platz zu nehmen.

»Sie stehen von jetzt an unter meinem Schutz«, sagte er unvermittelt, noch ehe der Adlatus die Kaffeetassen auf dem Tisch abgestellt hatte. Dann informierte er ihn über die Umstände seiner Verhaftung, sagte, diejenigen, die seine Inhaftierung angeordnet hatten, hätten nicht verstanden, worum es ihm zu tun sei. Aus diesem Grund habe er beschlossen, ihn im Gefängnis zu besuchen, sagte der Prinz. Noch heute werde er freikommen, solle jedoch zuvor erfahren, welche Aufgabe künftig auf seinen Schultern lasten werde. »Ihre Arbeit wird im Wesentlichen in der Behörde sein«, sagte der Prinz, und Scheich Jussuf al-Ahmad musste nicht fragen, welche Behörde gemeint war, denn das kurze Hemdgewand, das der Prinz trug, die einfache Ghutra mitsamt Kordel auf seinem Kopf und dazu der dünne Bart, den er sich hatte stehenlassen – all dies waren beredte Hinweise auf den Charakter der Behörde, von der hier die Rede war. »Zu Diensten, o Prinz«, erwiderte Jussuf al-Ahmad und mochte seinen Augen nicht glauben, dass er endlich den einzigen Prinzen der königlichen Familie zu sehen bekam, für den er – im Vergleich zu den anderen Prinzen – einige Wertschätzung hegte.

Der Prinz war gerade erst Mitte dreißig und vor drei Jahren zum Leiter der allgemeinen Nachrichtendienste ernannt worden, als Nachfolger seines Onkels mütterlicherseits, der in den Ruhestand gegangen war. Scheich Jussuf al-Ahmad hatte im Gefängnis von der Ernennung des Prinzen gehört, hatte auch gehört, es sei sein Onkel väterlicherseits gewesen, der Innenminister, der hinter seiner Ernennung gestanden habe, weil er im Sohn seines Bruders den ehrgeizigen jungen Mann gesehen hatte, der sein Leben dem Dienst am Königreich und der Bewahrung seiner Sicherheit widmen würde und die Arbeit für die Nachrichtendienste einer Fortsetzung seines Architekturstudiums an der Georgetown-Universität in den USA vorzog. »Was ist schon ein Architekturstudium gegen den Dienst für das Königreich, um den Grundsätzen des Wahhabismus überall auf dem Erdenrund zu ihrem Recht zu verhelfen«, so der Prinz in einem langen Brief, den die vor ihrem Umzug nach Beirut da noch in London erscheinende Tageszeitung *ad-Dunya* veröffentlichte und der ursprünglich an seinen Vater gerichtet war, um diesen vom Abbruch seines Studiums und der unmittelbaren Rückkehr nach Saudi-Arabien in Kenntnis zu setzen. Scheich Jussuf al-Ahmad war nicht der Einzige, der die Hingabe und den Eifer dieses jungen Prinzen rühmte, die meisten der wegen ihrer politischen Ansichten und religiösen Überzeugungen im Gefängnis Einsitzenden teilten diese Auffassung, als sie erfuhren, dass dieser glaubenskämpferische Prinz sich die Aufgabe des Dschihad in Afghanistan aufgebürdet und sie zur vornehmsten Pflicht eines jeden muslimischen Bewohners des Königreichs erhoben hatte. Denn seine Philosophie als neuer Verantwortlicher für die Nachrichtendienste war, die Behörde für die Verbreitung von Tugendhaftigkeit und für die Verhinderung von Lastern zum verlängerten Arm dieser Dienste zu machen, um die innerhalb des Königreichs angestrebten Ziele zu verwirklichen. Jussuf al-Ahmad und seine Mitinsassen wussten, der ehrgeizige Prinz würde alles in seiner Macht Stehende unternehmen, um die Arbeit der Behörde zu stärken und ihre Zuständigkeiten auszuweiten, damit sie auch die Arbeit der Polizei- und Sicherheitsorgane überwachen konnte. Und der Scheich stimmte vollkommen mit seinem neuen Mentor darin überein, dass es höchste Zeit war, das Missverständnis zu beseitigen, nach dem die Arbeit der Behörde lediglich auf die einer Glaubenspolizei beschränkt sein sollte. In jenem Augenblick und noch bevor er seinen Kaffee getrunken hatte, wusste der »Künder« Jussuf al-Ahmad, dass die Jahre im Gefängnis zu einer weit entfernten Vergangenheit werden würden und jetzt die Zeit wichtiger Arbeit anstand, Jahre im Namen des heiligen Kampfs. »Es ist an der Zeit, dass Sie eine Erweckungsbewegung anstoßen«, sagte der Prinz, und er verstand, was damit gemeint war. »Zeit, dass jemand die Leute aus ihrem Dornröschenschläfchen erwachen lässt, der

Dschihad in Afghanistan wartet auf jeden Muslim«, schloss der Prinz und hielt ihm einen Umschlag hin. »Nehmen Sie das«, sagte er und ließ den Umschlag in die Tasche des Hemdgewands gleiten, das der Scheich trug. »Eine erste Anzahlung, um die Arbeit des Dschihad zu bestreiten.«

Noch in derselben Nacht verließ Scheich Jussuf al-Ahmad das Gefängnis, und am nächsten Tag hieß es in den Morgennachrichten: »In einem großmütigen Gunstbeweis hat der Hüter der beiden heiligen Stätten, seine Exzellenz der König, nach erfolgtem Schuldeingeständnis die Freilassung von Scheich Jussuf al-Ahmad verfügt und diesem gestattet, erbauliche, einem gesunden Maß verpflichtete Vorlesungen zu halten, die sich von Extremismus und Fanatismus fernhalten.« So die offizielle Verlautbarung, doch was Scheich Jussuf al-Ahmad von nun an tun sollte, war das genaue Gegenteil.

Zwei Tage nach seiner Entlassung aus dem Gefängnis suchte Jussuf al-Ahmad den Leiter der Behörde für die Verbreitung von Tugendhaftigkeit und für die Verhinderung von Lastern auf, um sich mit diesem abzustimmen und eine Kompanie Freiwilliger oder Vertreter – wie die Männer der Behörde zuweilen genannt wurden – zugeteilt zu bekommen, die sich von ihm unterweisen lassen sollten, um Begeisterung bei den jungen Männern zu entfachen. Als sei religiöser Eifer etwas anderes als seine Vorlesungen, die immerhin bekannt dafür waren, im Vergleich zu denen seiner Predigerkollegen die unduldsamsten und dogmatischsten zu sein. Und da zu seinen Befugnissen die Überwachung der Sahwa gehörte, der kulturellen Wiedererwachungszirkel, und er nicht zögerte, einige von diesen offen zu tadeln, all jene nämlich, die sich in ihren Angriffen nicht auf die »Abtrünnigen« konzentrierten, begann er im

Frühling des Jahres 1980, das Königreich der Länge und der Breite nach zu bereisen, in der einen Hand sein Werk »Die Sunna des Propheten nach dem Scheich des Islams Ibn Taimiya« und in der anderen »Ein Spaziergang des Narren in den Tälern von Kandahar«.

Neun Jahre währte seine Arbeit für die Sahwa, neun Jahre, in denen weder Hindernisse noch Krankheiten ihn auch nur einen Tag von der Arbeit abhielten, nicht seine Heirat mit drei weiteren Frauen noch die Geburt einer ganzen Schar von Knaben und Mädchen. Jussuf al-Ahmad war darauf bedacht, dass, abgesehen von seiner ersten Gattin, in der Regel eine seiner Frauen ihn auf seinen Reisen durchs Land begleitete, was zumeist naturgemäß seine Letztvermählte war, da die anderen Frauen in dem großen Haus bleiben mussten, das er sich in Buraida im Triumphviertel hingesetzt hatte, nachdem er dort ein Stück Bauland als Geschenk durch den Prinzen höchstpersönlich erhalten hatte. Und auf allen seinen Inspektionsreisen ließ er keine noch so kleine Stadt oder abgelegene Ortschaft oder Gegend aus, ohne sich zuvor zu einhundert Prozent davon überzeugt zu haben, dass die Arbeit der dortigen Wiedererwachungszirkel ihren Gang ging und er in dem sicheren Wissen weiterziehen konnte, ihnen Bevollmächtigte hinterlassen zu haben, welche die Freiwilligen oder entbrannten Vertreter weiter bestärken konnten. »Neun Jahre unbeirrter Aufgabe und zielstrebiger Energie«, wie er gerne wiederholte, neun Jahre, in denen seine Parole lautete: »Das Leben ist Überzeugung und Kampf für den Glauben!«

Der predigende Scheich Jussuf al-Ahmad kannte weder Erschöpfung noch Scheitern, egal, ob einer seiner Söhne erkrankte oder eine seiner Töchter starb. Was mit seiner Familie geschah, war ohne Bedeutung. Ja sogar, als er davon erfuhr, dass einer seiner Söhne – Nassir, der jüngste Sohn seiner ersten Frau, genauer gesagt – sich gegen ihn aufgelehnt hatte und es hieß, er sei zum Studium an die Universität in Bahrain gegangen, selbst da hielt ihn diese »verfluchte« Tat nicht davon ab, seine Arbeit fortzusetzen. Dabei hätte ein Mann in seiner Position ohne weiteres um eine kurze Beurlaubung bitten und nach Hause fahren können, um seinen Sohn von dieser unseligen Entscheidung abzubringen. »Nein, es darf kein Hindernis geben, das den Gläubigen von seiner Aufgabe abhält«, wie er in einer seiner Predigten vor jungen »Rufern« in der Stadt ar-Rass verkündete, niemals, denn das Wichtigste in seinem Leben war die Mission, mit der Gott ihn betraut hatte. Es war die Glaubensschwäche, der fehlende Missionseifer und das Erschlaffen einiger Behörden, die junge Leute wie seinen Sohn vom Wege abkommen ließen, doch er wusste, es war seine Arbeit, die am Ende Früchte tragen und Tausende junger Menschen gesunden lassen würde. Hatte der Prinz ihm bei seinem Besuch im Gefängnis denn etwas anderes mit auf den Weg gegeben? Und war sein Kampf für den wahren Glauben nach neun Jahren Kärrnerarbeit nicht mit der ehrenvollen Aufgabe gekrönt worden, künftig gegen die Verdorbenheit in den Städten der Küstenebene zu Felde zu ziehen, insbesondere in der Ostprovinz?

An einem kalten Februartag im Winter 1989 bestellte ihn der Prinz ein, um ihm für sein tatkräftiges Wirken bei der Sahwa zu danken. »Die Arbeit trägt Früchte, die jetzt reif sind und gepflückt werden können«, denn nach Überzeugung des Prinzen hätten die Russen, wie am Vortag in einer offiziellen Verlautbarung aus Moskau verkündet, niemals beschlossen, ihre Truppen aus Afghanistan, einem Land des Islams, abzuziehen, »hätten die Schläge der Mudschaheddin sie nicht bluten lassen«, die Taten junger Kämpfer, die ihren Glauben durch Scheichs wie ihn erlangt hatten. »Und es ist nur eine Frage der Zeit«, versicherte ihm der Prinz, »bis das Banner der wahhabitischen Lehre dort hoch im Wind flattern wird.« Mächtiger Stolz erfüllte Scheich Jussuf al-Ahmad, als er die anerkennenden Worte dieses wirklich aus der Art geschlagenen Prinzen vernahm, was geschehen sei, sei Frucht seiner Arbeit in den zurückliegenden neun Jahren. »Sie haben das Königreich von Norden nach Süden und von Osten nach Westen durchmessen, bis es keine Stadt und kein Dorf, kein Tal und keinen Bergpfad im Königreich mehr gab, an dem sich kein Wiedererwachen findet.« Ja, wie warm wurde es ihm ums Herz bei den Worten des Prinzen an diesem kalten Morgen: »Sie haben Ihre Arbeit getan, und nun beabsichtigt der Gebieter, Sie mit einer anderen Aufgabe im Dienste für das Königreich zu betrauen.« Doch Jussuf al-Ahmad hätte nicht an die neue Aufgabe zu glauben gewagt, die Belohnung, auf die er so sehnlich hoffte, wäre es nicht der Prinz gewesen, der ihm mitteilte, als Krönung seiner Arbeit im Kampf für den Glauben werde man ihn zum Leiter der Behörde für die Verbreitung von Tugendhaftigkeit und für die Verhinderung von Lastern in der Ostprovinz ernennen. »Es gibt niemanden, der berufener wäre als Sie, der Verdorbenheit dort den Garaus zu machen«, zischte der Prinz, und seine Augen traten hervor. »Der Kopf der Schlange gehört abgeschlagen.« Er wusste genau, worauf der Prinz mit seinen Worten abzielte, ohne dass dieser die Tätigkeit des Kopfabschlagens hätte näher erläutern müssen. Das sei das schönste Geschenk, das seine Exzellenz ihm hätte machen können, beteuerte Jussuf al-Ahmad dem Prinzen, es fände sich niemand, dem der Kampf gegen die Verdorbenheit dort mehr am Herzen liege als ihm. »Ich werde nicht eher ruhen, bis die Ostprovinz nicht wieder zur Vernunft gekommen ist«, versprach er.

Als Sara vor dem schweren Tor ihres Hauses die weiße Rolls-Royce-Limousine halten sah, der zuerst ein indischer Diener entstieg, der eine der hinteren Türen aufriss, damit ein Mann von Ende vierzig aussteigen konnte, der ein kurzes weißes Hemdgewand trug und auf dem Kopf die rot-weiße Ghutra, konnte sie nicht wissen, wer dieser Scheich war, dessen Alter sich wegen des einheitlich gefärbten Bartes und Kopfhaars nur schwerlich genau beziffern ließ. Unvermittelt blieb er vor ihr stehen und grüßte sie, als würde er sie bereits kennen. Sein Anblick, vor allem der mit Henna rot gefärbte Bart, erinnerte sie zwar vage an jenen Scheich, der sie in der Grundschule besucht und hinter ihrem Verweis gestanden hatte, doch sie blieb ruhig und ließ sich nicht durcheinanderbringen. Im Gegenteil, sie erwiderte seinen Gruß und wandte sich zum Haus, und erst als sie sah, dass der Scheich ihr folgte und daraufhin wie auf Kommando ihre Mutter aus dem Hausflur trat, den Gruß des Mannes erwiderte, seine Hand ergriff, diese küsste und ihn mit einem »Wenn das nicht mein Bruder ist …« empfing, wusste Sara, dass dieser Mann, der sie eben begrüßt hatte, niemand anderes als ihr einziger Onkel Jussuf al-Ahmad war. Doch woher hätte sie dies auch wissen sollen, hatte sie ihren Onkel doch bisher erst zweimal in ihrem Leben zu Gesicht bekommen, als ihre Mutter sie bei ihren Wutausbrüchen mit nach Buraida genommen hatte.

Und bei beiden Malen war ihr Vater erstaunlich schnell aufgetaucht, um ihre Mutter wieder nach Hause zu holen, was diese mit den Worten kommentiert hatte: »Du bist ja nur wegen Sara gekommen und nicht meinetwegen. Du erträgst es nicht, von deiner Tochter getrennt zu sein!« Wie alt war sie damals gewesen? Vier oder fünf? Oder womöglich ein bisschen älter oder doch noch jünger? Auf jeden Fall hatte sie bei diesen beiden Besuchen ihrem Onkel nicht viel Aufmerksamkeit geschenkt, ja hatte nicht einmal erfahren, dass er ihr Onkel ist. Sein Anblick immerhin war ihr seltsam vorgekommen, sei es wegen des kurzen Hemdgewands, das er trug, oder weil sein Bart mit Henna gefärbt war. Weil sein Erscheinungsbild aber dennoch eher gewöhnlich und langweilig war, denn schließlich gab es viele Männer, die mit kurzen Hemdgewändern und gefärbten Bärten herumliefen, war er in ihrer Erinnerung nicht haften geblieben. Alles, was sie über diesen Onkel wusste, sollte sie später und im Laufe der Jahre von ihren Eltern erfahren, von ihrer Mutter und ihrem Vater. So bekam sie gesagt, ihr Onkel wohne in Buraida, komme sie aber nicht besuchen, weil das, was er am meisten im Leben hasse, die Städte der Küstenebene seien. Sie hatte damals nicht verstanden, wie ein normaler Mensch das Meer nicht mögen konnte, vor allem weil sie selbst ja mit dem Rauschen des Meeres aufwachte und schlafen ging. Ja, sie bekam zu hören, dass es mit ihrem Onkel in den letzten Jahren sogar so weit gekommen war, dass er auch die Luft hasste, hörte, er habe noch niemals ein Flugzeug bestiegen oder seinen Fuß an Bord eines Schiffes gesetzt. Wie sonderbar, sagte sie sich und wusste, sie hätte sich nicht weiter mit diesem seltsamen Onkel beschäftigt, hätte nicht ihre Mutter immer wieder in höchsten Tönen von ihm gesprochen. Zwar nahm sie ihrem Bruder seine Überspanntheit in Glaubensdingen übel (etwas, was Sara damals noch nicht verstand), aber dafür wiederholte sie in Gegenwart ihrer Tochter oft, welch ein Vergnügen es sei, mit Jussuf zusammenzusitzen, der in seiner Jugend Hunderte von Langgedichten aus vorislamischer und islamischer Zeit auswendig gelernt habe und dazu die Verse moderner Dichter. Was sie aber am meisten an ihm bewunderte, war seine Kunst der Koranrezitation, denn es gäbe keine Stimme, die schöner klänge als die seine, ganz gleich, ob beim Vortrag eines Gedichtes oder beim Rezitieren des Korans. Ja, weil sie um Saras Neigung zum Lesen und Auswendiglernen von Gedichten wusste, hatte ihre Mutter stets gehofft, ihr Bruder würde eines Tages näher bei seiner Nichte leben, damit diese beim Erlernen der Perlen der Dichtkunst von ihm profitieren könnte, wie sie gerne sagte.

Von ihrem Vater dagegen bekam Sara ganz andere Kommentare über den Onkel zu hören. Er erzählte ihr, dass er dem Onkel zum ersten Mal während des Studiums am wissenschaftlichen Institut in der Hauptstadt Riad begegnet war, das einzige Mal überhaupt, dass dieser außerhalb der Provinz al-Qasim studiert hatte. Was die Freundschaft der zwei jungen Studenten schnell begründet hatte, war, dass auch ihr Vater eine Schwäche für Gedichte hegte, und schon bald lieferten sich die beiden vor den anderen Studenten oft einen Wettstreit im Rezitieren langer Oden. Der Onkel war derjenige, der immer gewann. Es gab niemanden, der beim Memorieren von Langgedichten mit ihm hätte Schritt halten können. Der einzige Punkt, den ihr Vater für sich verbuchen konnte, war, dass am Institut allein er es wagte, ihren Onkel herauszufordern, was Jussuf al-Ahmad eine gewisse Bewunderung für Ghazi al-Djaassi abnötigte und ihn auch bewog, so etwas wie eine Freundschaft mit ihm einzugehen. Mit dem Ende des Zwischenstudiums in Riad aber konnte und wollte Jussuf al-Ahmad seinem Geburtsort nicht länger fernbleiben. »Al-Qasim ist mein Leben«, war sein Lieblingssatz, den er bei jeder Gelegenheit von sich gab, so wie er auch versuchte, seinen

Freund davon zu überzeugen, ebenfalls zum weiteren Studium an das wissenschaftliche Institut in Buraida zu wechseln. Im ganzen Königreich gebe es keine bessere Ausbildungsstätte, und Lehrer wie die dortigen Scheichs finde man nirgendwo sonst, wurde Jussuf al-Ahmad nicht müde, seinem Freund zu erklären. Doch ihr Vater hatte immer erwidert, so wie er seine Liebe zur Erde von al-Qasim verstehe, müsse er im Gegenzug auch verstehen, dass er an seiner Heimat hänge. Riad passt zu uns beiden nicht, hatte ihr Vater gesagt, du liebst dein wildes al-Qasim, liebst die Palmen und Wüste dort, liebst das Mehl, und ich liebe die Ostprovinz, liebe das Meer und die Fische und den Himmel dort. Also hatten die beiden Freunde Abschied voneinander genommen, in der Hoffnung, sich irgendwann einmal wiederzusehen.

Ein Jahr nach ihrer Trennung schließlich machte sich Ghazi al-Djaassi auf, seinen Freund in seinem Geburtsort zu besuchen, in einem Dorf namens al-Bassar, einem der stillen Dörfer der Provinz al-Qasim, westlich von Buraida gelegen. Er wusste, er war es, der diesen Besuch unternehmen musste, denn sein Freund mochte ihn zwar im Memorieren und Rezitieren endlos langer Epen übertreffen, doch was Nachsicht und Toleranz betraf, hatte Ghazi al-Djaassi ihm einiges voraus. Ja, er liebte das Meer und hätte niemals einen anderen Ort der Ostprovinz und seiner Geburtsstadt Thuqba, an deren Stelle später das moderne al-Chobar errichtet werden sollte, vorgezogen, doch er war nicht dogmatisch, wenn es darum ging, einen anderen Ort zu besuchen oder für eine Weile dort zu bleiben. Und glücklicherweise unternahm er diese Reise, denn nur so fand er heraus, dass die Frauen der Provinz al-Qasim die schönsten des ganzen Königreichs waren, auch wenn er zuvor noch keine von ihnen gesehen hatte. Saras Mutter Masha'il musste immer lachen, wenn dieser Satz fiel und sie die Geschichte erzählte, die Geschichte der ersten Reise ihres Vaters und wie er sie zufällig kennengelernt hatte. Sie sei damals ein junges Mädchen gewesen – oder vielmehr eine junge Frau, wie ihr Vater immer korrigierte – und auf dem Weg zum nahe gelegenen Haus ihrer Tante, doch noch ehe sie dort angelangt war, habe sie ein Beduine gesehen, der an der Straßenecke hockend offenbar auf sie gewartet hatte. Ohne Vorwarnung griff er sie mit seinem Stock an und versetzte ihr damit einen Schlag, der sie das Bewusstsein verlieren ließ. Außer ihnen war niemand auf der Straße, niemand bis auf Ghazi, der unversehens aus einer Seitengasse aufgetaucht war. »Gott muss ihn geschickt haben, um mich zu retten«, sagte ihre Mutter an dieser Stelle immer. Ja, welch Zufall! Denn in jenem Moment hätte Ghazi womöglich gar nicht mitbekommen, wie der Beduine erneut den Stock gegen sie hob, hätte er nicht einen Augenblick zuvor beschlossen, sich an den Mann zu wenden und ihn zu fragen, ob er wohl wisse, wo denn das Haus von Jussuf al-Ahmad stehe. Die Straße war wie ausgestorben an jenem Mittag, und Ghazi hatte natürlich nicht gewusst, dass der Beduine dort hockte und auf die Rückkehr der jungen Frau wartete.

Als dieser ihn näher kommen sah, glaubte er, Ghazi wolle sich daran beteiligen, die junge Frau mit dem Stock zu züchtigen. Als Ghazi al-Djaassi jedoch eingreifen wollte, schrie der Beduine, er solle sich aus dem Kopf schlagen, sie ihm abspenstig machen zu wollen, die Unterweisung dieser Ungläubigen, die ein Kleid aus Seide am Leib trage, sei eine Sache, die den freiwilligen Sittenwächtern vorbehalten sei. Bis zu dem Tag hatte Saras Vater nicht gewusst, dass das Tragen von Seide ein Vergehen darstellte, das nach der Lehre des Imams Muhammad ibn Abd al-Wahhab eine Bestrafung rechtfertigte. Mit einiger Mühe gelang es ihm, die junge Frau aus den Händen des Beduinen im kurzen Hemdgewand zu befreien, doch weil sie das Bewusstsein verloren hatte, suchte dieser schon bald das Weite. Als Ghazi al-Djaassi endlich die junge Frau betrachten konnte, die vor ihm auf dem Boden lag, war er wie geblendet von ihrer Schönheit und wusste nicht, was er tun sollte. »Dann war es nicht geflunkert, was die Leute aus al-Qasim über ihre Frauen sagen«, dachte er bei sich. Und sah im nächsten Augenblick eine alte Frau aus dem gegenüberliegenden Haus kommen, in der Hand einen Krug Wasser. Die Alte schrie und kreischte, der Hundesohn von einem Beduinen hat sie umgebracht, schüttete der jungen Frau Wasser ins Gesicht, und erst als sie sah, dass diese zu sich kam, atmete sie auf. Ghazi erfuhr erst da, dass die junge Frau die Schwester seines Freundes und ihr Name Masha'il war, als er Jussuf mit einer Waffe in der Hand auf sie zustürzen kommen sah, um dem Beduinen nachzusetzen, von dem ihm die alte Frau berichtete. Doch Ghazi hielt ihn zurück und sagte, das Beste würde sein, wieder ins Haus zu gehen. Die nächsten zehn Tage sollte Masha'il krank daniederliegen und sich von ihren Verletzungen erholen. Dann aber war es ihr Herz, das erkrankt war, lachte ihre Mutter, als sie die Geschichte mal wieder zum Besten gab. Wäre all das nicht geschehen, hätte ich deinen Vater nie kennengelernt, hätte er nicht ein Jahr danach um meine Hand angehalten. Doch ebenso hörte Sara ihren Vater bei verschiedenen Gelegenheiten kommentieren: »Und heute ist es dein Bruder, der den Stock gegen Frauen schwingt, die Seide tragen, der Scheich und Künder Jussuf al-Ahmad!« Wohl mochte er sich über die Bigotterie seines Schwagers lustig machen, aber als er jetzt von seiner Gattin Masha'il hörte, Jussuf habe sie angerufen und ihr mitgeteilt, er selbst hätte von den Verantwortlichen in der Behörde verlangt, seine neue Aufgabe in der Ostprovinz in Angriff nehmen zu dürfen, genauer gesagt in al-Chobar, betrachtete Ghazi al-Djaassi dies als Gelegenheit, seinen eigenen Einfluss auszuweiten. Doch dies war, bevor er das eigentliche Ziel hinter Jussufs Versetzung erfuhr, ja ehe er dahinterkam, dass sein Schwager, bevor er sie an jenem Tag in ihrem Haus in al-Chobar besuchen kam, sich schon fast eine ganze Woche lang im benachbarten Dammam befunden hatte.

Es war ein Donnerstag, und wie gewöhnlich beendete Ghazi al-Djaassi die Woche mit einem Inspektionsbesuch im Hauptquartier in Hafar al-Batin oder in der Militärstadt König Khaleds, um sich zu vergewissern, dass die Lebensmittel, die seine Firma die Woche über geliefert hatte, beanstandungslos gewesen waren. Im Grunde genommen machte er sich keine Sorgen, seine Arbeit dort verlief ohne Probleme, und es fehlte ihm an nichts. Der Umfang der Lieferungen nahm ständig zu, und hatte er am Anfang Lebensmittel in eher bescheidenen Mengen an den amerikanischen Stützpunkt geliefert, so kam er mit den Aufträgen inzwischen kaum noch nach. Er sei durchaus wohlhabend, hörte sie ihn eines Tages ihrer Mutter gegenüber gestehen, seit der Geburt ihrer Tochter Sara würden seine Handelsaktivitäten ständig zunehmen. Als Erstes hatte er den Versorgungsauftrag für den Luftwaffenstützpunkt Abd al-Aziz in Dhahran erhalten, die Mutterbasis aller amerikanischen Stützpunkte im gesamten Nahen Osten. Wenn das nicht eine Auszeichnung war, wie er voller Stolz immer wieder betonte. Und sechs Jahre später kam dann der Auftrag für das vom Verteidigungsministerium in Hafar al-Batin neu errichtete Hauptquartier der Eingreiftruppe des Golf-Kooperationsrates, ehe erneut nur ein Jahr vergehen musste, bis er schließlich den

Versorgungsauftrag für die Militärstadt König Khaleds einheimste. Wer hätte das gedacht? Doch es war nicht nur seine Tochter, die ihm mit ihrer Geburt Glück beschert hatte, sein Glück rührte auch daher, dass er einen Menschen gefunden hatte, der seine Geschäfte förderte. Oberleutnant Daniel Brooks war tatsächlich ein feiner Kerl, wäre er nicht gewesen, hätte Ghazi al-Djaassi nicht von der Ausschreibung erfahren, die das Oberkommando der Eingreiftruppe des Golf-Kooperationsrats vor zwei Jahren angesetzt hatte.

Und zu seinem Glück war die Ausschreibung auch erst Ende 1985 öffentlich gemacht worden, gut drei Jahre, nachdem Hafar al-Batin als Sitz der Eingreiftruppe des Golf-Kooperationsrates ausgewählt worden war. Hätte er den Versorgungsauftrag dort früher erhalten, als er noch ganz am Anfang seiner Tätigkeit für die amerikanische Airbase in Dhahran gestanden hatte, wäre es ihm sicher schwergefallen, die Auflagen der Streitkräfte zu erfüllen oder nur ein Jahr später den Forderungen der Militärstadt König Khaleds zu entsprechen. Jetzt aber, nach der Expansion seiner Firma, hatte er keine Probleme, auch noch weitere Truppenkontingente und Militärbasen zu versorgen. Sicher, die Eingreiftruppe des Golf-Kooperationsrates belief sich insgesamt nur auf fünftausend Soldaten, die in Hafar al-Batin unweit der saudisch-kuwaitischen Grenze stationiert waren, doch wie er richtig angenommen hatte, sollte dies nur ein Anfang sein, würde seine Arbeit sich schon bald auch auf den Luftwaffenstützpunkt in Hafar al-Batin und schließlich auf die Militärstadt König Khaleds ausgeweitet haben, die fünfundachtzig Kilometer entfernt von Hafar al-Batin und damit rund dreihundertundsiebzig Kilometer von al-Chobar lag. Denn wie versprochen informierte ihn Daniel Brooks eines Tages davon, dass der Ausrüster, der für die Versorgung dieser drei militärischen Einrichtungen zuständig war und seinen Hauptsitz in der Militärstadt König Khaleds hatte, der Libanese Rafiq Abu de Gaulle, sein Engagement dort beenden wollte, um Kapazitäten für ein weitaus größeres Projekt zu haben, mit dem König Abd al-Aziz ihn betraut hatte (der Modernisierung der heiligen Stadt Mekka, wie er später erfuhr). Er könne sich glücklich schätzen, meinte Oberleutnant Brooks, denn der verantwortliche Militär, der mit der Überwachung des Baus der Proviantlagerräume für die Eingreiftruppe des Golf-Kooperationsrates in der Anfangsphase betraut gewesen sei, sei ein alter Kamerad von ihm, den er kenne, seit er sich dem Versorgungskorps der amerikanischen Streitkräfte angeschlossen habe, Oberleutnant David Barbiero persönlich. Sie hätten mehrfach in anderen Gegenden zusammengearbeitet, das erste Mal, damals noch ranggleich, in der Riad-Airbase in Riad, und dann im König-Fahd-Marinestützpunkt in Djidda, da war Daniel schon Davids Vorgesetzter. Danach hatte es sie beide an andere Einsatzorte verschlagen, doch sie waren in Verbindung geblieben. David Barbiero sei ein schlauer, alter Fuchs, der wisse, dass Erfahrung ein teures Gut sei, das man nur mit jemandem tauschen könne, dem man vertraue, sagte Daniel Brooks. Und da sie beide einander nun mal vertrauten und ihr kollegiales Verhältnis mehr als freundschaftlich gewesen sei, hatte David Barbiero zugesehen, immer einen Draht zu ihm zu halten, um Informationen auszutauschen. Und genau das habe ihn eines Tages seinen guten alten Freund und ehemaligen Vorgesetzten Daniel Brooks anrufen lassen. Man hat mir gesteckt, sagte er, es gibt bei euch einen prächtigen Kerl, dem man Lebensmittellieferungen anvertrauen kann? Und als Daniel Brooks bejahte, sagte David Barbiero nur: Schick ihn zu mir! Worauf Ghazi al-Djaassi seinen schweren GMC bereits am darauffolgenden Tag gen Hafar al-Batin lenkte. »Good luck«, hatte ihm Daniel Brooks mit auf den Weg gegeben und ihn mit dem Zugangscode des neuen Stützpunktes in Hafar al-Batin versehen. Es war das erste Mal überhaupt, dass Sara nicht neben ihm im Wagen saß, doch auch bei den folgenden Malen würde er sie nicht mitnehmen können. In jenen Tagen begann auch ihr enges Verhältnis allmählich zu bröckeln, und als Sara eines Tages Zweifel anmeldete und ihren Vater fragte, wann er sie endlich mit nach Hafar al-Batin nehmen würde, lautete seine Antwort, in den Schulferien. Doch als die Schulferien anbrachen und sie ihn erneut fragte, beschied er ihr mit den Worten, wenn du ein bisschen älter bist. Was das heißen solle, wollte sie wissen. Wie alt muss ich denn sein? Und lachend erwiderte er, zehn Jahre!

Was er ihr jedoch nicht verriet, war, dass David Barbiero von seinem alten Kameraden Daniel Brooks erfahren hatte, Ghazi al-Djaassi komme immer in Begleitung seiner Tochter Sara. Daran fand er zwar nichts Anstößiges, aber er sei nun mal, wie er Ghazi al-Djaassi sagte, jemand, der Vorschriften befolge. Und die Vorschriften bei ihnen besagten ganz klar, dass Kindern ab sechs Jahren der Zutritt zum Stützpunkt der Eingreiftruppe des Golf-Kooperationsrates untersagt sei, was unter anderem mit der militärischen Geheimhaltung zusammenhänge. »Sie wissen ja«, meinte David Barbiero, »wie redselig die Kleinen sind.« Doch diese Vorschriften, von denen Ghazi al-Djaassi auf der Airbase in Dhahran noch nie etwas gehört hatte, sorgten keineswegs für Verärgerung bei ihm. Ohnehin hatte er nicht vorgehabt, seine Tochter mit auf den Stützpunkt zu nehmen, denn die Soldaten dort, Saudis und Araber aus den Emiraten, Kuwait, Katar und Bahrain, waren in seinen Augen »Gesindel«. Im Unterschied zu den amerikanischen

Marines würden die mit Sicherheit ein Mädchen von neun oder zehn Jahren mit ganz und gar nicht unschuldigen Blicken beäugen. Außerdem wollte er sie nicht mehr bevormunden und mit auf eine Strecke von fast vierhundertundfünfzig Kilometern nehmen, von al-Chobar nach Hafar al-Batin und von dort weiter bis zur kuwaitischen Grenze, und dann auf dem Rückweg noch ein Abstecher zur Airbase in Hafar al-Batin und zur Militärstadt König Khaleds. Nein, das wäre nichts als eine Strapaze, sagte er sich, zudem hatte Sara genug mit der Schule zu tun und mehr noch mit ihrer innigen Freundschaft zu Alhanuf, deren Brüder glücklicherweise auch noch über ein Auto verfügten. Und so kam es, dass, als Scheich Jussuf al-Ahmad das Haus seiner Schwester Masha'il betrat, sein alter Freund und inzwischen Schwager nicht zugegen war und erst am Abend eintreffen sollte, kaum eine halbe Stunde vor dem Abendgebet.

Am Tag nach seiner Ankunft, gleich nachdem er den Sitz der Behörde betreten hatte, verlangte Scheich Jussuf al-Ahmad, man möge ihm die Akten der Anwärter für eine Tätigkeit in den Sahwa-Räten bringen, einhundertundfünfzig junge Leute, die diese Arbeit machen wollten. Die Zahl erschien ihm zwar viel zu gering angesichts der Aufgaben, welche die Bekehrer in ebendieser Provinz erwarteten, der sündigsten und verdorbensten des Königreichs. Doch andererseits war diese Zahl vielleicht auch nicht schlecht als Ausgangspunkt eines Marsches, von dem er wusste, dass er nicht leicht werden würde. Nicht nur, weil es die König-Fahd-Brücke gab, die es jungen Leuten erleichterte, zum Studium nach Bahrain zu gehen, sondern vor allem, weil diese Provinz den höchsten Prozentsatz an Rafiditen im ganzen Königreich aufwies, an »Abkehrern«, wie die Bewohner dieses Landstrichs offiziell bezeichnet wurden. Zu allem Überfluss würde es nicht einmal bei der Zahl von einhundertundfünfzig bleiben, da am Ende nur einhundertfünfunddreißig übrig bleiben sollten, denn zähneknirschend musste er insgesamt fünfzehn Bewerber ablehnen, deren Biografie ihm nicht zusagte. Jeder von ihnen habe einen Makel gehabt, bei einigen sei die Mutter Schiitin oder Malikitin gewesen, was definitiv ein Ausschlusskriterium war. »Der Anwärter muss saudische Eltern und Großeltern haben!«, wie Sara ihn an jenem Abend zu ihrem Vater sagen hörte, beim gemeinsamen Abendessen, als er von den Abenteuern seiner Arbeit in der Ostprovinz berichtete. Nein, setzte er voller Inbrunst hinzu, er habe so handeln müssen, sei die persönlichen Akten dutzende Male durchgegangen, ohne eine andere Entscheidung als diese zu finden. Sicher sei die Arbeit anstrengend und belastend, zumal ihm nicht nur die Überprüfung der Akten der Bewerber obliege, sondern er auch noch mit den Männern der Hisba, der Religionspolizei, alle Maßnahmen erörtern müsse, die diese von jetzt an zu ergreifen hätten. Denn sein Gewissen habe erst Ruhe gegeben, als er gewusst habe, wie viele »Abkehrer« in der Provinz wohnhaft seien, ja er habe auch nicht vergessen, darauf zu beharren, dass man ihm von den städtischen Polizeibehörden eine Liste mit den Namen dieser Personen und ihrem Wohnort und, ja, auch ihren Autokennzeichen übermittle. Es sei notwendig gewesen, so vorzugehen, denn die Inventur werde ihn ermächtigen, akribisch vorzugehen. Für jeweils einhundert »Abkehrer« werde einer seiner Leute, seiner Bekehrer, eingesetzt werden, denn wir wollen ja nicht, dass sich Unruhen wie die im Monat Muharram, am Neujahrstag des Jahres 1400 nach Auszug des Propheten, Gott segne ihn und schenke ihm Heil, wiederholen. Entspre-

chend müssten alle Vorsichtsmaßnahmen ergriffen und sorgfältig überprüft werden.

Anfangs habe er noch gedacht, die Arbeit werde ein, zwei Tage
in Anspruch nehmen, allerhöchstens aber drei oder vier. Dann
war er von zwei bis drei Wochen ausgegangen, im schlimmsten Fall womöglich einem Monat oder zweien, bis er seine
Schwester besuchen kommen würde und mit seinem alten
Freund eine Nacht lang Gedichte vortragen oder aus dem Koran rezitieren könnte. Doch er hätte niemals vermutet, dass die
Arbeit Monate kosten würde, ja, Monate, und nun dauere das
Ganze, ohne dass er es gewollt hätte, schon fast ein Jahr. Jedes
Mal habe er sich gesagt, sobald er seine Aufgabe beendet hätte,
würde er sie in al-Chobar besuchen kommen, und sei es auch
nur für ein paar Minuten. Doch jedes Mal, wenn er die Dos-
siers der »Abkehrer« in einer Stadt fertiggestellt hatte, habe
man ihn aus einer anderen Stadt angefordert. »Sie können einfach nicht ohne meinen Rat oder meine Erlaubnis arbeiten«,
beteuerte er Saras Vater. »Sie haben Angst, den kleinsten Feh-
ler zu begehen.« Und so sei er mit der Zeit zu der Überzeugung gelangt, dass noch viel, sehr viel Arbeit vor ihm liege und
er keine Ruhe finden werde, bis diese erledigt wäre, bis er alles
geregelt hätte, damit nichts passierte, was man ihm anlasten
könnte. Doch bei allem leite ihn die feste Gewissheit, dass die
Aufgabe, die der Prinz auf seine Schultern gelegt habe, erledigt
werden müsse: »Der Schlange den Kopf abschlagen.« Und um
die Viper sterben zu lassen, müsse er eben vorübergehend seine
Zeit opfern. Vor allem dürfe er keine Stadt und kein Dorf, und
sei es noch so klein, auslassen, dürfe keinen Flecken in der gesamten Ostprovinz vernachlässigen, um dort diejenigen zu
schulen, denen er vertrauen konnte. Seine Schwester und sein

alter Freund würden es ihm sicher nachsehen, aber ein Aufschub seines Besuchs bei ihnen sei unvermeidlich gewesen, und was bedeutete schon ein Jahr angesichts der vielen Arbeit hier. Außerdem habe er sie nicht ruhigen Gewissens besuchen kommen können, ehe er nicht die von ihm ausgesuchten jungen Leute unterwiesen hatte, »junge Männer, die sich ihrer Aufgabe bewusst sind«, die sich nicht täuschen und durch keine Verdorbenheit verführen ließen. »Der Dschihad in der Ostprovinz verlangt mehr Vorsicht und Achtsamkeit als irgendwo sonst.« Und warum dies? »Weil diese Abkehrer, mein lieber Ghazi«, so Saras Onkel nur an ihren Vater gewandt, »verfluchte Unreine sind. Sie ändern ihre Farbe wie ein Chamäleon, einige von ihnen nehmen andere Namen an, halten ihre Religion und ihren Arbeitsplatz geheim. Ihre Manipulationen aufzudecken erfordert Zeit, Mühe und Menschenkenntnis. Meine Leute müssen sie herauspicken wie ein Haar aus einem Teig.« Und dann, als er sicher sein konnte, niemand werde ihm Vorwürfe machen, dass er, obwohl schon vor geraumer Zeit in die Ostprovinz versetzt, Saras Familie nicht schon eher besucht hatte, richtete ihr Onkel das Wort abermals allein an ihren Vater. Ihre Mutter aber, die ebenfalls zuhörte, wurde von ihrem Bruder während des gesamten Gesprächs nicht eines Blickes gewürdigt.

Der Onkel berichtete, wie er, als er mit allen Vorbereitungen fertig gewesen sei, die Anwärter für die Arbeit in den Studentenkomitees der Sahwa versammelt habe, um ihnen von der heiligen Pflicht zu künden, die Gott auf ihre Schultern gelegt habe. Denn sie hätten verstehen müssen, dass die Arbeit der Sahwa lediglich ein kleines Versatzstück in einem großen, umfassenden Plan sei, dessen Umsetzung sie sich schrittweise weihen sollten. Doch die Eile ist vom Teufel, meine Kinder, habe er ihnen gesagt, worauf es ankommt, ist, die Verfassung unseres islamischen Staates zu verwirklichen, damit am Ende das Banner der wahren islamischen Grundsätze hoch im Wind flattert, so wie er sie verstünde und wie jene ehrwürdigen Scheichs sie ausgelegt hätten, deren Kommentaren er vertraue. Seine Lebenserfahrung sage ihm, Geduld und Standhaftigkeit sind Tugenden, die Gott dem Gläubigen geschenkt hat, und es sei nur eine Frage der Zeit, bis alle glaubten, wovon sie, seine Schüler, künden würden. Diese Provinz aber sei die schmutzigste und gottloseste des ganzen Königreichs. Und wisst ihr, warum? Der Bau der Brücke König Fahds hat nichts anderes bewirkt, als die Krankheit der Leute in dieser Gegend aufzudecken. Denn die jungen Frauen und Männer gehen mitnichten nach Bahrain, um dort zu studieren und Wissen zu erlangen, sondern um der Sünde wegen, um sich dort miteinander zu mischen. Dabei heißt es doch, »Ich suche Zuflucht bei Gott vor dem Übel der Vermischung«. Das ist das Ziel, das ihr von heute an niemals aus dem Blick verlieren dürft, habe er ihnen gesagt, der Grundstein, auf dem die Verfassung des Islams steht: die Vermischung der Geschlechter verhindern, die für unsere Religion »eine Neuerung zum Verderben der Nation des Islams« bedeute. Ab heute keine Vermischung mehr, wir werden der Vermischung ein Ende bereiten, das sei die Botschaft, die Gott durch seinen lauteren Propheten erlassen habe.

Und um seinen Schülern verständlich zu machen, was er meinte, habe er ihnen eine alte Geschichte erzählt, aus der sie Nutzen ziehen könnten. Er habe ihnen erzählt, sagte er zu ihrem Vater, was ihm in jener Nacht widerfahren sei, nachdem der Beduine seine Schwester geschlagen hatte. In jener Nacht habe ihn kein Geringerer als der Prophet der Muslime, Gott segne ihn und schenke ihm Heil, in seinem Schlafgemach aufgesucht, als habe er gewusst, dass er, Jussuf, in jener Nacht vor lauter Zorn keinen Schlaf würde finden können, ja als wollte er ihn belohnen für das ruhelose Sich-hin-und-her-Wälzen auf seinem Lager. Denn wie ungeduldig und tatendurstig war er in jener Nacht gewesen, wollte, dass es endlich Tag würde und er die Suche nach diesem Beduinen aufnehmen konnte. Aber in einem jener Momente, in denen er tatsächlich geschlafen oder aber Gott den Schlaf für ihn gewollt hatte, hatte er diesen sonderbaren Traum geträumt, hatte im ersten Moment selbst nicht geglaubt, dass der Prophet Muhammad, Gott segne ihn und schenke ihm Heil, ihn höchstpersönlich und leibhaftig aufsuchte und zudem nicht allein gekommen war, sondern in Begleitung dreier Scheichs, des Scheichs Ibn Taimiya, des Scheichs Muhammad ibn Abd al-Wahhab und des Scheichs Abd al-Aziz ibn Baz.

Der junge Jussuf al-Ahmad lag schlafend auf seinem Lager, als er vor sich ein strahlendes Licht erblickte, eine Lichtgarbe, die seine Augen entführte. Er wollte die Augen öffnen und aufwachen, spürte aber eine Hand, die seine Schulter berührte, und hörte eine mächtige, aber schöne Stimme, die von ihm verlangte weiterzuschlafen, die ihm sagte, wie nötig er den Schlaf habe, nicht nur, weil er müde und erschöpft war und die ganze Nacht schlecht geschlafen hatte, sondern auch, weil er besonnen und überlegt nachdenken müsse. Siehst du diese hier?, fragte ihn der Prophet, Gott segne ihn und schenke ihm Heil, und wies auf die Scheichs, die hinter ihm standen. Und noch ehe er antworten konnte, lächelte der hochherzige Prophet und sagte, Sie sind die Einzigen, die mich auf Erden vertreten.

Traue niemandem außer ihnen. Bei diesen Worten setzte sich der lautere Prophet auf sein Bett und fragte ihn, Warum bist du erzürnt, dass der Beduine deine Schwester geschlagen hat? Dabei hat dieser Sohn der Araber nichts getan, was nicht in Einklang steht mit den Gesetzen des Korans und der Sunna des Propheten. Lies aufmerksam den Koran, studiere die Bücher der Sunna des Propheten und die Auslegungen dieser drei Scheichs, und du wirst erkennen, mein Junge, dass das Tragen von Seide bei Gott eine Sünde ist. Die größte Sünde aber ist, wenn eine junge Frau denselben Pfad beschreitet wie die jungen Burschen. Deine Schwester hat die Prügel verdient, mein Junge. Dir bleibt nun zweierlei zu tun. Entweder du sperrst sie ins Haus und lässt sie nicht auf die Straße, oder du verheiratest sie bei erstbester Gelegenheit. Und dann, mein Junge, hast du deinem Leben ein einziges Ziel zu setzen, musst gegen die Vermischung kämpfen und das Tragen von Seide verhindern. Vor allem aber wende dich gegen die Vermischung, denn wisse, mein Sohn, die Nation wird nicht in Frieden leben, solange die Vermischung der Geschlechter an öffentlichen Orten und überall sonst nicht unterbunden wird. Du darfst nicht einen Bereich aussparen, an dem die Vermischung erlaubt wäre. Und bevor der edle Prophet sich von ihm verabschiedete, verlangte er von ihm, ihm zu versprechen, das, was er ihm aufgetragen hatte, auszuführen.

Vielleicht habe er so manches im Laufe der Jahre vergessen, oder sein Gedächtnis trüge ihn gelegentlich, gestand der Onkel bewegt, aber diesen »reinen« Traum werde er niemals vergessen. Also habe er gewartet, bis die Zeit gekommen war und er anfangen konnte zu verwirklichen, was er dem Propheten versprochen hatte. Doch zunächst habe er lernen müssen, sehr viel lernen, damit sein Argument Gewicht bekäme, dass Vermischung nicht erlaubt sei und beide Geschlechter voneinander geschieden werden müssten. Denn um die Muslime von seinem Wort zu überzeugen, musste er zu einer Autorität in Glaubensfragen werden, durfte nichts auslassen, weder im Koran noch in der Sunna des Propheten, noch in den Auslegungen dieser drei Scheichs. Und wer sein Buch lese, wisse dies im Einzelnen. Denn die Grundsätze, die er darlege, basierten auf den Argumenten, die in der Überlieferung über den Propheten Muhammad, Gott segne ihn und schenke ihm Heil, zum Ausdruck kämen. Angefangen von den gemischten Schulen bis hin zu den Friedhöfen. Ja, verblüffte der »Künder« Scheich Jussuf al-Ahmad seinen alten Studienfreund an jenem ersten Abend seines Besuchs in al-Chobar, die Gräber der Frauen sind ebenfalls von denen der Männer zu trennen. Außerdem müssten eigene Straßen für Männer angelegt werden und solche für Frauen, und selbst die Moscheen blieben von seinen Angriffen nicht verschont. »Jene Moscheen, die zu den Orten der Vermischung zählen, gehören zerstört.« Sein Schwager Ghazi al-Djaassi hatte ihm die ganze Zeit, da sie am Abendbrottisch saßen, schweigend gelauscht und ihn nicht unterbrechen wollen, doch als das Thema der gemischten Moscheen aufkam, konnte er nicht länger schweigen und fragte, von welchen Moscheen denn die Rede sei? Soweit er wisse, gebe es solche im ganzen Königreich nicht. Was Scheich Jussuf al-Ahmad fast ersticken ließ.

Sara sah, wie der große Happen, den er sich gerade in den Mund geschoben hatte, stecken blieb, wie ihr Onkel hustete und würgte. Denn dies war die reinste Unwissenheit in seinen Augen, wusste ein Muslim wie sein Schwager etwa nicht, dass der heilige Schrein in Mekka von Frauen und Männern gleichermaßen umrundet wurde und dass beide gemeinsam im

Heiligtum beteten? Ghazi al-Djaassi hatte schon viel von der Überspanntheit seines alten Freundes gehört, dass dessen Fanatismus jedoch ein derartiges Ausmaß annehmen würde, hatte er bis zu dem Tag nicht für möglich gehalten. Blieb nur die Frage, ob dies seine persönliche Ansicht war, oder ob es noch andere gab, die in der Behörde für die Verbreitung von Tugendhaftigkeit und für die Verhinderung von Lastern so dächten wie er. Denn was andere Aspekte betraf, die mit der Vermischung und der Trennung der Geschlechter zusammenhingen, hatte er keinen Zweifel, dass sich dort mancher fand, der mit ihm übereinstimme, doch was das Heiligtum in Mekka anging, so fiel ihm diese Vorstellung schwer. Aber noch ehe er geendet hatte, erwiderte sein Schwager, was ihn wirklich erstaune, sei, dass sein alter Freund die Auffassung der Behörde von der seinen, Scheich Jussuf al-Ahmads, trenne. »Ich bin die Behörde«, behauptete er im Predigtduktus. Wohl habe er seine Ziele bisher nicht öffentlich kundgetan, aber er warte auf die passende Gelegenheit. Als Erstes müsse er erfolgreich die Schließung der gemischten Schulen im Königreich betreiben, dann erst könne er sich der Verbreitung seiner Idee widmen. Doch er zweifle keine Sekunde, dass der Rat der Großen Gelehrten mit ihm übereinstimmen werde. Was jedoch die offiziellen Stellen angehe, den Hüter der heiligen Stätten oder zumindest den Prinzen, so sei er ebenfalls sicher, dass diese ihm alle notwendige Unterstützung zukommen lassen und alle ihnen zur Verfügung stehenden Möglichkeiten und Ressourcen andienen würden, um dieses Ziel zu verwirklichen. »Das Ganze ist nur eine Frage der Zeit«, versicherte Scheich Jussuf al-Ahmad ihrem Vater. »Mein Herz sagt mir das.«

Es war wohl so, dass Ghazi al-Djaassi nicht wusste, was er seinem Schwager erwidern sollte, und vielleicht war es seine Verwirrung oder der Wunsch, das Gespräch auf ein anderes Thema zu lenken, der ihn mit einem Mal seine Tochter anschauen ließ, die dabeisaß und ihnen die ganze Zeit aufmerksam zugehört hatte. Und als ihr Vater sie fragte, ob sie nicht zu ihrer Mutter wolle, die nach oben in ihr Zimmer gegangen war, um sich hinzulegen, bat sie ihn, mit seinem Ohr ganz nah heranzukommen, um ihm dann zuzuflüstern: Ich möchte wissen, ob der Onkel auch unsere Schule schließen will? Vielleicht hatte ihr Vater die schulische Situation seiner Tochter während der Unterhaltung vergessen oder nahm an, dass die Äußerungen seines alten Studienfreunds und jetzigen Schwagers allein auf die gemischten saudischen Schulen abzielten, nicht aber auf private ausländische Schulen wie die der saudisch-amerikanischen Freundschaft in Dhahran. Saras Frage aber ließ ihn nachdenklich werden und sich schließlich mit der Frage an sein Gegenüber wenden, was genau er denn mit den gemischten Schulen meine. Worauf Scheich Jussuf al-Ahmad süffisant erwiderte, solltest du die gemischte Schule auf der amerikanischen Airbase im Sinn gehabt haben, dann liegst du richtig. Doch nicht nur die, auch an jenen reinen Mädchenschulen, die in unmittelbarer Nähe zu Knabenschulen gelegen seien, müsse ein Exempel statuiert werden. Diese müssten entweder geschlossen und die Schülerinnen an eine andere Schule versetzt oder aber von der benachbarten Knabenschule durch eine hohe, »wenigstens drei Meter hohe« Mauer getrennt werden. Insbesondere die Schule, die Sara besuche, sei eine der ersten Schulen, die einem Curriculum gemäß der Scharia unterworfen werden müssten. Ja, im Grunde genommen, stellte ihr Onkel nun klar, sei er nur aus diesem Anlass zu

Besuch gekommen, denn er habe alle erforderlichen Maßnahmen bereits ergriffen. Sara, sagte er, und warf einen Blick auf seine Nichte, die wusste, sie war im Begriff, in diesem Moment eine unheilvolle Botschaft zu hören, wird im nächsten Schuljahr auf die »Vorrang dem Islam«-Schule gehen, die der Behörde für die Verbreitung von Tugendhaftigkeit und für die Verhinderung von Lastern untersteht. »Wir sind jetzt im zweiten Monat Djamadi oder im Juli, wie deine westlichen Freunde sagen, am Ende des Schuljahres«, sagte ihr Onkel an ihren Vater gewandt. »Im Monat Dhu al-Qa'da, im September, wenn du so willst, wird Sara in der Schule ›Vorrang dem Islam‹ anfangen!«

Er war also nicht gekommen, um sie zu besuchen, etwa weil er Sehnsucht nach ihnen gehabt hätte oder zumindest nach seiner Schwester, Saras Mutter, sondern einzig und allein ihretwegen, um ihr zu sagen, was von jetzt an ihr Los sein sollte, um ihr zu sagen, dass ihr Leben von nun an nach dem von ihm gewünschten Muster verlaufen würde. Das war die schreckliche Nachricht, die er überbrachte. Und sollte ihr Vater sich dem entgegenstellen, würde er sich gezwungen sehen, die Behörden in Kenntnis zu setzen. »Denn du warst es, der meinem Sohn Nassir zur Flucht nach Bahrain verholfen hat«, zischte Scheich Jussuf al-Ahmad ihrem Vater zu. Es war das erste Mal überhaupt, dass sie ihren Vater zittern sah, ohne zu wissen, ob aus Angst oder vor Wut.

Drittes Kapitel

NASSIRS TRAUM, EINEN SAUDISCHEN HOMUNKULUS ZU ERFINDEN

Saras Bekanntschaft mit Nassir, ihrem Cousin, lag jetzt sechs oder sieben Jahre zurück. Sie war damals noch klein, es war das dritte oder vierte Mal, dass sie ihre Mutter bei einer ihrer wütenden, verletzten Fluchten zu ihrer Ursprungsfamilie begleitete. Oder richtiger gesagt, ins Haus ihres Bruders, da mit Ausnahme ihrer älteren Schwester, die nicht geheiratet und ledig geblieben war, nach dem Tod der Eltern bis auf ihren Bruder niemand sonst mehr dort war. Wie Sara auch wusste, war ihr Onkel offenbar erst wenige Monate vor diesem Besuch mit seiner Familie nach Buraida gezogen, der Hauptstadt der Provinz al-Qasim. Genau genommen, nachdem er aus dem Gefängnis freigekommen war und vom Innenminister ein Grundstück als Geschenk erhalten hatte, auf dem er sich ein neues Haus errichten ließ, eine große, prachtvolle Villa.

In dem neuen, luxuriösen Heim, das im aristokratischen Viertel von Buraida schon von weitem zu sehen war, hatte unter der ganzen Kinderschar, die das Haus bevölkerte, allein dieser schmächtige Knabe ihren Blick auf sich gezogen: Nassir, ihr

Cousin, der damals zwölf Jahre alt gewesen sein mochte oder vielleicht auch ein Jahr älter oder jünger. Es war nicht nur seine stille Nachdenklichkeit, die ihn manchmal stundenlang in einer Ecke des Hofes sitzen ließ, oder das Augenmerk, das er unverkennbar auf sein Äußeres legte. Sein weißes Hemdgewand war stets makellos sauber und sein Haar sorgfältig gekämmt, ja nie vergaß er, es mit dem gerade sehr populären Haarfett einzureiben. Doch was sie an Nassir am stärksten gefangennahm, war dessen offen angespanntes Verhältnis zum Vater. Denn im Gegensatz zu allen anderen Söhnen und Töchtern ihres Onkels, des Künders Scheich Jussuf al-Ahmad, weigerte sich Nassir schon früh, seinen Vater in die Hauptmoschee zu begleiten, wo dieser mit heiligem Eifer das Amt des Predigers versah. Alles Drängen und Beharren seines Vaters und später auch sein Feilschen, sein Sohn möge ihn doch wenigstens an den Freitagen begleiten, dem Tag, an dem in allen Moscheen die Hauptpredigten gehalten wurden, fruchtete nicht. Insbesondere, da Nassirs Stimme »süß, wohlklingend und klar« war, wie sie ihren Onkel einmal klagen hörte, was auch ihre Mutter bestätigte: »Nassir hat eine unvergleichliche Stimme.« Denn auch ihre Mutter versuchte, den Neffen zu überreden, er solle doch in die Moschee gehen und dort aus dem Koran vortragen oder den Gebetsruf übernehmen, aber Nassir blieb bei seiner Verweigerung.

Doch anders, als alle dachten, war es nicht das Spielen auf der Straße, was Nassir sich sträuben ließ, seinen Vater zu begleiten, oder Ablenkung und Zerstreuung, die manche Jungen in seinem Alter allem anderen vorzogen. Der eigentliche Grund war sein Wunsch, ungestört Zeit mit seinem Freund Tariq zu verbringen, einem Mitschüler, der ungefähr ein Jahr älter war.

Vor allem an den Freitagen, wenn die Stadt beinahe entvölkert von Männern war, die sich zum Gebet in den Moscheen versammelten, weckte das selbstgenügsame Sich-Absondern der beiden Freunde den Zorn ihres Onkels, ließ Nassir nicht nur Schelte von seinem Vater beziehen, sondern auch Prügel, egal, ob sie gerade Gäste zu Besuch hatten oder nicht. Auch dass Nassir schon kein kleiner Junge mehr war, sondern ein halbwüchsiger junger Mann, spielte keine Rolle. Sara hatte, obgleich sie mit ihrer Mutter alles in allem nur wenige Tage im Haus des Onkels wohnte, mit eigenen Augen bei ihrem letzten Besuch gesehen, wie Scheich Jussuf al-Ahmad seinen Sohn bei mehr als nur einer Gelegenheit züchtigte, ja nicht einmal zögerte, ihm mit einem groben Strick Hände und Füße zu fesseln und ihn stundenlang im Hof des Hauses, der brennenden Sonne ausgesetzt, zurückzulassen.

Bei jenem Besuch erfuhr sie den Grund, weswegen Nassir und Tariq sich meistens absonderten: Es war die gemeinsame Begeisterung fürs Erfinden. Die beiden wählten dazu eine nahe gelegene niedrige Höhle, die sie die »Hira-Höhle« nannten, nach der Höhle, in die sich der Prophet Muhammad, bevor er seine erste Offenbarung erhielt, zurückzog, um in Ruhe über seine bevorstehende Mission nachzudenken. »Wir haben auch eine Mission, jedoch eine wissenschaftliche«, pflegte Nassir zu sagen, und allein dieser Satz genügte, um seinen Vater ihm Hände und Füße fesseln zu lassen und ihm diesmal noch ein Tuch in den Mund zu stopfen, da Scheich Jussuf al-Ahmad in der Bemerkung seines Sohnes etwas Ketzerisches wähnte. »Du Abtrünniger, wie kannst du eure Stellung mit der des Propheten, Gott segne ihn und schenke ihm Heil, vergleichen?«, herrschte er seinen Sohn wutentbrannt an. In dieser Höhle pflegten die beiden Freunde zu sitzen und sich über eine der neuen Erfindungen zu unterhalten, an der sie gerade arbeiteten, eine von vielen. Denn es verging kein Tag, vor allem nicht während der Schulferien, wie Sara die Frau ihres Onkels sich gegenüber ihrer Mutter beklagen hörte, an dem Nassir nicht mit dem ersten Entwurf irgendeiner neuen Gerätschaft nach Hause kam, und mit der Zeit wurde es ein vertrauter Anblick, ihn mitten auf dem Hof ihres Hauses sitzen und an der Erfindung arbeiten zu sehen, die er mitgebracht hatte. Und was das anging, geizte weder seine Phantasie noch die seines Freundes mit Einfällen, denn es gab schlicht nichts für sie, was sich nicht erfinden ließ. Einmal brüteten sie über der Erfindung eines Radios, dann entwickelten sie ein Telefon oder bauten sich Fahrräder oder ein kleines Schiff, zum Spielen. Zuletzt aber, und das war der Strohhalm, der den Rücken des Kamels brechen ließ, hatten die beiden Freunde überlegt, einen mechanischen Menschen zu erfinden. »Willst du etwa Gott, den Erhabenen und Mächtigen, in Zweifel ziehen?«, schrie sein Vater ihn an. »Er schütze uns vor dem verfluchten Satan«, geiferte Scheich Jussuf.

Um sich ihre Materialien zu beschaffen, machten die beiden Freunde regelmäßig Ausflüge ins Gewerbegebiet am Stadtrand, unweit der Schnellstraße, wobei ihnen ihre selbstgebauten Fahrräder behilflich waren, die jeweils einen ebenfalls selbstgebauten kleinen Anhänger hinter sich herzogen, auf dessen Fläche alles festgezurrt wurde, dessen sie habhaft wurden. An anderen Tagen gingen sie Dinge, die sie dringend und sofort benötigten, in den dortigen Schlossereien und Autowerkstätten kaufen. Vielleicht mochte das, was sie trieben, bei einigen Bewohnern von Buraida, die um ihre Leidenschaft wussten, Neugierde wecken, insbesondere bei den kleinen Händlern und Werkstattbesitzern im Gewerbegebiet, doch bei Scheich Jussuf al-Ahmad rief dies nur Unwillen und Beunruhigung hervor, da er nicht glaubte, sein Sohn träfe sich nur wegen ihrer gemeinsamen Schwäche fürs Erfinden ständig mit seinem Freund. Und selbst wenn dies stimmte, so war es aus seiner Sicht nicht empfehlenswert, zwei junge Burschen sich selbst zu überlassen. »Am Ende flüstert der Satan ihren Herzen etwas ein und weckt die Lust«, wie Sara ihn bei ihrem dritten oder vierten Besuch seine Frau Rimal hatte anfahren hören. Sie solle gefälligst auf den Ruf des Hauses achten, und wenn ihr Sohn ihn schon nicht in die Moschee begleiten wolle, dann müsse sie ihn wenigstens im Haus halten, damit er sich nicht mit solchen unbedeutenden Nebensächlichkeiten abgab. Vielleicht sagte er auch Nichtigkeiten, denn ein Mann wie er hatte keine hohe Meinung von Erfindungen und der Wissenschaft allgemein.

Was ihr Onkel aber nicht eingestehen mochte, war, dass die Jahre im Gefängnis ihn sich seinen Söhnen und Töchtern hatten entfremden lassen, insbesondere jenen aus seiner ersten und zweiten Ehe, die noch Säuglinge gewesen waren, als er ins Gefängnis wanderte, und die sich nicht erinnern konnten, ihn vor seiner Freilassung schon einmal gesehen zu haben. Eines dieser Kinder war Nassir. Was der »Künder« zudem nicht akzeptieren wollte, war, dass seine Arbeit, seine Beaufsichtigung der Sahwa-Komitees, die Entfremdung zwischen ihm und seinen Sprösslingen noch vertiefte. Und hätte ihn jemand nach deren Anzahl gefragt, hätte er wohl herumgedruckst und länger nachdenken müssen, ehe er sich seiner Antwort sicher gewesen wäre. Auch hatte er nur kurz mit seinen Kindern unter einem Dach gelebt, nur während der Phase, in der er die Arbeit der Sahwa in Buraida kontrolliert hatte, eine Zeitspanne von nicht mehr als nur einigen Monaten. Sicherlich hätte er länger in seiner Heimatstadt bleiben oder dort wenigstens ebenso lange verweilen können wie in anderen Städten, aber er wollte nicht, da Buraida – dessen war er sich sicher – »eine fromme Stadt« war, die nicht viel Zuwendung bedurfte. »In jeder Krume von al-Qasim keimt die Saat des Glaubens«, »jeder Atemzug in Buraida ist getränkt vom Duft des Glaubens«, solche und ähnliche Kommentare gab er gerne von sich, und alles, was dem widersprach, hatte für ihn nichts mit Buraida zu tun. Sein Sohn Nassir zum Beispiel würde sich niemals so aufführen, hätte er nicht die Bekanntschaft dieses Tariq gemacht, »dieses Sklavensohns aus Djazan«. Und wäre es nach ihm gegangen, wäre Tariqs gesamte Sippe wieder auf dem Weg dorthin, woher sie gekommen waren. Ja, wenn er nur mehr Einfluss gehabt hätte, hätte er sie schon längst zurück in die Provinz Djazan geschickt, »das Land der Barbarei und heidnischen Unwissenheit«, denn das »sind gar keine Araber, das sind noch immer afrikanische und jemenitische Sklaven geblieben«.

Nach dieser Theorie, die wie ein widerwärtiger Kaugummi in seinem Mund kreiste, waren sie Sklaven, »die der Imam des Jemen und die Italiener schon im Ersten Weltkrieg und danach in den dreißiger Jahren mitgebracht haben, jede Seite in ihrem Krieg gegen König Abd al-Aziz Al Saud«. Ja sogar »Muhammad ibn Ali al-Idrisi und die ganze idrisische Sippe, die sich damit brüstet, sie hätten irgendwann einmal über das Emirat von Djazan geherrscht, sind Überbleibsel eritreischer und äthiopischer Sklaven, Gott bewahre mich vor denen«. Wobei es unbedeutend für ihn war, dass Tariqs Vater sein Kollege gewesen war, als er als Assistent an der Imam-Muhammad-

Al-Saud-Universität unterrichtet hatte. Dieses Männchen, das schwächlich wie ein Ingwerstängel gewesen sei oder »wie ein Inder oder Bengale«, sei »ein Sklave in allen Belangen«, hörte Sara ihren Onkel mehrfach gegenüber ihrem Vater spötteln, da er über seinen Sohn Nassir sprach. Unwesentlich, dass Ahmad at-Ta'azi, Tariqs Vater, an berühmten Universitäten wie der in Harvard oder Oxford studiert hatte. »Studium und niedere Abstammung sind zwei unterschiedliche Dinge«, denn – so die Überzeugung ihres Onkels – Gott habe alle Menschen nach verschiedenen Klassen erschaffen, und diese müssten Gottes Willen und die Stellung, die er ihnen zugedacht hatte, akzeptieren. »Das Los von Tariqs Sippe ist die Rolle des Sklaven«, und im Königreich sei jeder verpflichtet, dessen Stellung zu achten. »Die Leute in Djazan sind Sklaven, die in Hafar al-Batin Schmuggler, die in der Ostprovinz Tänzer, und das Volk von Djidda – Gott schütze mich vor allem Übel, das er erschaffen!« Für Scheich Jussuf al-Ahmad stand fest, dass die Kinder dem Weg ihrer Väter folgten, auch wenn er keine überzeugende Erklärung dafür liefern konnte, warum ausgerechnet in seinem Fall das Gegenteil eingetreten war. Warum wandelte Nassir nicht auf seinen Spuren?

Bei ihrem letzten Besuch in Buraida hörte Sara, wie Nassir, nachdem sein Vater ihn an Händen und Füßen gefesselt stundenlang unter sengender Sonne im Hof des Hauses hatte liegen lassen, in Tränen aufgelöst seinem Vater zurief, auch wenn er ihn noch so quälen würde, lasse er sich nicht von seinem Wunsch abbringen. »Und wenn mir die Sonne in die Rechte und der Mond in die Linke gelegt würde, gäbe ich diese Sache nicht auf.« Die Augen ihres Onkels hatten Funken gesprüht, als er zurückgab: »Du entstellst die Worte des Gesandten, o verfluchter Satan.« Doch alles Schreien und alle Prügel nützten nichts, Nassir blieb bei seinem Vorhaben, wollte Wissenschaftler werden, Forscher, und wenn er sich nicht mehr anders zu helfen wusste, sagte er seinem Vater, Gott habe ihn eben so erschaffen.

Aber Scheich Jussuf al-Ahmad beharrte darauf, Gott habe keinen Anteil gehabt an dem, was Nassir getan hatte, denn wäre das Ganze Gottes Beschluss gewesen, dann hätte er gehofft, der Weltenlenker würde seinen Sohn eines Tages auf einen ruhigen Weg geleiten und ihn von diesen Söhnen niederer Stämme fernhalten. Auch wollte er von niemandem hören (etwa von Ghazi al-Djaassi), dass seine erneute Abwesenheit von Buraida und seine Konzentration auf die Arbeit der Sahwa Nassir geholfen hatten, seinen Weg weiterzugehen. Denn als der die Oberschule beendet hatte, gab es nichts mehr, was ihn gehindert hätte, seine Pläne in die Tat umzusetzen: als Erstes zum Studium nach Bahrain zu gehen, vor allem, weil sein Freund Tariq ein Jahr zuvor diesen Schritt unternommen hatte. Doch im Gegensatz zu seinem Freund, der durch seinen Vater zu einem Studium außerhalb des Königreichs ermutigt worden war, musste er eine andere Lösung suchen, denn ohne die Zustimmung eines Erziehungsberechtigten würde er nicht einen Schritt weit über die Grenze kommen. Und dass sein Vater niemals einwilligen würde, wusste er.

Es war seine Mutter Rimal, die bereit war, alles für ihren Sohn zu tun, und als sie ihn sah in seiner ratlosen Verzweiflung, schlug sie ihm vor, gemeinsam mit ihr zu seiner Tante nach al-Chobar zu fahren. Doch als er sagte, sicher, die König-Fahd-Brücke, die das Königreich mit Bahrain verband, stehe in al-

Chobar, aber was habe das mit seiner Tante Masha'il zu tun, zögerte seine Mutter, ihm zu verraten, was sie vorhatte, und verlangte nur, er solle sie begleiten. Vielleicht wollte sie nicht, dass er aus ihrem Munde die Lösung zu hören bekam, von der sie felsenfest überzeugt war, dass es die einzig mögliche war, weil sie befürchtete, in seiner Freude könnte er womöglich seinem Freund Tariq davon erzählen, und am Ende käme alles heraus, bevor ihr Plan geglückt wäre. Nein, besser Stillschweigen wahren, zumal der Plan, den sie ersonnen hatte, fertig in ihrem Kopf bereitlag. Eines Morgens trafen sie in al-Chobar ein, natürlich überraschend und unangekündigt, sodass Masha'il anfangs dachte, ihrem Bruder sei etwas zugestoßen, doch Rimal beruhigte sie, sagte, sie müsse sich um jeden anderen sorgen, nur um Jussuf al-Ahmad nicht. Nein, ihr überraschender Besuch hänge mit Nassirs Zukunft zusammen, und sie sei zu ihnen nach al-Chobar gekommen, weil sie wisse, dass sie bei niemandem Hilfe erwarten konnte außer bei Masha'il und Ghazi al-Djaassi. Denn Nassirs Traum von einem Studium außerhalb des Königreichs müsse in Erfüllung gehen.

Saras Mutter lauschte der Geschichte aufmerksam und überlegte dann kurz. Doch wie hätte sie ihrem Neffen nicht helfen sollen, da sie doch wusste, dass er das einzige Kind ihres Bruders war, das weiter zur Schule hatte gehen und die Oberschule abschließen wollen. Und jetzt wollte er zur Universität? Alle anderen Söhne ihres Bruders waren Vorbeter oder Moscheeprediger geworden, ja sogar die Jüngsten hatten von ihrem Vater zügig das Rezitieren des Korans und das Vortragen des Gebetsrufs erlernt, hatten den Koran memoriert und die Bücher der Sunna, hatten die Auslegungen von Scheich Muhammad ibn Abd al-Wahhab, von Ibn Taimiya und Abd al-Aziz ibn Baz studiert. Doch sie mochten wohl ihrem Vater nachgefolgt sein, hatten aber den Weg abgekürzt, hatten keine Schule besucht oder an einem Institut oder einer Fakultät studiert, sondern sich damit begnügt, von ihrem Vater, dem Prediger und großen Scheich Jussuf al-Ahmad, unterwiesen zu werden. Neunzehn weitere Kinder hatte er, wie sie wusste, obgleich Masha'il sie noch nie alle gesehen hatte, und Nassir war Spross Nummer zwanzig, aber der Einzige, der anders über seine Zukunft dachte. Und ohne Universitätsabschluss, das wusste sie, gäbe es keine Zukunft für den Jungen, weder im Königreich noch sonst wo. Wie hätte sie da nicht alles in ihrer Macht Stehende tun sollen, um ihrem Neffen zu helfen? Zumal, da sie das Abbild eines Mustergatten und Traummanns in ihm sah, den ihre Tochter, so hoffte sie insgeheim seit ihrer Geburt, eines Tages heiraten würde. Und wenn sie dies in der Vergangenheit noch niemandem verraten hatte, dann nur, weil sich ihr keine passende Gelegenheit dazu fand.

»Ja, meine liebe Schwester, heute ist die Gelegenheit, dir die Wahrheit zu sagen«, meinte ihre Mutter im Flüsterton zu ihrer Schwägerin Rimal, da sie ganz sicher nicht wollte, dass Sara mithörte. Doch die Stimmen der beiden Frauen und was sie hinsichtlich Nassirs Zukunft und damit in gewisser Weise auch über ihre eigene verabredeten, drangen nicht nur an Saras Ohren, sondern ließen sie sogar ein bisschen erröten, bis sie Rimal – oder ihre Tante, wie sie sie seit dem ersten Besuch mit ihrer Mutter in Buraida nur nannte – ihre Mutter mit den Worten beruhigen hörte: »So Gott will, wird es uns ein Freudentag sein, liebe Schwester.« Als die Nacht dann anbrach, ihr Vater von der Arbeit kam und seine Schwägerin und ihren Sohn begrüßt hatte, berichtete ihm seine Frau, während er sich im Schlafzimmer umzog, von dem Grund des Besuchs und dem Plan, den ihre Schwägerin Rimal sich zurechtgelegt hatte: Er solle sie zu einem der Ärzte auf dem Luftwaffenstützpunkt mitnehmen, dem er vertraute, damit dieser sie mit einem Attest versah, dass sie zur Behandlung außer Landes müsse. Außerdem solle er ihr einen seiner Fahrer zur Verfügung stellen, auf den er sich verlassen konnte, um die beiden nach Bahrain zu fahren, die erkrankte Mutter und ihren Sohn Nassir, der sie als männlicher Aufpasser zu begleiten hatte. Und wenn es nach ihr ginge, fügte Masha'il hinzu, würde sie ihm vorschlagen, die beiden bis zur Grenze nach Bahrain zu begleiten, damit sie sicher sein konnte, dass Nassir und seine Mutter dort wohlbehalten angekommen waren. Denn sie müsse ihm wohl nicht ihren geheimen Wunsch enthüllen, meinte seine Frau noch, eines Tages ihre Tochter Sara als Braut an der Seite von Nassir zu sehen, wenn er sein Universitätsdiplom in der Tasche haben würde.

Am nächsten Tag setzte Ghazi al-Djaassi alle Forderungen seiner Frau in die Tat um und vertraute Radju, seinem indischen Lieblingsfahrer, die Fahrt mit Rimal und Nassir an. Doch natürlich sollte die Geschichte Saras Onkel zu Ohren kommen, der dem zwar anfangs kaum Beachtung schenkte, da Nassir letztendlich nur die Nummer zwanzig unter seinen Kindern war und sein Verderb nur einen geringfügigen Verlust darstellte, der sich verschmerzen ließ. Und so hatte er das Thema verdaut, zumal seitdem mehr als ein Jahr vergangen war.

Scheich Jussuf al-Ahmads Thema war nun, Sara auch gegen den Willen ihres Vaters auf die neue Schule zu schicken. Doch Sara wechselte weder zum neuen Schuljahr noch in den darauffolgenden Klassen die Schule, ging ebenso wenig auf die

»Vorrang dem Islam«-Schule wie auf eine der anderen Schulen der Behörde, die sich in der Ostprovinz ausgebreitet hatten, sei es in al-Chobar, in Dhahran oder in Dammam, besuchte auch keine der Schulen, die mit Beginn der achtziger Jahre insbesondere in der Provinz Asir im Südwesten des Königreichs wie Pilze aus dem Boden schossen. Und nicht etwa, weil ihr Vater, Ghazi al-Djaassi, seinem Schwager oder »alten Freund«, wie er ihn am liebsten nannte, in jener Nacht getrotzt hätte, als er ihm sagte: »Wir werden sehen, mein lieber Jussuf, ob du gegen die Amerikaner ankommst.« Ein Satz, der den »Künder«, Scheich Jussuf al-Ahmad, zu der lakonischen Feststellung veranlasste: »Die Amerikaner kaufen wir mit einem Fass Öl.« Oder weil sie selbst, Sara, sich da schon aufgelehnt hätte. Der Grund war ein anderer.

Am Morgen nach dem Besuch ihres Onkels und dessen Drohung gegen ihren Vater wachte sie noch vor Morgengrauen auf, packte ihren Schulranzen, schlich sich dann in die Küche und verstaute dünne Scheiben Brot und einige Stücke Käse in einem kleinen Plastikbeutel, um gleich darauf die Haustür zu öffnen und sich aus dem Haus zu stehlen. Sie hatte die ganze Nacht so gut wie nicht geschlafen, hatte sich unzählige Male hin und her gewälzt, hatte die Unruhe gespürt und keine andere Lösung gefunden, als von zu Hause wegzulaufen. Sie wusste nicht, wohin. Wäre doch nur ihre Tante da gewesen, sie hätte sie mit Sicherheit in ihrem Vorhaben bestärkt, hatte ihren Wunsch verstanden, nicht weiter der Gnade des Onkels unterworfen zu sein. Aber wie immer, wenn sie in Notzeiten an Rimal dachte, wenn sie nicht mehr ein noch aus wusste, fiel ihr nichts ein, was es ihr erleichtert hätte, zu ihr zu gelangen. Vielleicht überlegte sie, zu Radju zu gehen, dem indischen

Fahrer, und von ihm zu verlangen, er solle sie zu ihrer Tante bringen. Schließlich musste er ihre Adresse kennen, außerdem hieß es doch, er sei ein Experte für Fluchtunternehmungen? Warum sagte sie ihm nicht: »Bring mich weg von meinem Onkel«? Aber was, wenn Radju sich weigerte, wenn er ihren Vater oder ihre Mutter informierte? Wie sehr wünschte sie in jenem Moment, Nassir wäre da gewesen. Vielleicht hätte er ihr bei der Umsetzung ihres Plans geholfen. Es war das erste Mal überhaupt, dass sie an ihren Cousin dachte, seit dieser vor einem Jahr oder vielleicht etwas weniger nach Bahrain gegangen war. Richtig, sie war allein und auf sich gestellt, hatte keinen Beistand und niemanden, dem sie hätte vertrauen können. Doch ihr Herz sagte ihr, sie musste vor ihrem Onkel fliehen. Und damit ihr das gelang, musste sie jetzt nur die Küche verlassen, musste einfach losgehen, in Richtung Haustür. Vielleicht hätte sie ihr Vorhaben tatsächlich erfolgreich in die Tat umgesetzt, hätte sie nicht genau in jenem Moment hinter sich Schritte gehört und eine Stimme, die sie aufforderte, stehen zu bleiben. Ja, vielleicht wäre ihr ganzes Leben anders verlaufen, wäre ihr an jenem Morgen die Flucht geglückt, auch wenn später niemand mehr glauben mochte, dass ihre Fluchtidee realistisch war. Alles wäre anders gekommen, hätte sie nicht in jenem Moment, in dem sie sich umdrehte, ihren Vater aus der kleinen Kammer am anderen Ende der Küche kommen sehen, dem Zimmer der Bediensteten, wobei sie in jenen Sekunden keinen Gedanken daran verschwendete, was er dort verloren hatte. Denn als er sie aufforderte, stehen zu bleiben, fiel ihr nichts anderes ein, als ihren Ranzen zu Boden zu schleudern und zurück in die Küche zu hasten, mit einer Geschwindigkeit, die auch ihren Vater überraschte, der in seiner ersten Verwirrung nicht wusste, was er tun sollte, und wie angewurzelt stehen blieb. Nur seine Augen folgten ihrer Bewegung, als sie ihn passierte und er sie nicht aufhalten konnte.

Alles ging ganz schnell an jenem Morgen, Sara stürmte in die Küche, wandte sich zu dem neben dem Zimmer der Bediensteten gelegenen Vorratsraum und kam mit einer Flasche Kerosin oder Benzin, wie es in der Küche verwendet wird, in der einen und einer Packung Streichhölzern in der anderen Hand wieder heraus. Für einen Moment blieb sie im Hof des Hauses vor ihrem Vater stehen, der sie die ganze Zeit entgeistert anstarrte, schüttete dann das Benzin um sich herum auf den Boden und sagte mit leiser, aber fester Stimme: Ich werde Feuer legen, wenn mein Onkel mich zwingen will, meine Schule zu verlassen! Ihr Vater musste etwas unternehmen, und tatsächlich sah sie endlich, wie er auf sie zukam, die Hände ausbreitete und sie in den Arm nahm, sie anflehte, so etwas nie wieder zu tun. Alles könne sie machen, nur nicht sich etwas antun. »Gott bewahre mich!«, rief er und versprach ihr, während er sie mit Küssen bedeckte, er werde das Unmögliche möglich machen, damit sie nicht von ihrer Schule müsse. Dann nahm er ihr die Flasche mit dem Benzin und die Schachtel Streichhölzer ab und verlangte von ihr, sie solle auf ihr Zimmer gehen.

Und erst, als sie ihren Onkel in seinem kurzen Hemdgewand und dem mit Henna gefärbten Bart sah, der allem Anschein nach zum Morgengebet aufgestanden war, erst, als sie ihn dort in einer Ecke des Hofes stehen und sie mit blitzenden Augen anstarren sah, aber gewiss nicht, weil sich die Strahlen der eben in jenem Moment zwischen den Häusern aufgehenden Sonne darin gespiegelt hätten, die jetzt über die Hauswände wanderten, sondern eher aus Zorn und voller Drohung, erst in jenen Sekunden, vielleicht, weil die Augen ihres Onkels sie ängstigten oder sie keinen anderen Ausweg mehr wusste, begann sie, laut zu schreien, ein Schreien wie das, mit dem sie an jenem inzwischen fernen Morgen den Scheich von der Behörde überrascht hatte, der zu Beginn des neuen Schuljahres in ihre Grundschule gekommen war. Nur mit dem Unterschied, dass sie diesmal erst nach einiger Mühe aufhören würde, erst nachdem alle Bewohner des Hauses aufgewacht wären, Herren wie Diener, denn da half weder die Umarmung ihres Vaters, nützten weder seine beruhigenden Worte noch sein Drängen, sie möge endlich still sein.

Doch sicher nicht an erster Stelle aus Sorge um sie, sondern eher aus Sorge um sich selbst, denn dass er sich in den frühen Stunden eines Donnerstagmorgens, da er doch eigentlich in der Militärstadt König Khaleds oder dem Stützpunkt in Hafar al-Batin hätte sein müssen, in der Küche aufhielt, würde Argwohn gegen ihn wecken, ja würde die Zweifel ihrer Mutter bestätigen, was sein Verhältnis zu den Bediensteten betraf. Und schlimmer noch war, dass dies alles sich im Beisein seines Schwagers zutrug, der jetzt vor ihm stand und ihn in flagranti erwischt hatte. »Fängst du wieder an, den Javanerinnen nachzustellen?«, blaffte sein Schwager, wie er noch jedes Mal gesagt hatte, wenn Saras Vater bei ihm erschienen war, um ihre Mutter zu überreden, mit ihm zurück in ihr Haus in al-Chobar zu kommen. Ganz sicher würde er sich nach diesem Morgen einen weiteren Punkt gutschreiben, um ihn künftig noch mehr zu erpressen, würde sagen: »Du ziehst die niedere Herkunft achtbaren Frauen vor«, womit niemand anderes als seine Schwester Masha'il gemeint war. Doch vielleicht übertrieb Ghazi al-Djaassi auch mit seinen Befürchtungen, da alle Welt an jenem Morgen allein mit Sara beschäftigt war, die weiter schrie und brüllte, als hätte sie eine große innere Kraft in sich entdeckt, eine Kraft, die sie all die Jahre aufgespart hatte. Ich werde die Schule nicht verlassen, schrie sie, meine Schule, und ihr Onkel gab donnernd vom Hof zurück, »Dieses Mädchen ist vom Teufel besessen«, und machte sich so die Worte zu eigen, die der aus Riad entsandte Scheich der Behörde in dem offiziellen Runderlass für Mädchenschulen unter dem Titel »Saras Sünde« gewählt hatte. Kein Zweifel, dass ihm dieser Runderlass vor seiner Entsendung in die Ostprovinz zu Ohren gekommen sein musste. Was er aber nicht wusste, war, dass dieses nach seiner Meinung »besessene« Mädchen nicht so bald Ruhe geben und erst aufhören würde zu schreien, als es vollkommen erschöpft in den Armen seines Vaters eingeschlafen war, der seine Tochter in ihr Zimmer trug, sie behutsam ins Bett legte und ihr Zimmer erst verließ, nachdem er sich vergewissert hatte, dass sie ruhig und fest schlief.

Doch Sara würde im darauffolgenden Schuljahr nicht eine der Schulen der Behörde besuchen müssen, wie ihr Onkel oder all jene, die ihm später nachfolgen sollten, es verlangten. Aber nicht etwa, weil er vor ihrem Zorn an jenem Morgen oder bei späteren Gelegenheiten kapituliert hätte, so ungefähr einen Monat danach, als ihr Onkel ein weiteres Mal zu Besuch kam, um ihren Vater daran zu erinnern, der Beginn des neuen Schuljahres rücke näher, man sei schon im Monat Dhu al-Qa'da oder eben Ende August, und es bleibe kein Monat mehr. Auch verlangte er von Ghazi al-Djaassi, er möge seiner Tochter einen Dschilbab und all die anderen Verschleierungsrequisiten kaufen. »Die Tochter meiner Schwester ist zu einer reifen Frau geworden«, meinte er, bevor man schlafen ging. »In ihrem Alter war Aischa, die Mutter der Gläubigen, bereits mit dem Gesandten, Gott segne ihn und schenke ihm Heil, vermählt.« In jener Augustnacht, der Nacht des erneuten Besuchs ihres Onkels, fand Sara nicht eine Minute Schlaf. Insgeheim wusste sie, ihr Onkel würde nicht eher Ruhe geben, bis er sein Vorhaben verwirklicht hätte, während sie ihrerseits sicher war, keine Ruhe zu finden, ehe diese Geschichte nicht beendet wäre. Sie musste etwas tun. Aber was?

Im Morgengrauen des nächsten Tages verließ sie ihr Zimmer noch früher als beim letzten Mal, als sie sich am Ende selbst hatte anzünden wollen. Doch diesmal schlich sie in die Küche und kam mit einem Messer in der Hand zurück, stahl sich alsdann auf Zehenspitzen zu dem Zimmer, in dem ihr Onkel schlief. Es war das erste Mal überhaupt, dass Sara der Gedanke gekommen war, zu einer Waffe zu greifen, und zu ihrer eigenen Überraschung stellte sie fest, dass sie weder zitterte noch die geringste Angst verspürte, sondern festen Schrittes weiterging, als sei sie sich ihres Tuns sicher. Wie betäubt ging sie oder wie eine Schlafwandlerin, schaute weder nach rechts noch nach links, und wäre aus ihrer Apathie wohl auch nicht erwacht und hätte das Messer in ihrer Hand gesehen, hätte sie nicht mit einem Mal Lärm und Geschrei gehört, das Scharren von Füßen und anschwellendes Stimmengewirr, das nicht nur aus der Küche, sondern von überallher zu kommen schien, als hätten das Haus und seine Wände mit einem Mal begonnen, diese Kakofonie zu erzeugen. In jenem Augenblick musste auch sie stehen bleiben, musste wie angewurzelt verharren, wo sie war, um besser zu hören.

Schon bald wusste sie, dass die Stimmen aus verschiedenen Rundfunkgeräten kamen, doch anstatt der für diese frühe Stunde üblichen Koranrezitationen hörte sie die Klänge von

Militärmusik und sah im nächsten Moment ihren Onkel vor sich stehen, wie beim vorangegangenen Mal in einer Ecke des Hofes ihres Hauses. Auch er musste von dem Lärm aufgewacht sein, der das Haus noch vor dem Morgengebet erfüllte, weshalb das Messer in ihrer Hand allem Anschein nach keinen Argwohn bei ihm weckte. Wahrscheinlich dachte er an alles Mögliche, nur nicht, dass sie dieses Messer im ersten Morgengrauen und noch vor dem ersten Gebet des Tages aus einem einzigen Grund mit sich herumtrug, nämlich um sich damit auf ihn zu stürzen und der ganzen Sache ein Ende zu machen. Nein, das wäre ihm niemals in den Sinn gekommen, vielleicht auch, weil er vom Schlaf noch ganz benommen war oder weil eine gewisse Sorge von ihm Besitz ergriffen hatte, da seine Ohren den Klang von Trompeten und Trommeln vernahmen. In jenem Augenblick, dem Moment, in dem er sie gewahrte, dachte er an nichts anderes, als von ihr zu verlangen, sie möge ihm einen Becher mit kaltem Wasser bringen. Denn es war August, der heißeste und feuchteste Monat des Jahres, ein Monat, der einen nicht leicht Schlaf finden ließ. »Ein Becher Wasser aus dem Kühlschrank, Nichte«, hörte sie ihn mit schlafbelegter Stimme rufen. Wie sonderbar musste ihm ihr gemeinsamer Anblick vorgekommen sein, er mit ernstem Gesicht vor ihr stehend und einen Becher Wasser verlangend und sie wie erstarrt, unfähig, sich zu rühren, in der Hand das Messer, und im Hintergrund tosten aus zig Radiogeräten die Klänge von Marschmusik, Trompetenfanfaren und Trommelwirbel, flammende Reden und kurze Koranverse. Das schrieb sie noch am selben Tag in einem Brief, den sie bei nächster Gelegenheit ihrer Freundin zuzustecken gedachte. Denn natürlich ging Sara nicht in die Küche, um den Kühlschrank zu öffnen und ihrem Onkel einen Becher Wasser zu bringen, sondern zog sich schrittweise zurück und kehrte enttäuscht in ihr Zimmer zurück, legte das Messer auf den Tisch und warf sich aufs Bett, müde und die Erinnerungen eines ohnmächtigen Tages noch im Ohr, spürte aber aus irgendeinem Grund die Anspannung von ihr abfallen, ja empfand bis zu einem gewissen Grad innere Ruhe und Frieden und fiel, ohne zu wissen, wann und wie, in tiefen Schlaf.

Nein, Sara würde nicht auf die »Vorrang dem Islam«-Schule oder auf irgendeine andere der Schulen gehen, die der Behörde für die Verbreitung von Tugendhaftigkeit und für die Verhinderung von Lastern unterstanden, nicht, weil sie dies nicht gewollt oder ihr Onkel sich mit ihrer Weigerung abgefunden hätte, sondern aus einem anderen, ganz einfachen Grund. Denn es war dies das erste Mal im Leben des Scheichs, dass es ihm nicht vergönnt war, den ersten Absatz der Verfassung umzusetzen, die er seinem Wunschstaat, dem islamischen, gegeben hatte: die Abschaffung der Geschlechtervermischung in den Schulen. Oder noch einfacher gesagt scheiterte der Künder Scheich Jussuf al-Ahmad bei seinem Vorhaben, eine Schließung dieser – wie er sagte – »unsittlichen« Schulen zu erwirken, zumindest aber als Erstes der »Schule der saudisch-amerikanischen Freundschaft« auf dem Luftwaffenstützpunkt in Dhahran den Garaus zu machen. Und er scheiterte nicht etwa, weil der König oder die saudischen Behörden oder der lautere Prinz, sein wichtigster Mentor, ihn in seinem Bemühen nicht unterstützt hätten, oder weil es den jungen Propagandisten, die unter seiner Ägide in der Ostprovinz bis in den entlegensten Grenzregionen dienten, an Hingabe oder Begeisterung gemangelt hätte, oder weil es den Leitungen der gemischten Schulen geglückt wäre, sein »finsteres« Projekt zu Fall zu bringen, wie es die Direktorin der Schule in Dhahran, Madame Jennifer Dahlan, bezeichnete, oder weil die Bewohner der Ostprovinz, diese »verdorbenen Tänzer«, von denen »die meisten aus Bahrain stammen«, sich ihm in den Weg gestellt hätten.

Nein, Scheich Jussuf al-Ahmad war aus einem einfachen Grunde kein Erfolg vergönnt, einem Grund, der nichts mit dem zu tun hatte, was sich an jenem Morgen ereignete. Denn in den frühen Morgenstunden dieses Augusttags, an dem Sara zum ersten Mal in ihrem Leben zu einem Messer als Waffe griff, an diesem ungewöhnlichen, sonderbaren Morgen im August, vier Wochen vor Beginn des neuen Schuljahrs, exakt am 2. August 1990, marschierte die irakische Armee in Kuwait ein, was der Auftakt einer langen kriegerischen Auseinandersetzung werden würde, einer Schlacht, die in Kuwait begann und nicht eher enden sollte, »bis das Königreich Saudi-Arabien von seinen korrupten Herrschern befreit ist«, wie es an jenem Morgen aus dem Radio dröhnte, das eine Proklamation des irakischen Präsidenten sendete, dessen sich überschlagende Stimme aus dem Zimmer der Hausangestellten und von überallher im Haus zu kommen schien. Und wie seine Kollegen, die Scheichs und Künder des Landes, erfuhr ihr Onkel, dass das gesamte Königreich – Volk und Herrscher, Freiwillige und Sahwa, Alte und Junge – von diesem Tage an vereint im Kampf zusammenstehen musste, um den Vormarsch der irakischen Invasoren zu stoppen. Alles, was diesem Ziel nicht diente, seien Konflikte, die fürs Erste zurückgestellt werden mussten, hieß es in einem Telegramm, das Scheich Jussuf al-Ahmad erhielt und das die Unterschrift keines Geringeren als des lauteren Prinzen trug, seines Gönners und Mentors!

Was sich in jenem Sommer ereignen sollte, überstieg alles, was Sara an Vorstellungen über den Krieg mit sich herumtrug. Ein Wort, das sie nur in Schulbüchern gelesen oder in ihrem Umfeld, zu Hause oder auf der Straße, gehört hatte. Diese Kriege, von denen die Bücher berichteten, waren vergangen und Geschichte, waren Kriege, die sich zu bestimmten Zeiten an bestimmten Orten ereignet und nichts mit der Gegenwart zu tun hatten, nichts mit der Zeit oder dem Ort, an dem sich ihr Leben abspielte. Vielleicht war es das, was sie die ganze Sache nicht ernst nehmen ließ: Das Trommeln und inbrünstige Absingen der Hymnen, die rezitierten Koransuren und Freitagspredigten, die aus den Kuppeln der Moscheen schallten und von vergangenen Siegen der Muslime kündeten, waren, so gellend sie auch vorgebracht werden mochten, nicht imstande, ihr das Geschehen klarzumachen, das um sie herum tobte, oder dieses zu interpretieren. Und so bemühte sie vergeblich ihren Verstand und fragte sich bei Tag und bei Nacht, was sie tun sollten, würde der Krieg bis vor ihre Haustür gelangen. Dabei empfand sie keine Angst, doch nicht, weil sie glaubte, eine derartige Ausweitung des Kriegs sei ein Ding der Unmöglichkeit, sondern weil sie sich einfach nicht vorstellen konnte, dass der Krieg noch immer so aussah, wie er es in vergangenen Zeiten getan haben mochte. Denn alle Geschichten, die sie gehört oder in den Schulbüchern gelesen hatte, hatten ein einziges Bild in ihrer Vorstellung geprägt: das Bild von Kriegern zweier miteinander ringenden Armeen, die hoch zu Ross angreifen, scharfe Schwerter durch die Luft wirbeln lassen und aufeinander losstürmen, zornig und wild brüllend, um sich dann gegenseitig die Köpfe abzuschlagen. Und wenn sie Dörfer und Städte überrannten, nahmen sie sich die Frauen und vergewaltigten sie. Sogar ihre Lehrerin, die einige Tage zuvor über den

Palästinakrieg im Jahre 1948 gesprochen hatte, hatte ihnen von einer palästinensischen Frau erzählt, über die die israelischen Soldaten, »die Juden«, wie die Lehrerin sagte, wie die Tiere hergefallen waren, ihre Kleider mit ihren Bajonetten zerfetzt und sie einer nach dem anderen vergewaltigt hatten.

Weder in den Geschichten aus ferner Vergangenheit noch in denen über die Gegenwart fehlten solche Bilder, gleichgültig ob sie von Siegen oder Niederlagen handelten, immer kamen Eroberung, Raubzüge und Plünderung vor, Töten, Vernichtung, Gefangenschaft und Vergewaltigung. Ja, was hatte selbst die Geschichte der Feldzüge Abd al-Aziz ibn Sauds und seiner Vereinigung des Königreiches anderes zu bieten als Gewalt und Blut? Allein in ihrer Vorstellung genügte das Bild des Krieges, das sich so einstellte, um sie zutiefst zu verunsichern. Und sie verlor dann die Angst, als sie ihren Vater begeistert von »der Notwendigkeit des Kriegs« reden hörte, der für Männer gemacht sei. »Guckt euch die Amerikaner an«, sagte ihr Vater, »das sind keine Feiglinge wie die Europäer. Das sind Männer im wahrsten Sinne des Wortes. Die haben keine Angst vor dem Krieg, die sind mit ihren Truppen gekommen, um Kuwait zu befreien.« Und als ihre Mutter bemerkte, er würde so etwas nicht sagen, wenn er nicht wüsste, dass der Krieg seinen Geschäften zuträglich sein würde, lachte er, sagte, sie verstehe gar nichts vom Leben und sage dies nur, um ihn zu ärgern. Das sei bloß ihre »Gewohnheit zur Widerrede«.

Saras große Schwester Asma aber, die Geschichtslehrerin war, sagte, natürlich würden die Amerikaner mit Begeisterung in den Krieg ziehen, weil sie, anders als die Europäer, noch nie das bittere Los eines Krieges hätten kosten müssen. »Ihre Kriege haben immer auf fremdem Territorium stattgefunden.«

Außerdem hätten die Amerikaner, ihrer Meinung nach, vom Zweiten Weltkrieg kräftig profitiert und sich zu den Führern der Welt aufgeschwungen, während zur selben Zeit in den Städten Europas den Menschen ihre Häuser über dem Kopf eingestürzt seien. Und genau dasselbe sei im Ersten Weltkrieg passiert. »Millionen junger Männer sind an der Front gefallen und ihre Leichen in den Schützengräben verfault, mit Ausnahme derjenigen der Amerikaner.« Dann fragte ihre Schwester alle Anwesenden: »Habt ihr schon einmal von einer Einheit namens ›No Man's Land‹ gehört, die die Briten aufgestellt haben?« Und lieferte gleich selbst die Antwort: »Das ist eine Einheit, die sich auf das Auffinden der sterblichen Überreste unbekannter Gefallener spezialisiert hat, um diese ihrer letzten Ruhe zuzuführen.« Doch genauso, wie er über die Bemerkung seiner Frau gelacht hatte, musste ihr Vater über die Sichtweise seiner Tochter Asma lachen. »Und was ist schlecht daran?«, wollte er wissen und meinte, wenn Amerika von diesem Krieg profitieren würde, dann werde man sich hier im Königreich eben daran beteiligen: »Die anderen kämpfen stellvertretend gegeneinander, und wir hier im Königreich profitieren. Das ist im Krieg zwischen Iran und Irak so gewesen, und wird auch jetzt wieder so sein. Einunddreißig internationale Truppenkontingente werden an unseren Grenzen kämpfen – das sind einunddreißig neue Ausrüsterverträge für al-Djaassis Ahlam-Company.« Vielleicht hatte ihr Vater ja recht, denn sie, Sara, hatte zum Beispiel schon ganz vergessen, dass hier acht Jahre lang ein Krieg getobt hatte zwischen dem Iran und dem Irak, ein Krieg, der eines Tages genau an dem Punkt endete, an dem er begonnen hatte, wie sie jemanden, wer genau, wusste sie nicht mehr, hatte sagen hören.

Und heute redeten auch wieder alle vom Krieg, aber diesmal in Kuwait. Doch was hatte ein Mädchen, das gerade mal zehn Jahre alt war, mit dem zu schaffen, was sich dort zutrug? Es war schließlich ihre Freundin Alhanuf, die sie darauf hinwies, dass alles in Veränderung begriffen sei, und als sie fragte, was sie damit meine, erwiderte Alhanuf, die Vögel seien verschwunden. »Nimm und sieh selbst«, sagte sie traurig und drückte Sara ihren Zeichenblock in die Hand, als verlangte sie von ihr, sich selbst zu überzeugen, sich die leeren Seiten anzuschauen, die nur freie Flächen und ein paar Skizzen von Phantasievögeln boten. »Die Vögel ziehen nicht mehr«, meinte Alhanuf und nahm ihr den Block wieder ab, um weiter ihre Phantasievögel zu zeichnen. Doch ihre Freundin hätte ihr ihre Beobachtung gar nicht mitteilen müssen, es genügte, dass sie den Kopf hob und einen leeren Himmel vor sich sah, als hätten die Vögel allesamt beschlossen, das Fliegen einzustellen. Vielleicht ist es bloß nicht ihre Saison, sagte sie sich, als sie sich an jenem Tag von ihrer Freundin verabschiedete. Und auf dem Nachhauseweg überlegte sie, dass auch sie die Vögel nicht mehr morgens sich vor ihrem Fenster versammeln sehen würde. Ja, einer von ihnen wagte sich immer fast bis in ihr Zimmer, fühlte sich niemals durch sie bedroht. Aber in den letzten Tagen hatte sie ihn kaum mehr zu Gesicht bekommen, war der Lärm der Vögel so gut wie verstummt. Und nur ihr Vater wollte davon nichts wissen, sagte, das Gerede ihrer Freundin über die Vögel sei bloß altkluges Geschwätz, sicher habe sie das von ihrem Bruder, dem Museumsdirektor, der angefangen habe, seine Nase in Sachen zu stecken, die ihn nichts angingen. Erst vor ein paar Tagen hatte er sich in unglaublicher Weise gegenüber Daniel Brooks, Gott möge ihn in guter Erinnerung behalten, über die Altertümer geäußert. Die Denkmäler der Obed-Kultur (am liebsten hätte er Abid – Sklaven –

gesagt), die sumerischen Gräber »und was weiß ich noch« seien wegen des amerikanischen Stützpunktes zu einem Schießplatz verkommen. Und jetzt stecke er schon wieder seine Nase in eine Angelegenheit, die ihn nichts anging. »Er sollte besser auf der Hut sein«, meinte ihr Vater, »damit das alles nicht ein böses Ende mit ihm nimmt.« Alhanufs Bruder solle sich auf seine Arbeit konzentrieren und aufhören, über die Zerstörung der Umwelt durch den Krieg und andere Lügenmärchen zu reden. »Was sollen die Vögel denn mit dem Krieg zu tun haben?« Sara wusste nicht, was sie ihrem Vater darauf erwidern sollte oder bezüglich des sumerischen Friedhofs, weil sie auch gar nicht verstand, was damit gemeint war. Dass dies nicht nur als Erstes die Verhaftung von Alhanufs ältestem Bruder bedingen sollte, sondern danach auch die Festnahme der ganzen Familie für mehrere Wochen, »als Erziehungsmaßnahme«, wie es hieß, erzählte ihr Alhanuf nach ihrer Freilassung. Dadurch erfuhr Sara erst, dass ihre Freundin mit ihrer Familie gar nicht in die Ferien gefahren war, wie ihr Vater ihr weiszumachen versucht hatte, als ihr gegen Ende August einfiel zu fragen, ob sie ihre Freundin besuchen fahren könnte. Hätte sie also gewusst, was die Äußerungen von Alhanufs Bruder zu bedeuten hatten, hätte sie verstanden, wie ernst die Bemerkungen ihres Vaters waren.

Aber der Krieg? Sie sollte erfahren, was es damit auf sich hatte, sah, was sich an Veränderungen vollzog unmittelbar nach dem Einmarsch der irakischen Truppen nach Kuwait. Das Ganze betraf nicht nur die Vögel, alles veränderte sich unter dem Einfluss des Kriegs, ja noch ehe dieser überhaupt richtig begonnen hatte. Ihre Freundin Alhanuf behielt recht, denn alles begann sich zu verändern. Mit der Zeit sah sie zunehmend die Gesichter von Fremden die Stadt beherrschen, von denen die meisten in den Ferienhaussiedlungen am Meer und unweit der Brücke im Stadtteil Ishbiliya wohnten, während nur einige wenige bei ihnen im Viertel Iskan unterkamen, Fremde, die mit ihren schicken Limousinen, ihren Chevrolet Malibu und Toyota, durch die Gegend kurvten, durch die Mall von al-Chobar oder auf der Corniche spazierten und dem Dialekt der Ostprovinz einen fremden Zungenschlag beimischten. Wohl unterschieden sich die Männer in ihren Hemdgewändern nicht sonderlich von den Saudis, auch wenn sie ihre Kufiya mit dem Iqal etwas fließender zu tragen schienen, aber die jungen Burschen trugen ihr Haar kurz geschoren und nach dem Vorbild der amerikanischen Marines, eine Frisur, die sich auch in der Ostprovinz immer größerer Popularität erfreute. Wirklich erstaunlich aber war, dass die Mehrheit der jungen Frauen, die sie in der Mall oder auf der Corniche sah, weder Aba'a noch Hidschab trugen, sondern ein langes Kleid und darunter Jeans, während sie um den Kopf locker ein Seidentuch gelegt hatten, das nur einen Teil des Kopfes verhüllte. Im Gesicht hatten sie Make-up, und die schwarzen Sonnenbrillen, die sie ständig trugen, waren die neuesten Modelle von Gucci und Chanel. Wie neidisch ihre Schwester Asma auf diese jungen Frauen war, nicht nur wegen ihrer aufreizenden Erscheinung oder wegen des Parfümduftes, den sie verströmten, sondern vor allem, weil sie im Besitz eines Führerscheins waren. Und einige von ihnen wollten nicht auf das Fahren verzichten, bis sie wiederholt durch die Sittenwächter, die Männer von der Behörde für die Verbreitung von Tugendhaftigkeit und für die Verhinderung von Lastern, festgenommen worden waren. Doch weil all dies ansteckend wirkte, wie ihre Schwester sagte, hatten inzwischen zehn Frauen aus Dammam gewagt, sich öffentlich hinters Steuer ihrer Autos zu setzen. Saras Schwester würde sehr viel Zeit sparen, mindestens zwei Stunden jeden Tag, dürfte sie mit dem Auto fahren, anstatt auf den amtlichen, von der Regierung betriebenen Bus angewiesen zu sein, der die Beamtinnen und Lehrerinnen transportierte, die an der Stadtgrenze zu Hafar al-Batin arbeiteten.

Was diese jungen, aus dem Ausland eingefallenen Frauen taten, gefiel ihrer Schwester, doch was ihr ganz und gar nicht gefiel, war die Belästigung durch die jungen Burschen, die auch Sara mitbekam, wenn sie einen Ausflug in die Mall unternahm. Denn die jungen Nicht-Saudis schreckten nicht davor zurück, hinter den Mädchen herzulaufen. Ja, sie selbst wurde mehrfach von Jungen bedrängt, die vielleicht zwei oder drei Jahre älter waren als sie. Was ihr jedoch, um die Wahrheit zu sagen, gefiel, denn sie fühlte sich in ihrer heranreifenden Weiblichkeit bestätigt. Sie wusste nicht, ob ihre Schwester insgeheim auch ähnliche Gefühle hegte, aber in der Schule zum Beispiel redeten so gut wie alle Mädchen über die neu aufgetauchten jungen Fremden, über ihre Kühnheit und ihr gutes Aussehen. Sie wusste auch nicht, ob es die Provokationen der Jungen waren, die die Mädchen, ungeachtet des Hidschabs, mehr Interesse für das eigene Aussehen aufbringen ließen, dafür, wie die Aba'a, der schwere Übermantel, sich um den Körper schmiegte, wie die Kopfbedeckung ein bisschen zu lockern war oder man sich eine neue Frisur machen lassen sollte, etwa nach Vorbild der Fernsehserie »Dallas«, oder ob es die Ansteckung durch die fremden jungen Frauen war, die dafür sorgte. Ja, sogar einige von den Schönheitsstudios und Frisiersalons, die, wie alle in der Stadt noch wussten, vor zehn Jahren geschlossen hatten, machten wieder auf. Und hätte nicht ihr Onkel, der »Künder« Scheich Jussuf al-Ahmad, postwendend einen großen Feldzug angezettelt gegen alles, was er als »Ausbund der Verdorbenheit« bezeichnete, die nach seinen Worten »ihre Ausdünstungen von neuem über das Königreich verbreitet«, hätte er sich nicht in diesen Feldzug gestürzt, dessen vornehmliches Ziel sein Aufruf war, diese Studios und Salons zu schließen und ihre Betreiber ins Gefängnis oder in ein islamisches Erziehungslager zu stecken, wären die Reklameschilder vor diesen Läden wohl hängen geblieben. Doch nach »mehreren Beratungsrunden zwischen dem Staat und der Behörde für die Verbreitung von Tugendhaftigkeit und für die Verhinderung von Lastern haben staatliche Stellen, damit das Land seine Würde nicht verliert, wie wiederholt geäußert wurde, und um die religiösen Autoritäten und Propagandisten zu beruhigen, an erster Stelle den Künder Scheich Jussuf al-Ahmad, diesen Kompromiss vorangetrieben, eine Abhängung der betreffenden Schilder nämlich, wie man es schon Anfang der sechziger Jahre getan hatte, als der Staat als Kompromiss die Beseitigung aller Schilder von Fotostudios und Vorhänge vor ihren Schaufenstern anordnete«. So kolportierten es geheimnisvolle Flugblätter, die in der Stadt verteilt wurden und von denen Sara eines durch ihre Freundin Alhanuf zugespielt bekam.

Seltsam, sagte sich Sara, dass die Anwesenheit dieser Neuankömmlinge für solche Aufregung sorgt, dabei kamen diese Menschen doch, wie sie wusste, aus Kuwait. Und dieses winzige Emirat lag, auch das wusste sie, nicht weit von der Ostprovinz entfernt, nur ungefähr zweihundertundsechzig Kilometer trennten al-Chobar und Ras al-Chafdji, wo die Grenze zu Kuwait begann. »Aber der Unterschied zwischen beiden«, so ihre Freundin Alhanuf in den ersten Augusttagen, »ist nicht so groß, wie die Leute immer übertreiben.« Und dann hatte ihre Freundin begonnen, einiges über Kuwait zu erzählen, als würde sie das Land schon seit Jahren kennen. Und erst bei dem letzten Gespräch vor ihrem plötzlichen Verschwinden verriet Alhanuf ihr, dass ihre Tante dort verheiratet war und jetzt, nach dem Einmarsch der irakischen Armee in Kuwait, sich zu ihnen geflüchtet hatte. Je mehr Geschichten sie hörte, die Alhanuf ihr über Kuwait erzählte, desto überzeugter war sie dennoch, Kuwait müsse ein anderer Planet sein und nicht bloß ein benachbartes Emirat. Und dann wiederum hörte sie ihren älteren Bruder, der als Ingenieur bei Aramco arbeitete, sagen, wäre die Bevölkerung Kuwaits nicht so klein, würden die Kuwaiter ihren Frauen nicht erlauben zu arbeiten und ihnen gewisse Freiheiten zugestehen, doch letztendlich seien sie in ihrer »rückständigen« Behandlung von Frauen nicht anders als alle anderen auch.

Aber warum sollte dies alles ein kleines Mädchen in ihrem Alter interessieren? Denn was sie fesselte, war das Bild, das sie vor sich sah, denn alles sagte ihr, dass sich die Lage seit dem Auftauchen der Fremden veränderte, jedoch nicht unbedingt zum Schlechten, wie ihr Onkel und dessen Leute Tag und Nacht schimpften. Flammend zogen diese in der ganzen Ostprovinz von einer Mall zur nächsten, von einer Corniche zur anderen, kontrollierten Straße um Straße, ja nicht einmal die Parkhäuser entkamen ihren Razzien, die sie als »Kriegszüge des Glaubens« bezeichneten und deren Kunde sich nicht nur in al-Chobar wie ein Lauffeuer verbreitete, sondern in allen Städten und Dörfern, allen Straßen, Gassen und Märkten der gesamten Ostprovinz. Jeden Tag konnte man hören, eine Gruppe junger Männer und Frauen habe mit ihnen zu tun bekommen, sei festgenommen oder geschlagen worden oder hätte beides erlitten. Einmal hätten sie den jungen Männern die Haare abgeschnitten, ein andermal einigen jungen Frauen, die ihren Anweisungen nicht Folge leisten wollten, die Kleidung zerrissen. Ihre Opfer waren unterschiedlicher Nationalität und nicht nur Kuwaiter, auch wenn diese ganz oben auf der Liste standen. Aber es traf auch alle anderen Fremden, die seit dem 2. August 1990 die Stadt bevölkerten, dem Tag, an dem die irakische Republikanische Garde den Palast des Emirs in der kuwaitischen Hauptstadt gestürmt hatte. Womit hier natürlich nicht die Fremden gemeint sind, die etwa aus Amerika oder Europa stammten, denn so viele Befugnisse und Macht ihr Onkel auch haben mochte, hätte er einen von ihnen belangt, ja auch nur ihren kleinen Fingernagel berührt, wäre dies zweifellos sein Ende gewesen, wie ihr Vater ihn eines Tages aufzog: »Bei Gott, zeig mir mal deinen Heldenmut und verhafte einen betrunkenen Amerikaner oder eine Amerikanerin!« Nein, bei ihnen machte der drakonische Glaubenseifer ihres Onkels eine Ausnahme, was sogar für jene amerikanische Soldatin galt, die eines Tages auf der Corniche von al-Chobar auftauchte, in Shorts und ihre üppige Oberweite vor sich hertragend. Die Nachricht dieser Sehenswürdigkeit verbreitete sich in Windeseile und ließ die jungen Burschen sie in ihren Autos auf der Corniche umkreisen und wild hupen. Sie ihrerseits lachte und rief zurück, »hey guys«, bevor sie ein »nice to meet you, guys« hinterherschickte. Doch selbst diese Person, die Sara mit eigenen Augen gesehen hatte und deren unerhörte Erscheinung tagelang Stadtgespräch gewesen war, hatten weder ihr Onkel noch einer seiner Freiwilligen gewagt zu belangen. Es war das amerikanische Oberkommando, das eine Handreichung unter der Truppe verteilen ließ, in der die Soldatinnen und Soldaten angehalten wurden, sich nicht in unpassender Aufmachung zu zeigen oder anstößiges Verhalten an den Tag zu legen, worunter das Autofahren durch Soldatinnen und das Konsumieren von Bier und anderen alkoholischen Getränken in der Öffentlichkeit fielen. Es sei erforderlich, die Sitten und Gebräuche der Menschen hierzulande zu respektieren.

Nein, weder die Franzosen noch die Briten, die Spanier oder die Angehörigen irgendeiner anderen europäischen Nation unter den einunddreißig Truppenkontingenten, die die sogenannte »Koalition der Willigen« bildeten, hatten etwas von ihrem Onkel zu befürchten. Lediglich die Fremden anderer Nationalität, insbesondere die Araber, waren ihm ein Dorn im Auge, ganz gleich, ob sie den Einheiten des Militärbündnisses angehörten oder der Eingreiftruppe des Golf-Kooperationsrates. Denn schließlich waren ja nicht nur Soldaten gekommen, sondern auch Scharen von Mechanikern, von Nachrichtendienst- und Kommunikationsexperten, die zudem nicht allein als Gäste die Stadt unsicher machten, sondern auch noch ihre Familien mitgebracht hatten. Und zumeist konnte man sie in Gesellschaft dieser Familien sehen, wenn sie durch die Mall von al-Chobar schlenderten oder auf der Corniche spazieren gingen. Ja, sogar auf den großen Wochenmärkten bestimmten Inder, Pakistani und andere Ostasiaten nicht länger fast ausschließlich die Szenerie, wurde der Anblick anderer Gesichter schon bald genauso vertraut, selbst wenn diese in Uniform steckten.

Letztendlich aber war unwichtig, was ihr Onkel unternahm, denn selbst er konnte die Zeit nicht zurückdrehen. Dies zumindest machte ihm ihr Vater eines Abends klar. Die Behörde für die Verbreitung von Tugendhaftigkeit und für die Verhinderung von Lastern sei nicht mehr diejenige, die über das Schicksal des Landes entscheide, behauptete ihr Vater, sondern die Armeen, die hier stationiert seien.«Der amerikanische General Schwarzkopf und seine Offiziere, sie sind es, die die Zeiger der Uhr in der Hand halten. Deine Zeit ist um, mein lieber Jussuf al-Ahmad. Weder du noch der Rest der Menschheit kann von heute an den Lauf der Welt bestimmen.« Vielleicht lag ihr Vater ja richtig, vielleicht übertrieb er auch, aber in einer Hinsicht sollte er zweifelsohne recht behalten: Die Nacht des 16. Januar 1991, jene Nacht, in der die Militärs die Bombardierung Bagdads beschlossen, war nicht nur der Startschuss für die Militäroperation in Kuwait, sondern markierte auch den Beginn einer neuen Zeit für die gesamte Welt.

Dieser Krieg würde mit Macht in die Geschichte eingehen, würde belegen, dass er nicht nur ein militärischer Konflikt in der Golfregion war, eine Operation zur Befreiung eines winzigen Emirats namens Kuwait, so das über die Medien proklamierte Ziel, sondern ein Krieg von ungleich größerer Tragweite. Vielleicht bekam Sara in den ersten Tagen nichts vom Ausbruch dieses Krieges mit, doch nicht, weil der Anblick der Kriegsschiffe, die durch die Gewässer des Golfs stampften, sie nicht interessiert hätte, da sie solches jeden Tag zu sehen bekam, wenn sie Richtung Norden fuhr, oder weil sie sich nach der Besetzung Kuwaits an den Anblick der Flüchtlinge gewöhnt hatte. Nein, sondern weil sie ganz und gar mit ihrer Freundin beschäftigt war, mit ihrer Freude über deren Rückkehr und über die Freilassung ihrer Familie aus dem Gefängnis. Ihr Vater hatte sie also belogen, hatte, als sie ihn Ende August fragte, ob er sie zu ihrer Freundin fahren könne, da sie diese schon seit Tagen nicht mehr erreicht hätte und in Sorge um sie sei, mit einem Seufzer geantwortet, Alhanufs Familie sei in eine andere Stadt gezogen. Wie sonderbar, hatte sie sich gesagt, denn ihre Freundin hatte ihr nie von einem geplanten Umzug erzählt.

Und jetzt verstand sie, warum die Stimme ihres Vaters bei seiner Antwort belegt geklungen hatte, als er ihr die Geschichte vom Umzug in eine andere Stadt fabrizierte. Wie glücklich sie über ihre Rückkehr sei, flüsterte Sara ihrer Freundin zu, als sie sich in den Armen lagen und einander die Tränen aus den Augen wischten. Aber mit den Tagen, wenn sie mit Alhanuf zusammensaß oder mit anderen, entdeckte sie, dass der Krieg sich breitmachte wie ein ungebetener Gast und in jeder Handlung, jedem Verhalten zugegen war, bei jeder freudigen oder traurigen Gelegenheit, ja sogar ihr Glück und das ihrer Freundin nach deren Rückkehr verband sich in gewisser Weise mit dem Krieg, denn hätte es den Krieg nicht gegeben, wäre die Familie nicht freigelassen worden, wie ihr Alhanuf sagte. Die Einheit der Nation stehe über allem, habe man ihnen gesagt, und jetzt würden alle Anstrengungen dem Kampf gelten. Weder Alhanuf noch sie verstanden, was das alles bedeuten sollte, welcher Kampf und welche Anstrengungen gemeint waren.

Das Los der Familie im Gefängnis war bitter, so berichtete ihre Freundin. Zwar hatte man sie dort nicht geschlagen, aber dafür sei die seelische Folter, die sie ertragen mussten, noch schlimmer gewesen. Wochenlang seien sie in einer finsteren Zelle zusammen mit Dutzenden anderer Häftlinge eingesperrt gewesen, die Männer auf der einen Seite und die Frauen auf der anderen, Woche um Woche, und niemand habe ihnen gesagt, welcher »gefährlichen« Tat man sie beschuldigte, was der Grund ihrer Verhaftung war. Einmal hörte sie einen Polizeioffizier zu ihrer Mutter sagen, ihr Sohn, der Museumsdirektor, habe einem amerikanischen Offizier, der ihn im Museum besuchte, Lügenmärchen aufgetischt, habe ihm gesagt, der Schießplatz auf dem amerikanischen Stützpunkt sei ein alter Friedhof. »Solche Worte können nur aus dem Mund von abtrünnigen Staatsfeinden kommen.« Und derselbe Offizier, der Gefängniswärter, sei ein paar Tage später mit strahlendem, fröhlichem Gesicht gekommen und habe ihnen gesagt: »Freut euch, es ist Krieg!« Sie hätten nicht gewusst, was er meinte und von welchem Krieg er redete, und erst, als sie auf der Straße standen und tief die frische Luft einatmeten, hätten sie realisiert, dass sie frei waren.

»Ein Dank an den Krieg«, meinte Alhanuf in einem Ton, der nicht frei von Spott war. »Alles für den Kampf«, gab Sara nicht weniger sarkastisch zurück, doch sosehr die beiden auch lachten, sosehr sie sich lustig machten, ihr Gefühl sagte ihnen, dass sich alles verändert hatte und dass die Verhaftung Alhanufs und ihrer Familie nicht zufällig erfolgt war oder weil ihr Bruder als Museumsdirektor etwas Falsches gesagt hatte, sondern aus Gründen, die das Verständnis der beiden Mädchen bei weitem überstiegen. Und ihr Gefühl sagte ihnen auch, dass sie von einer alten Zeit Abschied genommen hatten, dass die Nacht des 16. Januar 1991 – oder gar bereits der Morgen des 2. August 1990 – den Eintritt in ein neues Zeitalter markierte, noch bevor das einundzwanzigste Jahrhundert begonnen hatte.

Was Sara betraf, so musste sie noch etwas warten, bis sich ihre Vermutung bewahrheitete, dass dieser Krieg, der seit zwei Monaten oder länger an den Fronten ausgetragen wurde, sich von all den Kriegen unterscheiden würde, über die sie in den Schulbüchern gelesen hatte, ja dass sie diesmal kein Buch über den Krieg würde lesen müssen oder jemandem lauschen, der von der Front zurückkehrte und erzählte, was dort vor sich ging. Denn was ihre Freundin Alhanuf von ihrem Bruder erzählte, der als Kartograf bei der Ölfirma Aramco arbeitete, wobei sie Sara beschwor, nichts davon weiterzuerzählen, damit sie nicht erneut verhaftet würden, beschrieb die Ereignisse exakt: Dieser Krieg beschränke sich nicht auf das Geschehen an der Front, »sondern ist ein Krieg, der in die Wohnzimmer transportiert wird«, habe ihr Bruder gesagt. Denn zum ersten Mal würden die Menschen eine Direktübertragung des Kriegs zu sehen bekommen, würden die Namen neuer Fernsehsender, die sie zuvor noch nie gehört hatten, in ihren Wortschatz aufnehmen, amerikanische Stationen wie CNN oder Fox News. Und auch Sara würde sich daran gewöhnen, diese Sender zu verfolgen, ob sie wollte oder nicht. Natürlich hätte sie von ihrem Vater verlangen können, ihr einen eigenen Fernsehapparat zu kaufen, damit sie sich das Programm heimischer Sender anschauen konnte, die nicht interessierte, was an der Front geschah.

Aber seit der Nacht der Bombenangriffe auf Bagdad, der Nacht der offiziellen Kriegserklärung, war sie nicht mehr in der Lage, früh schlafen zu gehen. Ausgerechnet sie, die nur selten daran Gefallen gefunden hatte, im Wohnzimmer zu sitzen, die es stattdessen geliebt hatte, nachts in ihrem Zimmer zu sein und Radio zu hören, vor allem Radio Monte Carlo mit seinen neuen westlichen Hits, und die, wenn sie genug Radio gehört hatte oder dort nur bekannte Lieder liefen, entweder mit ihrer Freundin Alhanuf telefoniert oder ihr einen Brief geschrieben hatte, den sie am nächsten Tag in ihren Schulranzen schmuggeln würde. Mit der Vorbereitung auf den Unterricht oder Ähnlichem war sie wie immer in den Nachmittagsstunden fertig, aber seit der Bombennacht auf Bagdad veränderte sich ihr Tagesablauf, kreiste der Krieg auf den Fernsehbildschirmen um sie und kam in Form von Bildern zu ihr, Bilder, die sie überrumpelten mit ihrem Gehalt an Gewalt und Zerstörung, Tod und Verwüstung, Trauer und Klagen. Als wäre dieser Krieg über die Leute hereingebrochen und hätte alle überrascht, sie mit eingeschlossen. Auch über sie brach er herein und nahm ihre Tage in Beschlag. Ein Stoß genügte, und sie veränderten sich vollständig.

Selbst ihre Freundin Alhanuf sollte sich verändern, sollte von jenem Tag an keine Vögel mehr zeichnen. Vielleicht führte das Sara zunächst auf die Umstände ihrer Inhaftierung zurück, denn einmal hatte Alhanuf ihr von den Haftbedingungen erzählt, am Tag nach der Ausrufung des Krieges war das, als sie zusammen im Garten der Schule saßen, aber danach hatte sie alles getan, um dieses Thema zu meiden. Es konnte nicht anders sein, als dass sie innerlich noch immer darunter litt, dachte Sara eine Zeitlang. Als Alhanuf sie wissen ließ, von nun an würde sie anfangen, nur noch Menschen zu zeichnen, wusste sie, dass der Krieg auch ihre Freundin verändert hatte. »Vor allem Soldaten«, würde sie eines Tages sagen und ihr eine Serie ihrer neuen Zeichnungen zeigen, ja, seit jenem Tag zeichne sie nichts mehr außer Soldaten. »Hast du die Bilder von den armen irakischen Soldaten gesehen?«, würde sie sagen und jene Szenen während des Rückzugs oder der Flucht der irakischen Gardisten aus Kuwait meinen. Ja, es war, als wollte ihre Freundin mit ihrer Frage und ihren neuen Zeichnungen, ohne dies zu wissen, den Zustand zum Ausdruck bringen, den sie durchlebte. »Mein Bruder sagt, alle hätten sich seit dem 16. Januar 1991 verändert, die ganze Welt.« Wie gerne hätte sie ihrer Freundin gesagt, »dein Bruder hat recht«, denn auch sie, Sara, hatte sich verändert.

Der Krieg fand an der Front statt. Hieß es. Aber tobte der Krieg tatsächlich nur irgendwo in weiter Ferne? Und die Bilder? Was war mit den Bildern vom Krieg? Schafften die es nicht bis in jedes Wohnzimmer? Drangen nicht sogar bis in die Schlafzimmer vor?

Es war das erste Mal in Saras Leben, dass sie an nichts anderes denken konnte. Die Bilder, nur die Bilder dieses Kriegs begleiteten sie Tag und Nacht. Sie schlief ein und wachte auf mit ihnen. Jeden Tag machte es sich ihre Familie zur Gewohnheit, gleich nach dem Aufwachen und noch vor dem Frühstück ins Wohnzimmer zu gehen und sich vor den Fernseher zu setzen. Alle in der Familie waren früh auf, ganz gleich, wie spät sie ins Bett gekommen sein mochten. Seit der ersten Nacht, der Nacht der Kriegserklärung und der Bombardierung Bagdads im Morgengrauen des 16. Januar 1991, schliefen sie mit den Bildern des Kriegs ein und wachten damit auf. Sonderbar war, dass diese Bilder in ihrer nicht enden wollenden Abfolge und Aneinanderreihung einander nicht aufhoben, sondern sich zu ergänzen schienen, als wetteiferten sie darum, welches nachhaltigeren Eindruck hinterließ. Ob es die Bilder von den Bomben und Raketen auf Bagdad waren, die sie als leuchtende, blitzende Körnchen auf dem Fernsehbildschirm niedergehen sah, oder die Bilder von den irakischen Soldaten, die auf ihrem Rückzug aus Kuwait Richtung Norden, nach Basra flohen, einige von ihnen in abgetragenen, verschlissenen Uniformen, andere nackt, nachdem sie diese weggeworfen hatten, in der Hoffnung, die amerikanischen Phantomkampfjets, die wie schwarze Gespenster über sie hinwegjagten, würden ihnen keine Aufmerksamkeit schenken. Oder die Bilder von den Rauchsäulen, die über jener Straße aufstiegen, die im Fernsehen als »Straße des Todes« bezeichnet wurde, wegen all der Militärfahrzeuge und Gerätschaften, den Panzern und Truppentransportern, die dort zurückgelassen von den Flugzeugen in Brand geschossen worden waren. Oder die Bilder der irakischen Soldaten, die sich nach den Kämpfen um Hafar al-Batin den amerikanischen GIs ergaben.

Wie müde und resigniert ihre Gesichter aussahen, die Lippen vor lauter Durst aufgesprungen. Und vor allem all jene Bilder, die sie entweder im Fernsehen oder im Heft ihrer Freundin in Form von Zeichnungen gesehen hatte und die sie tiefe Traurigkeit empfinden ließen. Wie sollte sie jemals jenes Bild des irakischen Soldaten vergessen, der sich über den Stiefel eines amerikanischen Marines beugte, diesen umklammerte und küsste, flehte, er möge ihn verschonen? Wie sollte sie die Bilder der Iraker vergessen, die aus ihren Städten im Süden und im Norden flohen, nachdem die, wie sie dort bezeichnet wurde, »Intifada« gescheitert war? Doch diesmal flohen sie nicht vor den Angriffen der amerikanischen Flugzeuge, sondern vor dem Beschuss durch irakische Maschinen, durch Hubschrauber. »Wieso erlaubt General Schwarzkopf den Irakern, solche Senkrechtstarter gegen die eigene Bevölkerung einzusetzen?«, fragte ihre Schwester Asma, die zu Besuch war. Sie hatte Urlaub genommen vor Ausbruch des Krieges und saß jetzt bei ihnen zu Hause fest und wartete auf dessen Ende. Im Gegensatz zur Bezeichnung »General«, die sie genauso wie andere Rangstufen und Dienstgrade seit ihren Fahrten zum amerikanischen Stützpunkt in Dammam kannte, wo sie als kleines Mädchen mit ihrem Vater oft gewesen war, kannte sie das Wort »Senkrechtstarter« nicht. Aber ihre Schwester Asma erklärte ihr, das sei ein anderes Wort für Hubschrauber, die ursprünglich zum Transport von Soldaten benutzt wurden, weil sie senkrecht aufsteigen und in der Luft stehen könnten. »Wenn ein Soldat mit Maschinengewehr darin sitzt, kann er die Leute von oben beschießen.« Diese Bilder, die Bilder der Kurden, die in die Berge flohen aus Angst vor den Hubschrauberangriffen (es war das erste Mal, dass sie von der Existenz eines Volks hörte, das »Kurden« hieß), oder die Bilder von der Flucht der Menschen im Süden des Irak, die in Richtung des Königreichs unterwegs waren, gruben sich neben allen anderen Bildern dieses Kriegs in ihr Gedächtnis ein. Auch dank ihrer großen Schwester Asma, die in jenen Tagen auf alle ihre aus Neugier und Unverständnis sich ergebenden Fragen bereitwillig Antwort gab. Es war das erste Mal überhaupt, dass ihre große Schwester für längere Zeit bei ihnen wohnte.

Die Schule, an der sie tätig war, lag am Rand von Hafar al-Batin, und zu Asmas Glück war sie an dem Tag, an dem die Kampfhandlungen begannen, gerade im Krankenhaus der Militärstadt König Khaleds, weil sie Unterleibsschmerzen gehabt hatte. Es war ihr Vater, der verlangte, sie sollte nach Abschluss der Untersuchungen sofort nach al-Chobar kommen. Er selbst würde die Schulleitung unterrichten, damit man sie beurlaubte. »Sofern es dort überhaupt noch eine Schule gibt«, wie ihr Vater kommentierte, ohne zu wissen, ob sein Unken berechtigt war. Denn al-Artawiya, der Vorort, in dem die Schule lag, an der Asma unterrichtete, war erst zu militärischem Sperrgebiet und dann in ein Flüchtlingslager für die aus ihrem Land geflohenen Iraker umgewandelt worden. Sara wusste nicht, ob sie dem Krieg danken sollte, der ihre Schwester zwang, bei ihnen zu bleiben und den Beginn des neuen Schuljahrs abzuwarten, wie das Erziehungsministerium ihr zugesichert hatte. Denn ohne sie hätte sie niemals so viel gelernt. Und nicht nur sie, auch Alhanuf lernte manches von ihrer Schwester, denn oft verlangte Asma, sie sollten mit ihr zur Corniche kommen, wo sie sich entweder direkt auf den Rasen oder aber auf eine der Bänke setzten, die zum Meer ausgerichtet waren. Und dort unterhielt sich Asma angeregt mit ihnen. Sie war es auch, die Alhanuf ermutigte, weiter Soldaten zu zeichnen und alles, was sie im Fernsehen an Zerstörung sah und glaubte, es lasse sich zeichnen. Ja, sie verlangte regelrecht von Saras Freundin, das Zeichnen nicht aufzugeben. Sie solle alles zeichnen, was ihre Augen sähen, jenseits der Bilder, die die Nachrichtenagenturen und Fernsehsender verbreiteten. »Das Fernsehen pumpt Abertausende von Bildern in uns hinein, bis wir uns an den Krieg gewöhnt haben … und ihn schnell wieder vergessen haben werden«, sagte ihre Schwester eines Tages mit trauriger Stimme. »Alles, was wir um uns herum sehen, wird eines Tages verschwinden, und nichts wird bleiben außer dem Fernsehen … Selbst wir, auch wir werden verschwinden.« Als Asma in den Augen der beiden Mädchen leise Zweifel sah, setzte sie hinzu: »Schaut euch nur die Schiffe dort an.« Womit die Kriegsschiffe gemeint waren, die längst zu einem vertrauten Anblick im Golf geworden waren, riesige Dampfer, die kamen und gingen, Kriegsmaterial und Soldaten transportierten, Flugzeuge und Raketen. Und während sie mit den Händen um sich deutete, wie jemand, der eine Landkarte in die Luft zeichnet, vergaß sie nicht, mitunter hinzuzufügen: »Diese Gegend wird nichts anderes kennen als Krieg.« Bei allen diesen Gesprächen wirkte ihre Schwester sehr besorgt, ja verzagt, und nie sahen sie sie lachen. Nur ein einziges Mal, bei ihrer letzten Zusammenkunft dort, sahen sie so etwas wie ein Lächeln auf ihrem Gesicht. Es war der Tag, an dem die Kampfhandlungen endeten.

Als sie auf ihrer Bank saßen, holte Alhanuf den Block, in dem sie ihre Zeichnungen gesammelt hatte, aus ihrem Ranzen und bat Asma, sie möge ihn für sie aufbewahren. »Ich habe Angst, bei mir geht er verloren«, sagte sie. Asma fragte nicht, warum Alhanuf meinte, sie könnte ihn verlieren, so als hätte sie zu dem Zeitpunkt bereits einiges über ihre Freundin gewusst, viel mehr auf jeden Fall, als sie selbst, Sara, wusste. Asma blätterte durch die Seiten des Blocks, und ein scheues Lächeln legte sich um ihren Mund. »Ich danke dir für das Vertrauen«, sagte sie. Alhanufs Zeichnungen kamen einer Dokumentation nahe, wie Asma sie wünschte, einer Aufnahme, die alles enthielt, was der Krieg symbolisierte, von seinem Ausbruch bis zu seinem Ende. Als markierte Alhanufs Block eine Grenze, eine Trennlinie zwischen zwei Epochen, der Zeit vor dem Krieg um Kuwait und der Zeit danach, ja als sei er eine Form des Widerstands gegen das Vergessen. Denn darin stimmten die beiden Freundinnen überein: Die Leute würden den Krieg vergessen. Würden Erleichterung verspüren und nicht wissen, dass das, was geschehen war, nur der Auftakt zu vielen weiteren nicht enden wollenden Kriegen sein würde. Etwa der Krieg ihres Onkels, des »Künders« Scheich Jussuf al-Ahmad. »Der Krieg verschlingt erst das Grüne und dann das Trockene«, hatte ihre Schwester eines Tages gesagt, ohne zu wissen, dass der Krieg ihres Onkels alles verschlingen würde, was mit dem Leben in Beziehung stand, ein Krieg, dessen Mühle die ganze Welt zermalmen sollte.

Im Herbst jenen Jahres vollendete Sara ihr elftes Lebensjahr und wurde zwölf, das Alter, das sie immer zu erreichen gehofft hatte, wie sie irgendwann ihrer Freundin Alhanuf gegenüber verkündet hatte. Aber was sie da noch nicht hatte wissen können, war, dass, kaum hatte sie ihr neues Lebensjahr begonnen, sie nichts als Verdruss daran fand, zwölf Jahre alt zu sein, denn was außer dem Krieg würde sie mitnehmen aus diesem Jahr? Und jetzt hoffte sie nichts mehr, als möglichst bald dreizehn zu werden. »Dreizehn ist das richtige Alter, um unsere Träume zu verwirklichen«, schrieb sie Alhanuf in einem Brief, jedoch ohne ihr zu sagen, welche Träume sie meinte. Und natürlich konnte sie noch nicht wissen, dass das zwölfte Lebensjahr tatsächlich ein schweres werden würde für sie, eine Zäsur zwischen zwei Leben. Zum einen wegen »des Feldzuges des Künders Jussuf al-Ahmad«, wie sie noch im Frühjahr jenen Jahres ihrer großen Schwester Asma geweissagt hatte. Hatte ihre Schwester da noch leise Zweifel an Saras düsterer Prophezeiung gehegt, sollte sie während ihres Aufenthalts bei ihnen schon sehr bald mit eigenen Augen sehen, dass ihre kleine Schwester recht behielt, denn das Leben ihrer ganzen Familie geriet aus den Fugen, da ihr Onkel, Scheich Jussuf al-Ahmad, beschlossen hatte, seinen Lebensmittelpunkt nach al-Chobar zu verlegen. Wobei man zunächst noch meinen konnte, er eiferte vor allem den Prinzen der königlichen Familie nach, die mehrheitlich ein Haus am Meer besaßen, und sei nicht gekommen, um wie ein blankes Schwert über ihren Hälsen zu schweben, da der Kampf zwischen ihm und ihrem Vater fürs Erste vertagt schien.

Doch nicht nur deswegen wurde es ein denkwürdiges Jahr, sondern vor allem wegen der Veränderungen, die sie selbst durchmachte. Denn in jenem Herbst, nur wenige Wochen, bevor ihre Schwester Asma wieder zu arbeiten begann, diesmal in einer Schule, die nahe zum Stützpunkt in Hafar al-Batin gelegen war, wachte Sara eines Morgens auf, genau genommen am 1. September, wie sie später glaubte, um einen sonderbaren Geruch und eine klebrige Flüssigkeit zwischen ihren Schenkeln wahrzunehmen. Sie wickelte sich in das Laken, das sie zum Fußende des Bettes gestrampelt hatte, weil es so warm im Zimmer war, kauerte sich zusammen und schlang die Arme um die Brust, als wollte sie sich gegen einen Eindringling verteidigen. Sie war ganz durcheinander, wusste nicht, was sie tun sollte. Blut war in der Nacht aus ihr herausgeflossen und lief auch jetzt noch ab und an nach, während sie im Unterbauch neben ihrer Blase schmerzhafte Krämpfe verspürte, die wie unzählige kleine Messer in ihren Eingeweiden rotierten. An jenem Morgen verließ sie ihr Zimmer nicht und blieb im Bett liegen, weshalb ihre Mutter annahm, sie habe Fieber oder sei wieder mal ein bisschen unpässlich, was ihr in letzter Zeit des Öfteren passierte, seit sie sich durch den Onkel bedroht fühlte. Das war es auch, was sie zu ihrer älteren Tochter Asma sagte, die am Vorabend vom Vater die Nachricht über ihre neue Anstellung erhalten hatte. Asma schenkte den Worten der Mutter Glauben und hätte wohl auch nicht den Entschluss gefasst, sich irgendwann doch nach oben ins Zimmer ihrer kleinen Schwester zu begeben, um sich selbst zu vergewissern, wie es ihr ging, hätte sie nicht vorgehabt, mit Sara zum Einkaufen auf den Tamimi-Markt an der Corniche zu gehen. Dort wollte sie die Farben erwerben, die Alhanuf bei ihren Zeichnungen verwendete, weil sie einige Tage zuvor ein Bild gesehen hatte, das Alhanuf ihrer Freundin zum Geschenk gemacht hatte: zwei farbenprächtige Vögel mit großen, schönen Augen, die in eine leere Weite schauen und auf ihren Flügeln zwei Antlitze tragen, das eine Saras und das andere von Alhanuf. Und genau diese Farben, die Alhanuf verwendet hatte, wollte sie kaufen, denn das Bild verzauberte Asma, seit sie es zum ersten Mal auf der Kommode neben dem Bett ihrer Schwester gesehen hatte. Die Intensität der Farben, die in der Dunkelheit des Zimmers erstrahlten, ließ sie wohl glauben, dieser Effekt rühre vor allem von der Qualität der Farben. »Kunstfertigkeit allein genügt dazu nicht«, wie Asma ihre jüngere Schwester belehrte, »das Material spielt eine große Rolle.« Sie klang so überzeugend, als sei sie von Hause aus Kunstlehrerin und unterrichte nicht etwa Geschichte. »Ich muss diese Farben kaufen.« Was Sara erstaunt hatte, denn es war das erste Mal überhaupt, dass sie von der Leidenschaft ihrer Schwester fürs Malen erfuhr und ihrem Verlangen, genau diese Farben zu erwerben und mit nach Hafar al-Batin zu nehmen. Aber weil sich Asma jetzt auf den Beginn an ihrer neuen Schule vorbereitete und meinte, es sei Zeit, die Farben zu besorgen, hatte Sara ihr versprochen, mit ihr zu dem Laden zu gehen.

Doch als Asma nun die Tür des Zimmers aufstieß, bewahrheitete sich ihre erste Vermutung. Gleich beim Eintritt stieg ihr der Geruch des Bluts in die Nase, und als sie sich dem Bett näherte, sah sie ihre Schwester zusammengekauert darauf liegen und heftig zittern, als sei sie gerade aus einem Albtraum erwacht. Das Zähneklappern indes, das so heftig war, dass man es hören konnte, versetzte sie in Sorge. Woher sollte sie auch wissen, dass es ihr eigenes Eintreten ins Zimmer war, das Sara im ersten Moment in panische Angst versetzte und sie dann bodenlose Scham empfinden ließ, als ihre große Schwester auf ihrer Bettkante Platz nahm und von ihr verlangte, sie solle aufstehen, um das Laken und ihre Sachen zu wechseln. Ja, sie wäre wohl noch weiter ängstlich und argwöhnisch geblieben, hätte sie nicht das Lächeln gesehen, das um die Lippen ihrer Schwester spielte, als diese sie in die Wange kniff und flüsterte: »Du bist heute zur Frau geworden, Schwesterchen.«

Das Einsetzen der Monatsblutungen indes war nicht das einzige umwälzende Ereignis, das in jenem Jahr Saras Leben veränderte. Die zweite Umwälzung ergab sich genau zu dem Zeitpunkt, als sie auf die Mittelschule wechselte, diesmal ohne ihre Freundin Alhanuf. Eines Mittags, sie saß im Wohnzimmer, hatte ein Glas Tee in der Hand und schaute sich eine Folge der Zeichentrickserie »Frau Pfeffertopf« an, kam Asha ins Zimmer, die Tochter der einzigen indischen Hausangestellten, die sich gegen ihre Mutter behauptet hatte und jetzt schon seit über zehn Jahren bei ihnen war, obschon genau neun Monate, nachdem sie ins Haus gekommen war, ihre Tochter geboren worden war, die Sara jetzt einen kleinen Brief überreichte. Im ersten Augenblick dachte Sara, Asha, die genauso alt war wie sie und die sie noch niemals einen ganzen Satz hatte sagen hören, wollte ihren Spaß mit ihr treiben, wie sie es schon bei anderen Gelegenheiten getan hatte, als sie die Arme wie Flügel ausbreitete und versuchte, die Bewegung der Vögel auf dem Bild, das Alhanuf ihr geschenkt hatte, nachzuahmen. Und diesmal waren offensichtlich ihre Briefe an Alhanuf Gegenstand des Scherzes, dachte Sara. Doch als sie die andere fragte, »Ein Brief? Von wem?«, antwortete Asha nur mit einem Brummen und einer Kopfbewegung, die sagen wollte, sie solle den Brief doch selber öffnen, dann wüsste sie es, ehe sie im nächsten Augenblick schon wieder verschwunden war und Sara mit ihren Zweifeln sich selbst überließ.

Anfangs überlegte sie noch, den Brief einfach ungeöffnet beiseitezulegen, doch dann nahm sie am Ende alle Kraft zusammen und ermutigte sich, den Brief zu öffnen. Es war ein sehr kurzer Brief, der nur aus zwei oder drei Zeilen bestand, nicht mehr. Und hätte sie nicht gleich die Unterschrift gesehen, die den Brief zierte und wie die Zeichnung eines schönen

Mädchens gestaltet war, das auf seinem Totenbett liegt, eine Zeichnung als Unterschrift, von der sie wusste, dass nur eine einzige Person diese verwendete, hätte sie ihren Augen wohl nicht getraut, dass es tatsächlich ihre Freundin Alhanuf war, die ihr schrieb. Denn wie hätte sie diese Zeichnung vergessen können, die die Direktorin sorgsam mit einem schönen Holzrahmen versehen hatte, und die sie zum ersten Mal auf deren Schreibtisch zu Gesicht bekam, als sie zusammen mit ihrem Vater an jenem Tag im Sekretariat der Schule für amerikanisch-saudische Freundschaft auf der US-Airbase in Dhahran gesessen hatte? Vielleicht waren Sara einige von den anderen Zeichnungen ihrer Freundin entfallen, aber diese? Wie hätte sie die vergessen können, war es doch die erste Zeichnung von Alhanuf überhaupt, die sie betrachtete, noch ehe sie diese persönlich gesehen hatte. Und jetzt musste sie begreifen, dass, wenn ihr von diesem Tag an der Gedanke kam, ihrer »künstlerisch hochbegabten« Freundin einen Brief zu schreiben, sie diesen für sich behalten musste. Sie würden nicht mehr dieselbe Schule besuchen, würden nicht mehr zusammen spazieren gehen, würden nicht mehr miteinander telefonieren, denn ihre einzige Freundin war offenbar gezwungen gewesen, mit ihrer Mutter fortzugehen. »Wir müssen weg« – ohne ein Wort, warum und wohin. Ohne eine Adresse zu hinterlassen. Nur dieser eine Satz, begleitet von Abschiedsworten: »Lebe wohl, meine liebe Freundin. Möge Gott uns eines Tages wieder vereinen.« Und dann noch ein dritter, vieldeutiger Satz, für den sie kaum die Bezeichnung »Satz« verwenden mochte: »Darauf wartend, dass du das Fliegen erlernst.«

Mit Ausbruch des Kriegs war ihre Freundin mit ihrer Familie freigelassen worden, und nun, mit Kriegsende, waren sie und ihre Angehörigen wieder verschwunden, warum also konnte es nicht sein, dass sie auch diesmal einfach wieder festgenommen worden waren? Hatte Alhanuf ihr nicht von der Warnung des Gefängniswächters bei ihrer Freilassung mit Ausbruch des Kriegs erzählt, sie sollten in Zukunft auf der Hut sein? »Beim nächsten Mal holt euch nicht mal ein Krieg der Welten hier raus«, hatte er ihnen gesagt. Und so verwirrt sie beim letzten Mal gewesen war, als sie ihre Freundin wiedersah, nicht wusste, ob sie sich freuen oder traurig sein sollte, weil man Alhanufs Familie gesagt hatte, sie sollten dem Krieg für ihre Freilassung dankbar sein, während sie doch andererseits traurig über den Ausbruch des Krieges hätte sein müssen und sich gleichzeitig freute, ihre Freundin wiederzusehen, so erging es ihr auch jetzt. »Alles in diesem Königreich ist verkehrt«, sagte sie sich und drückte den Brief an die Brust. Sie konnte die Tränen nicht länger zurückhalten, die ihre Augen füllten und sich dann einen Weg über ihre Wangen bahnten. Sie keuchte und schluchzte, wusste nicht, was sie tun sollte, als stürzte die ganze Welt vor ihren Augen zusammen. Sollte sie ihren Onkel, den »Künder« Scheich Jussuf al-Ahmad fragen, wenigstens dies eine Mal, denn wer, wenn nicht er, wusste, was ihrer Freundin und deren Familie zugestoßen sein mochte. Hatte sie ihn bei anderer Gelegenheit nicht ihrem Vater gegenüber sagen hören, für eine Familie wie die von Alhanuf sei kein Platz im Königreich, womit insbesondere ihre drei Brüder gemeint waren? »Abkehrer haben keinen Platz bei uns. Die werden wir wegjagen.« Aber hatte er auch gesagt, wohin? Beim ersten Mal war Alhanuf, wie sie wusste, zusammen mit ihrer Familie wegen ihres großen Bruders inhaftiert worden, des Museumsdirektors. Doch was war jetzt geschehen? Hatte man ihnen nur etwas Zeit gegeben, um sie dann von neuem ins Gefängnis zu stecken? Und wie sollte sie ihre Trennung diesmal ertragen? Allein die Vorstellung, ihre Freundin in einer dunklen, feuchten und dreckigen Arrestzelle zu wissen, wie Alhanuf sie ihr beim letzten Mal beschrieben hatte, erschreckte sie. Beim vorherigen Mal hatte Oberleutnant Daniel Brooks ihr geholfen, die Trennung, wenn auch unter Qualen, zu ertragen. Solange ihre Freundin inhaftiert gewesen war, hatte sie sich damit beschäftigt, ihm Arabischunterricht zu erteilen. Doch jetzt? Sie konnte nicht einmal mehr zu ihm, denn seit seiner Rückkehr aus dem Krieg hatte er ständig Arzttermine.

»Der Ärmste, so ein anständiger Kerl, diesmal leidet er richtig«, sagte ihr Vater. »Der Krieg hat ihn zerstört, hat ihm seinen besten Freund David Barbiero genommen.« Worauf ihr Vater anspielte, war, dass Daniel Brooks vor etwa einem Jahr zum ersten Mal in ein Genesungsheim eingewiesen worden war, nachdem er – ein friedfertiger Mensch, der in seinem Leben noch keinen Schuss abgegeben hatte – vom Kommandeur seiner Einheit, Major Ray Prince, zu einer nächtlichen Schießübung gezwungen worden war. Und wo? Auf dem Schießplatz des amerikanischen Luftwaffenstützpunktes in Dhahran, den die Amerikaner auf jenem ehemaligen Friedhof eingerichtet hatten, auf dem vor vielen Jahrhunderten die Sumerer ihre Toten beizusetzen pflegten. Auf das Schicksal seines Freundes nach der Rückkehr aus dem Krieg musste ihr Vater nicht näher eingehen, doch diesmal war sein Leid ungleich größer. Ein einziges Mal hatte Sara den schwarzen Oberleutnant seither gesehen, bei einer kurzen Besprechung mit ihrem Vater im Coffeeshop des Sheraton-Hotels in Dammam, doch dies genügte, um das Ausmaß des Leids zu sehen, das ihn quälte. Sein

Gesicht war vorzeitig gealtert und von Falten zerfurcht, und nichts erinnerte mehr an den »Smiley Man«, den sie vor dem Krieg gekannt hatte.

War das auch ihr Schicksal? Würde auch sie vor der Zeit altern? Denn das Kriegsende, über das sich alle freuten, schien sich für einige in einen Fluch zu verwandeln, für Daniel Brooks zum Beispiel oder auch für sie, Sara. Daniels Freund und Kamerad David Barbiero war für immer an der Front geblieben, und auch ihre Freundin war von einer Sekunde auf die andere aus ihrem Leben verschwunden. Wie weh das tat! Und sie wusste, nichts würde ihr diesmal Trost verschaffen, weder die Tränen noch die Zeichnungen, von denen sie einige aufgehoben hatte.

Als sie in jener Nacht endlich Schlaf fand, den Brief, den Asha ihr gebracht hatte, fest an sich gedrückt, träumte sie von Alhanuf, die in einen tiefen Abgrund gestürzt war. Sie weint und ruft nach ihr, verlangt, sie soll die Hände ausstrecken, um sie von dort herauszuziehen. Ihr Traum geriet zum Albtraum, und anstatt die Hände nach ihrer Freundin auszustrecken, spürte sie, dass ihre Arme schon lange Zeit um ihre Brust geschlungen waren, genauso, wie sie sie an jenem Morgen um den Körper gepresst hatte, an dem sie zum ersten Mal durch das Blut an ihren Schenkeln wach geworden war. Eine Haltung, die sie sich offenbar im Schlaf angewöhnt hatte, wie ihre Schwester ihr sagte, die für die gesamte Dauer ihrer ersten Periode neben ihr im Bett schlief, nachdem Sara verlangt hatte, sie solle sie nicht allein lassen. »Ich fürchte mich, allein zu schlafen«, hatte sie zu Asma gesagt, am Nachmittag jenen Tages, auf dem Rückweg von ihrem Besuch auf dem Tamimi-Markt, nachdem sie neben den Farben für ihre Schwester noch einige andere Dinge gekauft hatten, darunter auch Monatsbinden. Mehrere Nächte lang störten sie die im Schlaf um ihren Körper geschlungenen Arme nicht, schlief sie wie ein Mensch, der sich gegen einen überraschenden Angriff schützen will, und erst in jener Nacht empfand sie zum ersten Mal Wut auf sich selbst und auf ihre Periode. Warum öffnete sie die Hände nicht, warum streckte sie die Arme nicht in den Abgrund und rettete ihre Freundin? Spät in der Nacht wachte sie verstört und schweißgebadet auf. Ihr Mund war trocken, und sie griff nach dem Becher Wasser, den die indische Dienerin, Ashas Mutter, jede Nacht am Kopfende ihres Bettes abstellte. Was mag mit Alhanuf passiert sein, fragte sie sich, und wusste nicht, was sie tun sollte. Es blieb diese Qual, die Vorstellung, ihre Freundin stecke noch immer in diesem Loch, ja sie malte sich aus, Alhanuf habe ihr den Brief von dort aus der Tiefe zugesandt.

Später hätte sie nicht mehr sagen können, wie und ob sie in jener Nacht noch Schlaf gefunden hatte, aber sie erinnerte sich, dass sie am darauffolgenden Tag, einem Freitag, ihren Vater am Frühstückstisch über die Flucht von Alhanufs Mutter und ihrer Tochter spekulieren hörte. »Weiß denn niemand, wohin?«, fragte ihr Vater und wirkte betrübt, nicht aber wegen der Flucht ihrer Freundin, sondern weil künftig er selbst es übernehmen musste, sie von der Schule abzuholen. Und an den Tagen, an denen er fort wäre, müsste ihr indischer Fahrer Radju sie zur Schule bringen und von dort abholen. Als ihre Mutter wissen wollte, was denn der Ehemann von Umm Alhanuf dazu sage, und warum er so sicher sei, dass seine Frau mit der Tochter nicht zurückkäme, antwortete ihr Vater, er wisse es nicht, Gott behüte, aber geredet werde viel, die einen sagen, sie sei nach Bahrain gegangen, andere, sie sei nach Djidda gefahren, weil sie eine Schwester dort habe, aber niemand äußerte sich über den Grund ihrer Flucht. Ihr Mann war zur Polizei gegangen, um sie als vermisst zu melden, aber dort hätten sie ihn abgewiesen, hätten gesagt, ob er vergessen habe, ein achtbarer Mann geht nicht zur Polizei, um seine Frau als vermisst zu melden. Ein richtiger Mann halte seine Frau im Haus. »Das ist die Strafe für die Heirat mit einer Abtrünnigen.« Sara hörte die Unterhaltung der beiden mit an, ohne ein Wort zu sagen, versuchte vergeblich, den Frühstückshappen, den sie im Mund hatte, herunterzuschlucken, und erst als sie sah, dass ihre Mutter sie forschend betrachtete und dann zu ihrem Vater sagte, »Sicher hat Alhanuf Sara die ganze Geschichte vor ihrer Abreise erzählt«, erst da schaute sie ihrer Mutter in die Augen und sagte: »Hätte ich etwas gewusst, hätte ich sie gerettet.« Woher hätte sie wissen sollen, dass dieser Satz für Erheiterung bei ihrem Vater sorgte? »Du hättest sie gerettet? Aber wovor denn?«, fragte er und bedachte sie mit einem langen, nachdenklichen Blick. »Wovor?« Sie selbst wusste nicht, wovor. Alles, was sie wusste, war, dass sie viel Zeit brauchen würde, um den Schlag zu verwinden, den der Verlust ihrer Freundin bedeutete.

»Oh, mein Gott«, klagte sie zuweilen bei sich, »wann werde ich je wieder glücklich sein können?« Ja, man hätte meinen können, es sei jenes zwölfte Jahr, das sie mit all seinen Geschehnissen nicht in Frieden lassen wollte. Und es gab eine Umwälzung in diesem Jahr, die sie nicht vergessen würde: die der ersten Liebe.

Es war einer der selten schönen Herbsttage, vielleicht, weil diese Jahreszeit mit ihrer silbrig strahlenden Sonne sich dem Ende zuneigte, als Sara, gerade dreizehn geworden, zu Besuch bei ihrer mittleren Schwester Hudham war. Und diese war es auch, die ihrer Mutter vorgeschlagen hatte, doch von ihrem indischen Fahrer Radju zu verlangen, er möge sie mit dem Wagen zum »Liebesmarkt« in Dammam bringen. Wohl war es nicht das erste Mal, dass Sara von der Existenz eines Marktes mit diesem Namen hörte, aber es sollte das erste Mal sein, dass sie diesen Ort besuchte, von dem ihr ihre Freundin Alhanuf oft erzählt hatte. Einmal etwa, ganz am Anfang ihrer Freundschaft, hatte sie über ihre Familie gesprochen, hatte gesagt, wie alle anderen Familien des Stammesverbunds der Dawasir stammten auch sie ursprünglich aus Bahrain. Ihre Vorfahren seien dereinst, als niemand nach Herkunft oder Abstammung gefragt habe, umherziehende Händler gewesen. Aber bevor sie irgendwann beschlossen hätten, sich hier anzusiedeln, zu Saudis zu werden und den Ort Thuqba zu errichten, an dessen Stelle später die Stadt al-Chobar erbaut werden sollte, seien sie aus Bahrain gekommen und hätten ihre Waren an dem Ort feilgeboten, an dem sie zuerst haltmachten, dem Viertel Dawasir, wo heute der Markt liege, der Liebesmarkt, einer der ältesten Märkte von Dammam. Und nach allem, was sie von ihrem Vater gehört hatte, müsse ihr Großvater väterlicherseits ein Meister seines Faches gewesen sein, was das Besticken von Aba'as anging, dem mantelartigen Überwurf der Männer. Er habe einen Laden betrieben, der in der Liebesstraße lag, und bis zu seinem Tod vor jetzt vielleicht zwanzig Jahren oder mehr seine Ware auf dem dortigen Markt feilgeboten, handgenähte Herrenkonfektion, vor allem Dischdaschas, langärmlige weiße Hemdgewänder.

Ob sie schon einmal von der Marke »Assil-Dischdaschas« gehört habe?, hatte ihre Freundin damals gefragt und sogleich, natürlich ohne eine Antwort abzuwarten, stolz verkündet:

»Diese Marke, die heute in Saudi-Arabien jedermann kennt, hat mein Großvater gegründet.« Es sei daher nicht verwunderlich, dass alle Söhne in ihrer Familie nach ihm gekommen seien. »Die meisten von ihnen machen beruflich etwas, das künstlerisch ist.« So war ihr ältester Bruder, über den Alhanuf immer voller Begeisterung und Bewunderung sprach und der in Kalifornien Archäologie studiert hatte, jetzt Museumsdirektor in der Ostprovinz, während ihre beiden anderen Brüder die Fakultät für Petrolwissenschaft und Mineralogie besucht hatten. Der eine sei jetzt im Emir-Sultan-Zentrum für Wissenschaft und Technik tätig, in der Abteilung für natürliche Entwicklung, während der andere bei der Erdölfirma Aramco in der Marketing- und Entwurfsabteilung arbeitete, genauer gesagt mit dem Entwurf von Kartenmaterial befasst war. Auch ihr Vater hatte gehofft, in die Fußstapfen seines Vaters zu treten, doch seine schon früh aufgetretene Augenerkrankung veranlasste ihren Großvater, ihn von seinem eigenen Gewerbe fernzuhalten. Einer wie du, hatte er ihm seinerzeit geraten, wird nur als Lehrer glücklich. Wie sehr hatte Alhanuf gehofft, sie könnte irgendwann diesen Markt besuchen, wo ihr Vater sie zu dem Ort führen würde, an dem ihr Großvater seine Kreationen feilgeboten hatte. Doch ihr Vater hatte ihr immer wieder beschieden, hatte ihr erklärt, wie schwer dies für ihn sei, nicht nur das ehemalige Geschäft, sondern auch den ganzen Markt mit seiner Straße zu sehen, würde große Trauer bei ihm auslösen. Besser, er ließ es bleiben.

Und dann war Alhanuf gegangen, oder besser gesagt urplötzlich verschwunden, ohne ihren Wunsch, den Markt zu sehen, in die Tat umgesetzt zu haben. Wie sehr hatte auch Sara gehofft, den Markt eines Tages gemeinsam mit ihrer Freundin zu besuchen, doch dann war es ihre Schwester Hudham, die ihr und ihrer Mutter vorschlug, einen Abstecher zum Markt zu unternehmen, als wüsste sie insgeheim vom Wunsch ihrer kleinen Schwester oder zuvor dem ihrer Freundin. Vielleicht konnte sie mit dem Besuch auf dem Markt ihrer Freundin oder auch sich selbst ein bisschen Trost verschaffen, warum nicht? Ja, vielleicht würde sie so über das plötzliche Verschwinden der Freundin hinwegkommen, das jetzt zwei oder drei Monate zurücklag, könnte sich sagen, ich werde die Straße und den Markt in deinem Namen sehen, du wirst bei mir sein.

Die Feiertage standen vor der Tür, und alle Welt überlegte, sich etwas Neues zum Anziehen zu kaufen, warum sollte also nicht auch sie sich etwas kaufen? Seit dem Verschwinden ihrer Freundin trug sie als Ausdruck der Trauer nur noch Schwarz, natürlich ohne dies offen einzugestehen. Dabei war sie es sonst immer gewesen, die mit Beginn eines jeden Schuljahres darauf bestanden hatte, mit ihrer Mutter ins Einkaufszentrum von al-Chobar zu gehen und neue Sachen zu kaufen. Und dieses Jahr? Ich habe keine Lust, hatte sie ihren Eltern gesagt. Der Besuch des Liebesmarktes kam also zur passenden Zeit, dort würde sie alles finden, was sie brauchte. Ihre Schwester, die überlegte, neue Übermäntel und Schals für ihre eigenen Töchter zu kaufen, sagte, es gäbe keinen Ort mit einem größeren Angebot an Frauengarderobe, denn der Markt, der seinerzeit berühmt für seine Herrenbekleidung und Hausratsgegenstände gewesen war, sei mit der Zeit immer mehr von Geschäften dominiert worden, die sich auf Damenkleidung und Schönheitsartikel spezialisiert hätten. Die meisten der Läden, die sich zu beiden Seiten der Straße oder in den kleinen Seitenstraßen drängten, seien berühmt bei den Einheimischen und in der Regel so alt wie das Viertel. Die Namen der Geschäfte, die von Generation zu Generation weitergegeben würden, seien stadtbekannt, dennoch gäbe es einige, die – auch wenn sie nicht zu den ältesten zählten – noch bekannter seien als andere. Das gälte etwa für die Boutique »Juwel des Landes«, die Hudham zufolge erst im Herbst des letzten Jahres eröffnet hatte, deren Hauskollektion an Überwürfen und Schals aber jetzt schon in der ganzen Ostprovinz in aller Munde war. Hudhams Nachbarinnen etwa redeten in einem fort über die exzellente Qualität der Seidenstoffe, aus denen die Stücke gefertigt seien. »Eine ganz besondere Seide aus Paris«, wie es hieß, und was die Stickereien angehe, so etwas habe sie noch nie gesehen. Und alles nach dem Geschmack der Frau. Sie selbst habe eine der Nachbarinnen einen dieser Schals tragen sehen, mit Stickereien nicht nur an den kurzen Enden, wie es sonst immer der Fall war, sondern über die ganze Länge des Schals. Alle lobten und priesen die kunstfertige Hand, die hinter dieser wunderschönen Arbeit stecke. Anfangs habe sie gezögert, selbst auf den Markt zu gehen, um am Ende doch alle Kraft zusammenzunehmen und zu sagen, ich gehe. »Aber nicht allein.«

Sie hatten al-Chobar bereits hinter sich gelassen und waren schon im Industriegebiet von Dammam, als ihre Mutter fragte, ob sie denn wisse, wo dieser Laden sei, da sie den Namen noch nie gehört habe. Hudham antwortete, er sei bestimmt nicht schwer zu finden. Der Liebesmarkt sei zwar ein verhältnismäßig großer Volksmarkt, der auch aus einer Vielzahl von Läden bestand, die wie ineinander verschachtelt lagen und sich auf Damenbekleidung und Haushaltsbedarf spezialisiert hatten. Doch die Liebesstraße, die Haupteinkaufsstraße, die sich durch den Markt zog, sei auf beiden Seiten von jeweils unterschiedlichen Läden gesäumt, die eine sei Geschäften für Damenbekleidung vorbehalten und die andere den Herrenausstattern. Sie würden bestimmt das Schild finden, das auf den Laden dort verwies. Doch zu ihrer eigenen Enttäuschung und der ihrer kleinen Schwester wurden sie, als der Wagen die Straße erreicht hatte, nicht fündig, sodass Radju gezwungen war, auszusteigen und einige Leute zu fragen, bis ihm einer der Ladeninhaber den Weg wies. Tatsächlich befand sich der Laden in einer Parallelstraße. Sara war außer sich vor Freude. Hier würde sie endlich den Schal finden, den sie wollte.

Doch kaum hatten sie den Verkaufsraum betreten, da sie unzählige Schals sorgfältig neben entsprechenden Überwürfen aufgehängt sah. Stundenlang hätte sie damit verbringen können, ihre Augen über die an Bügeln hängenden Kleidungsstücke wandern zu lassen und dann über jene, die unter Glas in den Vitrinen ausgebreitet lagen. Ganz zu schweigen von denen, die der Besitzer der Boutique, ein Mann von Mitte vierzig, aus einem Hinterraum holte und jedes Mal, wenn er eine neue Kollektion mitbrachte, voller Begeisterung wiederholte: »Das ist natürlich auch entzückend, aber die Stickerei ist eine andere.« In Gegenwart des Verkäufers fiel es Sara schwer, ein Stück dem anderen vorzuziehen, denn die Schals und Überwürfe mit ihren unterschiedlichen Stickereien waren allesamt wunderschön, und wer hätte sagen können, was schöner war als die anderen. Und hatte sie gemeint, den Stoff zu befühlen, wie die erwachsenen Frauen es taten, ihre Mutter und ihre Schwester zum Beispiel, würde ihr helfen, den passenden Schal auszuwählen, so musste sie schnell entdecken, dem war nicht so, denn das Befühlen verstärkte nur ihre Unschlüssigkeit. Als ihre Schwester sie mit breitem Lächeln fragte: »Na? Was sucht sich meine süße Schwester aus?«, da fand sie nichts als ein verlegenes Lächeln, um ihr Dilemma zum Ausdruck zu bringen.

Denn wäre sie offen und ehrlich gewesen, hätte sie geantwortet: Ich will alles, worauf meine Augen geruht oder was meine Hände befühlt haben. Doch stattdessen schwieg sie und sagte schließlich, sie überlasse ihr die Sache, sie oder ihre Mutter müsse einen Schal für sie auswählen, ein Ansinnen, das beide auflachen und wie aus einem Munde antworten ließ: »Oder du suchst uns unsere Schals aus?« Denn auch sie schienen nicht minder verwirrt und ratlos, während Sara weiter zunehmend verzweifelt durch den kleinen Verkaufsraum streifte. Zumal sie und ihre kleine Familie (oder ihre *Sippe*, wie sie in einem der Briefe an Alhanuf geschrieben hatte) nicht alleine dort waren, sondern sich noch zwei oder drei andere Familien im Laden aufhielten. Doch womöglich war sie die Einzige, die beschlossen hatte, für einen Moment die Suche einzustellen, vielleicht, weil sie schon die Hoffnung aufgegeben hatte, zu einer Entscheidung zu gelangen, oder noch wahrscheinlicher, weil sie in jenem Augenblick überlegte, von dem Kauf eines Schals ganz Abstand zu nehmen. Was sie ihrer Schwester auch in der nächsten Sekunde mitgeteilt hätte, wäre in jenem Moment nicht aus der Tiefe des Ladens, aus einer kleinen Kammer, die hinter einer Spiegeltür verborgen lag und offenbar die Stickereiwerkstatt war, ein hübscher Junge aufgetaucht, dessen Alter irgendwo zwischen fünfzehn und sechzehn Jahren liegen mochte. Er trug eine blütenweiße Dischdascha, hatte das Haar akkurat gekämmt und hielt eine kleine Schachtel in der Hand, blieb vor ihr stehen, öffnete die Schachtel und sagte: »Das ist der Schal, der zu dir passt.« Wie automatisch nahm sie den Schal entgegen, sperrte vor lauter Erstaunen über dessen vollkommene Schönheit den Mund auf und rief nach einer Ewigkeit ihrer Schwester Hudham zu: »Das hier ist der richtige Schal.« Und erst dann nahm sie den Jungen in Augenschein, der noch immer lächelnd vor ihr stand. »Gratuliere«, sagte er, worauf sie ihm verlegen dankte, um am Ende zu erfahren, dass er der Sohn des Ladeninhabers und sein Name Khaled war.

Von jenem Tag sah man Sara nur noch selten ohne Schal um den Hals, mit jedem neuen Tag ein neuer Schal, was sicher nicht nur ihrem Gefallen an den Schals geschuldet war, sondern vor allem ihrem Gefallen an den Händen, die diesen bestickt hatten. Bei jedem Besuch in dem Geschäft, zumeist mit ihrer Mutter, verlangte sie von Masha'il, sie solle den Verkäufer fragen, welche der Schals von Khaleds Hand bestickt worden waren. Ihre Mutter gab ihre Frage immer freimütig weiter, ohne auf den Gedanken zu kommen, Saras Anliegen könne etwas mit Herzensangelegenheiten zu tun haben, da ihre Tochter noch viel zu jung war und sich unmöglich vorstellen ließ, ihr Denken sei von der Liebe geleitet. Natürlich vergaß sie dabei, dass sie genauso alt oder vielleicht zwei, drei Monate älter als ihre Tochter jetzt gewesen war, als Ghazi al-Djaassi sie zum ersten Mal sah und sogleich beschloss, bei ihrem Bruder um ihre Hand anzuhalten. Der Junge auf jeden Fall, den Masha'il dort sah, schien nie ratlos zu sein, was er tun sollte, um ihre Tochter zufriedenzustellen, wenn sie in den folgenden fast zwei Monaten mindestens einmal in der Woche vorstellig wurden. Jedes Mal brachte er ihr Schals in einer kleinen Schachtel, die er in der Kammer im hinteren Teil des Geschäfts aufbewahrte, sagte, schau, diese Schals sind gerade erst aus dem Atelier gekommen, natürlich ohne mit einem Wort zu verraten, dass die Stücke gar nicht für den Verkauf bestimmt, sondern von ihm ausschließlich für Sara reserviert worden waren. Und immer wusste er genau, wann sie den Laden betreten hatten, sicher, weil Masha'il bei ihren Besuchen häufig Übermäntel trug, die sie dort hatte nähen, besticken oder abändern lassen. Nie gab er dies zu erkennen, aber die Röte, die ihm ins Gesicht stieg, und die Fahrigkeit seiner Hände waren Beleg genug, gleichgültig, ob Sara davon wusste oder nicht. Wichtig allein war ihr Erscheinen, bis auf zwei Male immer nur in Begleitung ihrer Mutter.

Das eine Mal gesellte sich ihre mittlere Schwester Hudham zu ihnen und das andere ihre große Schwester Asma, die eigentlich zu Besuch war, um neue Farben zu erwerben, ähnlich denen, die sie bei ihrem letzten Besuch vor über zwei Monaten mit Sara auf dem Tamimi-Markt an der Mall von al-Chobar gekauft hatte. Und weder die Mutter noch ihre Töchter fanden an diesen Einkaufsfahrten, die für sie Routinebesuche darstellten, irgendetwas Besonderes oder Falsches. Dennoch verlangten sie von Radju, er möge sie im zweiten GMC der Familie nach Dammam fahren, und nur an Tagen, von denen sie wussten, dass er keine Aufgaben erledigen musste, die ihm sein Herr und Gebieter Ghazi al-Djaassi aufgetragen hatte.

Gut zwei Monate lang also ließen sich die Frauen nach Dammam fahren, um in der Liebesstraße einzukaufen und danach vielleicht noch bei McDonald's oder Burger King etwas zu Mittag zu essen, manchmal auch im KFC, den Sara allem anderen vorzog. Dort saßen sie dann höchstens für eine halbe Stunde in dem Familien vorbehaltenen Bereich des Restaurants, bevor Masha'il von Radju verlangte, er solle sie nach Hause bringen. Und an diesen Tagen waren sie stets lange vor Ghazi al-Djaassi wieder zurück, aber nicht etwa, weil dieser wegen der vielen Arbeit oder seinen Fahrten erst spät heimkehrte, sondern weil er vermehrt in Restaurants und Hotels saß, wo er Freunde oder neue Bekannte traf und sich mit ihnen über den Markt und die Arbeit unterhielt. Diese Geschäftstreffen gingen nicht selten bis nach Mitternacht, doch in allen diesen Nächten, selbst wenn seine Rückkehr besonders verspätet ausfiel, kam es nur selten vor, dass er sich über irgendetwas beklagte, etwa, dass kein Abendessen auf ihn wartete. Zumeist fragten ihn die Diener danach, vor allem die indische Dienerin, die für die Organisation des Küchenbetriebs verantwortlich war, Ashas Mutter. Doch immer schüttelte er nur mit dem Kopf, ja wies die Dienerschaft sogar an, ihn nicht mehr nach dem Essen zu fragen. Zu so später Stunde noch etwas zu essen sei ungesund, das müsse man vermeiden, sagte er ihnen. Die nächtlichen Verabredungen Ghazi al-Djaassis verschafften Masha'il einerseits etwas Ruhe und Entspannung, da sie nicht mehr auf ihren Mann warten und in Sorge sein musste, dass der Abendbrottisch gedeckt und alles so war, wie er es wünschte. Seine späte Rückkehr, zuweilen nach Mitternacht, ließ sie andererseits früh zu Bett gehen, weshalb sie ihn beim ersten Morgengrauen nur für wenige Minuten zu Gesicht bekam, denn wenn sie zum Gebet aufstand, hatte er immer schon sein Frühstück beendet, das ihm die indische Dienerin, Ashas Mutter, bereitete. In den zwei Monaten, die nach ihrem ersten Besuch in der Liebesstraße vergingen, änderte sich daran nichts, ja die Ausflüge der Frauen und ihre zeitige Rückkehr wurden so selbstverständlich, dass weder Masha'il noch Sara oder eine ihrer beiden anderen Töchter jemals auf den Gedanken gekommen wären, in Gegenwart des Vaters davon anzufangen. Alles war wie immer, bis zu ihrer Rückkehr an jenem Wintertag, einen Tag vor dem Weihnachtsfest, wie sich Sara erinnern sollte, denn genau an jenem Tag bekam sie von Khaled einen Schal überreicht, der von einer Erlesenheit und Schönheit war, dass sie nicht glaubte, etwas Ähnliches schon jemals gesehen zu haben, ein schwarzer Schal, der mit tiefblauem Faden bestickt war.

Ihre Freude an dem durchscheinenden schwarzen Schal, der mit blauem Faden bestickt und mit einem türkisfarbenen Amulett geschmückt war, währte nicht lange und war schnell verflogen, kaum hatten sie das Haus betreten, als sie ihren Vater auf sie warten sah. Er saß im Esszimmer und hatte das Gesicht der Tür zugewandt, stand auf und setzte sich wieder, wie jemand, der eine unerfreuliche Nachricht übermittelt bekommen hat und nicht weiß, was er tun soll. Es war das erste Mal, dass sie ihren Vater in einem solchen Zustand erlebte, weshalb sie nicht wusste, dass seine Augen, die wie winzige Amulette glotzäugig aus ihren Höhlen funkelten, eine Wut zum Ausdruck brachten, die er vergebens zu unterdrücken suchte. Jetzt verstand sie, warum Radju, als er ihnen die Wagentür aufhielt, damit sie aussteigen konnten, gemeint hatte, der Herr wird mächtig böse sein. Und als ihre Mutter ihn forschend und auf eine Erklärung wartend anschaute, hatte Radju schnell erklärt: Weil er wollte, dass ich heute mit ihm zur Arbeit fahre. Auch das Gesicht ihrer Mutter verfinsterte sich, als sie sie zu Hudham sagen hörte, Warum hat uns dieser Trottel das nicht gesagt? Er wird ungehalten sein, weil wir seinen Fahrer nach Dammam entführt haben. Aber wie ich meinen Mann kenne, wird er das natürlich nicht offen aussprechen, wird das Thema umgehen und sagen, wie kann es angehen, dass er zu der Uhrzeit nach Hause kommt, und die Frauen sind nicht da?

Vor einigen Minuten noch hatte Sara dieser Unterhaltung kaum Aufmerksamkeit geschenkt, doch jetzt, in dem Moment, in dem sie vor ihrem Vater stand, verstand sie, was ihre Mutter gemeint hatte, als sie ihn zu ihrer Enttäuschung, genau wie ihre Mutter erwartet hatte, sich in Vorhaltungen ergehen hörte. Kaum waren sie zur Tür herein, fing er an, seine Wutrede abzulassen, als wäre er ein Staatsanwalt oder Verteidiger in einem der amerikanischen Filme, die sie im Fernsehen so gerne sah. Was sie traurig machte. Und gleichzeitig wusste sie nicht, was sie tun sollte, nachdem sie auf der Schwelle stehen geblieben war und die anbrandende Verwirrung sie erfasste. Sie drückte die Plastiktüte, in der die Schachtel mit dem Schal war, fest an ihre Brust. Eigentlich hatte sie vorgehabt, den Schal auszupacken, damit ihr Vater Anteil an ihrer Freude nehmen konnte, ja sie hatte sogar überlegt, mit ihm über Khaled zu reden, wollte ihm sagen, es sei das erste Mal, dass sie einem so freundlichen, liebenswürdigen Jungen begegnet sei, oder vielleicht sollte sie lieber einen passenderen Ausdruck verwenden, »gentlemanlike« zum Beispiel war ein Wort, das sie ihren Vater oft hatte sagen hören, wenn er über Daniel Brooks und dessen Hilfsbereitschaft sprach. Ja, sie wollte ihrem Vater sagen, sie habe auch ihren Gentleman gefunden, denn sie empfand genau das, was sie auch beim Anblick ihres Cousins Nassir gefühlt hatte. Und wenn ihr Zweifel kamen, dann, weil Khaled zwei bezaubernde Hände hatte. Sie hatte seine Finger gesehen, die wohlgeformten, die Hand schmeichelnden Stiften glichen, als er ihr den Schal reichte. Und als sie in einer Nische des Ladens gesessen hatte und er neben ihr, hatte sie seine Hände näher in Augenschein nehmen können. Noch nie hatte sie bei einem Mann so wohlgeformte, angenehme Hände gesehen, denn alle Männer des Königreichs schienen grobe Finger zu haben. Und wie ihre Hände waren auch ihre Gesichter, grob und rau, obgleich die meisten von ihnen nicht einen Tag in ihrem Leben richtig gearbeitet hatten, wie sie wusste. Am liebsten hätte sie Khaled dies gleich gesagt, doch sie wusste, sie war ein Mädchen, und ein Mädchen musste Zurückhaltung walten lassen, wie ihre Mutter sie gelehrt hatte, durfte nur etwas sagen, wenn es dazu aufgefordert wurde. Ihre Mutter mochte zwar zusammen mit ihrer Schwester Hudham mit dem Verkäufer beschäftigt sein, der die beiden Frauen im hinteren Teil des Verkaufsraums bediente und ihnen seine Ware zeigte, doch sie würden bestimmt mitbekommen, wenn sie den Mund aufmachte und etwas sagte, würden sich umdrehen und sie mit einem vorwurfsvollen Blick bedenken. Ihr Vater dagegen hatte noch nie von ihr verlangt, sie solle den Mund halten, ganz egal, wohin er sie auch mitnahm. Doch zu ihrer maßlosen Enttäuschung erlebte sie nun zum ersten Mal in ihrem Leben das mürrische Gesicht ihres Vaters, seine verkrampften Hände, seine Unruhe, ja sogar seine Nervosität, eine Nervosität, die sie an seine unzähligen Streits mit ihrer Mutter erinnerte.

Bis zu diesem Tag hatte sie geglaubt, die Tage dieser Streitigkeiten würden bis in alle Ewigkeit herrschen, doch in welches Haus sollte ihre Mutter sich flüchten, wenn sie jetzt ärgerlich auf ihren Vater war? Denn die Möglichkeit in Buraida war vorbei, seit ihr Bruder Jussuf al-Ahmad in die Ostprovinz gezogen war, und selbst sein Haus in al-Chobar bliebe nicht als Zufluchtsort, denn erstens war es nicht weit genug weg und in derselben Stadt, weshalb ihr Mann sie schnell würde zurückholen können, und zweitens, weil es den Bruder, den sie einmal gekannt hatte, nicht mehr gab. Er war ein anderer geworden, hatte nur noch eines im Sinn, die Anwendung seines islamischen Rechts auf alle nämlich. »Schaut euch die Kraft des Islams an, wie er sogar die widerspenstigsten Männer und Frauen anleitet«, lautete sein Lieblingssatz in letzter Zeit. »Wer hätte gedacht, dass eine Lehrerin, die früher unverschleiert herumgelaufen ist, eines Tages nicht nur zu einer gläubigen

Muslimin werden, sondern einen Mann von den schutzbefohlenen Ungläubigen in die Arme des Islams geleiten würde.«

Gemeint war die Tunesierin Kansa, von der ihre Schwester Asma eines Tages erzählte, nachdem sie sie in Hafar al-Batin kennengelernt hatte. Kansa war mit einem Iraker verheiratet gewesen, dem Leiter des Radiosenders der irakischen Opposition, hatte sich jedoch irgendwann nicht mehr damit begnügt, bei ihrer Arbeit als Lehrerin auf dem amerikanischen Stützpunkt in Dhahran verschleiert zu erscheinen, sondern war zudem verantwortlich geworden für die »Frauen der Seelenruhe«, jene Freiwilligen, die von Ort zu Ort zogen und Frauen ermutigten, den Schleier zu tragen, wie es offiziell hieß. Und niemand wusste, was mit ihr passiert war, dass sie sich mit einem Mal von einer modern denkenden Frau in eine strenggläubige Fromme verkehrt hatte. Ja, hätte man doch bloß die Gründe gekannt, die Oberleutnant Daniel Brooks, den Freund und Geschäftspartner ihres Vaters, dazu bewogen haben mochten, zum Islam zu konvertieren. Wohl hatte er sich in den letzten Jahren, ungefähr seit Ende des letzten Kriegs, stark verändert, war undurchsichtig geworden, »ein großer Schweiger« oder »immer abwesend«, wie sich ihr Vater verschiedentlich beklagt hatte, »vor allem seit dem Verlust seines besten Freunds David Barbiero«. Der war, nach den Informationen ihres Vaters, im Krieg gefallen. Das mochte alles stimmen, dennoch war der Oberleutnant bestimmt nicht wegen der Macht der Scharia Muslim geworden, über die ihr Onkel, der »Künder«, so gern sprach. Stattdessen war es sehr gut möglich, dass ihn die Liebe dazu bewogen hatte. Wer weiß? Denn nur so hatte er Kansa schließlich heiraten können, und inzwischen lebten die beiden glücklich vereint unter einem Dach. Ihr Onkel wurde nicht müde, die beiden als leuchtendes Beispiel für andere zu bemühen, zu predigen, die Männer sollten sich ein Beispiel an Daniel Brooks nehmen, oder vielmehr Daniel Hussein, wie er seit seinem Übertritt zum Islam hieß, der seither ein anderer, ja ein fröhlicher, heiterer Mann geworden war, der grüblerisches Schweigen nicht mehr kannte; und die Frauen an der tunesischen Lehrerin Kansa, die früher mit offenem, »unkeuschem« Haar herumgelaufen sei, wie ihr Onkel bei jeder Gelegenheit wiederholte, und deren Hidschab jetzt wie kein zweiter sei. Ja, alle sollten sich ein Beispiel nehmen an »der gläubigen Schwester, Gott segne sie«. Sicher würde er auch von ihr, Masha'il, verlangen, sie solle sich verschleiern, obgleich sie längst schon keine junge, zu strenger Sittsamkeit verpflichtete Frau mehr war, sondern seit Jahren schon Großmutter. Sie galt mithin nicht mehr als »ein Juwel, das geschützt sein will«, wie der Monarch dieses Landes einmal gegenüber einer englischen Journalistin der BBC erklärt hatte, die ihn nach dem Grund für das Verschleierungsgebot für Frauen in seinem Königreich und deren Verdrängung aus der Öffentlichkeit gefragt hatte.

Was aber ihren Vater anbetraf, so nahm Sara an, er habe weder Zeit noch Lust für einen richtigen Streit, da er die meiste Zeit damit verbrachte, zwischen der Airbase in Dhahran und der in Hafar al-Batin hin und her zu pendeln, in den letzten Tagen zusätzlich noch zwischen dem Stützpunkt der Eingreiftruppe des Golf-Kooperationsrates in Hafar al-Batin und der dortigen Militärstadt König Khaleds. Denn seine Tätigkeit hatte sich stark ausgeweitet, und was ihn im Augenblick mehr als alles andere beschäftigte, war, über neue Transportmittel nachzudenken, die Lieferungen in noch größerem Ausmaß möglich machen sollten. Ja, er hatte sogar aufgehört, seinem Schwager Paroli zu bieten, wie man es zuvor von ihm gewohnt war, wenn er diesen in seinen religiösen Ausführungen sich ergehen hörte. Er hatte nicht einmal gezögert, ihn in Dammam am Sitz der Behörde für die Verbreitung von Tugendhaftigkeit und für die Verhinderung von Lastern zu besuchen. Denn nach Überzeugung ihres Vaters bestand die Notwendigkeit, »die in der Behörde tätigen Beamten von Zeit zu Zeit mit Geschenken zu bedenken«, in Form von Bargeld oder Waren. Auch wenn sie nicht wusste, was genau damit gemeint war, als sie ihren Vater eines Tages diesen Satz wortwörtlich zu ihrer Mutter sagen hörte.

Doch rückblickend erinnerte sich Sara, dass er selbst bei diesen Streits als Erstes, nachdem er aus dem Gästezimmer oder der Küche gestürmt war, sie aufgefordert hatte mitzukommen, denn wie das Haus seines Schwagers in Buraida einmal der Zufluchtsort ihrer Mutter gewesen war, hatte er sich in seinem Ärger stets zu Sara geflüchtet. Und jetzt schien es, als hätten ihre Mutter und sie Gleichstand erzielt, hatte sie bei ihrem Vater ebenso an Bedeutung verloren, wie das Haus in Buraida nicht mehr von Belang war. Er machte sich nicht mehr die Mühe, die Arme auszustrecken, um sie aufzufangen, wie er es Hunderte von Malen getan hatte, ja würdigte sie nicht einmal eines Blicks, als wäre sie gar nicht vorhanden. Egal, ob sie mit der Tüte an die Brust gepresst auf der Türschwelle stand oder sich nach einigen Minuten, als sie müde vom vielen Stehen war, von dort löste und sich ihm gegenüber aufs Sofa setzte, so oft sie auch nach links und nach rechts schaute oder mit dem Körper vor und zurück wippte, als wollte sie ihm sagten, Papa, ich bin doch hier, hier vor dir. Vergebens! Er schenkte ihr nicht einen Blick, war vollends damit beschäftigt, ihre Mutter und ihre Schwester Hudham zu beschimpfen, und schaute sie, Sara, nicht einmal an, die immer gemeint hatte, ihre Stellung bei ihm würde durch nichts und niemanden übertroffen. Doch er war wie berauscht von seinem Zorn, schimpfte in einem fort, sodass sie nicht einmal eine winzige Bresche fand, um ihn um eine Erklärung zu bitten. Was war passiert? Warum sagte er Sachen wie in diesen Momenten und wiederholte dabei einen Satz öfter als alles andere? Der Liebesmarkt?, fragte er ungläubig, ihr habt die Kleine mit auf den Liebesmarkt genommen? Selbst in diesem Moment war es allein sein Finger, der auf sie deutete, nicht aber ein Blick, ein Anzeichen seiner Zuneigung. Warum sah er sie nicht an, wenn er so besorgt um sie war? Und warum war der Liebesmarkt in seinen Augen etwas Schlechtes? Warum bloß war er überzeugt, die Geschäfte dort seien nichts als Schauplätze eines abscheulichen Treibens: Die Frau betrat verschleiert den Laden, sodass niemand sie erkannte, und traf sich mit einem Mann im hinteren Teil des Geschäfts. Als ihr Vater dies sagte, verlangte ihre Mutter, er solle auf der Stelle schweigen, es sei eine Schande, so etwas auch nur auszusprechen. Doch er war nicht zu stoppen. »Das Viertel Thuqba ist ein Ort der Perversion, genauso wie das Viertel al-Adama in Dammam oder der Markt, und wer verkauft dort außer den Bewohnern von Thuqba? Und wer sind die Leute von Thuqba? Das sind alles bloß Handwerker, Angehörige niederer Stämme. Nicht mehr und nicht weniger!« Erst als er an diesem Punkt angelangt war, herrschte ihn ihre Mutter an, verlangte mit gellender Stimme, er solle augenblicklich den Mund halten. »Was deiner Schwester Sara damals passiert ist, gilt nicht für alle Frauen«, rief sie. Dann verlangte sie von Sara und Hudham, mit ihr zu kommen, es wäre besser, ihren Vater in seinem blindwütigen Zorn sich selbst zu überlassen, sagte sie und warf die Tür hinter ihnen zu.

In jener Nacht erfuhr Sara zum ersten Mal von ihrer Schwester Hudham, dass es Stämme gäbe, die als »niedere Stämme« bezeichnet wurden und einem Handwerk nachgingen, insbesondere dem Weben und Nähen, was unter den Bewohnern des Königreichs als eine der einfachsten, am wenigsten angesehenen Tätigkeiten galt. Unsere Herkunft dagegen ist beduinisch, brüstete sich ihre Schwester stolz, um ihr dann klarzumachen, dass die Bezeichnung »Handwerker« von den Leuten als Ausdruck der Verachtung und Beleidigung verwendet wurde. Vielleicht dachte Sara in jenem Moment, ihre Schwester übertreibe absichtlich, als sie so über Handwerker sprach, und dass sie bestimmt auf den jungen Khaled anspielen wollte, der ihr von seiner Liebe zu seinem Beruf erzählt hatte, dem Weben der Übermäntel und Schals und vor allem dem Besticken. Deshalb auch hatte sie ihr zugezwinkert, als sie das Weben vor allen anderen Tätigkeiten aufs Korn nahm. Wie ernst es ihrer Schwester aber tatsächlich war, erkannte sie erst, als ihr Vater ein paar Tage danach auf dasselbe Thema zu sprechen kam. Er saß allein mit ihr im Gästezimmer und verlangte, sie solle gut zuhören, was er ihr zu sagen habe, solle jedes seiner Worte im Gedächtnis behalten. Denn das Haus der al-Djaassis gehe zurück auf die edelsten Vertreter der menschlichen Rasse. Ihre Vorfahren seien nämlich dereinst Kamelzüchter gewesen und hätten damit sowohl über den Sesshaften als auch den anderen Beduinen gestanden. Das seien Helden gewesen, sagte ihr Vater, und die einzige Arbeit, die für sie in Frage kam, seien Raubzüge, die Aufzucht der Kamele, Karawanen und gelegentlich auch der Handel gewesen. Und dann erzählte er ihr, wie einer seiner Ahnen einst einen Sohn verstoßen hatte, weil dieser in seiner Faulheit lieber Schafe züchten wollte. Wie soll ich dir das erlauben, habe er gesagt, du weißt doch, dass die Schafhirten in einem edlen Beduinenstamm wie dem unseren auf einer niederen Stufe stehen und kein Ansehen genießen. Wer vom Kamelzüchter zum Schafhirten oder Bauern wird, verliert seine privilegierte Stellung und kann hernach nie wieder auf die Seite der echten Beduinen zurück. Unsere Herkunft reicht viele Jahrhunderte zurück, bis in die Zeit der ersten arabischen Stämme, der Nachkommen von Adnan und Qahtan, und das willst du in den Schmutz ziehen?

Ihr Vater ließ ihr keinen Raum für Nachfragen, wie etwa: »Aber Gott hat doch alle Menschen gleich erschaffen?« Denn wie bei anderen Gelegenheiten auch bestand keine Möglichkeit, ihn zu unterbrechen oder zumindest eine Bemerkung einzustreuen, ganz gleich welche. Sie hätte ihn zum Beispiel fragen wollen: Und was ist mit dir? Lebst du nicht auch vom Handel? Und was ist mit meinem Onkel Jussuf al-Ahmad? In welche Schicht ließ sich der »Künder« einordnen? Und wer garantierte, dass die Mehrheit der Propagandisten seines Schlags nicht auch eine Herkunft hatte, die auf diese von den Beduinen verachteten Stämme zurückging, wie ihr Vater gesagt hatte? Was, wenn ihre Vorfahren Schafzüchter gewesen waren oder, noch schlimmer, Bauern? Was, wenn sie durch ihre missionarische Tätigkeit als Künder des wahren Glaubens oder bei der Sahwa nur ihre Herkunft verschleiern wollten? Wer legte seine Hand dafür ins Feuer, dass ihre Vorfahren nicht jener Schicht angehörten, die ihr Vater die isolierte genannt hatte, die der Handwerker, ja womöglich dem niedrigsten Gewerbe überhaupt nachgegangen waren und als Schmiede ihr Auskommen gefristet hatten? Denn waren diese Handwerker nicht mehrheitlich die Nachfahren freigelassener Sklaven und Zugewanderter, wie ihr Vater ihr beteuert hatte? Sie hatte schon viele dieser »Künder« im Fernsehen gesehen, dunkelhäutige

Männer mit dicken Lippen. War das nicht das Bild des Sklaven, wie sie es auf der Straße, auf dem Markt und in der Schule gelernt hatte? Und entsprach das nicht genau dem vorherrschenden Bild der Leute von Sklaven und Freigelassenen?

Natürlich hatte sie an jenem Abend dieses Bild noch nicht so klar vor Augen. Es mussten Jahre vergehen, Jahre, in denen sie reifer und erwachsener wurde, bis sie alles, was sie in jener Phase von ihrem Vater zu hören bekam, wieder hervorholen und Wort für Wort festhalten würde, um ihre Geschichte in einem Notizbuch aufzuschreiben. Zunächst einmal nur für sich selbst, ehe sie später einen Außenstehenden bewegen konnte, sich dafür zu interessieren, jemanden wie Harun Wali zum Beispiel, den Autor des Romans »Die fünf Sünden«. Doch immer würde sie sich erinnern, dass sie das, was sie sich an jenem Tag von ihrem Vater anhören musste, sehr schmerzte und Trauer empfinden ließ. Auch wenn es, um die Wahrheit zu sagen, nicht das Schicksal der Unterschichten oder all jener, die sich in ihrem Land auf der untersten Stufe der Sozialleiter befanden, war, das sie rührte, denn hätte sie so gedacht, hätte sie auch an die Situation der Diener in ihrem Haus denken müssen, hätte sich vielleicht mit ihnen unterhalten, sie zu ihrem Leben befragt. Oder sich zumindest für ihre Angelegenheiten interessiert. Denn schließlich verging kaum ein Tag, an dem sie morgens aufwachte, und einer Dienerin war gekündigt worden und eine neue dafür gekommen. Um gar nicht von der Behausung zu sprechen, in der die Diener schliefen und aßen, ein schrecklicher Ort. Einmal war sie bei der indischen Bediensteten gewesen, der einzigen, die bei ihnen geblieben war, und hatte in den Zimmerecken Spinnennetze gesehen und Schaben, die durch die Gegend flitzten, während andere sich auf dem Bett, auf Ashas Seite tummelten. Nein, was sie am meisten schmerzte, wenn sie ihren Vater so reden hörte, war die Trauer über dessen Verwandlung. War es möglich, dass der Krieg auch ihn sich derart hatte verändern lassen? Vergeblich suchte sie nach einer Antwort darauf, denn früher hatte er solche Sätze nicht ständig wiederholt, hatte nicht andere Leute, ja die gesamte menschliche Spezies je nach Laune und Erfahrung, wie er sagte, in Schichten eingeteilt. Doch sosehr sie keine Rechtfertigung für ihn wollte, keine Entschuldigung für jedes Wort, das er ihr sagte, war sie dennoch überzeugt, ihr Glaube an ihre Freundschaft, ihre besondere Beziehung sei es, der sie das Gefühl haben ließ, die Veränderung, die so plötzlich über ihn gekommen war, gehe sie etwas an. Freundschaft ist die Sorge um einen Freund, hatte ihr Alhanuf einmal gesagt. Wie sehr vermisste sie ihre Freundin jedes Mal, wenn sie ihren Vater so reden hörte, wie sehr hoffte sie, Alhanuf wäre da und ließe sie nicht die ganze Zeit im Stich. Sie würde mit ihr über ihre Gefühle sprechen, würde ihr sagen, wie sehr der Zustand ihres Vaters sie besorgte. Seine Einteilung der Menschen in Kategorien hatte sich mit der Ausweitung seiner Unternehmungen verschärft. Insbesondere, wie sie beobachtete, an jenen Tagen, an denen er von seinen Inspektionsbesuchen auf dem Stützpunkt der Eingreiftruppe des Golf-Kooperationsrates in Hafar al-Batin zurückkehrte.

An solchen Tagen schwang sich sein Genius der Menschenkenntnis zu ungeahnten Höhen auf: Fragt mich, der ich mit Menschen aller Nationalitäten, Religionsgemeinschaften und Glaubensrichtungen zu tun habe, und ich antworte euch, die Leute lassen sich klassifizieren. Fangen wir zum Beispiel mit den Ägyptern an. Die Ägypter? Alles Bauchtänzer ohne Moral, fasten und beten am Tag und gehen abends zum Tanzen und Trinken in die Nachtclubs. Und die Syrer? Gewissenlose Geizhälse, die keine Prinzipien kennen und nur dem Geld nach-laufen. Man hüte sich, mit denen zusammenzuarbeiten. Die werfen einen ins Wasser und ziehen dich trocken heraus. Und die Marokkaner? Nichtswürdige Gesellen, aber wie sollten sie auch anders sein? Eine Mischung aus Bauerntölpeln und Hand-werkern, verkaufen ihre Frauen und Kinder am helllichten Tage. Die Algerier? Nichts als Ziegenhirten und Schlachter. Die Tunesier? Das sind die Weiber des arabischen Maghreb, Wassila Bourguiba, die Frau des Präsidenten, hat sie alle gerit-ten, und wie wollt ihr sie da auf der Arabischen Halbinsel ha-ben? Und die Libanesen? Gott schütze uns vor denen. Die er-innern uns an den Stamm des Hatim, moralisch verkommen, verkaufen ihre Frauen nackt für einen Mallim, geht nach Djidda und Riad. Und die Jordanier? Nachfahren des Scheri-fen Hussein, kennen nichts als die Eroberung leerer Gebiete und sind Feiglinge in der Schlacht. Die Palästinenser? Man sollte sie besser Pleitenenser nennen, haben ihre Ehre und ihr Land den Juden verkauft, und jetzt klagen und heulen sie bei Tag und Nacht wie Witwer. Und die Libyer? Bringt ihre Zunge im Leben ein anderes Wort zustande als *der Oberst?* Gott ist bei denen nur der Stellvertreter, und ginge es nach ihnen, würden sie den Herrn Oberst mit allen seinen Orden liebend gern in ihrem Ehebett schlafen lassen, mit ihren Gemahlinnen, aber ohne sie. Die Omanis? Über die schweigen wir am besten, wei-bische Schwuchteln. Und die Kuwaiter? Wie sollten sie ihren Frauen auch nicht das Autofahren erlauben, da die Damen ja Tag und Nacht den Knüppel in der Hand haben? Und die aus den Emiraten? Was soll man sagen? Die Männer gehen zu Hu-ren nach Südostasien und lassen zu Hause ihre Frauen als Po-lizistinnen und Grenzschützerinnen arbeiten. Man sagt, sie hätten keine Angst um die, weil sie beschnitten sind, dabei wissen sie nicht, dass ihre Frauen wie Pflanzen und Gräser sind, schneidet man ihnen etwas weg, wächst gleich was nach. Aber warum sollen wir sie schelten, dem Königreich zeigen sie die Zunge, aber vor den Iranern kuschen sie. Als die Iraner auf ihren drei Inseln ihr Lager aufgeschlagen haben, haben sie schön stillgehalten. Und die Katarer? Ist so ein winziger Fleck, ein Schiss auf der Landkarte wirklich das Wort wert? Guckt euch ihre weibischen Männer an, alle Einwohner Katars zusammengenommen könnten in einem der Hotels von Dammam unterkommen, im Sheraton zum Beispiel. Und die aus Bahrain? Ihr Land besteht nur aus zwei Wasserhähnen, und es ist bloß ihre Unverschämtheit, die sie es Bahrain – zwei Meere – nennen lässt. Albernes Geschwätz! Bahrain ist ein Bordell der Saudis und die Bahrainer nichts als Fahrer. Und die Jemeniten? Wie sollen sie den Grad ihrer Nichtswürdigkeit wissen, wo sie doch Tag und Nacht ihr Kath kauen, bis man sie im Schlaf in der Nase bohrend findet, ohne dass sie etwas davon mitbekommen? Die Sudanesen? Bis in alle Ewigkeit Sklaven, auch wenn sie, um die Wahrheit zu sagen, über denen aus Somalia, Mauretanien und Dschibuti stehen. Die größte Heimsuchung ist die, die dich lachen lässt – alle diese schwarzen afrikanischen Sklaven behaupten, sie wären muslimische Araber, doch Gott hat ihre Herkunft verdorben. Als wüssten sie nicht, dass ihre Väter und Vorväter als Sklaven für die Araber gearbeitet haben. Doch lasst uns jetzt zu den Irakern kommen, die Iraker – ein Volk des Zwists und der Heuchelei, die kennen weder Eifersucht noch Gesetz, aber …

Erst da, als er bei den Irakern angelangt war, stockte ihr Vater mitten im Satz, fast als bereute er, was er soeben gesagt hatte. Sie wusste nicht, warum, immerhin hatte er nur über sie gesagt, sie seien »ein Land von Zwist und Heuchelei«, und dass es bei ihnen »weder Eifersucht noch Gesetz« gebe, auch wenn er zuweilen noch einen Schritt weiter ging und sagte, »da verschachert einer des anderen Bruder« oder »die haben ihre Töchter an die Kuwaiter verkauft«. Es mussten einige Jahre vergehen, bis Sara auf einen einfachen logischen Faden stieß, der diese Schmähungen miteinander verband, jedoch auch, um den Grund zu erfahren, warum ihr Vater sich ausgerechnet bei den Irakern gebremst hatte. Und das im Unterschied zu allem, was sie in jener Zeit miterleben musste, so auch bei dieser Gelegenheit, da ihr Vater sich die Freiheit nahm, seine Reden zu schwingen, die sie, wenn Sara nicht übertreibt, als historische Reden einstufen würde, Reden derart übertrieben, dass es sogar ihrem Onkel, Scheich Jussuf al-Ahmad, der den Tiraden lauschte, vor Erstaunen die Zunge verknotete, da er die Schimpfkanonade seines Schwagers nicht glauben mochte. Auch Sara konnte nicht glauben, was ihre Ohren da hörten, doch weil sie noch zu klein war oder weil die Liebe zu ihrem Vater sie zu einer stummen Zuhörerin werden ließ, gab sie keinen Kommentar ab. Ganz anders ihre Mutter, die, als sie sein Stocken bemerkte, auflachte und sagte: »Und jetzt? Warum schweigst du? Vielleicht, weil, wenn diese Iraker nicht gewesen wären, deine Geschäfte nicht so gut gehen würden, und du ihnen eigentlich dankbar sein müsstest? Hätten sie Kuwait nicht überfallen, wären all diese Leute, über die du gerade hergezogen bist, nicht gekommen und in dem von dir versorgten Stützpunkt der Eingreiftruppe des Golf-Kooperationsrates stationiert worden.«

Natürlich hatte Sara schon von all den arabischen Ländern gehört, über die ihr Vater gesprochen hatte, die ihre Truppenkontingente geschickt hatten, um Seite an Seite mit den Truppen der ausländischen Allianz zu kämpfen, die im saudisch-irakisch-kuwaitischen Grenzdreieck stand und auf das Zeichen zur Offensive in Richtung Bagdad wartete. Doch niemand in ihrer Schule redete so über die Araber, wie ihr Vater es tat, im Gegenteil, sie hatte Mudich, ihre Lehrerin, sagen hören, dies seien unsere arabischen Brüder, die sich aufgemacht hätten, um uns vor dem grausamen Feind zu retten. Bewahrheitete dies nicht den Ausspruch des Propheten, Gott segne ihn und schenke ihm Heil, die Muslime seien wie die Organe eines Körpers, erkranke eines, stünden ihm die anderen in Fieber und Schmerz zur Seite. Was hätte ihr Vater getan, wüsste er, dass der Großvater ihrer Freundin Alhanuf ursprünglich und in gewissem Sinne auch der Schicht der Handwerker entstammte und Tuchmacher gewesen war? Oder hatte ihr Vater seinen wahren Charakter gezeigt, als er eingewilligt hatte, dass sie zu ihrer Freundin ins Auto ihrer beiden Brüder stieg? Und was würde er zu Khaled sagen, dem Tuchmacher und Sohn eines Tuchmachers?

Sara musste abwarten, was ihre Mutter ihr bald darauf erzählen sollte, um den wahren Grund für die Veränderungen an ihrem Vater zu erfahren und wieso ihre Bekanntschaft mit Khaled ihm in Erinnerung rief, was ihrer Tante Sara widerfahren war. »Ihre Geschichte hat genauso angefangen wie deine, ja sie war sogar fast im selben Alter wie du, und dein Vater war damals fünf oder sechs Jahre jünger als sie«, begann ihre Mutter, ehe sie ihr erzählte, ihr Vater habe seinerzeit mit ihrem Großvater in einer Gegend unweit des Dawasir-Tals gelebt, im Blumenviertel, wenn sie sich recht entsinne. Ja, sie erinnere sich noch gut an das einfache, aus Lehm und Stroh erbaute Haus, in dem die kleine Familie al-Djaassi wohnte. Denn nach dem Tod ihrer Großmutter Musa hätten dort nur noch ihr Großvater, ihr Vater und ihre Tante Sara gelebt. Was sie selbst betreffe, sagte Masha'il, so habe sie dort nach ihrer eigenen Hochzeit nicht länger als zwei Monate gewohnt. Aber das sei Zeit genug gewesen, um von den Frauen in der Nachbarschaft alle möglichen Geschichten zu hören zu bekommen, die über ihre Tante Sara die Runde machten, Dutzende von Geschichten, von denen womöglich alle stimmten oder vielleicht auch keine einzige. Aber auch wenn man rückblickend alles, was diese Geschichten an Niedertracht, Verleumdung und Lästerei enthielten, übersieht, so stimmten sie doch alle in einem überein: dass sich ihre Tante Sara in ganz jungen Jahren in einen Handwerker verliebt hatte, der nicht, wie im Fall ihrer Nichte, Tuchmacher gewesen war, sondern einem noch weit weniger geachteten Gewerbe nachging und Frauenschmuck gefertigt habe. Kaum dem Kindesalter entwachsen und reif genug, auf den Markt zu gehen, sei ihre Tante gleich bei ihrem ersten Besuch auf dem Liebesmarkt dem löchrigen Fahd verfallen, wie ihre Mutter später von ihrem Vater erfuhr, der ihr die Geschichte mit trauriger Stimme anvertraut hatte. Dieser Fahd müsse unbestreitbar einen besonderen Zauber an sich gehabt haben, denn er, Ghazi, könne beschwören, dass dieser junge Bursche, der zum damaligen Zeitpunkt mindestens sechs Jahre älter als seine Schwester gewesen war, ausgesprochen hässlich war und alle Anzeichen von Männlichkeit wie Körperkraft, Muskeln oder eine stattliche Länge vermissen ließ, all jene Merkmale, die ein junges Ding, wie sie damals war, zu verführen imstande sind. Nein, ihrem Vater zufolge trug dieser löchrige Fahd seinen Spitznamen nicht von ungefähr, war doch sein Gesicht von winzigen Löchern, wohl das Erbe einer schweren Akne, übersät.

Ja, er sei – wie alle Handwerker – ein im wahrsten Sinne des Wortes wirklich hässlicher Mann gewesen, so sehr, dass ihr Vater, Ghazi al-Djaassi, sich damals, ungeachtet seines kindlichen Alters, nicht verkneifen konnte, seine Schwester zu fragen, warum sie, wann immer sie auf den Markt gingen, ausgerechnet diesen Laden aufsuchten. Und warum lachte sie immerzu mit diesem Mann und er mit ihr? Wieso außerdem bemühte sich dieser so um ihn, bestand darauf, dass er sich, kaum dass sie seinen Laden betreten hatten, auf einen kleinen Stuhl setzte, ja er brachte ihm sogar ein Fläschchen Coca-Cola, wusste offenbar, wie sehr er sich darüber freute, denn dieses Erfrischungsgetränk hatte erst kurz zuvor begonnen, das Königreich zu erobern, alle Welt sprach davon und von der neuen Fabrik in der Ostprovinz mit ihrer breiten gläsernen Fassade, durch die die Abfüllhalle mit ihren Maschinen zu sehen war. Zuweilen fragte Fahd auch, ob er nicht eine zweite Flasche wollte. Worauf Ghazi verneinend den Kopf schüttelte, vielleicht, weil er sich vor ihm schämte, weil es in seinem tiefsten Innersten genau das war, was er wollte. Und wenn er gefragt wurde, ob ihm denn eines der Schmuckstücke gefalle? Sollte er dann bejahen, damit der Mann es ihm schenkte?

Denn ganz sicher wusste der löchrige Fahd, dass er als Erstes den kleinen Bruder deiner Tante zufriedenstellen musste, sagte ihre Mutter. Und daher rührt auch die Hartnäckigkeit seiner Fragen nach deinen Einkäufen in der Liebesstraße. Denn ungeachtet seines kindlichen Alters spürte er damals, dass da etwas war, was seine Schwester an jenen Mann band. Was aber seine Schwester niemals für möglich gehalten hätte, war, dass ihr kleiner Bruder anfing, wachsende Eifersucht zu empfinden. Ja, sogar viel später, als er seiner jungen Braut Masha'il die Geschichte erzählen sollte, und trotz all der Jahre, die vergangen waren, erinnerte er sich noch immer gut, wie die Eifersucht ihn verleitet hatte, von seiner Schwester zu verlangen, sofort wieder zu gehen, kaum dass sie den Laden des löchrigen Fahd betreten hatten. Und als er sie einmal mit dem Handwerker in einem Hinterraum des Ladens verschwinden sah, nachdem sie von ihm verlangt hatte, das Stühlchen, auf dem er immer saß, zum Eingang zu tragen und nach ihr zu rufen, sobald er einen Kunden kommen sähe, da brüllte er sofort los, nur Sekunden, nachdem sie fort war, obgleich sich zu dieser Mittagsstunde nicht ein Kunde in den Laden verirrte. Und als er seine Schwester dann mit offenen Haaren herauskommen sah, ohne das Tuch, mit dem sie ihr Haar sonst immer bedeckt trug, und unter ihrem aufgeknöpften Kleid konnte man eine Brust sehen, ließ ihn seine heftige Eifersucht in Tränen ausbrechen und von ihr verlangen, sofort nach Hause zurückzukehren. Diese Eifersucht war es auch, die ihn eines Tages seine Hände ausbreiten und vor ihr auf den Tisch legen ließ, damit sie seine schönen Finger betrachtete. Siehst du nicht, fragte er, meine Hände sind hübscher als die des Löchrigen, denn niemals nannte er Fahd bei seinem Namen. Wahrscheinlich wäre er niemals darauf gekommen, hätte er nicht seine Schwester mit einem der Mädchen aus der Nachbarschaft reden hören, wie sie ihr von Fahds wohlgeformten Fingern erzählte, und dass sie noch nie zuvor einen so begnadeten Weber gesehen hätte, dessen Finger wahre Zauberstäbe seien, Juwelenstifte.

Ja, er war eifersüchtig auf sie, denn seit dem Tod der Mutter war sie für ihn wie eine solche. Und dies ließ ihn auch jedes Mal aufs Neue eifersüchtig werden, wenn er einen der Männer sah, die erschienen, um bei ihrem Vater um ihre Hand anzuhalten. Zumeist kam er dann ins Wohnzimmer gelaufen, stürmte gleich zu seinem Vater, überraschte ihn, während der noch bei den Gästen saß, die gekommen waren, um sich mit seiner Schwester zu verloben, warf sich an seine Brust, schlang die Arme um seinen Hals und flüsterte ihm ins Ohr, er solle sein Einverständnis zu der Eheschließung verweigern. Und sein Zorn kannte keine Grenze, wenn er den Vater oder die Gäste über ihn lachen sah. Er wollte sie behalten, seine einzige Schwester, wollte sie nicht verlieren, sie nicht mit einem anderen sehen. Und nun ausgerechnet mit wem? Mit einem Weber? Es war die Eifersucht, die mit ihm wuchs und immer größer wurde, die ihn, da die Beziehung seiner Schwester zu Fahd dem Löchrigen ins dritte Jahr ging, ihr Geheimnis verraten ließ. Denn eines Tages lief er zu seinem Vater und enthüllte ihm alles, was auf dem Liebesmarkt vor sich ging. Im ersten Moment wollte der Vater seinen Ohren nicht trauen, doch als er von seinem Sohn verlangte, er solle stillschweigen und seiner Schwester nichts davon sagen, dass er ihre Geschichte dem Vater erzählt hatte, da bekam Ghazi al-Djaassi es mit der Angst zu tun, denn er wusste, was jetzt geschehen musste, würde nicht erfreulich sein. Ob er wollte oder nicht, er hatte etwas Böses getan, hatte seine Schwester, die er liebte, verraten, hatte ihr Geheimnis aufgedeckt. Er wollte seinem Vater sagen, er habe gelogen, habe sich das alles nur ausgedacht, und verstand nicht, warum es ihm die Zunge verknotete. Am nächsten Tag ging ihnen der Vater bis zum Laden des löchrigen Fahd nach und überraschte seine Tochter und ihren Geliebten, ehe die beiden ins Hinterzimmer verschwinden konnten. Er riss seine Tochter aus den Armen des Webers und sah Fahd zornentbrannt an, sagte kein Wort, doch aus seinen Augen sprach eine Warnung, die der löchrige Fahd sehr wohl verstand. Denn als ihr Vater am darauffolgenden Tag mit den Männern von der Hisba – der Glaubenspolizei – wiederkam, fand er das Geschäft verschlossen und abgesperrt vor. Sie fragten die Besitzer der umliegenden Läden und bekamen gesagt, Fahd habe noch am gestrigen Abend seine Materialien und alle Schmuckstücke zusammengepackt und ihnen mitgeteilt, er werde nach Bengalen gehen, um dort die Kunst des Gravierens zu erlernen. Die Männer von der Hisba brachen trotzdem den Laden auf und zerstörten alles, was sich noch darin befand, ließen ihn verwüstet und unverschlossen zurück, sodass schon bald die Jungen des Viertels Tag und Nacht dort spielten und streunende Hunde sich dorthin verirrten.

Was aber Sara betraf, so durfte sie nach ihrer Rückkehr vom Markt das Haus nicht mehr verlassen. »Bis es eine Entscheidung über dein Schicksal gibt«, wie ihr Vater ihr sagte. Ghazi konnte die traurigen Blicke seiner Schwester, jedes Mal, wenn sie ihn ansah, nicht vergessen. Sie war nicht böse auf ihn, ahnte mit Sicherheit, was geschehen war. Auch machte sie ihm keine Vorwürfe oder fragte, warum er dies getan habe, aber ihr ganzes Verhalten ihm gegenüber drückte Bedauern aus, darüber, dass sie der Grund für seinen Kummer gewesen war, bis er nicht anders konnte und ihrem Vater alles berichtet hatte. Das war es, was er fühlte, sooft sie ihn anschaute oder er sie weinen sah. Auch wahrte sie etwas Distanz zu ihm, und ihre Gespräche wurden weniger, obgleich beide wussten, dass der Augenblick ihrer Trennung nahte. Und genau das geschah eines Morgens, als Ghazis Vater von seiner Tochter verlangte, früh im Morgengrauen aufzustehen, da sie drei nach Hafar al-Batin fahren würden. Das war die Lösung, die dein Großvater meinte, gefunden zu haben, eine Zwangsheirat mit ihrem Cousin, den sie zuvor viele Male abgewiesen hatte. Sara würde ihren Cousin Salman heiraten, den jüngsten Sohn ihres Onkels, der in Hafar al-Batin lebte.

Ein schwarzer Tag für Ghazi, der wusste, er hatte mit seinem Verrat nicht nur ihre Verheiratung beschleunigt, sondern auch dafür gesorgt, dass sie in einer Stadt wohnen würde, die Hunderte von Kilometern entfernt lag. In der Nacht ihrer Reise nach Hafar al-Batin nahm sie ihn zum ersten Mal, seit ihre Geschichte herausgekommen war, wieder in den Arm, sagte, seine Tränen fortwischend, er solle nicht weinen. Sie hatte ihm seine Verleumdung verziehen, doch das Sonderbare war – wie Masha'il Sara erzählte, was vor Jahren ihr Mann ihr geschildert hatte –, dass deine Tante in jener Nacht weder weinte noch schrie. Auch er habe seinerzeit nicht gewusst, was seine Schwester vorhatte, und dass sie, anders als ihr Vater dachte, in der Heirat mit ihrem Cousin Salman ein Mittel gefunden hatte, um aus ihrem Gefängnis auszubrechen. Denn ihre Ehe währte nicht länger als einen einzigen Tag. Als sie gemeinsam mit ihrem Vater Hafar al-Batin erreichte und noch ehe man sie aus der Hochzeitsprozession in das Haus ihres Onkels brachte, verschwand sie, tauchte in der Menge unter und ward nicht mehr gesehen, als hätte es sie nie gegeben. Vergebens suchten sie nach ihr, doch sie hatte nichts zurückgelassen bis auf das Brautkleid, das man auf den Boden geworfen fand, nachdem sich die Hochzeitsgesellschaft aufgelöst hatte. Ihre Tante Sara war seither nie wieder gesehen worden, einige sagten, sie hätte sich vorbereitet an jenem Tag, hätte gewöhnliche Kleidung unter dem Brautkleid getragen und, als sich ihr die Gelegenheit bot, dieses ausgezogen und sei zusammen mit der Menge verschwunden. Andere sagten, sie hätten sie am darauffolgenden Tag außerhalb von Hafar al-Batin am Straßenrand sich verstecken sehen. Sie gehe in die Wüste, habe sie ihnen gesagt, ins Wadi von Rumma, um sich dort zwischen dem Berg Quitn und seiner Geliebten, der Anhöhe Tummaya, selbst zu begraben, denn schließlich erzähle die Legende, das Tal sei entstanden, als der Boden sich absenkte und die beiden sich liebenden Berge auf immer voneinander getrennt wurden. Andere wiederum behaupteten, sie lebe in Hafar al-Batin, und dass sie sie dort mit den Schmugglern zusammenarbeiten gesehen hätten. Einige dagegen raunten, sie sei keine andere als die Frau, die nachts an der Schnellstraße auf Autos warte und deren Fahrer überrede, mit ihr zu gehen, ohne dass die Männer wüssten, dass sie in einem nahen Grab enden würden. Und noch andere unkten, sie hätten sie Frauenschmuck verkaufen sehen, zusammen mit einem Handwerker, der ausnehmend hässlich gewesen sei.

Unzählige Geschichten über sie kursierten, die Ghazi allesamt nicht glauben wollte, ja nicht einmal in Betracht zog, mit Ausnahme einer einzigen natürlich, die ihn als kleiner Junge kein Auge zumachen ließ, jene Geschichte, die besagte, der löchrige Fahd habe von ihrer bevorstehenden Heirat gehört, habe sich als Honigverkäufer verkleidet (versehen mit einem besonderen Bienenhonig für Frischvermählte) und sich unter die Hochzeitsprozession gemischt, um ihren Bräutigam Salman zu überreden, Honig von ihm zu kaufen. Das sei ganz besonderer Honig aus den Rass-Bergen, den Frischvermählte unbedingt probieren müssten. Am Ende sei es Salman gewesen, der von ihm verlangt habe, diesen Honig auch seiner Frau Sara anzubieten, und was danach geschehen sei, wisse niemand, nur dass Sara unmittelbar darauf mit ihm geflohen sein musste. Seitdem lebe sie, obwohl noch mit ihrem Cousin Salman vermählt, mit dem löchrigen Fahd zusammen, ziehe mit ihm durchs ganze Land von einem Markt zum nächsten und verkaufe handgemachten Schmuck.

Diese Geschichte und keine andere brachte Ghazi seither um den Schlaf, ja er hörte nicht auf, über all die Jahre an sie zu denken, sogar dann noch, als er sie seiner Frau Masha'il erzählt hatte. Allein diese Geschichte lässt mich vor Wut kochen, wann immer ich das Gerede der Leute höre, sagte er. Seine Heirat mit Masha'il verschaffte ihm Gelegenheit, von seinem Vater zu verlangen, sie sollten wegziehen. Er wollte vergessen, erklärte Masha'il ihrer Tochter und erzählte ihr, sie habe damals zufällig ihren gerade Angetrauten zu seinem Vater sagen hören, da die beiden Männer allein im Empfangsraum für Gäste gesessen hatten, es ist Zeit, Vater, dass wir wegziehen, ich will nicht, dass meine Braut Masha'il auch von der Geschichte erfährt. Worauf sein Vater erwiderte, solltest du deine Schwester Sara meinen, so weißt du doch, dass sie schon vor vielen Jahren für mich gestorben ist, und ansonsten weiß ich nicht, von welcher Geschichte du sprichst. Und als Ghazi wenig später das Thema Umzug ein weiteres Mal aufbrachte, herrschte ihn sein Vater an, ich habe dieses Haus Ziegel um Ziegel erbaut, deine Mutter ist hier gestorben, und du verlangst von mir, dass ich nach al-Chobar ziehe? Nur über meine Leiche! Mit der Ansiedlung der Ölfirma Aramco war al-Chobar gerade erst entstanden, und dein Vater war fest entschlossen, ihr Viertel für immer zu verlassen. Und dann erzählte Masha'il ihrer Tochter, sie habe nicht der Grund sein wollen für ein Familienzerwürfnis, was sie auch ihrem Mann klar gesagt habe, »es belastet mich, der Grund für das Zerwürfnis zwischen deinem Vater und dir zu sein«, worauf Ghazi erwiderte, er sei es leid, dieses Thema zu hören, wo er auch sei, im Kaffeehaus, auf dem Markt oder bei der Arbeit – in allen Blicken der Leute spüre ich die Vorwürfe und ihre Häme. Es ist alles gesagt, ein Umzug ist die einzige Lösung.

Und jetzt, seufzte ihre Mutter und schaute sie an, hat dein Vater Angst, dieselbe Geschichte, die deiner Tante zugestoßen ist, könnte sich wiederholen: dass seine Tochter einen Handwerker liebt. Dieser letzte Satz, mit dem ihre Mutter ihre Rede beendete, traf Sara hart. Offensichtlich war, dass die Mutter in allem, was sie ihrer Tochter so ungewöhnlich ernsthaft erzählte, dessen Bedeutsamkeit betonen wollte, und das verlieh ihrer Stimme diesen eindringlichen, mahnenden Klang. Unwichtig aber war, ob die Geschichte, die ihren Vater umtrieb, stimmte oder nicht, unerheblich auch, ob ihre Tante tatsächlich noch am Leben war und mit dem löchrigen Fahd zusammenlebte, ja nicht einmal, ob ihre Mutter selbst nicht glauben mochte, dass ihre jüngste Tochter sich in einen Handwerker verliebt hatte, einen Weber diesmal.

Zwei Jahre oder ein bisschen länger taktierten die beiden, Ghazi al-Djaassi und seine Tochter Sara, jeder auf seine Art in ihrer Schlacht gegeneinander, wobei Ghazi allen Einfluss bemühte, den er meinte, auf seine Tochter zu haben, um diese auf seine Seite zu ziehen, so wie er es getan hatte, als sie noch kleiner gewesen war. Als Erstes ließ er bei der Bank eine Visa Card auf ihren Namen ausstellen, die er ihr an ihrem vierzehnten Geburtstag als Geschenk überreichte. Er habe ein Konto für sie eröffnet, teilte er ihr mit, sodass sie jetzt auf dem Tamimi-Markt oder in der Mall von al-Chobar nach Herzenslust einkaufen könne. Die Karte habe kein Limit, sie solle also nicht über den Preis eines Gewands oder Kleids nachdenken oder eines Parfüms oder Make-ups, von Schuhen oder Accessoires.

Doch damit nicht genug: Er selbst kaufte ihr nicht nur weiterhin teure Parfüms oder schöne Schuhe in ihrer Größe, darunter die neuesten Modelle von Chanel, Gucci, Christian Dior, Yves Saint Laurent oder Prada, sondern brachte ihr auch Modezeitschriften mit, sagte, schau mal, diese neuen Modelle, die vor ein paar Tagen erst aus Paris eingetroffen sind, kannst du alle haben, du musst nur ein Wort sagen, und bekommst sie sofort.

In den Frühlingsferien, die auf ihren Geburtstag folgten, erschien er eines Tages mit Flugtickets nach Antwerpen in der Hand, sagte, während er mit den Tickets und der Reservierung für das dortige Mövenpick-Hotel wedelte, seit Jahren habe er schon keinen Urlaub mehr gemacht, weshalb er jetzt mit ihr in die belgische Hafenstadt fliegen wolle. Und dass dort eine Überraschung auf sie warte. Es würde nicht nur für sie die erste Auslandsreise sein, sondern für ihn auch, eine organisierte Reise, die ihm genau genommen Oberleutnant Daniel Brooks – oder Daniel Hussein – geschenkt hatte, als Gegenleistung für seine Großzügigkeit über all die Jahre. Denn eine Woche zuvor hatte er seinen Freund mürrisch sagen hören, er verzweifle daran, ein Geschenk für seine Tochter zu ihrem vierzehnten Geburtstag zu finden. »Es muss ein ganz besonderes Geschenk werden, so außergewöhnlich wie meine Tochter«, hatte Ghazi auf Hocharabisch gesagt, das er sich angewöhnt hatte, mit seinem Freund zu sprechen, seit Daniel Brooks Arabisch lernte, anfangs für kurze Zeit bei Sara und danach natürlich von Kansa, seiner Ehefrau. Genau eine Woche nach ihrem Gespräch an seinem neuen Arbeitsplatz am Stützpunkt der Eingreiftruppe des Golf-Kooperationsrates in Hafar al-Batin habe ihm Daniel, »Gott möge nur Gutes von ihm sagen«, diesen Umschlag überreicht, habe ihm gesagt, nimm den Umschlag, darin findest du alles, was du brauchst, Flugtickets und eine Hotelreservierung, es ist alles im Voraus bezahlt. »Flieg mit Sara nach Antwerpen, in die Stadt der Diamantenbörse, dort wirst du bestimmt das außergewöhnliche Geschenk finden, von dem du gesprochen hast. Die Reise aber ist ein Geschenk von mir, das Saras und deine Güte mir gegenüber all die Jahre nicht aufzuwiegen vermag.« Spontan umarmte Ghazi seinen Freund und konnte kaum glauben, was seine Ohren soeben gehört hatten. Ja, eine Diamantenbörse, gab es denn etwas Besseres?

In der Woche, die ihnen Daniel Brooks in Antwerpen spendiert hatte, zog Ghazi al-Djaassi mit seiner Tochter von einem Luxusgeschäft zum nächsten, widmete sich in den ersten beiden Tagen vor allem den vielen Schmuckläden. Dabei musste er seine Angst überwinden, nicht aber, weil dies seine erste Auslandsreise außerhalb des Königreichs war, sondern weil er zum ersten Mal in seinem Leben Juden von Angesicht zu Angesicht begegnete. Er wusste nicht, wie er sich verhalten sollte, da er diese Scharen von Juden in ihrer traditionellen Kleidung sah, die ihr Haar an den Schläfen zu Locken gewickelt und altmodische Hüte trugen, ja bei einigen hingen dünne weiße Fäden unten aus ihrer Kleidung hervor, ein Anblick, der ihm sonderbar erschien. Selbst wenn er sie nicht hätte beachten können, da sie ihm auf der Straße begegneten, wie war dies möglich, wenn er die Diamanten- und Edelsteingeschäfte aufsuchte, die so gut wie alle im Besitz von Juden waren? Mitunter konnte er nicht an sich halten und suchte murmelnd Zuflucht bei Gott »vor dem Übel des verfluchten Satans«. Sara wusste nicht, ob ihr Vater mit dem Satan nun die Juden meinte oder womöglich sich selbst, da er versuchte, sich zu beherrschen und nicht ausfällig zu werden gegen sie, wenn sie ihm auf der Straße entgegenkamen. Am zweiten oder dritten Tag ihres Aufenthalts in Antwerpen dann, nachdem sie sein Verhalten beobachtet hatte, sagte sie ihrem Vater, sie sehe in seinen Augen Befremden und Abscheu gegen den Anblick dieser gläubigen Juden. Doch warum sei er denn der Meinung, der Anblick dieser frommen Männer sei unnatürlich, während das Auftreten der Männer von der Behörde für die Verbreitung von Tugendhaftigkeit und für die Verhinderung von Lastern ihm gänzlich natürlich erschien? Liefen denn diese nicht auch in kurzen Hemdgewändern herum? Und trügen ihr Haar zu Zöpfen geflochten unter der Kufiya?

Ja, vielleicht dachte Ghazi al-Djaassi in diesen ersten beiden Tagen so manches Mal daran, umgehend ins Königreich zurückzukehren, doch dann sagte er sich, dass er nur mit einem einzigen Ziel in diese Stadt gekommen war, um ein Schmuckstück aus Diamanten für Sara zu erwerben. Also kümmerte es ihn nicht, ob die Stadt von Juden oder Christen, von Ketzern oder Außerirdischen bewohnt war, wichtig war nur, dass er Sara glücklich machte, dass er sie dazu brachte, den Liebesmarkt und die Schals und Gewänder der Marke »Assil« zu vergessen, ja die verfluchte traditionelle Kleidung insgesamt. Er war bereit, alles zu tun, ihr ein exklusives Geschenk zu machen, das Freude in ihr Herz brächte, selbst zu einem astronomischen Preis, solange sie nur den Tuchmacher Khaled vergaß. Und so kaufte er ihr am Ende einen Diamanten in Form eines winzigen Herzens. Ja, er wäre bereit gewesen, zum Mars zu fliegen, wenn er nur seine Tochter nicht verlor, wie er seine Schwester Sara verloren hatte. Die Möglichkeit, das Unglück könnte sich wiederholen und seine Tochter nach ihrer Tante geraten, ängstigte ihn unsagbar, weshalb er mit seinem Entgegenkommen versuchte, ihr den Eindruck zu vermitteln, sie sei seine Lieblingstochter und die Einzige, auf die er niemals verzichten würde. Das war es auch, was ihn, als sie auf dem Rückflug im Flugzeug nebeneinandersaßen, zu ihr sagen ließ, er würde zu gern von ihr hören, wo im Ausland sie denn studieren wolle. Ihre Antwort aber verwirrte und betrübte ihn zutiefst: Das Studium im Ausland war ein alter Traum, Papa, der verschwunden ist, als meine Freundin Alhanuf verschwand.

»Alhanuf ist eine ganz andere Geschichte«, gab er zurück. Wie sehr sollte sie im Nachhinein bedauern, ihn in jenem Moment nicht gefragt zu haben: »Was meinst du mit ›eine andere Geschichte‹? Weißt du etwas und verheimlichst es mir?« Vielleicht befürchtete sie ja, etwas zu hören zu bekommen, was sie nicht hören wollte, denn das Nichtwissen um das Schicksal der Freundin ließ sie wenigstens täglich auf deren Rückkehr hoffen. Und vielleicht war es das, was sie stattdessen eine andere Antwort wählen ließ: »Sei nicht traurig, Papa, wir haben doch im Königreich die besten Universitäten.« Worauf er in einem resignierenden, niedergeschlagenen Ton, der ihn selbst überraschte, erwiderte: »Das bezweifle ich.« Doch trotz aller Enttäuschung mochte Ghazi al-Djaassi in jenem Moment noch nicht aufgeben. »Du kommst jetzt in die vierte Oberschulklasse und hast noch zwei Jahre, bis du die Schule beendest. Bestimmt wirst du es dir bis dahin noch anders überlegt haben.«

Natürlich aber überlegte sie es sich nicht anders, nicht in jenem Jahr und auch nicht im darauffolgenden. Ghazi al-Djaassi musste bis zu ihrem sechzehnten Geburtstag warten, dem Tag, für dessen Feier er im Sheraton-Hotel eigens einen Saal angemietet hatte. Und als Sara auf dem Höhepunkt der Feierlichkeiten mit einem neuen Schal erschien, dessen Ränder bestickt waren und in der Mitte, ebenfalls gestickt, das Logo »Assil-Schals« prangte, wusste er, er hatte die Schlacht gegen seine Tochter endgültig verloren. An jenem Abend kam ihm zum ersten Mal überhaupt die überraschende Erkenntnis, dass er seine Tochter Sara nicht nur nach seiner Schwester benannt hatte, weil diese ihr ähnlich war, sondern auch, weil eine innere Stimme ihm damals gesagt hatte, seine Tochter werde ihrer Tante nacheifern. Und dass er, so wie er durch den Verrat an seiner Schwester wohl deren Tod bedingt hatte, auf dieselbe Weise seine Tochter zum Unglück verdammen würde, als er ihr den Namen Sara gab. Was ihn um den Verstand zu bringen drohte, war, dass er im Begriff war, auch seine Tochter nicht retten zu können, und dass, wenn er nicht schnell handelte, er sie für immer verlor.

In jener Nacht, nachdem die Geburtstagsfeier beendet war, er die Gäste verabschiedet und von seiner Tochter zu hören bekommen hatte, sie hasse solche Feiern und vor allem Geburtstagspartys, wies Ghazi al-Djaassi seinen Fahrer Radju an, die Familie nach Hause zu fahren. Er selbst jedoch lenkte seinen GMC zum Haus seines Schwagers, des »Künders« Scheich Jussuf al-Ahmad, und klopfte zu mitternächtlicher Stunde an dessen Tür. Sein Schwager öffnete ihm in seiner kurzen Dischdascha, aber noch ehe er den Gruß des Scheichs erwidert oder seiner Einladung gefolgt war, mit ins Wohnzimmer zu kommen, stieß Ghazi al-Djaassi entschlossen hervor: »Wir müssen Sara verheiraten, besser heute als morgen.«

Was keinem der beiden Männer bewusst war, weder dem Inhaber der Ahlam-Company für Im- und Export noch dem mächtigen »Künder« und Leiter der Behörde für die Verbreitung von Tugendhaftigkeit und für die Verhinderung von Lastern in der Ostprovinz, Scheich Jussuf al-Ahmad, da sie beieinander-saßen und Saras weiteren Lebensweg zeichneten, war, dass diese junge, »verirrte« Frau, wie beide sie in seltener Eintracht bezeichneten, als hätten sie sich zum ersten Mal seit Ewigkeiten auf ihr wiedergefundenes Einvernehmen und eine Neuauflage ihrer alten Freundschaft verständigt, dass Sara nicht mehr das kleine Mädchen war, dessen Verhalten sich leicht kontrollieren ließ. Und dass sie, seit vor jetzt mehr als drei Jahren ihre Monatsblutungen eingesetzt hatten, bei allem, was sie tat, seither nur dem Ruf der Sinne folgte; und dass weder ihr Onkel mit allem, was er an gesellschaftlichem Einfluss und religiöser Allmacht besaß, noch ihr Vater mit allem, worüber er an Reichtum und Verführungsmitteln verfügte, sie von ihren Absichten abbringen konnte. Sie wusste, was sie wollte, und dass der Weg, den sie eingeschlagen hatte, nur sie allein etwas anging. Denn sie war nicht nur diejenige, die sich den Jungen aussuchte, den sie liebte, sondern auch diejenige, die entscheiden würde, wann und wie, ob sie mit jemandem ausgehen oder flirten wollte, mit ihm Küsse tauschen oder schlafen würde. Dies würde ganz allein ihre Entscheidung sein und von niemandem sonst, nicht einmal Khaled würde darüber bestimmen. Ja, sie konnte ihre Gefühle für ihn nicht verbergen, ihre Zuneigung, ihren Gefallen an ihm, aber ebenso wenig konnte sie ihm ewige Liebe versprechen. Was sie auch Khaled bei mehr als nur einer Gelegenheit gesagt hatte, dass sie ihn jetzt seit zwei Jahren liebe, dass aber jedes Mal, wenn sie einen Jungen sehe, der ihr gefalle, ihre Lust, mit diesem zu flirten, übermächtig werde.

Mehrfach schon hatte sie, wenn sie heimlich Hand an sich legte, sich das Bild anderer Jungen in Erinnerung gerufen, junger Männer, die sie kannte oder denen sie nur flüchtig begegnet war, doch jedes Mal, wenn sie entschied, ihre Scheide nicht länger zu reiben, vielleicht ja aus einem Gefühl der Scham, hatte sie gespürt, dass es ausgerechnet diese Gefühle waren, die ihre Scheide anschwellen ließen, erhitzt durch das wild pochende Blut, worauf sie das Spiel ihrer Finger nur noch beschleunigt hatte, als wollte sie ein schnelles Ende, ehe ihre widerstreitenden Empfindungen sie dazu brächten, das Reiben gänzlich einzustellen. Khaled sagte jedes Mal, das sei die Liebe, andere Jungen mochten ihr zwar gefallen, aber am Ende kommst du immer zu mir, ziehst mich ihnen vor. Vielleicht hatte er recht, vielleicht auch nicht, doch sie wusste, mit dem Wort »Liebe« meinte er im Grunde genommen eine Heirat.

Doch an Heirat dachte sie nicht, und wenn doch, dann nur als einziges Mittel, das ihr den »Weg« öffnen und dem Häutchen ein Ende bereiten würde. Wohl hatte sie in der Schule von Mitschülerinnen, die natürlich älter waren, gehört, das Häutchen sei nicht mehr wichtig, das ließe sich wieder nähen, es gäbe da in Thuqba eine berühmte alte Inderin, die auf heimliche Abtreibungen und das Flicken des Jungfernhäutchens spezialisiert sei. Außerdem ließe sich das seit neuestem auch kaufen, natürlich nicht öffentlich, aber auf den Märkten würde so etwas feilgeboten, vor allem in Bahrain, aber auch im Viertel az-Zuhur in Dammam. Es handle sich dabei zwar um ein in China künstlich hergestelltes Jungfernhäutchen, das aber genauso sei wie das echte und sich in die Scheide kleben lasse. Dennoch war die ganze Angelegenheit, was sie betraf, ganz einfach: Das Häutchen störte, aber überlassen wollte sie es nur jemandem, den sie liebte. Warum dann aber machte sie, wenn sie sich zur Mittagszeit (wenn Khaled allein im Geschäft war und die meisten anderen Läden zwischen zwölf und drei, der Zeit des Gebets, geschlossen hatten) in den Lagerraum des

Ladens mit seinen Gewändern und Schals zurückzogen, und Khaled versuchte, ihre Kleider auszuziehen, zur Bedingung, dass seine Hand sich nicht an ihrer Unterwäsche zu schaffen machte? Ja, er konnte mit seinen Händen ihre Scheide betasten, konnte mit ihrer Klitoris spielen, aber nur durch den Stoff. Ihre rasierte Scham durfte er ebenso wenig zu sehen bekommen wie ihre Wäsche abstreifen. Warum verwehrte sie ihm das, wenn sie ihn doch liebte? Warum wollte sie ihm das Häutchen nicht überlassen? Rührte ihre Weigerung von Furcht oder doch von einem Mangel an Hingezogenheit her? Und wie hätte sich ihr Verhältnis zu Khaled entwickelt, hätte ihr Vater nicht schon seit zwei Jahren und ihr Onkel, nachdem ihr Vater ihn aufgesucht hatte, begonnen, Druck auf sie auszuüben, sie solle den Laden auf dem Liebesmarkt nicht mehr aufsuchen, solle ihre Beziehung zu diesem »Tuchmacher«, wie sie ihn nannten, beenden? Was, wenn sie nicht an ihrer Beziehung zu Khaled festgehalten hätte, wenn sie nicht ihren Vater und ihren Onkel voller Verachtung über dessen Beruf hätte reden hören, insbesondere ihren Onkel, der nach einem solchen Satz auszuspucken pflegte, ja zuweilen sogar, wenn er im Hof ihres Hauses stand? Das nötigte sie, ihn darauf hinzuweisen, das Spucken könne doch Infektionen übertragen und ob nicht die Sauberkeit heilige Glaubenspflicht sei, wie der Prophet des Islams immer wieder gelehrt habe. War es die Lust am Starrsinn und am Widerstand, die sie in jenen Tagen beharrlich einen einzigen Mann wählen ließ, einen, dessen Name Khaled war, und dies trotz der Vielzahl verführerischer junger Männer, die ihr über den Weg liefen, all jene jungen Burschen, die laut ihren Namen riefen, wenn sie sie in der Mall von al-Chobar oder auf dem Tamimi-Markt sahen oder ihr entgegenkamen, wenn sie auf der Corniche spazieren ging?

Sie wusste es nicht, wollte es nicht wissen, wollte nicht nach einer Antwort auf diese Frage suchen. Allein von Bedeutung war, dass sie ihre Provokationen fortsetzte, komme, was da wolle, auch als sie mit den beiden Männern am Tag nach ihrem fünfzehnten Geburtstag im Wohnzimmer ihres Hauses saß und sie ihr eröffneten, ihre Hochzeit stehe vor der Tür oder sei »zu einem gültigen Beschluss geworden«, wie ihr Onkel es ausdrückte, als spräche er über ihre Hochzeit wie über einen Beschluss der Behörde, deren Arbeit er überwachte. Darauf fand sie keine andere Antwort, als ihren Vater und ihren Onkel ein weiteres Mal zu reizen: »Und wer ist der Glückliche?«, fragte sie und warf den Kopf herausfordernd zurück. Die Antwort kam postwendend: Wer anders sollte es sein als dein Cousin Nassir?

Vielleicht hätte jemandem, der ihn gut kannte, die Begeisterung, die Scheich Jussuf al-Ahmad an den Tag legte, befremdlich erscheinen sollen. Doch ihr Vater, der sich von seinem Sieg berauschen ließ, von der Genugtuung, endlich an sein Ziel zu kommen und der Beziehung seiner Tochter zu diesem Tuchmacher Khaled durch ihre Verheiratung ein Ende zu bereiten, dachte nicht einen Augenblick lang über die Gründe nach, die Jussuf al-Ahmad bewogen haben mochten, dieser Heirat so schnell und ohne weiteres zuzustimmen. Ja, unverzüglich ließ der »Künder« seine Frau wissen, sie solle ihrem Sohn Nassir übermitteln, er sei nun bereit, jene Seite der Vergangenheit zu schließen, und gedenke, seinen Sohn bei allen Kosten, die durch seine Heirat entstünden, zu unterstützen. Auch ein Haus, sagte er zu seiner Frau, werde er Nassir, so dieser denn wolle, kaufen, und um dem ungläubigen Staunen seiner Frau zu begegnen, erklärte er noch, er habe mit der Firma gesprochen, die mit dem Bau der Häuser im neuen Stadtteil Iskan al-Chobar betraut sei, an der südlichen Flanke des neuen Viertels. Danach gäbe es in dem neuen Stadtteil noch einige bislang unbebaute Grundstücke, doch nur wer über bestimmte Privilegien verfüge, könne dort einen Baugrund erwerben. Natürlich erfreuten derartige Nachrichten auch Nassirs Mutter, denn genau das war seit vielen Jahren ihre geheime Hoffnung gewesen. Wie oft hatte sie davon geträumt, ihr Sohn Nassir werde unter die Fittiche seines Vaters zurückkehren, wie oft sich gewünscht, er werde heiraten und eine Familie gründen, werde mit dieser ganz in ihrer Nähe wohnen, sodass sie seine Kinder – ihre Enkel – sehen könnte, wann immer sie wollte. Nassir war ihr ältester Sohn und derjenige, den früh zu verlieren ihr das Schicksal beschieden hatte. Nächtelang hatte sie seinen Verlust beweint und ihr Unglück verdammt, das sie einen Mann hatte heiraten lassen, dessen Herz nicht zu erweichen war. Und jetzt musste Gott ihre Bitten erhört und ihren Mann wieder zur Vernunft gebracht haben, dass er seinem Sohn verzieh und ihm bei seiner Hochzeit unter die Arme griff, wie alle anderen Väter auch. Was sie aber leider ebenso wenig wusste wie ihre Schwester oder selbst Sara und Nassir, war, dass ein Mann wie Jussuf al-Ahmad gar nicht in der Lage war, auf normale Weise zu denken wie alle anderen Väter. Denn alles, was er anstrebte, verlief nach einem strikten Plan, der nur mit dem Ziel enden konnte, das er sich gesetzt hatte. Und wer dachte, der »Künder« Jussuf al-Ahmad werde von nun an trennen zwischen seiner Arbeit in der Behörde und seinem alltäglichen Verhalten als Vater und Familienoberhaupt, sollte schmerzlich enttäuscht werden. Nein, seine Aufgabe im Leben war identisch mit seiner Aufgabe in der Behörde. Denn er war, wie er über sich selbst irgendwann einmal gesagt hatte,

»ein Künder rund um die Uhr«, Tag und Nacht, in jeder Tätigkeit, die er verrichtete, und allem Tun. Unwesentlich, welchen gewundenen Weg er einschlug, um sein Ziel zu erreichen, so auch diesmal, da er – wie das Sprichwort sagt – aus unerfindlichen Beweggründen keine Einwände gegen eine Heirat seines Sohns Nassir vorbrachte. Als er Sara aufstehen sah, nachdem sie die Idee einer Eheschließung gehört und das Wohnzimmer verlassen hatte, schlug Jussuf al-Ahmad seiner Schwester Masha'il vor, sie möge sich doch bitte ihrer Tochter anschließen und ebenfalls das Wohnzimmer verlassen. Er wolle, sagte er ihr, mit Ghazi ein Gespräch unter Männern führen. Ghazi al-Djaassi war wohl darauf gefasst, alles von seinem Schwager zu hören zu bekommen, nur nicht, was dieser nun mit ernster Stimme vorbrachte: Seine einzige Bedingung, bevor er dieser Heirat endgültig seinen Segen erteilte, sei, dass sich Sara an die Mitarbeiterinnen der Behörde wende, damit diese ihre Jungfräulichkeit untersuchten.

Nein, das hätte Ghazi al-Djaassi wohl kaum erwartet, dass der Onkel seiner Tochter höchstpersönlich die Keuschheit seiner Nichte in Zweifel ziehen und einen solchen Satz in aller Seelenruhe von sich geben würde, ohne sich zu räuspern oder auch nur mit der Wimper zu zucken. Jetzt war es an ihm, dessen Ehre verletzt worden war, die Beleidigung zu schlucken und alle Kraft zusammenzunehmen, die Faust zu ballen und an sich zu halten, damit er nicht die Fassung verlor und eine Dummheit beging, welche die Freude über die anstehende Heirat seiner Tochter und das Ende der Geschichte mit dem Tuchmacher verdürbe. Anstatt also seiner Verärgerung freien Lauf zu lassen und von seinem Schwager zu verlangen, er solle sofort sein Haus verlassen, sagte er in einem Ton, der ihn selbst überraschte, einem nicht minder ruhigen und sachlichen Ton, alles, was du möchtest, mein lieber Jussuf, wird nach deinem Wunsch erfolgen. Er möge ihm lediglich zwei Tage Zeit lassen, damit er sich einen Weg überlegen könnte, um Sara von der Angelegenheit zu überzeugen. Natürlich würde er ihr das nicht selbst mitteilen, würde die Sache ihrer Mutter überlassen, die es ihr schon auf ihre Weise beibringen würde. Frauen verstehen einander, sagte er mit tonloser Stimme, und verstand die Freude nicht, die sich auf dem Gesicht seines Schwagers abzeichnete, da er ihn in seine Bedingung einwilligen hörte.

Zwei Tage nach dieser nächtlichen Übereinkunft betrat Sara die Behörde für die Verbreitung von Tugendhaftigkeit und für die Verhinderung von Lastern, um dort die besagte Untersuchung über sich ergehen zu lassen. Es war das erste Mal in ihrem Leben, dass sie das gewaltige Gebäude betrat, das aus zwei Teilen bestand, einem Hauptgebäude für die Männer, an der Hauptstraße gelegen, und einem Nebentrakt für die Frauen, in den man durch einen rückwärtigen Eingang gelangte. Und durch genau diese Tür trat Sara nun in Begleitung der indischen Bediensteten Asha, nachdem der Fahrer Radju sie vor dem Eingang abgesetzt hatte. Sara hatte es abgelehnt, dass ihre Mutter sie begleitete, hatte ihr gesagt, diese Geschichte bringe ich alleine hinter mich. Und wäre nicht die entschiedene Weigerung der Mutter gewesen, sie alleine gehen zu lassen, hätte Sara am Ende wohl nicht nachgegeben und gesagt, na schön, dann nehme ich eben Asha mit. Ihre Mutter verstand weder, aus welchem Grund ihre Tochter darauf bestand, alleine zu gehen, noch, warum sie sich so schnell mit dem Vorschlag einverstanden erklärt hatte. Denn seit ihr Mann ihr die absonderliche Bedingung seines Schwagers mitgeteilt hatte, hatte sie über einen Weg nachgedacht, ihrer Tochter die Sache beizubringen, wusste sie doch um Saras Starrsinn und Reizbarkeit. Natürlich zweifelte sie nicht eine Sekunde an deren Jungfräulichkeit, denn Sara mochte zwar zuweilen eine leichtfertige junge Frau sein, aber immerhin war sie ihre Tochter, die sie kannte. Und wäre etwas gewesen, hätte sie dies schon lange bemerkt. Und so hätte sie alles von ihrer Tochter erwartet, nur nicht, dass diese mit einem schallenden Lachen antworten würde, nachdem sie den Vorschlag gehört hatte. »Großartig, jetzt muss also eine solche Ehrenurkunde her, und das ausgerechnet auch noch von der Behörde für die Verbreitung von Tugendhaftigkeit und für die Verhinderung von Lastern!« Der zweite Teil des Satzes triefte von unverhohlener Ironie.

Es war das erste Mal in ihrem Leben, dass sie Angst um Sara verspürte. Ihr schnelles Einverständnis, tatsächlich zur Behörde zu gehen, sorgte bei der Mutter für Unverständnis, fast als hätte sie ganz vergessen, dass ihre Tochter von Natur aus für Herausforderungen geschaffen war und die Bedingung ihres Onkels sie nicht ängstigte. Ganz zu schweigen von der Beamtin im Empfangszimmer der Behörde, die wie ein schwarzes Gespenst hinter einem schwarzen Tresen hockte, und die sich nie im Leben vorstellen konnte, eine junge Frau zu hören, die ihr unverblümt sagte: Ich bin hier, weil mein Onkel meine Jungfräulichkeit untersuchen lassen möchte. Sie räusperte sich und fragte: Ihr Onkel? Wer ist denn Ihr Onkel? Der Leiter der Behörde, der »Künder« Scheich Jussuf al-Ahmad, gab Sara in feierlichem Ton zurück, der jedoch einer gewissen ironischen Note nicht entbehrte. Und erst als sie sah, wie es die Frau in ihren Stuhl drückte, als überraschte sie die Antwort, erst als sie sah, wie die Verschleierte einige Sekunden lang schweigend dasaß, sich dann von ihrem Platz erhob und den Raum verließ, ohne sie aufgefordert zu haben, dort zu warten, wusste Sara, sie hatte vorschnell eingewilligt herzukommen. Dann kam die Beamtin mit festen, hallenden Schritten zurück und verlangte von ihr, ohne ein Wort zu sagen, sie zu begleiten, während sie Asha bedeutete zu warten.

Für einen Moment spürte Sara, wie ihre Beine zitterten, fühlte, wie ihre Kräfte ermatteten, und als sie am Ende eines dunklen Flurs angelangt war, in dem nichts außer ihrem nachtblauen Gewand leuchtete, und in ein ebenfalls unbeleuchtetes Zimmer geführt wurde, als sie sah, dass die Frau vor einem Bett in der Ecke des Raums stehen blieb, dessen weißes Laken inmitten der Dunkelheit erstrahlte, als sie die Frau sich ihr nähern sah und sich ihren Händen entzog, sich selbst auf das Bett legte und die Beine ausstreckte, als sie sah, wie die Frau zwischen ihre Schenkel griff und in aller Ruhe ihre Unterhose auszog, als sie sah, wie die andere aufstand und in der entferntesten Zimmerecke Aufstellung nahm und gleich darauf ein weiteres schwarzes Gespenst sich leise, aber mit energischen Schritten dem Bett näherte, ehe es sich über sie beugte und genau auf der Bettkante zu ihren Füßen Platz nahm, als sie sah, wie dieses Gespenst ihre Schenkel auseinanderdrückte und dann seine Hand zu ihrer rasierten Scham wandern ließ, als sie die Finger des Gespensts ganz ruhig ihre Scheide massieren spürte, die aber dann plötzlich in sie eindrangen – da wusste sie, dass alles, was ihr hier im Gebäude der Behörde in diesem abgedunkelten Raum widerfuhr, einem genauen Plan folgte: Die einzige Aufgabe der Finger bestand darin, das Häutchen zu zerreißen. Womöglich zweifelte sie im ersten Augenblick noch, dachte, es sei vielleicht ihre Angst, die sie verleitete, diese Ungeheuerlichkeit zu denken, und dass sie wegen der Dunkelheit Panik befallen hatte, aber als sie das Blut an der Innenseite ihrer Schenkel herabrinnen spürte, war ihr klar, dass sie sich nicht geirrt hatte. Das Gespenst, das gerade eben noch zu ihren Füßen gekauert und seine Finger in ihre Scheide geschoben hatte, dieses Gespenst, das jetzt am Kopfende des Bettes sich die Ärmel hochkrempelte wie jemand, der im Begriff ist, die rituelle Waschung vor dem Gebet zu vollziehen, um dann den Zeigefinger zu heben, an dem das Blut klebte, und ihn ihr warnend vors Gesicht zu halten, dieses in lautes Lachen ausbrechende Gespenst sagte ihr höhnisch, »Jetzt kannst du heiraten, wen du möchtest« – und dieses Gespenst war niemand anderes als ihr Onkel, der »Künder« Scheich Jussuf al-Ahmad.

Viertes Kapitel

SARAS HEIRAT

Das letzte Mal, dass Sara Nassir gesehen hatte, war vor sechs
Jahren gewesen, als er mit seiner Mutter bei ihnen aufgetaucht
war, damit ihr Vater ihm half, die Grenze nach Bahrain zu
überqueren. Und jetzt war er von dort als gutaussehender,
eleganter junger Mann zurückgekehrt, dem man seine Ausge-
glichenheit ansah. Sie wusste zudem, dass er sein Studium als
Elektroingenieur abgeschlossen hatte und nicht mehr zu Besuch im Königreich gewesen war, seit sein Vater die Leitung
der Behörde für die Verbreitung von Tugendhaftigkeit und für
die Verhinderung von Lastern in der Ostprovinz übertragen
bekommen hatte. Selbst seine Mutter musste, wenn sie Sehnsucht nach ihm hatte, ihn in Manama, der Hauptstadt Bahrains,
besuchen, und Ghazi al-Djaassi musste sie bei allen diesen
Fahrten begleiten, bis sie die Brücke überquert und nach Bahrain eingereist war. Nassir wusste sehr wohl um das Ausmaß
des Abenteuers, das seine Mutter jedes Mal auf sich nahm,
da sie den Ausweis seiner Tante Masha'il benutzte. Ghazi al-
Djaassi passierte die Grenze zusammen mit ihr als ihr männlicher Begleiter oder *Mahram*, wie die Saudis sagten, ihr Be-
schützer, ohne den eine Frau nicht außer Landes reisen konnte.
Und da die Grenzschützer von den Frauen nicht verlangten,
ihr Gesicht zu zeigen, und vor allem die bewaffneten Über-

griffe und Unruhen die Grenzen des Königreichs damals noch nicht erreicht hatten, ging die List auf. Nassirs Mutter wusste, ihr Sohn konnte die Brücke nicht überqueren, da sein Name, auf Anweisung seines Vaters, bei den Grenzkontrolleuren verzeichnet war. Mutter und Sohn waren nicht erpicht darauf, in eine neue Fehde mit dem »Künder« Jussuf al-Ahmad zu gehen, insbesondere Nassir nicht, der für seinen Vater schlicht nicht existierte. Sie ihrerseits versuchte unzählige Male, den Sohn zur Rückkehr zu bewegen, sagte, ich werde bekannte Persönlichkeiten aus der Regierung oder aus der Behörde zu ihm schicken, damit sie mit deinem Vater reden und du zurückkehren kannst. »Denn ich will dich mit Frau und Kindern sehen, mein Junge.« Doch vergebens. Es geht nicht, Mama, mein Vater und ich sind wie zwei Pole, die nicht zusammenkommen können, gab Nassir zurück.

Bei ihrem letzten Besuch im Studentenwohnheim in Manama überraschte er die Mutter mit der Nachricht, er plane, mit seinem Freund Tariq nach London zu gehen. Vergeblich versuchte sie, ihn davon abzubringen, denn er hatte bereits ein Flugticket gekauft und seine Koffer gepackt. Auch berichtete er ihr, sein Freund Tariq habe alles vorbereitet, denn anderenfalls wäre er mit Abschluss seines Studiums zur Rückkehr ins Königreich gezwungen, um alle möglichen bürokratischen Formalitäten zu erledigen, die mit der Anerkennung seines Diploms oder einer Verlängerung seines Passes und der Beantragung eines Visums für Großbritannien verbunden wären. Doch sein Freund habe einen Cousin, der in der saudischen Botschaft in London arbeite, einen gewissen Awlaki, der alles für die beiden Freunde arrangiert habe, als er von ihrer Schwäche für Erfindungen hörte, was ihn offenbar so begeistert hatte, dass er sie unter allen Umständen nach London bringen wollte, ja er habe sogar beim Studentenwerk angerufen und ihnen beiden ein Stipendium besorgt. Der Cousin Anwar sei es dann gewesen, der ihnen dort einen Job vermittelt habe. Ruft mich an, sobald ihr hier seid, hatte er sie angewiesen.

Natürlich betrübte die Nachricht seine Mutter zutiefst, andererseits aber freute sie sich, unverhofft Gelegenheit zu haben, sich von ihrem Sohn zu verabschieden, ehe er in die Fremde ging. »London«, sagte sie immer wieder, als sie ihn vor seiner Abreise küsste und herzte. Am nächsten Tag landeten Tariq und Nassir in der britischen Hauptstadt, und alles fügte sich wie gewünscht. Über Awlaki kamen sie an einen Job in der saudischen Botschaft, ohne den die beiden Freunde auch nicht gewusst hätten, wovon sie hätten leben sollen, da das Stipendium, das sie bezogen, wie alle anderen staatlichen Stipendien im Königreich nur für ein Jahr galt. Doch das Gehalt, das sie in der Botschaft verdienten, erlaubte ihnen einen bescheidenen Wohlstand und ließ die beiden Freunde eine kleine Wohnung im Stadtteil Notting Hill beziehen. Während der gesamten Zeit seines Aufenthalts in London hielt Nassir Kontakt zu seiner Mutter und achtete sorgsam darauf, sie jeden Freitag anzurufen, denn wäre seine Mutter nicht gewesen, hätte er wohl nicht erfahren, was sich in der Zwischenzeit in der Ostprovinz alles ereignete. Ja, er las regelmäßig die saudischen und arabischen Zeitungen, die sie in der Botschaft bezogen, und verfolgte auch die Nachrichtensendungen, aber es waren die Details all der Ereignisse, die im Königreich passierten, die ihr besonderes Aroma hatten, und seine Mutter war diejenige, die ihn immer am Freitag mit diesen Einzelheiten versorgte. Vor allem jenen, die mit der Arbeit seines Vaters zusammenhingen und mit dem Schicksal der allermeisten seiner Halbgeschwister, jener neunzehn Brüder, die er aus den drei Ehen seines Vaters vor seiner Mutter hatte. Niemand wisse, wohin sie gegangen seien, sagte ihm seine Mutter am Telefon, worauf er ihr am liebsten erwidert hätte, wohin können sie schon groß gegangen sein, wenn nicht nach Pakistan? Doch sooft er den Mund aufmachen wollte, zog sich seine Zunge im Mund zurück wie ein Stöpsel. Warum sollte er seine Mutter mit diesem Thema belasten? Ihr genügte die Situation, in der er sich befand, und wäre es nach ihm gegangen, hätte er von ihr verlangt, sie solle zu ihm nach London kommen. Aber er wusste, es gab Wünsche, die ließen sich im Königreich nicht realisieren, so auch der Wunsch seiner Mutter, er möge nach Saudi-Arabien zurückkehren, um dort zu leben, wie alle anderen auch, wie sie ihm bei einem ihrer freitäglichen Telefonate vorhielt. Aber wie sollte er ihr sagen, dass es gerade die Einzelheiten waren, die sie ihm über den Alltag dort erzählte, welche ihn bewogen, nicht an eine Rückkehr in nächster Zeit zu denken. Denn je mehr er von diesen kleinen Anekdoten zu hören bekam, desto weniger wollte er zurückkehren, bis das Leben in London mit der Zeit für ihn der einzig natürliche Zustand wurde, ganz anders, als es in Bahrain der Fall gewesen war. Was eigentlich sonderbar war, da Menschen sich für gewöhnlich fremd fühlen, je weiter sie von ihrer Heimat entfernt sind. Aber was genau war Heimat? Und die Entfernung dazu, was war das, und wie ließ es sich messen?

Sein Freund Tariq meinte, ihre Tätigkeit in der Botschaft sei es, die sie kein Fremdsein empfinden ließe, da sie dort so etwas wie eine Heimat im Kleinen hätten. Er jedoch war überzeugt, genau das Gegenteil sei der Fall, dass die Arbeit in der Botschaft ihn nur dazu brachte, London noch mehr zu lieben und diese Stadt gegen keine andere tauschen zu wollen. Wie er auch überzeugt war, dass es nur eine Frage der Zeit sein konnte, bis er sich von seinem tristen Schreibtischjob befreien würde, denn schließlich war er nicht umsonst Elektroingenieur geworden. Tatsächlich plante er, gegen Ende des Jahres in der Botschaft zu kündigen und sich eine Tätigkeit zu suchen, die etwas mit seiner alten Leidenschaft zu tun hätte, dem Erfinden. Diese hatte er über all die Jahre nie aufgegeben, hatte sich sogar während seiner Studienjahre in Manama an neuen Erfindungen versucht, und wer sein damaliges Studentenwohnheim besuchte oder den Garten des Gebäudes, in dem die Fakultät für Ingenieurswissenschaften ihren Sitz hatte, konnte all die kleinen Apparaturen und Gerätschaften finden, die unter seinen Händen entstanden waren. Der Dekan der Fakultät war genauso stolz auf ihn gewesen wie der Leiter des Wohnheims, der ihm sagte, wir werden an jedem der Stücke ein Schild mit deinem Namen und deinen Studienjahren bei uns anbringen, und es kommt der Tag, an dem wir dir dies vergelten. Nassir wusste nicht, was sie damit meinten, aber jedes Mal, wenn er eine neue Erfindung in Angriff nahm, blieb er dem kleinen erfinderischen Jungen treu, der er einmal gewesen war. Und wie hätte er das vergessen sollen? Natürlich ließ ihm seine erschöpfende Arbeit in der Botschaft nur am Wochenende Zeit, sich seinen Erfindungen zu widmen. Außerdem waren die Materialien, die er benötigte, in London sehr teuer, sodass er mitunter gezwungen war, auf die Märkte der Inder zu gehen, nach Southall oder Acton Town, um dort von den Händlern ein paar Schrottteile und Altmetall zu erwerben. Und wäre nicht die Begeisterung des Cousins seines Freunds Tariq gewesen, hätte er nicht einmal das gekonnt.

Jeden Samstag kam Awlaki zu ihnen nach Notting Hill und spornte sie an, doch loszuziehen und auf Jagd nach den benötigten Teilen zu gehen, selbst an Tagen, an denen sie keine Lust hatten auszugehen, weil es draußen regnete oder hagelte. Sie sollten nicht über Geld nachdenken, sagte er ihnen, er würde ihnen geben, was sie bräuchten. Für Tariq schien das etwas ganz Natürliches zu sein, denn immerhin war Awlaki sein Cousin und Geld von ihm anzunehmen keine Schande, doch was Nassir betraf, so fühlte er sich unbehaglich dabei und nahm die Hilfe nur widerwillig an. In Bahrain war das alles leichter gewesen, nicht nur, weil die Teile, die sie benötigten, dort billiger waren, sondern auch, weil ihre Erfindungen weniger aufwendig gewesen waren. Jetzt aber gerieten ihre Erfindungen zusehends größer und komplizierter, sodass er den Tag schon fürchtete, an dem ihre Wohnung all die Gerätschaften und Bauteile nicht mehr fassen würde. Für einen echten Erfinder jedoch war es schwer, von seiner Leidenschaft zu lassen, und so verliefen ihre gemeinsamen Tage immer öfter getrennt. Denn sie teilten Arbeit und Verpflichtungen untereinander auf, und wenn einer von ihnen zum Markt ging, erledigte der andere die häuslichen Pflichten und räumte auf. Sogar was die Kündigung in der Botschaft anging, verfuhren sie ähnlich: Kündige du, und ich arbeite weiter dort, bis du einen Job gefunden hast, der zu dir passt, sagte Nassir zu Tariq. Einer von uns beiden muss schließlich arbeiten, denn wovon sollen wir leben? London ist eine sündhaft teure Stadt, und ich möchte nicht auf die Almosen deines Cousins Awlaki angewiesen sein. Du hast recht, antwortete sein Freund, so etwas habe ich mir auch schon überlegt. Sobald Tariq also eine neue Anstellung gefunden haben würde, sollte auch Nassir in der Botschaft kündigen. So sah die Planung der beiden Freunde aus, fürs Erste war er erleichtert, dass sie sich von den Gunstbeweisen dieses Awlaki freigemacht hatten, der für ihn zu einer Art Albtraum geworden war und sich im Kleinen wie im Großen immer mehr in ihr Leben drängte.

Doch dann, am Freitag der letzten Woche, als er seine Mutter anrief, meinte sie gleich, gut, dass du mich anrufst, mein Junge, ich hätte es sonst gemacht. Und als sie ihm dann berichtete, was sich zu Hause abspielte, wusste er, dass die gemeinsamen Planungen mit Tariq – oder zumindest, was er für sich geplant hatte – über den Haufen geworfen waren. Erinnerst du dich noch an deine Cousine Sara, fragte seine Mutter. Und berichtete ihm dann, Saras Vater beharre seit neuestem darauf, seine Tochter mit ihrem Cousin zu verheiraten. Er wusste nicht, was er seiner Mutter darauf antworten sollte, denn er dachte an alles Mögliche, nur nicht daran, eines Tages zu heiraten. Und noch dazu wen? Seine Cousine Sara. Eine absurde Idee, doch nicht nur, weil sie ihm vertraut war und er mit ihr gespielt hatte, sie wie eine kleine Schwester für ihn gewesen war, sondern auch, weil er sie nicht nötigen wollte. Die Ehe bedeute Verantwortung, erklärte er seiner Mutter, und zur Zeit falle es ihm schwer, diese Aufgabe zu erfüllen. Er habe Hunderte von Ideen für Erfindungen im Kopf. Außerdem, was solle Sara denn hier in London tun? Wenn sie wenigstens schon einen Schulabschluss hätte, dann könnte man wohl oder übel mit Awlaki reden, damit er ihr ein Stipendium verschaffte und sie zumindest das erste Jahr ohne Probleme in London leben könnte. Aber sie habe ja wohl noch nicht einmal die vierte Klasse der Oberschule beendet? Das lass nicht deine Sorge sein, erwiderte seine Mutter. Ihr Vater Ghazi al-Djaassi ist gewillt, sie dir zur Frau zu geben, und du weißt doch, wie wohlhabend er ist, seine Firma ist inzwischen die Nummer eins unter den Versorgern und Ausrüstern im Königreich. Doch ganz abgesehen davon, sagte sie, habe diese Hochzeit auch ihren Segen, und sie werde ihn finanziell unterstützen, wann immer er wolle. Seit unserem gemeinsamen Besuch bei ihnen vor jetzt sechs Jahren habe ich inständig gehofft, du wirst eines Tages Sara heiraten.

Seine Mutter verschwieg ihm auch nicht, dass, wäre es nur nach seinem Vater gegangen, dieser die Hochzeit kaum gutgeheißen hätte, aber das Beharren Ghazi al-Djaassis und die Intervention seiner Schwester Masha'il, deiner Tante, hätten ihn einlenken lassen. Doch noch immer verstand Nassir nicht, woher diese plötzliche Entschlossenheit zu einer solchen Heirat rührte, weshalb er seine Mutter um ein wenig Bedenkzeit bat. Das war das Einzige, was ihm in jenem Moment einfiel, denn in seinem Innersten hegte er nach wie vor diffuse Gefühle für seinen Freund Tariq, Gefühle, deren Wesen er nicht benennen konnte, oder die sich bislang zumindest noch nicht offen gezeigt hatten. Doch es waren eben diese Gefühle, die ihm die Überzeugung eingaben, die Verbindung zu einem anderen Menschen würde ihn von seinem Freund entfernen. All die Jahre waren sie unzertrennlich gewesen, und jetzt wusste er nicht, wie er seinem Freund begreiflich machen sollte, was man ihm vorgeschlagen hatte. Gewiss würde eine solche Heirat einen Verrat an ihrer Freundschaft bedeuten, obgleich weder sein Freund noch er die Beziehung, die sie verband, hätten definieren können. Seltsamerweise hatte keiner von ihnen bislang davon gesprochen, eines Tages zu heiraten. Sogar in ihren Gesprächen über die Zukunft redeten sie immer nur von sich, als sei es beschlossene Sache, dass sie zusammenbleiben würden, eine Entscheidung, die nur sie etwas anging und niemanden sonst. Das war es auch, was sie zu Awlaki sagten, Tariqs Cousin, der sechs oder sieben Jahre älter war als sie und die innige Verbundenheit der beiden Tag und Nacht nicht unkommentiert ließ. »Sogar Zwillinge verhalten sich zuweilen unterschiedlich, ihr beiden aber nie.« Und jetzt kam ihm plötzlich seine Cousine Sara in die Quere.

Doch als sein Freund dann die Neuigkeit von ihm erfuhr, fragte er nur, warum er die ganze Sache so schwernehme. Diese Hochzeit, so wie er sie verstehe, sei nicht mehr als eine arrangierte Eheschließung, um die Tochter zu retten. Zumeist würden Familien doch auf einer Heirat der Tochter nur bestehen, wenn dieser etwas aus Sicht der Familie Unerwünschtes passiert war. Vielleicht liebt sie jemanden, den die Familie ablehnt, oder sie hat unverhofft ihre Unschuld verloren. Mach dir keine Sorgen, sagte Tariq, deine Cousine wird eine Heirat mit dir als Rettungsaktion begreifen und nicht wie eine gewöhnliche Ehe. Du wirst keine Verpflichtungen haben, und sie werden nicht traurig sein, versprach er. Es waren diese abgeklärten Worte, die ihn zwei Tage später seine Mutter anrufen ließen. Er werde nach Saudi-Arabien zurückkehren, um seiner Cousine aus ihrer Misere zu helfen, sagte er. Vielleicht schwankte er dabei ein bisschen, überlegte vielleicht noch, Sara von einer Hochzeit abzubringen, dachte vielleicht, sie würden Schwierigkeiten haben, einander zu verstehen und in aller Offenheit über das Thema zu sprechen.

Aber als er sie gleich nach seiner Rückkehr anrief und sich mit ihr verabredete, sie dann zum ersten Mal seit Jahren auf dem Rasen an der Corniche von al-Chobar vor sich sitzen sah – da verspürte er eine ungewohnte Nähe zu ihr. Ihre Art zu sprechen, zu sitzen, die Bewegung ihrer Hände, wenn sie die Aba'a zurechtzupfte, der selbstsichere Klang ihrer Stimme – das alles kam ihm vertraut vor. Alles, was er tun musste, war, ihr zuzuhören, als sie eine Geschichte erzählte, die er, hätte er sie von einer anderen jungen Frau gehört, niemals geglaubt hätte. Doch jetzt musste er ihr, da er sie ansah, einfach dieses Gefühl geben, dass er ihr tatsächlich jedes Wort glaubte. Und er wusste, sie wusste dies, anderenfalls hätte sie ihm gar nichts erzählt. Vielleicht klang ihre Stimme auch belegt, als sie ihm berichtete, was ihr im Gebäude der Behörde widerfahren war, und vielleicht zögerte auch sie, ob sie ihm dies alles anvertrauen sollte, denn immerhin hatte sie ihn seit Jahren nicht mehr gesehen. Sie gestand ihm, dass sie, wann immer sie daran gedacht hatte, die Geschichte jemandem zu erzählen, befürchten musste, niemand würde ihr Glauben schenken. Man würde sie der Lüge bezichtigen, denn war es etwa plausibel, dass ihr Onkel, der »Künder«, der große Scheich, eine solch schändliche Tat begangen haben konnte? Und als er sie fragte, warum sein Vater so etwas getan haben sollte, erwiderte sie, er warte mit Sicherheit auf die Hochzeitsnacht, in der sein Sohn herausfinden würde, dass die Braut, die er geheiratet hatte, nicht mehr jungfräulich war, um sie dann zu ihrer Familie zurückzuschicken, wie es Männer seiner Art in einem solchen Fall zu tun pflegten. Er will mich vernichten, will, dass mein Vater mich zu Hause wie in einem Gefängnis hält oder gar, dass meine Brüder mich umbringen, sagte sie. Sosehr sie sich auch den Kopf zerbrochen habe, ihr sei kein anderer Grund für sein Verhalten eingefallen. Sooft sie an jenen verfluchten Tag zurückdenke, an dem sie sich ihm aus lauter Dummheit und Vermessenheit freiwillig ausgeliefert hatte, werde sie von dem Wunsch beherrscht, sich zu erbrechen, bis sie meinte zu ersticken. Dies gestand sie ihm stockend, als bereitete sie sich innerlich schon darauf vor, danach in ein langes Schweigen zu verfallen. Vielleicht aber auch wegen des Satzes, den sie gleich darauf sagte, dass sie, jedes Mal, wenn ihr die Behörde seines Vaters Jussuf al-Ahmad vor Augen trete, nur an eine einzige Sache denke, nämlich an seinen Tod, daran, ihn zu töten, ja ihn umzubringen.

Es war dies der einzige Augenblick, in dem er spürte, dass sie ihn nicht anschaute, sah, dass sie den Blick bei ihrem Geständnis gesenkt hielt, als wollte sie die Zweifel in seinen Augen nicht sehen. Denn seine Blicke schienen ihr zu sagen, wovon redest du? Eine wie sie würde niemals töten können. Aber vielleicht waren es ausgerechnet diese skeptischen Blicke, die sie ebenfalls ein Gefühl der Vertrautheit gegenüber Nassir empfinden ließen, das sie ermutigte, noch offener zu ihm zu sprechen und ihm auch den Grund zu nennen, warum sie seinen Vater noch nicht getötet hatte. Das Einzige, was sie davon abgehalten habe, sagte sie, sei ihre Liebe zu Khaled, und dass sie sich nur unter Schmerzen mit einer Hochzeit einverstanden erklärt hatte, da sie wisse, ihr Cousin Nassir werde sie verstehen, werde ihre Liebe zu ihrem Liebsten achten. Und sie sage ihm dies nicht, weil sie keine Zuneigung für ihn empfinde oder Eigenschaften an ihm vermisse, wie sie sich jede junge Frau für ihren Bräutigam erhoffe. Nein, im Gegenteil, seit seinem letzten Besuch bei ihnen, vor seiner Abreise nach Bahrain, habe er so viel Zuneigung bei ihr genossen, wie er sich nur vorstellen könne, habe immer einen besonderen Platz bei ihr eingenommen, eine Stellung, in der sich Verehrung und Liebe gemischt hätten. Sie wisse nicht, wie sie ihm das besser beschreiben solle, aber das Einzige, was sie vorher schon gewusst habe und dessen sie sich jetzt, da sie mit ihm hier auf dem Gras an der Corniche sitze, ganz sicher sei, sei die Tatsache, dass Nassir sich vollkommen von seinen neunzehn Geschwistern unterscheide. Er sei nicht wie sein Vater, habe vielmehr dasselbe Samenkorn in sich, das auch sie seit ihrer Geburt mit sich herumtrage, den Keim, sich frei und zwanglos zu verhalten, einen eigenen Weg einzuschlagen. Sie sage ihm das, weil sie, genau wie er auch, wisse, was sie wolle. Er könne sie deshalb ruhigen Gewissens heiraten, sie werde sich nicht dagegen sperren, aber gleichzeitig müsse er wissen, dass sie zwar seine Frau sein werde, ja sogar eine Ehefrau, die darauf bedacht sein würde, alles zu erfüllen, was das Eheleben ihr abverlange, aber ihre Gefühle, ihr Herz würden immer an einem anderen Ort sein, dort nämlich, wo Khaled, ihr Geliebter, sei. Doch wie auch immer seine Entscheidung am Ende lauten würde, sie danke ihm von ganzem Herzen, dass er ihr erlaubt habe, ihm alles zu offenbaren, was sie umgetrieben hatte.

Es war diese Offenheit, welche Sara, die Nassir das letzte Mal als kleines, neunjähriges Mädchen gesehen hatte und die inzwischen zu einer – wie die Leute sagten – Heiratsfähigen herangewachsen war, in seinen Augen als reife, erwachsene Frau erscheinen ließ. Noch vermochte er nicht, ihr einen bestimmten Platz zuzuweisen, zu entscheiden, ob sie eher Schwester oder Braut oder Freundin war, aber eines stand für ihn in jenem Augenblick schon unumstößlich fest: Dieses Mädchen und ihn kettete ein Schicksal aneinander, als wären Sara und er mit einer Nabelschnur verbunden zur Welt gekommen und von nun an unzertrennlich. Auch sie spürte dies, das sagte ihm seine Intuition, und ihm blieb nichts weiter zu tun, als sich Klarheit über ihren gemeinsamen künftigen Weg zu verschaffen. Es war dieses Wissen, das ihn mit fester Stimme, ja mit der Bestimmtheit eines Menschen, der nun alles weiß, sagen ließ, auch ich werde mehr dort sein, wo mein Freund Tariq weilt. Was ihn mit seinem Freund verbinde, könne er nur schwer definieren, aber sein Herz sage ihm, dass die seit ihrer Kindheit bestehende Beziehung zu seinem Freund alles übertreffe. Dennoch könne sie auf ihn bauen, werde bekommen, was sie wolle. Ihre Entscheidung sei die seine, ganz gleich, ob sie in al-Chobar bleiben oder mit ihm nach London gehen wolle, ganz gleich auch, ob sie die Beziehung zu Khaled aufrechterhalten oder beenden würde. Er werde, genau wie sie auch, alles erfüllen, was die Ehe ihm an Verpflichtungen auferlege. Das einzig Wichtige, das sie wissen müsse, sagte er an diesem schönen Wintertag zu ihr, ehe sie beide sich erhoben, das Gras abklopften, das an ihren Kleidern hing, und sich auf den Heimweg machten, ehe ihre Hände sich flüchtig für ein, zwei oder vielleicht auch drei Sekunden berührten und ein kurzer Schauder durch ihre Körper lief, ein elektrischer Impuls, der einem Gefühl der Solidarität geschuldet war, das all jene verbindet, die sich verfolgt fühlen, das Einzige also sei, sagte er mit zärtlicher Stimme, dass sie, auch wenn sie gezwungen wären, in einem Zimmer zu übernachten, niemals in einem Bett schlafen und erst recht nicht intim miteinander werden würden!

Im Frühling des Jahres 1996 heiratete Sara im Alter von etwa fünfzehneinhalb Jahren Nassir bin Jussuf al-Ahmad. Es war eine in jeglicher Hinsicht denkwürdige Hochzeit, die im Widerspruch stand zu allem, was ihr Onkel, der »Künder« Jussuf al-Ahmad, geplant hatte, ja alle seine Vorstellungen hintertrieb. Woher hätte der »Künder« auch wissen sollen, dass die beiden, sein Sohn und seine Cousine, die Braut und der Bräutigam, beschlossen hatten, ihre Hochzeit in eine Falle zu verwandeln, um sich an ihm zu rächen. Ja, die Hochzeit sollte für sie beide der Beginn einer langen Schlacht mit ihm werden, eine Schlacht, in der sie alle Waffen einzusetzen gedachten, die

ihnen in die Hände fallen würden, als hätten sie all die Jahre
nur auf eine Gelegenheit wie diese gewartet. Oft schon hatte
er daran gedacht, seinen Vater zu töten, auch wenn er niemandem außer seinem Freund Tariq davon erzählt hatte. Jedes Mal
aber, wenn ihn dieser Wunsch überkam, verspürte er eine solche Angst, dass er zwei oder sogar drei Gebetsabschnitte be-
tete, um diesen Gedanken zu vertreiben. Nein, das Töten, sagte
er sich, dafür war er ebenso wenig geschaffen wie Sara. Schlag
dir diesen Gedanken aus dem Kopf, hatte er auf dem Rückweg
von der Corniche zu ihr gesagt. Wenn der Wunsch sie dennoch
von neuem ankam, sollte sie tun, was er getan hatte, sollte zwei
oder drei Gebetsabschnitte beten. Er sage ihr das nicht nur aus
Erfahrung, sondern vor allem, weil er alles glauben könne, nur
nicht, dass sie zur Mörderin werden konnte. Doch um ihr begreiflich zu machen, dass er auf ihrer Seite war, fügte er hinzu,
es gäbe noch andere Wege, sich an seinem Vater zu rächen. Er
wisse um den Zorn, den sie empfinde, den Groll, der ihr die
Brust eng mache, die Wut, die in ihrem Blut koche, aber andererseits sei er sicher, sie könne seinem Vater auf andere Weise
beikommen. Mein Vater, so viel Allmacht er auch zeigen mag,
begegnet Provokationen mit einem Lächeln, sagte Nassir in
ruhigem, bestimmtem Ton. Es waren dieser Ton und der sanfte
Druck seiner Finger, die ihre Schulter berührten beim Gehen,
die sie genau zuhören ließen, die sie jedes Wort von ihm auf-
saugen ließen, nicht nur an jenem Abend und in den darauf
folgenden Tagen, die ganze Woche über, die er bei ihnen blieb,
sondern auch, als sie nach seiner Rückkehr nach London, in
den sechs Monaten der Hochzeitsvorbereitungen, nur noch
miteinander telefonierten. Und was im ersten Augenblick wie
die Allerweltsgespräche zweier Menschen wirkte, die sich auf
ihre Hochzeit vorbereiteten, entwickelte sich am Ende zu ei-

nem Plan, sich nicht nur an dem »Künder« Jussuf al-Ahmad zu rächen, sondern mehr noch einen Scheich, der wie er Würde und Ansehen für sich reklamierte und eine entsprechende gesellschaftliche Stellung, zum Gegenstand des Spotts und der Verachtung zu machen.

Am Anfang schlug Nassir ihr vor, sie sollten noch einige Monate warten, bis sie heirateten. Denn nach den Vorstellungen seines Vaters (und ihres natürlich auch) hatte die Hochzeit am besten sofort stattzufinden, sagte er ihr. Das war der erste Punkt des Plans, den sie umsetzen mussten, seinem Vater zu trotzen. Ein Erfolg dabei würde sie ermutigen, in ihren Vorschlägen noch weiter zu gehen. Am Ende brauchte es weder viel Zeit noch viele Argumente, um seinen Vater von seinen Bedenken zu überzeugen: Eine derart überstürzte Hochzeit würde böse Zungen nur dazu bewegen, wenig Schmeichelhaftes zu verbreiten, und wie konnte ein Mann in seiner Stellung und Position zulassen, dass von der Braut seines Sohnes schlecht geredet würde? Wir müssen mindestens sechs Monate warten, sagte Nassir seinem Vater. Außerdem dürfe er nicht vergessen, dass sein Sohn in der saudischen Botschaft in London tätig sei, der wichtigsten Botschaft des Königreichs im Ausland, nach der in Washington natürlich, und er daher mit einigem Vorlauf Urlaub einreichen müsse. Der Vater schluckte die Entscheidung wohl oder übel und musste ertragen, dass Sara weiterhin mit Khaled dem Tuchmacher verkehrte und dabei zu allem Überfluss nicht einmal mehr Jungfrau war. Doch was Jussuf nicht wusste, war, dass dieser Umstand Sara nicht allzu sehr belastete, da sie mit Nassir übereingekommen war, ihr Jungfernhäutchen nähen zu lassen. Sie würde zu der Inderin gehen, sagte sie, einer Koryphäe auf dem Gebiet, die ein Haus im Viertel Thuqba bewohnte. Und als er sie fragte, warum denn das, denn schließlich würden sie ja ohnehin nicht miteinander schlafen, erwiderte sie, er wisse aber doch, dass Blut auf dem Taschentuch oder dem Laken nach der Hochzeitsnacht Pflicht sei. Und aus diesem Grund müssten sie die Hochzeitsnacht begehen, wenn sie ihre Monatsblutungen habe. Wenn sie aber ihr Jungfernhäutchen nähen lasse, dann für sich selbst und weil sie den Zufall nicht über ihr Schicksal bestimmen lassen wollte. Was, wenn die Blutungen bis zur Hochzeitsnacht ausblieben? Was, wenn dein Vater von einer der Mitarbeiterinnen der Behörde verlangt, wenige Stunden vor der Hochzeitsnacht meine Unschuld zu kontrollieren? Nein, sagte sie, auf meine Periode ist genauso wenig Verlass wie auf deinen Vater, denn auf das Eintreten der Blutungen zu einem festen Zeitpunkt könne man ebenso wenig bauen, wie man das Verhalten eines alten Fuchses, wie sein Vater einer war, vorhersehen könne. Aus diesem Grund müsse sie alle Vorsichtsmaßnahmen ergreifen. Eine Zurschaustellung ihrer nicht mehr vorhandenen Jungfräulichkeit vor aller Augen wäre genauso ihr Ende wie das ihres Vaters. Nein, sie müssten das genaue Gegenteil tun von dem, was sein Vater erwarte. Stell dir vor, welches Gesicht er macht, wenn er erfährt, dass ich noch Jungfrau war! Wenn er das Blut auf dem Taschentuch sieht! Bestimmt wird das erstmals seinen Glauben erschüttern, denn nie würde er auf den Gedanken kommen, im ganzen Königreich und noch viel weniger in der Ostprovinz, die seiner direkten Kontrolle untersteht, gäbe es einen Ort, an dem Jungfernhäutchen wieder genäht werden. Nein, er wird denken, Gott habe das so gewollt, habe sie gegen seinen Willen wieder zur Jungfrau werden lassen, trotz seiner Finger, die in ihrer Scheide gewühlt hatten. Aus diesem Grund wolle sie auch, dass hochrangige Persönlichkeiten aus der Ostprovinz der Hochzeitsfeier beiwohnten, nicht nur aus der Behörde für die Verbreitung von Tugendhaftigkeit und für die Verhinderung von Lastern, sondern auch aus dem amerikanischen Hauptquartier in Dhahran. Ja, es müssten auf jeden Fall auch Ausländer zugegen sein, das sei natürlich eine Aufgabe für ihren Vater, er solle seine Freunde und Geschäftspartner einladen. Ich will sein Gesicht sehen, wenn er das Taschentuch sieht!

Nassir musste lachen, als sie ihm ihre Vorschläge unterbreitete. Auch er stellte sich das Gesicht seines Vaters vor, nicht nur beim Anblick des Taschentuchs, sondern auch angesichts einer Feier dieses Ausmaßes. Denn die Hochzeit, von der Scheich Jussuf al-Ahmad dachte, sie finde gezwungenermaßen und gegen den Willen seiner Nichte statt, würde sich vor seinen Augen in eine richtige Feier verwandeln, würde manche Ausschweifung bieten. Bis zu dem Tag, an dem Nassir auf dem Flughafen von Dhahran landete, ging sein Vater, nachdem er erfahren hatte, sein Sohn habe der Vermählung mit Sara zugestimmt, davon aus, die Hochzeit würde im engsten Familienkreis vollzogen werden. Niemals wäre er auf den Gedanken gekommen, die Brautleute könnten darauf bestehen, eine große Feier zu organisieren, und noch viel weniger, dass vor allem seine Nichte darauf bestand, die ihrem Vater sagte, sie wolle eine große Feier im Sheraton-Hotel von Dhahran, eine Feier, bei der nicht nur hochgestellte Persönlichkeiten aus dem ganzen Königreich und insbesondere der Ostprovinz zugegen wären, sondern zu der er auch seine ihm noch verbliebenen amerikanischen Freunde vom Luftwaffenstützpunkt in Dhahran und dem Hauptquartier in Hafar al-Batin einladen solle. Leider sei ja Oberleutnant Daniel Brooks zusammen mit seiner tunesischen Frau Kansa in seine Heimat zurückgekehrt, sonst hätte er die beiden selbstverständlich auch einladen müssen. Ja, es sollte eine einmalige Hochzeit werden, mit einem großen Orchester, das für die Musik sorgte, und großen, namhaften arabischen Sängern. Sicher hingen deren Darbietungen vom lieben Geld ab. Aber würde ihr Vater sich etwa zieren, die 60 000 Dollar zu bezahlen, die jeder von den Sängern für seinen Auftritt verlangte? Die eingeladenen Damen indes, sagte sie, würden die Feier in einem getrennten Saal auf einem riesigen Bildschirm verfolgen – das Sheraton habe die allermodernsten Säle.

Alle diese Neuigkeiten gingen nicht nur wie ein Gewitter auf Jussuf al-Ahmad nieder. Auch Ghazi al-Djaassi bekam vor Staunen den Mund nicht mehr zu und war, genauso wie sein Schwager, außerstande zu verstehen, was da vor sich ging. Doch im Gegensatz zu Saras Mutter Masha'il und Nassirs Mutter Rimal, die in Saras und Nassirs Begeisterung und ihrem Bestehen auf einer großen Feier, vor allem aber dem Auftritt bekannter arabischer Sänger, einen Ausdruck der Freude ihrer Kinder über die Hochzeit sahen, wähnten Ghazi al-Djaassi und Jussuf al-Ahmad, etwas sei faul an der Sache. Vor allem der »Künder« war misstrauisch, zumal, als er von seinem Schwager erfuhr, die Braut bestehe auch darauf, auf ihrer Hochzeitsfeier einen Schönheitswettbewerb zu veranstalten. Besorgt stattete er seinem alten Freund einen Besuch ab, um herauszufinden, was im Kopf seiner Tochter vorging, nur um zu erfahren, dass auch Ghazi al-Djaassi ahnungslos war. Aber Sara hatte ihm versichert, an dem Wettbewerb würden nur streng verschleierte Frauen mit Niqab teilnehmen. Auch er verstehe nicht, was das alles zu bedeuten habe, aber sosehr er sich den Kopf zerbreche, er finde keine andere Antwort, als dass da immer noch ein Rest von Leichtsinn im Verstand seiner Tochter sein müsse. Ghazi al-Djaassi wusste, er würde keine Sorglosigkeit ins Herz seines Schwagers bringen. Denn bei allem, was er zu hören bekam, mochte Scheich Jussuf al-Ahmad nicht glauben, dass sich die beiden Brautleute natürlich verhielten. Vielleicht ja, weil er selbst überzeugt davon war, auf der ganzen Welt gäbe es niemanden, der nicht nach einem Plan oder einer List handelte.

Die Einladungen wurden verschickt und der Tag der Feier benannt, und mit Ausnahme der beiden Brautleute Sara und Nassir wusste niemand von den Gästen oder ihren Familien, dass die Feier, die an einem Frühlingsabend steigen sollte, über Jahre Gesprächsthema der Leute sein würde, da es das erste Mal war, dass derart viele Gäste einer Hochzeitsfeier beiwohnten, offizielle Persönlichkeiten aus al-Chobar, Dammam und Dhahran, hohe Beamte der Behörde, amerikanische Offiziere vom Luftwaffenstützpunkt in Dhahran, aus der Militärstadt König Khaleds und aus Hafar al-Batin, saudische Offiziere, die meisten von ihnen ranghohe Vertreter der Geheimpolizei. Außerdem war es das erste Mal, dass bei einer solchen Feier ein Schönheitswettbewerb stattfand. Doch anstatt, dass die junge Empfangsbeamtin aus der Behörde für die Verbreitung von Tugendhaftigkeit und für die Verhinderung von Lastern als Conférencieuse des Abends im Saal der Frauen zum Einsatz kam, wie Jussuf al-Ahmad es verlangt hatte, wurde diese, als sie auf der Bühne erschien, von der Stimme des Conférenciers im Saal der Männer überrascht (ein Libanese, den der Bauunternehmer Rafiq Abu de Gaulle als kleine Aufmerksamkeit aus der Hauptstadt Riad geschickt hatte, um so Ghazi al-Djaassi für die Einladung zur Hochzeit seiner Tochter zu danken, bei der er leider aber nicht zugegen sein konnte, da er vollauf mit den Parlamentswahlen in seiner Heimat beschäftigt war). Und dieser verkündete, da er ihr vollverschleiertes Antlitz auf dem überdimensionalen Bildschirm präsentierte, den anwesenden Gästen, diese fromme Schönheit, die sie dort sähen und die jetzt auf der Bühne im Saal der weiblichen Gäste stehe, sei nicht nur Empfangschefin in der Behörde für die Verbreitung von Tugendhaftigkeit und für die Verhinderung von Lastern, nein, diese fromme Frau sei auch diejenige, auf welche die Wahl des Brautpaares gefallen sei, an diesem Abend als Schönheitskönigin der Ostprovinz zu regieren. Und noch während die Anwesenden begeistert klatschten und einige lautstark verlangten, sie solle doch den Niqab herunternehmen, stolperte die Frau aus dem Saal, wobei sie dreimal ein »Allahu akbar« ausstieß. Auch war es das erste Mal, dass vor einer versammelten Hochzeitsgesellschaft der Conférencier die Gäste um Aufmerksamkeit bat – etwas nie Dagewesenes, ja wirklich eine seltene Perle in der Geschichte der hiesigen Hochzeitsfeiern stehe an –, da die letzte Überraschung, der Schlussakkord, bevor der geschätzte Sänger den Abend dann beschließen würde, ein kleines Geschenk als Überraschung sei, das die Braut ihrem Onkel, dem Vater ihres Bräutigams, machen wolle. Hätte sich der »Künder« Scheich Jussuf al-Ahmad nicht in einer solch pikanten Situation befunden, hätte er den Saal sicher gleich nach dem Abgang seiner Empfangsdame verlassen, da allein, was dieser »frommen Muslima, die in Sittlichkeit und Strenggläubigkeit von keiner Frau übertroffen wird«, und die er persönlich für ihre Aufgabe ausgewählt hatte, widerfahren war, ein klarer Hinweis auf weitere Skandale war, die an diesem Abend noch folgen sollten.

Doch zu seinem Unglück hatte er den ganzen Abend über seinen Platz in der vordersten Reihe der Gäste beibehalten, unmittelbar gegenüber dem Stuhl, auf dem der Bräutigam saß, sein Sohn, und gleich hinter dem Conférencier der Feier, weshalb er jetzt nicht so ohne weiteres wegkonnte. Ja, er hatte gewusst, dass ihm hier etwas blühte, aber wie hätte er ablehnen sollen, da er bereits den Conférencier auf sich zukommen sah, der seine Hand ergriff und ihn dorthinführte, wo Nassir mit dem Mikrofon auf ihn wartete. Sein Sohn hielt eine kleine Schachtel in den Händen, die er so sorgsam barg, wie man seine Hände schützend um einen kleinen Vogel legt. Und noch ehe sein Vater ganz bei ihm angekommen war und seine Ghutra zum vielleicht zwanzigsten Mal an diesem Abend zurechtrückte, näherte er sich mit dem Mund dem Mikrofon und forderte Sara auf zu beginnen.

Und schon ertönte ihre Stimme, übertragen aus dem Saal der Frauen, aus den Lautsprechern, hielt eine kurze Rede, in der die Vorzüge ihres Onkels aufgezählt wurden, des »Künders« Jussuf al-Ahmad, »Gott gewähre ihm Beistand« (wer weiß, vielleicht verwendete sie dieses »Gott gewähre ihm Beistand« in jener Nacht wie einen Karteireiter zwischen den einzelnen Abschnitten ihrer Rede). In einem Ton, in dem sich Ernst und Ironie mischten, sagte die Braut, sie sei sehr glücklich, heute Nacht die Gelegenheit zu haben, über ihren Onkel, »Gott gewähre ihm Beistand«, zu sprechen, insbesondere vor all jenen, die seine Schriften und Werke nicht kennen würden, wie etwa »Die glänzenden Perlen der weiblichen Geheimnisse«, »Suchen Seine Gnaden eine Stelle, o Scheich?« oder »Besteig sie und zögere nicht«. »Im Bauch des Walfischs stirbt keiner«, »Ein Liebhaber im Operationssaal«, »Die glänzenden Perlen der Fatwas des Ibn Taimiya«, »Wohin geht ihr und mit wem ins Bett?«, »Hast heimlich die Tür zugemacht?«, »Wie viel Gott betest du an?« »Die täglichen Gedanken des Muslims«,

»Obgleich sie anbeten« – und nicht zuletzt: »Eine Himmelsreise mit jungfräulichem Ticket«. Vielleicht erscheinen die Titel dieser Werke dem einen oder anderen absonderlich, vielleicht denkt mancher von Ihnen, ich habe mir diese ausgedacht, fuhr Sara fort, aber, verehrte Gäste, es bedarf nur eines Besuchs in einer unserer Bibliotheken, und Sie werden alle diese Bücher dort finden. Denn es gibt keine Universität und Schule in diesem Land, an der seine Werke nicht kostenlos an die Schüler und Studenten verteilt werden. Ja, sogar auf den Buchmessen, auf denen unser Königreich vertreten ist, werden Sie seine Werke finden. Ein Besuch einer solchen Messe, und Sie werden sich selbst von der Richtigkeit meiner Worte überzeugen können. Dort werden Sie alle diese Titel sehen, von denen einige allerdings unter anderem Namen erschienen sind, da mein Onkel, »Gott gewähre ihm Beistand«, eine tausendarmige Persönlichkeit ist, die nicht nur an allen Ecken und Enden unseres geliebten Königreichs wirkt, sondern auf dem ganzen Globus, in Marokko und Somalia, im Jemen und Sudan, in Pakistan und Afghanistan, in London genauso wie in allen anderen Hauptstädten dieser Welt. Sie wolle die Freude der Gäste an diesem Abend nicht verderben, aber ehe sie das Zepter an den von allen geliebten Sänger weiterreiche, der zum Abschluss auftreten werde, wolle sie noch einmal betonen, dass sie ihrem Onkel, »Gott gewähre ihm Beistand«, zu tief empfundenem Dank verpflichtet sei, da sie so viel aus seinen Werken und vor allem aus seiner Schrift »Der Spaziergang des Vorübergehenden im Leben des Frühzeitigen« gelernt habe. Denn dieses Werk und kein anderes habe sie inspiriert, ihrem Onkel dieses bescheidene Geschenk zu widmen, das ihr geliebter Gatte Nassir nun die Ehre habe zu überreichen. Applaudieren Sie mit mir meinem Onkel, »Gott gewähre ihm

Beistand«, rief sie und machte Nassir ein Zeichen. Vielleicht hatte Scheich Jussuf al-Ahmad bis zu dem Zeitpunkt geglaubt, den Abend heil überstanden zu haben, hatte deshalb bei sich vielleicht ein »al-hamdu li-llah« gemurmelt, hatte vielleicht an dies oder das gedacht, was ihn die Ruhe bewahren ließ, auch wenn er nicht aufhörte, immer wieder seine Ghutra zu richten, doch trotz allem hätte er wohl selbst in seinen wildesten Vorstellungen und bei allem Zurechtzupfen des Tuchs auf seinem Kopf niemals damit gerechnet, sein Sohn Nassir würde eigenhändig die Schachtel öffnen und in Gegenwart aller Anwesenden schamlos ein blutiges Tuch in die Höhe halten, würde damit unter dem Gemurmel der Gäste winken und dann, nachdem er das Tuch zurück in die Schachtel gelegt hatte, sich zu ihm umdrehen, würde ihm die Schachtel überreichen und mit leiser, scheuer Stimme sagen: »Das Geschenk des Lebens für dich, lieber Vater.«

Fünftes Kapitel

DIE HEITEREN NÄCHTE
VON LONDON

Noch ehe das Brautpaar am nächsten Tag in London eintraf, und noch ehe die lokale Presse Gelegenheit hatte, darüber zu berichten, was sich am vorangegangenen Abend im Sheraton-Hotel von Dammam abgespielt hatte, verbreitete sich die Nachricht in Windeseile und wurde von kundigen Zungen im ganzen Königreich kolportiert, machte nicht nur in den Häusern und den Straßen, in Kaffeehäusern und Behörden die Runde, sondern erreichte auch den Königshof: eine junge, frivole Frau, ein laxer junger Mann und eine hochnotpeinliche Hochzeitsfeier, der ausgerechnet wer beigewohnt hatte? Der Leiter der Behörde für die Verbreitung von Tugendhaftigkeit und für die Verhinderung von Lastern in der Ostprovinz? Und was hätte er wohl getan, wenn der Bräutigam nicht sein Sohn gewesen wäre? Und die Braut nicht zufällig seine Nichte? Wie hatte eine religiöse Autorität wie er eine solche Schande zulassen können? War ihm das Programm des Abends nicht im Voraus bekannt gewesen? Und wie hatte er es sich gestattet, zu einer Feier zu gehen, von der einige überzeugt waren, es sei eine gemischtgeschlechtliche Veranstaltung mit Gesangsdarbietungen gewesen? Seit wann erklärten sich die Männer der Behörde mit einer Vermischung der Geschlechter einverstanden? Und seit wann erlaubte die Behörde die Anwesenheit von Sängern bei derartigen Anlässen? Ja, seit wann gestattete die Behörde in der Hochzeitsnacht das Vorzeigen des blutgetränkten Tuches vor aller Augen? Galt denn nicht der Fluch Gottes solchen Ketzern, die sich nicht nur mit Tanz und Gesang begnügten, sondern ganz sicher alles Mögliche trieben, was die Moral zerfraß und vom Teufel angezettelt war? Und wo war der Informationsdienst der Behörde gewesen? Wo die Eiferer? Die Freiwilligen? Und wieso hatte man dem Brautpaar gestattet, einfach nach Hause zu gehen? Wie waren sie zum Flughafen gelangt? Und wie so ohne weiteres von hier nach London geflogen? War es etwa möglich, dass sie alles vorbereitet hatten? Dass sie zum Schein Hin- und Rückflugtickets geordert hatten? Wie hätten sie denn ihren Plan erfolgreich in die Tat umsetzen können, wenn es nicht der »Künder« gewesen war, der es ihnen erleichtert hatte, das Königreich zu verlassen?

Alle diese Fragen und andere mehr wurden natürlich nur vertraulich und nicht in aller Offenheit gestellt, als drohte das, was geschehen war, zu einem Funken zu werden, der die unter der Asche schwelende Glut entzündete. Natürlich hatte der »Künder« Jussuf al-Ahmad auch einige Widersacher innerhalb der Behörde. Oder vielleicht sollte man sie besser als Konkurrenten bezeichnen. Er wusste darum, wusste um den Eifer derjenigen, die glaubten, sie seien qualifizierter, fähiger und emsiger. Er selbst war ja einst auch so gewesen, erinnerte sich noch gut an seine Freude, als der Prinz ihn damals im Gefängnis in Riad aufgesucht und ihm gesagt hatte, ich habe Sie als Kopf der Behörde ausgewählt, suchen Sie sich Ihre Propagandisten selber zusammen. Auch wusste er, dass der Einfluss des Prinzen nicht mehr so groß war wie in der Vergangenheit, und dass nach dem Abzug der Russen aus Afghanistan die Sache des Dschihad komplexer geworden war. Etliche der Mudschaheddin, die er angelernt hatte, waren nach Saudi-Arabien zurückgekehrt, und einige hatten ihn in seinem Büro aufgesucht, hatten ihm gesagt, sie seien nicht zufrieden, was an Verdorbenheit alles im Königreich zu beobachten sei. Ja, hätte er nicht Verständnis für sie aufgebracht, hätte er von ihnen verlangt, die Ostprovinz auf der Stelle wieder zu verlassen, zumal er wusste, dass es in der Behörde so manchen gab, der es nicht gern sah, dass er diese Männer, von denen einige auf Fahndungslisten standen, in seinem Büro empfing. Aber in allem, was er bis zu diesem Tag getan hatte, war er stets dem Ruf seines Herrn gefolgt, hatte nicht einen Tag, und was immer er auch tat, daran gedacht, er gehe ein Risiko ein. Jede Maßnahme, die er vorantrieb, war ihm ganz natürlich erschienen, denn alles, was er wollte, war, keinen einzigen Mann zu verlieren. Alle Propagandisten waren für ihn gleich gewesen, wie die Zinken eines Kamms, und ging einer von ihnen heute fehl, so würde Gott ihn schon morgen wieder auf den rechten Weg führen. Was allein zählte, war das gemeinsame Ziel, und es war sein Vertrauen in sie, das ihn so denken ließ. Doch seine Konkurrenten dachten offenbar anders von ihm, sagten, er verhalte sich so, weil er seine Entschlusskraft verloren habe und nicht mehr der »Künder« sei, der er einmal war.

Doch so viel er auch hörte und ihm zu Ohren kam, er hätte niemals geglaubt, einer seiner Konkurrenten würde so weit gehen, den Abend im Sheraton-Hotel von Dammam als günstige Gelegenheit zu nehmen und seine Amtsenthebung zu fordern. Doch am Morgen nach der Hochzeitsfeier sah der »Künder« Scheich Jussuf al-Ahmad, noch ehe er sein Büro in der Behörde betreten hatte, zwei Limousinen vorfahren, eine davon ein

GMC, von dem er wusste, dass er zur Geheimpolizei der Ostprovinz gehörte, und die andere die des Scheichs Abd ar-Rahman al-Arifi, ein junger, aber sehr ehrgeiziger Künder. Er war erst kürzlich aus Afghanistan zurückgekehrt und hatte es eilig aufzusteigen, was ihn zu seinem ärgsten Konkurrenten um den Vorsitz der Behörde hatte werden lassen, mit dem Argument, die Behörde brauche dringend eine Auffrischung mit jungem, unverbrauchtem Blut. Und es war ebendieser junge Scheich, der sich jetzt nicht einmal die Mühe machte auszusteigen und nur die Seitenscheibe im Fond des Wagens herunterließ und ihn ansprach. Du findest alles fertig zusammengepackt, sagte er, alle deine Papiere im Büro habe ich einsammeln und in Kartons verstauen lassen. Auf deiner Versetzungsorder, die dir die Empfangsbeamtin aushändigen wird, findest du Unterschrift und Siegel der königlichen Kanzlei. Du bist ab heute nach Hafar al-Batin versetzt. Ließ die Seitenscheibe hoch und verschwand. Und damit er sich etwaige Nachfragen ersparte, kam jetzt ein Offizier der Geheimpolizei auf ihn zu und blieb vor ihm stehen. Er erkannte ihn sofort, Salah al-Muhtarisch al-Atibi.

Denn wer in der Ostprovinz hätte diesen al-Atibi nicht erkannt, ja wer im ganzen Königreich nicht? Dieser war berühmt-berüchtigt, doch nicht etwa wegen seiner ausnehmenden Hässlichkeit, welche ihm die Pocken als Halbwüchsiger beschert hatten, sondern wegen seiner sprichwörtlichen Grausamkeit gegenüber Häftlingen. Es gab keinen, der im Verhör mit al-Atibi nicht sofort gestanden hätte, selbst wenn er keine Verbrechen begangen hatte. Was ihn, Scheich Jussuf al-Ahmad, betraf, so hatte er bereits auf mehreren Gebieten mit ihm zusammengearbeitet. Vor allem war al-Atibi es gewesen, der ihm zugearbeitet hatte bei der Registrierung der nichtsunnitischen

Einwohner, die er in den ersten Tagen seiner Tätigkeit veranlasst hatte. Jetzt also kam al-Atibi auf ihn zu, schüttelte ihm die Hand, umarmte ihn, rieb die Nase an der seinen, spendete ihm dann Trost, sagte, es tut mir leid, was gestern Abend passiert ist. Alle sind überzeugt, die ganze Planung sei deine Sache gewesen, die Reservierung der beiden Säle, die Einladung an den betrunkenen Conférencier der Feier (ich möchte klarstellen, dass er selbst nicht dem Trank zugesprochen, wohl aber darüber hinweggesehen hat) und, und, und ... Es sei ja wohl nicht nötig, dass er ihm die ganze Sache herunterbete, er wisse ja Bescheid, sagte al-Atibi. Und du kennst ja die Befehle, fügte er bedauernd hinzu, der Innenminister persönlich habe angerufen und gefragt, wie man so etwas zulassen konnte. Dann berichtete ihm al-Atibi, während er auf den GMC deutete, wie er mit den beiden Kollegen, die im Wagen säßen, noch am frühen Morgen losgefahren sei, um das Brautpaar festzunehmen, doch leider seien sie zu spät gekommen. Die Brautleute seien mit einem Flugzeug auf und davon, das noch in der Nacht um zwei Uhr abgehoben hatte, wie man ihnen sagte. Was sollen wir machen? Was Nassir betreffe, so werde er in London bei der Botschaft seine Kündigung vorfinden. Denn der Minister sei so aufgebracht, dass sein Blut koche. Er selbst habe ihm mitgeteilt, er habe versucht, bei der britischen Regierung zu erwirken, dass man Nassir noch am Flughafen festnähme und ihn an das Königreich ausliefere. »Aber der britische Innenminister hat abgelehnt, hat Seiner Hoheit dem Innenminister gesagt, unser Land ist eine Demokratie und nimmt niemanden ohne konkreten Tatvorwurf fest und liefert ihn aus.« Dann verstummte al-Atibi für einen Moment. Das eigentlich Wichtige aber sei, fuhr er schließlich fort, dass er sich persönlich aufgemacht habe, um sich von ihm zu verabschieden und ihm eine gute Reise zu wünschen. Wie könnte er ihre hervorragende Zusammenarbeit vergessen? Das müsse er ihm ja wohl nicht in Erinnerung rufen, die Zerschlagung der kommunistischen Zelle bei der Ölfirma Aramco etwa, die von den beiden Ingenieuren aus dieser abtrünnigen Familie geführt worden war, »Gott schütze uns vor denen«. Der Vater war ja zu allem Überfluss auch noch Handwerker gewesen und habe Herrenbekleidung hergestellt, Überwürfe und so etwas. Und das sei nur ein Beispiel von vielen, sagte er und zwinkerte Scheich Jussuf al-Ahmad vielsagend zu. Dann gab er ihm erneut die Hand, drehte sich um und stieg in seinen Wagen. Der »Künder« aber war mit ein paar Schritten an der Fahrertür. Wer weiß, des Menschen Schicksal liegt in Gottes Hand, auf jeden Fall wäre er nicht überrascht, eines Tages in Hafar al-Batin wieder mit dem geschätzten Freund zusammenzuarbeiten, sagte er, und al-Atibi fügte hinzu, da er schon hinter dem Steuer des Wagens Platz genommen hatte, die Arbeit in diesem Schmugglernest würde ihm mit Sicherheit ein Vergnügen sein, und wenn er irgendwann die Wahl hätte zwischen al-Chobar und Hafar al-Batin, würde er gewiss Letzteres wählen. Die Arbeit in al-Chobar und Dhahran langweile ihn, ebenso in al-Qatif und Dammam, ja er habe die Arbeit unter Abkehrern und Unruhestiftern satt. »Wenn sie keine Chomeini-Anhänger sind, dann Ungläubige oder Kommunisten«, schloss er, ehe er die Seitenscheibe hochfahren ließ, den Anlasser betätigte und kräftig das Gaspedal durchtrat.

Wenn Sara künftig nach der schönsten Zeit in ihrem Leben gefragt wurde, würde sie sagen, die Jahre in London. »Die heiteren Nächte in London«, lautete stets ihre Antwort, auf das berühmte Lied »Die heiteren Nächte in Wien« anspielend, das die sagenumwobene syrische Sängerin Asmahan berühmt gemacht hatte. Doch nicht etwa, weil diese Jahre leicht und unbeschwert gewesen wären. Im Gegenteil, es waren sehr harte Jahre, doch eben aus diesem Grund, wie sie sagte, denn es seien Jahre der Entscheidung für sie gewesen, Jahre der Reife. Fünf ganze Jahre sollte sie in London bleiben, mit Nassir als seine ihm offiziell angetraute Ehefrau und eine kurze Zeit ohne ihn.

Zunächst wohnte sie bei ihm in Notting Hill, in der kleinen Wohnung, die er sich mit seinem Freund Tariq teilte, doch nur für sechs Monate und keinen Tag länger. Anfangs wollte ihnen Tariq die Wohnung ganz überlassen, doch Nassir bestand darauf, das solle er nicht tun, denn schließlich seien sie ja kein richtiges Paar, würden zwar offiziell als Mann und Frau gelten, würden aber nichts tun, was frisch Verheiratete für gewöhnlich täten, etwa miteinander schlafen, weshalb er es auch vorzöge, im Wohnzimmer zu schlafen und Sara sein Zimmer zu überlassen. Die Wohnung sei zwar klein, aber gut aufgeteilt, zwei kleine, getrennte Räume, Wohnzimmer, Küche und ein kleines Bad, und somit vollkommen ausreichend für drei junge Leute wie sie. Außerdem breche er ja frühmorgens zur Arbeit in der Botschaft auf und komme erst abends wieder, ja zuweilen sogar erst spät in der Nacht. Sara aber teilte Nassir schon bald mit, sie könne auf Dauer nicht in dieser Wohnung bleiben, nicht nur, weil sie von einer größeren Wohnung nach Art eines Lofts träume, sondern vor allem, weil sie nicht wolle, dass sein Freund jede Kleinigkeit über ihr Leben erführe. Außerdem wolle sie nicht, dass, wenn ihr Freund Khaled sie wie vereinbart besuchen komme, dieser gezwungen wäre, in einem Hotel abzusteigen.

Nassir schien grundsätzlich nichts gegen ihre Pläne zu haben, sagte aber, er brauche lediglich ein bisschen Zeit, denn die

Entscheidung wegzuziehen und seinen Freund zu verlassen fiel ihm sehr schwer. Am Ende bliebe ihm wohl nichts anderes, als dies zu tun, aber vorher musste er, nachdem man ihm in der Botschaft gekündigt hatte, einen Job finden. Also stand er früh auf, trank mit seinem Freund eine Tasse Kaffee in der Küche, verließ dann gemeinsam mit ihm das Haus und kaufte mehrere Tageszeitungen, um hernach für ein, zwei Stunden in der Küche zu sitzen und den Stellenmarkt zu sondieren. Das tat er jeden Morgen, die ersten sechs Monate lang. Denn er musste für seinen eigenen Unterhalt sorgen, auch wenn sein Freund ihm gegenüber nie knauserig war, ihm finanziell aushalf, zumindest für die Miete der Wohnung aufkam. Doch er wollte nicht von seinem Freund ausgehalten werden, nicht nur, weil er ja auch für Saras Auskommen sorgen musste, sondern vor allem, weil am Ende des Jahres seine Arbeitserlaubnis ihre Gültigkeit verlieren würde. Und bis dahin musste er seine Situation geregelt haben. Natürlich schickte ihm seine Mutter von Zeit zu Zeit Zahlungsanweisungen, aber er kannte ja ihre finanzielle Situation, wusste, welches Risiko sie einging, wenn sie ihm die Schecks schickte, und dass sie einen Teil ihres Haushaltsgelds abzweigte, um ihn zu unterstützen. Auch wusste er, dass seinem Vater dies vielleicht früher nicht aufgefallen war, wenn sie ihm Schecks nach Bahrain geschickt hatte, aber jetzt, nach seiner Versetzung nach Hafar al-Batin und dem Wegfall etlicher Privilegien, die er genossen hatte, würde sein Vater diesmal genauer hinschauen, wohin alle Rial gingen, was Nassir schließlich sein Konto auflösen und ein neues bei einer anderen Bank eröffnen ließ.

Das war die einzige Möglichkeit, seine Mutter daran zu hindern, ihm weiter Geld zu schicken. Doch immerhin ließen ihn die Überweisungen, mit denen Saras Vater seine Tochter bedachte, etwas ruhiger schlafen. Selbstverständlich wollte er auch seinem Schwiegervater nicht auf der Tasche liegen, zumal Sara ihre eigenen Ausgaben hatte, die beträchtlich waren und stetig stiegen. Mit eigenen Augen erlebte er bei ihren Streifzügen durch die Stadt ihre Neugierde und ihren unstillbaren Hunger, Kleider, Stoffe und Handtaschen zu kaufen. Vielleicht begnügte sie sich anfangs noch damit, bei Harrods oder in den Läden der Oxford Street einzukaufen, doch das Unglück nahm seinen Lauf, als sie die Damenmodengeschäfte »Liberty« entdeckte, die berühmt waren für ihre Seidenunterwäsche und ihre sündhaft teuren Preise. Doch da ihr Vater alles bezahlte, war dies ihr gutes Recht. Auch wollte er sich nicht in ihre Angelegenheiten einmischen. In den letzten Tagen fing sie an, sich stattdessen auf Kosmetika, Schmuck und Parfüm zu verlegen, ja ab und an auch Küchenutensilien zu erwerben, obgleich weder sie noch einer ihrer beiden Mitbewohner kochte. Zwei- oder dreimal unternahmen sie den kläglichen Versuch, ein Konservengericht zuzubereiten, das sie jedoch schnell in den Mülleimer warfen, da es ungenießbar war. Sie bestellten dann lieber eine Pizza. Pizzaessen und Einkaufen waren ihre liebsten Beschäftigungen in London, zumindest in diesen ersten Monaten. Und als die Wohnung dann endgültig an ihre Grenzen stieß, als sowohl ihr Zimmer als auch die Küche, das Bad und das Wohnzimmer randvoll waren, sah sich sein Freund Tariq eines Tages genötigt, von Nassir zu verlangen, er solle Sara fragen, ob sie – zumindest für einige Zeit – ihre Shoppingtouren nicht einstellen könnte, denn anderenfalls würde sie in ihrem Zimmer in Kleidung ersticken und sie alle gleich mit. Nassir erwiderte scherzend, lass ihren Onkel kommen, vielleicht besinnt sie sich dann und ruft um Hilfe. Doch stattdessen eröffnete sie ihm eines Tages, sie werde von ihrem

Vater verlangen, er möge ihr eine Wohnung im angesagten Stadtviertel Chiswick kaufen, wo viele englische Künstler lebten.

Er wusste, ihr Vater würde ihr nie einen Wunsch abschlagen, da sie seine Lieblingstochter war. Also sagte er ihr, das sei eine phantastische Idee, aber sie müsse wohl oder übel noch so lange warten, bis er einen Job gefunden hätte, da er nicht gedenke, in London auf Kosten ihres Vaters zu leben. Widerwillig gab sie nach, als wusste sie, dass es schwierig für ihn werden würde, eine passende Anstellung zu finden. Was sollte ein junger saudischer Elektroingenieur in London denn tun? Wer würde ihn denn einstellen? Die einzige Tätigkeit, die ihm Awlaki gleich zu Beginn angeboten hatte, war, als Lehrer in der Tuba-Moschee zu arbeiten, wo er selbst als Imam fungierte. Sie saßen in einem arabischen Café an der Edgware Road, und Awlaki sagte, um seine Bedenken zu zerstreuen, er werde dort als Lehrer für Elektrotechnik arbeiten, werde Jungen zwischen zehn und zwölf Jahren unterrichten. Nassir dankte ihm und sagte, er werde sich die Sache überlegen.

Doch er hatte diesen Awlaki nie recht gemocht, eine undurchsichtige Person. So verstand er nicht, warum ein Mensch wie Awlaki, der als Angestellter in der Botschaft arbeitete, so begierig darauf war, in der Moschee muslimische Jungen in Elektrotechnik unterweisen zu lassen. Auch wegen der Arbeitserlaubnis müsse er sich keine Gedanken machen, versprach Awlaki noch, für die Arbeit dort sei weder eine Erlaubnis noch eine Aufenthaltsgenehmigung erforderlich. Die Verfassung, der die Moschee folge, sei allein die Verfassung Gottes, der Koran, sagte er, bevor er sich verabschiedete. Er solle sich die Sache gut überlegen. Natürlich dachte Nassir ernsthaft über das

Angebot nach, da der Vorschlag zweifellos reizvoll war. Nicht einen Tag hatte er daran gedacht, in einer Moschee zu arbeiten, dazu hasste er die Moscheen viel zu sehr. Vielleicht hing dies alles mit der Arbeit seines Vaters zusammen, denn wann immer er als Kind seine Mutter nach seinem Vater gefragt hatte, war die Antwort gewesen, er habe in der Moschee zu tun. Anfangs hatte er nicht verstanden, wie die Moschee derart wichtig sein konnte, so wichtig, dass sie seinen Vater gänzlich in Beschlag nahm. Doch als dann seine Brüder geschlossen mit dem Vater in die Moschee gegangen waren, hatte er das als Verrat empfunden. Und jetzt wollte Awlaki, dass er in der Moschee als Lehrer für Elektrotechnik arbeitete? Vielleicht war es am Ende seine Befürchtung, er könnte doch noch gezwungen sein, Awlakis Angebot anzunehmen, die ihn sechs Monate später einwilligen ließ, mit Sara in die neue Wohnung zu ziehen. Sara sagte ihm, dass sie schnell umziehen müssten und keine Zeit mehr vergeuden dürften. Und am Ende hatte ihr Vater tatsächlich die Luxuswohnung in ihrem Wunschstadtteil Chiswick für sie erworben, sodass er einfach gezwungen war, mit ihr dorthin zu ziehen. Er hatte diese Geschichte mit ihr angefangen und musste sie jetzt auch mit ihr zu Ende bringen, ganz gleich, welchen Preis er dafür zu zahlen hatte: erst der Verlust der Anstellung in der Botschaft und jetzt der seines Freundes.

Auch wenn Sara ihm dies nicht glauben wollte, als er ihr mitteilte, er werde mit ihr umziehen. Erst als sie sah, wie die beiden sich am Tag des Umzugs in den Armen lagen und ihre Trennung beweinten, glaubte sie ihm. Sonderbar, sagte sie sich, denn letztendlich blieben sie ja in London wohnen, und die beiden Stadtviertel, Notting Hill und Chiswick, lagen nicht weit auseinander. Es würde noch ein bisschen dauern, bis sie dies verstehen würde. Zunächst aber begnügte sie sich damit,

Tariq zu drängen, sie auch weiterhin in ihrer neuen, großen Wohnung zu besuchen. Sie hätten mehr als genug Platz, ein ganzer Stamm könnte dort schlafen, sagte sie lachend. Womit sie nicht unrecht hatte: 120 Quadratmeter Fläche, ebenerdig gelegen (sie hatte auf einer Erdgeschosswohnung bestanden, weil sie unbedingt einen Garten haben wollte), architektonisch an eine alte Fabrikhalle erinnernd und auf drei sehr große Zimmer aufgeteilt, dazu ein riesiges Wohnzimmer, zwei Bäder zuzüglich Gästetoilette – eine Wohnung, ganz nach ihren Wünschen. Ihre Suche hatte nicht lange gedauert, ja sie war schon zwei Monate vor ihrem Umzug auf die Wohnung gestoßen, doch Nassirs anfängliches Spiel auf Zeit hatte sie die Entscheidung aufschieben lassen. Also hatte sie von dem Makler verlangt, mit dem Verkauf der Wohnung noch zu warten, hatte ihm gesagt, sie würde ihm eintausend Pfund zusätzlich für jeden Monat Verzug zahlen, wenn er ihr die Wohnung reservierte. Denn sie war sich sicher, was den Kauf der Wohnung anbetraf, sicher auch, dass Nassir mit ihr herziehen würde. Ihr Vater unterschrieb den Kaufvertrag der Wohnung, den der Makler via saudische Botschaft in London schickte. Ihr Vater gratulierte ihr: »Herzlichen Glückwunsch, mein Töchterchen. Seit heute hast du eine feste Bleibe in London.« Was für eine Freude, was für ein merkwürdiges, aber vor allem süßes Gefühl zu wissen, dass sie etwas besaß. Eine Wohnung. Und wo? In London!

Und um ihre Freude komplett zu machen, überzeugte sie ihren Vater, ihr noch etwas mehr zu überweisen, damit sie das neue Heim nach ihrem Geschmack einrichten konnte. Er werde sie mit ihrer Mutter in den anstehenden Sommerferien besuchen kommen, denn schließlich wolle er die Wohnung mit eigenen Augen sehen, von der es hieß, sie sei einer Prinzessin würdig. Worauf sie begeistert erwiderte, wie sehr sie sich über seinen Besuch freuen würde, ja wie glücklich sie wäre, sie endlich beide wiederzusehen. Denn sosehr sie sich auch nach einem eigenen Zuhause gesehnt hätte, so hätte sie doch niemals geglaubt, ihre Geschwister dermaßen zu vermissen, ja sogar deren Kinder und nicht weniger ihre Heimatstadt al-Chobar. Im ersten Augenblick war sie selbst überrascht von dieser Sehnsucht, und das, obwohl sie jeden Tag oft länger als eine Stunde mit ihrer Mutter telefonierte. Ja, hätte ihre Mutter nicht immer wieder verlangt, sie solle auflegen, damit sie sie zurückrufen könne, wäre die Telefonrechnung noch astronomischer ausgefallen. Besser, sie würde Saras Vater die Rechnung präsentieren, als dass Nassir diese zu sehen bekäme, denn gewiss wäre er wie vor den Kopf geschlagen, dass sie, während er vergeblich nach Arbeit suchte, mit Geld nur so um sich warf. Doch auf ihren Vater war immer Verlass, ganz gleich, wie viel er ihr schon gezahlt hatte und noch zahlen würde. Er freute sich einfach, sie zurückgewonnen zu haben, glaubte, sie habe sich seinem Vorschlag gebeugt, habe Nassir, ihren Cousin, geheiratet und die Beziehung zu Khaled dem Tuchmacher abgebrochen, was er auch zu seiner Frau Masha'il sagte, ich kenne doch meine Tochter, alles, was passiert ist, war eine flüchtige Leichtsinnsgeschichte, die glücklicherweise, Gott sei gepriesen, nun vorbei ist. Entsprechendes habe er auch in einem Gnadengesuch an den Emir der Ostprovinz geschrieben, in dem er bat, dieser möge den Haftbefehl gegen seine Tochter und ihren Mann Nassir aufheben. Beim ersten Besuch ihrer Eltern in der neuen Wohnung in London verriet ihr Vater ihr, er habe kein Auge mehr zugetan, nachdem er gehört hatte, nach seiner Tochter und ihrem Mann werde gefahndet, und wie er das ganze Jahr über nach einer Möglichkeit oder einem Weg gesucht habe, an den Emir der Ostprovinz heranzukommen. Der Dank gebühre letztendlich seinem Freund, dem libanesischen Bauunternehmer Rafiq Abu de Gaulle, der, sobald er erfuhr, was ihn bedrückte, ihn ermutigt habe, das Gnadengesuch zu verfassen, und außerdem versprochen hatte, bei nächster Gelegenheit mit dem Emir der Ostprovinz zu reden. Und tatsächlich habe der Libanese dann bei einem Diner nach einer Jagdgesellschaft auf dem Anwesen des Emirs in Hafar al-Batin die Angelegenheit zur Sprache gebracht, worauf der Emir ihm versichert hatte, er werde sich den Fall vorlegen lassen. Noch warte er, sagte Ghazi al-Djaassi, aber er sei zuversichtlich, denn für gewöhnlich schlage der Emir Abu de Gaulle nichts ab.

Sara küsste ihren Vater auf die Wange, dankte ihm, und Nassir folgte ihrem Beispiel. Vier Wochen blieben Saras Eltern bei ihnen in der Wohnung in Chiswick und machten jeden Tag Ausflüge. Sara streifte mit ihrer Mutter durch Geschäfte und Supermärkte, um alles einzukaufen, was ein von Grund auf neues Heim brauchte, und Ghazi zog entweder alleine los oder, zumindest in der ersten Woche, auch in Begleitung seines Schwiegersohns, um Bekannte und Freunde in der Stadt zu besuchen. Beide Eltern zeigten große Freude an ihrer Tochter, vor allem ihre Mutter, die noch immer nicht glauben wollte, dass Sara am Ende tatsächlich den Sohn ihres Bruders geheiratet hatte, eine Eheschließung, von der sie schon geträumt hatte, als ihre Tochter noch ein kleines Mädchen gewesen war. Also war sie fest entschlossen, die beiden zu unterstützen, sogar was Nassirs Suche nach einem Job betraf. Er solle sich keine Sorgen machen, verlangte sie, als sie in der ersten Woche mit ihm sprach, wir sind für euch da, mein Junge, mach dir wegen der Arbeit keine Gedanken, wir haben mehr als genug, dein Onkel Ghazi al-Djaassi genießt Ansehen und einigen Wohlstand. Nassir zweifelte nicht an ihren Worten, wusste um die Ehrlichkeit seiner Tante, doch was hätte er tun sollen? Hätte er etwa sagen sollen, nein, liebe Tante, ich habe diese Gunstbeweise von dir nicht verdient, denn ich bin gar nicht Saras Ehemann, Sara und ich haben euch belogen? Hätte er ihr freimütig gestehen sollen, dass auch nach mehr als einem Jahr Ehe sie nicht Seite an Seite schliefen, weder in einem Zimmer noch in einem Bett, und dass dies jetzt zum ersten Mal und allein wegen des Besuchs ihrer Eltern der Fall war? Hätte er ihr ganz offen sagen sollen, dass er, wenn er könnte, wie er wollte, schon längst von Sara verlangt hätte, allein in der neuen Wohnung zu leben, und zu seinem Freund zurückgekehrt wäre? Und hätte er ihr verraten sollen, dass die Beziehung zu Khaled dem Tuchmacher mitnichten beendet war, dass sie noch immer mit ihm in Kontakt stand und von ihm verlangte, er solle nach London kommen? Nein! Stattdessen teilte er seinen Schwiegereltern mit, er müsse wegen der Jobsuche in eine andere Stadt und sie leider mit Sara allein lassen. Also verabschiedete er sich zwei Wochen vor ihrer geplanten Abreise von ihnen und zog zurück zu seinem Freund nach Notting Hill. Er wollte vor seiner Tante und ihrem Mann nicht länger den treusorgenden Ehemann spielen, wollte vor allem nicht mehr mit Sara in einem Bett schlafen, was ihn unsagbar geängstigt hatte. In der ersten Nacht fand er gar keinen Schlaf, wie Sara sehr wohl mitbekam. Sie hörte, wie er schwer atmete, sich bemühte, ruhig und gleichmäßig zu atmen, damit sie glaubte, er schliefe, und als sie ihrerseits eine Weile ruhig und gleichmäßig geatmet hatte, spürte sie, wie er aus dem Bett schlüpfte und seine Decke mitnahm, um auf dem Fußboden zu schlafen. Wie sonderbar, sagte sie sich.

Es war das erste Mal, dass sie sich ernsthaft Gedanken deshalb machte. War sie denn so unattraktiv? Hatte sie etwas an sich, das Männer Reißaus vor ihr nehmen ließ? Das bezweifelte sie, denn immerhin wusste sie um ihre Vorzüge, nicht nur wegen der Menge junger Burschen und Männer, die immerzu mit ihr flirteten, sondern auch, weil sie ihren Körper in allen Einzelheiten kannte, wusste, wie er sich entwickelt hatte, wie fest ihre Brüste geworden und ihre Brustwarzen gewachsen waren. Ja, sie wusste, jede Rundung ihres Körpers ließ Männern das Wasser im Mund zusammenlaufen, wenn sie sie sahen. Aber was war mit Nassir? Was geschah mit ihm, wenn sie zur Nacht ein Negligé trug, das den Blick auf ihren Körper freigab, wenn sie ihr Haar offen trug und ein Parfüm auflegte, dessen Duft betörend in der Luft lag? Erregte ihn das alles etwa nicht? Sie wollte ihn fragen, was seine Vorlieben waren. Doch in der ersten Nacht verließ er das Bett und schlief auf dem nackten Boden. In der zweiten Nacht tat sie so, als wollte sie vor seinen Augen ihr Nachthemd wechseln, sagte, ich glaube, dieses hier ist bequemer, und warf das Gewand nach ihm. Aus dem Augenwinkel sah sie, wie er wegschaute, wie er den Blick abwandte, um sie nicht ansehen zu müssen. Und als sie sich ihm dann näherte, sah sie, wie ihm der Schweiß ausbrach, wie sein Atem schneller ging. Ich möchte nicht, dass du auf dem Boden schläfst, sagte sie mit zärtlicher Stimme, das Bett ist breit genug. Und wusste nicht, dass es ebendiese Bitte war, die ihn verschreckte, ja er schien panische Angst davor zu haben, Sara könnte ihm zu nahe kommen, und als sie ihm eine gute Nacht wünschte, wusste er, er würde keinen Schlaf finden, würde die ganze Nacht wach liegen und vielleicht erst im frühen Morgengrauen die Augen schließen. Doch seine Schlaflosigkeit hielt nicht nur in dieser Nacht, sondern in allen Nächten der nächsten zwei Wochen an, in denen er sich zwang, den Platz neben ihr im Bett einzunehmen, ehe er schließlich unter dem Vorwand der Jobsuche in einer anderen Stadt Reißaus nahm. Und auch in den Nächten nach der Abreise ihrer Eltern versuchte er noch, ihr fernzubleiben. Er habe keine Wahl und müsse in ihre Wohnung in Chiswick zurück, meinte sein Freund Tariq schließlich, drei Wochen, nachdem Saras Eltern abgereist waren. Und hätte sein Freund nicht insistiert, wäre er womöglich tatsächlich nicht zu ihr zurückgekehrt. Denn sie lag gründlich falsch mit ihrer Annahme, am Tag nach der Abreise ihrer Eltern wäre er wieder da oder würde zum Flughafen Heathrow kommen, um sich von ihnen zu verabschieden. Nein, er kam nicht. Und als sie in der Wohnung in Notting Hill anrief, war Tariq am Apparat und sagte, er sei noch immer unterwegs auf Jobsuche, eine Lüge, die zunächst auch bei ihr verfing. Doch als sie bei zwei, drei weiteren Anrufen immer dieselbe Auskunft erhielt, wusste sie, Tariq log auf Nassirs Geheiß. Sag ihm, wenn er sich innerhalb einer Woche hier nicht blicken lässt, komme ich persönlich und hole ihn. Er wusste, sie meinte es ernst, und um das Gesicht nicht zu verlieren, fand er sich zwei Tage nach ihrer Drohung wieder in Chiswick ein. Gut, dass du zurück bist, sagte sie, ich habe Angst, alleine hier zu schlafen, das Loft ist so groß, und draußen ist es kalt, lass uns uns wenigstens an Erinnerungen erwärmen.

In jener Nacht versuchte Sara ihn zu überreden, das Schlafzimmer mit ihr zu teilen und nicht länger in einem anderen Raum zu schlafen. Sie habe sich daran gewöhnt, dass er bei ihr schliefe, und nach der Abreise ihrer Eltern fühle sie sich sehr einsam. Widerwillig gab er nach, dachte, es sei nur für diese erste Nacht. Und wider Erwarten schlief er gut. Am nächsten Tag sagte sie ihm unmissverständlich, sie wünsche, dass er noch weitere Nächte bliebe, und als er fragte, wie viele, antwortete sie, das würde sie ihm beizeiten mitteilen. Da wusste er noch nicht, dass dieses »beizeiten« Tage, Wochen, ja Monate dauern sollte. Beim letzten Mal, da er den Versuch unternahm, wieder in seinem eigenen Zimmer zu schlafen, brach sie in Tränen aus, sagte, gerade jetzt brauche sie ihn, denn Khaled habe ihr geschrieben, er werde in nächster Zeit nicht nach London kommen. Aber Nassir sträubte sich, und als sie seinen Widerwillen und seine Entschlossenheit sah, fragte sie: Bist du überhaupt ein Mann?

Nun ja, dies hätte sie nicht sagen dürfen. Zwar entschuldigte sie sich, konnte aber seine traurigen Blicke, in denen sich Vorwurf und Ergebenheit mischten, ebenso wenig verscheuchen, wie sie ihn daran zu hindern vermochte, aus dem Haus zu gehen, nicht nur in jener Nacht, sondern in unzähligen darauffolgenden auch. Jeden Abend nach dem gemeinsamen Abendessen, für gewöhnlich orderten sie Pizza, saß sie vor dem Fernseher, während er sich umzog, sich einparfümierte und ihr dann mitteilte, er gehe aus und käme erst spät wieder. Sie hörte schon bald auf, ihn zu fragen, wohin er gehe, weil seine Antwort immer dieselbe war. Dennoch blieb sie wach und wartete auf ihn, aber wenn sie ihn dann aufforderte, zum Schlafen zu ihr ins Bett zu kommen, sagte er stets, er sei müde, weil er in einer der Schenken mal wieder eine leichtlebige Dame kennengelernt habe. Und die ganze Zeit über, von der sie irgendwann vergaß, wie lange sie schon andauerte, musste sie mit seinem Kummer leben, seiner Schlaflosigkeit, seinen nächtlichen Schweißausbrüchen. Anfangs dachte sie, die Sache ließe sich mit Hausmitteln behandeln, weshalb sie ihre Mutter anrief, um sie nach Kräuteraufgüssen zu fragen, wenn einer an Schlaflosigkeit leide. Ihre Mutter rang nach Luft, fragte, was, du kannst nicht schlafen? Warum? Nein, erwiderte sie, es geht um Nassir, die ständige Sorge um einen Job und wegen der Aufenthaltsgenehmigung raubt ihm den Schlaf. Tatsächlich war es das, was sie glaubte, weshalb auch ihr Angebot, er solle an ihrer Seite schlafen, mehr eine Art Anteilnahme war, da sie wusste, er schlief nicht einmal ruhig, wenn er allein in seinem Zimmer lag. Also bereitete sie ihm verschiedene Aufgüsse und Essenzen aus seltenen und exotischen Kräutern zu, wozu sie von nun an regelmäßig den Markt der Inder in Southall aufsuchte. Dort machte sie schon bald die Bekanntschaft einer Irakerin namens Sundus, die mindestens dreißig Jahre älter war als sie und ihr neue Rezepturen beibrachte, nachdem die ihrer Mutter sich als wirkungslos erwiesen hatten.

Sundus erzählte ihr, sie käme jede Woche auf den Markt, um frische Kräuter zu kaufen, damit ihr Mann bei ihr bliebe und nicht loszöge und eine Jüngere heiratete. Sie wusste nicht, ob Sundus' Rezepturen am Ende trotz allem ihre Wirkung verfehlt hatten, denn drei oder vier Wochen nach ihrer ersten Begegnung in Southall sah sie sie nicht wieder. Offenbar hatte sich ihr Mann, der – wie sie Sara irgendwann anvertraute, als sie ihr den Grund für ihre Besorgnis erklärte – mindestens acht Jahre jünger sein musste als sie, doch noch aus dem Staub gemacht. Tatsächlich vermochte keine der Tinkturen und Essenzen, die sie anrührte, weder die ihrer Mutter noch die der Irakerin, Nassir zum Schlaf zu verhelfen, ebenso wenig wie ihre Sanftheit und Fürsorge. Sie wusste nicht, was mit ihm los war. Oft wirkte er wie jemand, der eine schwere Trauerzeit durchlebt, verließ tagsüber das Haus nicht und fand nachts keinen Schlaf. Ja, er mied sie vollkommen und bewegte sich fast geräuschlos in der Wohnung, wie ein Täter, der ein Verbrechen zu verschleiern sucht.

Eines Nachts schließlich beschloss sie, die Initiative zu ergreifen, zog ein durchsichtiges Nachthemd an, kämmte ihr Haar verführerisch und legte ihr Lieblingsparfüm auf. Ihre Berührung aber ließ ihn wie von einer Schlange gebissen aus dem Bett springen und in einer Ecke des Lofts Zuflucht suchen, wie eine Frau, die sich vor einem Mann in Sicherheit bringt, der ihr Gewalt antun will. Doch sie spürte, das war der entscheidende Moment, den sie nicht ungenutzt verstreichen lassen wollte, und so ging sie auf ihn zu, fasste ihn an den Armen und sagte laut und mit Nachdruck, es wird Zeit, dass du mir sagst, was mit dir los ist. Und dann, als sie im Wohnzimmer saßen, er wieder einigermaßen Luft bekam und ein Glas Wasser getrunken hatte, offenbarte ihr Nassir in jener Nacht zum ersten Mal, was ihn bedrückte, gestand er ihr, dass er in seinem Leben noch nicht einen Tag an eine Frau gedacht habe; und dass er seit seiner Kindheit seinen Freund Tariq liebe; und dass er nicht aus bloßer Solidarität der Heirat mit ihr zugestimmt hatte, sondern mehr noch, um diese Neigung bei sich zu bekämpfen. Noch nie habe er jemandem davon erzählt, selbst Tariq kenne diese Geschichte nicht. Nein, er wisse nicht, ob er eine Ahnung habe oder nicht, aber ganz genau wisse er, dass es Tariq gewesen war, der ihn zu der Heirat mit ihr ermutigt und ihn auch gedrängt hatte, mit ihr zusammenzuziehen. Wobei er nicht wisse, ob sein Freund damit auch dieselbe Neigung bei sich selbst bekämpfen wollte. Ebenso wenig wisse er, ob ihr gemeinsames Aufbegehren gegen ihre Neigungen mit ihrer Wesensart zusammenhänge oder aber mit der Furcht vor der Gesellschaft, in der sie lebten. Dabei wolle er gar nicht leugnen, dass er sich sehr wohl auch zu Frauen allgemein und zu Sara insbesondere hingezogen fühle, aber seine Neigung zu Männern und vor allem zu Tariq sei nun einmal ungleich stärker. Allein der Gedanke daran errege ihn, sagte er. Doch wenn sie ihn jetzt fragte, würde er ihr zum ersten Mal überhaupt gestehen, dass er sie liebe und – durch die Liebe zu ihr – seine Liebe zu Tariq zu überwinden suche. Wie es aussieht, bin ich viel zu lange schon unschlüssig und weiß nicht mehr, wo mein Hafen ist, ob hier bei dir oder doch bei Tariq? Wem bin ich treu, und wen verrate ich? Seine Stimme war jetzt nur mehr ein Flüstern. Ich kann so nicht weitermachen, es muss etwas passieren. Mit diesem Satz brach er ab. Er müsse jetzt schlafen. Er sei müde. Spät in jener Nacht oder im frühen Londoner Morgengrauen bettete Sara seinen Kopf auf ihrer Brust und sagte tröstend, mach dir keine Sorgen. Alles wird so sein, wie du es möchtest. Und dann fügte sie in einem Ton, aus dem einige Naivität sprach, beruhigend hinzu, ich werde dich heilen, als litte er schon lange an einer Krankheit, an deren Behandlung sie bis jetzt verzweifelt war.

Denn es war auch das erste Mal, dass ihr bewusst wurde, in Wirklichkeit hatte sie Nassir von Anfang an geliebt, seit er mit seiner Mutter auf dem Weg nach Bahrain bei ihnen Zwischenstation gemacht hatte, und dass ihre Liebe zu Khaled dem Tuchmacher kein bloßes Zufallsprodukt gewesen, sondern von ihr unbewusst herbeigeführt worden war, eine beabsichtigte Liebe recht eigentlich. Sie war diejenige gewesen, die dem Ruf ihrer Sinne gefolgt war und nichts anderem. Und ihre Sinne trogen nicht, hatte sie sich immer gesagt. Ihr Cousin Nassir war anders als alle anderen jungen Männer, und um ihrer Liebe zu ihm etwas entgegenzusetzen, hatte sie eben Khaled geliebt.

Nassir hatte Tariq geliebt und sie Khaled, jeder von ihnen hatte einen anderen Weg beschritten, bloß um sich an dessen Ende wiederzutreffen. Sie musste einfach so denken, auch wenn mancher sie deshalb der Einfalt bezichtigen mochte. Doch mit diesen Gedanken schlief sie in jener Nacht ein, neben ihm auf dem breiten Sofa im Wohnzimmer.

Und am nächsten Tag schrieb sie Khaled, er möge nicht kommen, er solle ihre Geschichte als beendet betrachten. Denn sie lebe jetzt glücklich und zufrieden mit ihrem Ehemann zusammen. Und tatsächlich wusste sie, was sie da sagte. Denn noch am selben Tag verlangte sie von Nassir, er solle seine besten Sachen anziehen, sie würden essen gehen, und nach ihrer Rückkehr aus dem Restaurant unternahmen sie den Versuch, miteinander zu schlafen. Sie ermutigte ihn, sagte, lass es uns versuchen, und vielleicht war es der Umstand, dass er ihr seine Geschichte anvertraut hatte, der ihn einwilligen ließ. Dennoch wollte es nicht gelingen. Das macht doch nichts, sagte sie, sei nicht traurig. Das musste ja eines Tages passieren. Da wusste sie noch nicht, dass sie zwei oder drei Tage später auf dem Indermarkt von Southall unverhofft die Irakerin Sundus wiedertreffen würde. Diese wirkte sehr glücklich, hatte das Gesicht stark geschminkt, und als Sara sie fragte, ob sie noch immer mit ihrem acht Jahre jüngeren Ehemann zusammenlebe, erwiderte die andere lachend, den habe sie schon vor einer ganzen Weile verlassen und sei jetzt mit einem noch jüngeren Mann zusammen, von dem sie nicht weniger als über dreißig Jahre trennten. Und als sich Sara nach der Rezeptur erkundigte, die sie bei ihm verwende, damit er bei ihr bleibe, lachte Sundus erneut und sagte: Siehst du nicht? Und deutete auf ihr gewagtes Kleid und das Make-up. Keine Kräuter und keine indischen oder arabischen Essenzen. Stattdessen gehe ich jeden Abend aus und komme erst spät in der Nach wieder, und dann erzähle ich ihm von dem Mann, mit dem ich geschlafen habe. Jede Nacht habe ich Sex mit einem anderen Mann. Und was für ein Sex, in allen Lagen, Stellungen und Öffnungen, Sex, wie in sich weder Menschen noch Dschinne erträumen würden, berichtete Sundus laut lachend. Und diese Geschichten machten ihn heiß, bis er sie anbrülle, sie bespringen wolle wie ein Tier.

»Heiz ihm ein bisschen ein, Kleine«, riet ihr Sundus und lachte anzüglich. »Versuch mal das Feuer der Eifersucht«, sagte sie, auf das Lied der großen algerischen Sängerin Warda anspielend. Doch dann verbesserte sie sich kokett lachend und fragte: »Herzchen, hat dein Mann etwa Angst? Liebt er Jungs? Wie die Iraker, lieber Hähnchen als Hühnchen? In dem Fall«, rief sie und lachte noch lauter, »in dem Fall rat ich dir, schneid dein Haar kurz wie die Knaben und zieh nachts eine Dischdascha oder einen Männerpyjama an.« Von da an begann Sara nicht nur, jeden Abend auszugehen und nicht vor Mitternacht zurückzukehren, sondern befolgte auch Sundus Rat, ließ sich die Haare kurzschneiden und eine Knabenfrisur machen und kaufte ein Hemdgewand und einen Herrenpyjama, die sie abwechselnd zum Schlafengehen trug.

In den ersten zwei Wochen fand sie Nassir schlafend vor, oder vielleicht tat er auch nur so, als schliefe er, denn jedes Mal wachte er kurz auf. Beim ersten Mal sah er sie nur an, drehte ihr dann den Rücken zu und schlief weiter. Beim zweiten Mal murmelte er, ich wusste nicht, dass du so viel rauchst, deine Kleidung stinkt nach Rauch. Und beim dritten Mal meinte er säuerlich, ich wusste gar nicht, dass du trinkst, das ganze Zimmer riecht wie eine Spelunke. Beim vierten Mal dann erkundigte er sich, ob sie nicht todmüde sei, ehe er schließlich beim fünften Mal wissen wollte, wo sie sich immer bis spät in die Nacht herumtreibe. Und jedes Mal fiel ihre Antwort kurz und lakonisch aus und beschränkte sich auf ein »Tatsächlich?« oder ein »Aha?«. Erst beim sechsten Mal, als er sie fragte: »Und diese aufreizende Kleidung, die du trägst, und die viele Schminke, wozu das alles?«, fragte sie zurück: »Was kümmert dich das?« Und jedes Mal wartete sie darauf, dass er weitere Fragen stellen würde. Sie meinte, es sei in der siebten Nacht gewesen, dass er ihr endlich sagte, er habe ein Recht darauf zu erfahren, was sie des Nachts treibe. Kokett erwiderte sie, ob er denn tatsächlich bereit sei zu hören, was sie ihm zu sagen hatte. Und als er nickte, begann sie ihm zu erzählen, sie sei in dieser Nacht in einer Bar Whisky trinken gegangen. Als sie auf die Toilette wollte, habe ein Mann sie überrascht, der ihr dorthin gefolgt war. Bevor sie die Tür hinter sich schließen konnte, habe er sich mit in die Kabine gedrängt, habe sie an den Schultern gepackt und gezwungen, sich vor ihn hinzuknien, habe dann sein Glied herausgeholt, es ihr in den Mund geschoben und verlangt, sie solle daran saugen. Das sei alles gewesen, was er von ihr verlangt habe, mehr nicht. Und während er ihr sein Glied noch tiefer in den Mund schob, habe er immer wieder ausgerufen: »Nimm ihn, Junge, schluck ihn ganz.« Unsagbar ekelhaft sei das gewesen, aber sie sei ganz allein gewesen und habe schreckliche Angst gehabt, also habe sie getan, was er verlangte. Und als sie spürte, dass sich seine Arme um sie legen wollten, um sie zu trösten, schob sie ihn sanft und sich zierend von sich, sagte, schlaf weiter, ich bin müde und muss diese dumme Geschichte vergessen.

In den darauffolgenden Nächten erzählte sie ihm ähnliche Geschichten, jede Nacht eine andere, doch immer, dass die

Männer etwas mit ihr angefangen hätten, weil sie dachten, sie sei ein Knabe und keine Frau. Vielleicht hatten einige auch angenommen, sie sei ein junger Bursche, der sich als Frau verkleidet hatte, oder ein Transvestit, weshalb sie immer nur verlangt hätten, sie von hinten zu nehmen. Und je mehr sie ihm erzählte, desto mehr sah sie, wie er sie neugierig und zuweilen auch sichtlich erregt anstarrte.

Eines Abends dann, bevor sie das Haus verließ und nach ihm rief, mit gedrückter Stimme bat, wünsch mir, dass mir heute Nacht nichts passiert, kam er auf sie zu und nahm sie behutsam in den Arm. Für einen Moment schauten beide sich an, und sie sah seine Lippen murmeln, und warum bleibst du heute Nacht nicht hier? Und dann, mit der Stimme eines gebrochenen Menschen: Ich liebe dich, Sara. Als er verstummte, sah sie seine Lippen beben, sah, wie der Schweiß ihm auf die Stirn trat. Doch als er fragte, »Warum tun wir nicht dasselbe?«, tat sie, als verstünde sie nicht. »Ich meine …«, hörte sie ihn mit ersterbender Stimme und zitternden Lippen sagen, »… dass du tust, was du jede Nacht machst.« Er wollte, dass sie den Knaben spielte, das hatte sie längst verstanden. Und so schliefen sie ihn jener Nacht zum ersten Mal miteinander und dies gleich mehrfach. Und jedes Mal hörte sie ihn rufen: »Du bist mein Geliebter!« Was sie nicht störte, Hauptsache, sie schliefen miteinander, und jeder von ihnen spielte seine Rolle.

Wer die beiden am nächsten Tag und allen darauffolgenden beobachtete, musste denken, es seien zwei unzertrennliche Liebende, nicht nur weil sie die meiste Zeit aneinanderhingen oder man sie von einem Möbelladen zum nächsten ziehen sah, weil man sie ununterbrochen von der Zukunft reden hörte, und dass sie, wenn man sie nur ließe, bis an ihr Lebensende vereint blieben. Nein, nicht aus diesen und ähnlichen Gründen mehr, sondern vor allem wegen ihres Hangs, sich von anderen abzusondern, von allen Leuten, die sie bis zu jener Nacht umgeben hatten. Natürlich ließ sich dieses Verhalten verstehen, vor allem in Bezug auf die anderen Mitglieder der saudischen Gemeinde in London oder ihre sonstigen arabischen Bekannten, denn alle diese Kontakte waren letzten Endes nur flüchtiger Natur, da das Exil oder die Fremde den Emigranten oder Flüchtlingen eine Art von Miteinander aufzwingen, wie es in einer Gemeinschaft entsteht, die nur durch eine missliche Lage vereint ist, etwa eine Gruppe von Menschen, die sich in einem defekten Aufzug wiederfindet oder in einem Bus sitzt, der nachts auf einer unbeleuchteten Straße unterwegs ist. Aber sein Verhalten gegenüber Tariq blieb noch immer unverständlich, dem Freund oder Geliebten, der in all den Jahren ihrer Kindheit, Jugend und Studienzeit untrennbar mit ihm verbunden gewesen war. Und hätte jemand Nassir irgendwann gesagt, es würde der Tag kommen, an dem ihre Freundschaft endete, hätte er ihn ausgelacht. Und jetzt? Wie ließ sich erklären, was jetzt mit ihnen beiden geschah? Niemals hätte Nassir geglaubt, er würde seinen Freund nicht wiedersehen, doch Sara sagte, an den Gedanken müsse er sich gewöhnen. Sie selbst habe ja mit Alhanuf eine enge Freundin verloren, und das einzige Mittel, den Schmerz zu verwinden, sei das Briefeschreiben gewesen. Warum versuche er nicht auch so etwas? Sie wusste sehr wohl, die beiden Geschichten unterschieden sich, Alhanufs Brüder waren im Gefängnis geendet, wie sie zufällig erfahren hatte, als sie deren Namen in einem Artikel des *Independent* über politische Häftlinge in Saudi-Arabien gelesen hatte. Sie seien beschuldigt worden, Kommunisten zu sein, hieß es in dem Artikel. Was aber Alhanuf und ihre Mutter betraf, so wusste sie nicht, welches Schicksal sie ereilt hatte. Wie sehr sie ihre Freundin vermisste. Und wie oft hatte sie sich ausgemalt, sie würde eines Tages unverhofft auftauchen.

Ganze Nächte hatte sie wach gelegen und an ihre Freundin gedacht. Sie wusste nicht, ob sie Alhanuf auf eine ähnliche Weise geliebt hatte, wie Nassir Tariq liebte, oder ob ihre Neigung eher eine Art von Solidarität zwischen zwei jungen Mädchen gewesen war, die sich den anderen überlegen gefühlt hatten. Und jetzt mussten sie das Schicksal akzeptieren, das ihnen beiden beschieden war, jede von ihnen und ihr eigenes Schicksal. Menschen lehnen sich im ersten Augenblick gegen den Verlust auf, das war eine natürliche Reaktion, und solche Gefühle überkamen von Zeit zu Zeit auch Nassir, wenn Tariq zufällig Thema war oder er einen Rat von ihm brauchte bei einem neuen Experiment, das mit einer seiner Erfindungen zusammenhing. Und sie verstand Nassir, verstand, dass ihm der Verlust seines Freundes zu schaffen machte. Dennoch verschwieg sie ihm, dass sie sich mit Tariq in einem Café im Stadtzentrum getroffen hatte, zwei Tage nach jener Nacht, und dass sie in aller Offenheit mit seinem Freund gesprochen hatte. Sie habe dieses Treffen gewollt, ohne dass Nassir etwas davon wisse, sagte sie, weil sie ihm darlegen wolle, was sie bewege. Weißt du, jeder ist allein mit seinen Gedanken, ist eingesperrt mit seinen Gedanken und hat erst dann das Gefühl, frei zu sein, wenn er sie ausspricht. Auch sei es keine Schande, dies laut zu sagen. Und dann fragte sie ihn, ob er bereit sei, sich anzuhören, was sie ihm mitteilen wolle. Vielleicht wusste Tariq, was ihr in jenen Momenten durch den Sinn ging, denn er neigte den Kopf ein wenig, vielleicht auch, weil er sich vor ihr schämte, denn ja, er war schüchtern von Natur aus. Aber seine Hände, die ganz leicht zu zittern begonnen hatten, die aufsteigende Röte in seinem Gesicht und das schwere Schlucken, all dies waren Anzeichen, die nicht nur von seiner Schüchternheit kündeten, sondern mehr noch davon, dass er Angst vor Sara hatte, als rechnete er schon damit, was seine Ohren in der nächsten Sekunde zu hören bekommen würden. Sie wisse um ihrer beider Verhältnis, begann Sara, wisse, dass sie beide mehr füreinander empfänden als bloße Freundschaft. Ihr persönlich fehle diese Erfahrung, weil sie noch nie mit einem Mädchen Sex gehabt habe, aber sosehr sie die ganze Angelegenheit auch hin und her gewälzt habe, sie sei immer wieder nur zu dem Ergebnis gekommen, dass eine Fortsetzung dieses Verhältnisses unmöglich sei. Er würde mit Sicherheit nicht nur seine Anstellung in der Botschaft verlieren. Sie werden euch steinigen, sagte Sara, wobei nichts in ihrer Stimme auf eine Drohung oder Ähnliches schließen ließ. Sie sei nur um ihrer beider Leben besorgt, wolle nicht, dass man sie beide ausweisen und sie zu Geächteten würden. Unser Land kennt kein Erbarmen, Tariq. Die Liebe hat keinen Platz in diesem Land, deshalb haben sich die Leute zweihundert Begriffe oder mehr für die Liebe ausgedacht, haben deshalb die Legende von Antar und Abla erfunden, von Qais und Laila und all den anderen, aber es gibt sie nicht, sie sind nur eine Fata Morgana, denn die Liebe in unserer Heimat ist ein Friedhof der Liebenden. Das Beste wird sein, ihr seht euch künftig nicht mehr. Es ist alles nur eine Frage der Gewohnheit. Ihr müsst euch im Vergessen üben, sagte sie und schloss in einem Ton, der nicht frei von Ironie war: Alle machen das so bei uns, wir sind die Völker, die unentwegt das Vergessen trainieren.

Nach ihrem Gespräch, das nicht länger als eine halbe Stunde gedauert und kaum Zeit gelassen hatte, eine Tasse Cappuccino zu trinken, blieb Tariq nichts anderes, als ihr zu versprechen, er werde einen Brief schreiben, in dem er seinen Freund vom Ende ihrer Beziehung in Kenntnis setzte, ebenjener Brief, der zwei oder drei Tage später eintraf und Nassirs Kopf schwindeln ließ.

In seinem anfänglichen Schockzustand wollte Nassir Sara den Brief erst nicht zeigen und änderte seine Meinung nur nach langem Zögern, gestand ihr traurig, er verstehe nicht, was in seinen Freund gefahren sei. Er wollte nicht glauben, dass allein Tariqs Sorge um seinen Arbeitsplatz dahinterstand. Nein, so war Tariq nie gewesen. Awlaki musste es sein, der ihn aufgestachelt hatte, Awlaki, der schon seit langem um Tariq herumschwänzelte und ihm allein deshalb auch den Job in der Botschaft besorgt hatte.

Sara ließ das unkommentiert und sagte Nassir nur, was sie schon seinem Freund mit auf den Weg gegeben hatte, dass das Vergessen das einzige Heilmittel sei. Außerdem, in seinem Fall, was bedrücke ihn denn? Denn schließlich sei sie ja bei ihm. Außerdem gäbe es so viele Dinge, die sie erledigen müssten, dass gar keine Zeit zu verschwenden bliebe. Und als er ihr mitteilte, er müsse aber mit Tariq über all dies reden, erwiderte sie, das solle er besser lassen, denn wenn er seinem Freund etwas Gutes wolle, dann müsse er dessen Vorschlag folgen. Hast du schon vergessen, wie die Leute Tariq betrachten? Wie dein Vater ihn und seinen Vater immer dargestellt hat? Wie oft hat er von ihm gesagt, er sei bloß »der Sohn eines Sklaven aus Djazan«, und dass, wenn es nach ihm ginge, seine ganze Sippe dorthin zurückgehen solle, woher sie gekommen war. Ja, läge es in seiner Macht, hätte er ihnen schon lange die Staatsbürgerschaft entzogen und sie zurück nach Djazan geschickt, in das »Land der Barbarei und der Sklaven«. Ich selbst habe deinen

Vater oft so reden hören, wenn wir bei euch in Buraida zu Besuch waren, sagte Sara. Wie leicht würde es sein, Tariq um seine Anstellung zu bringen, nichts und niemand würde für ihn eintreten und ihn schützen, nicht der Name seiner Familie oder der eines Verwandten. Und das allein ist ein Grund, warum du dies für ihn tun musst. Ihr dürft euch von jetzt an nicht mehr sehen, auch wenn du nicht weißt, wie lange dieser Zustand dauern wird. Wichtig ist nur, dass ihr euch bis auf weiteres nicht mehr trefft, bis auf unbestimmte Zeit, wie die Leute bei solchen Gelegenheiten gerne sagen. Auf keinen Fall aber dürfe er die Beziehung zu Tariq fortsetzen wie bisher, nicht nur um sicherzustellen, dass sein Freund die Anstellung in der Botschaft behielte, sondern vor allem, um diesen von der Liebe zu ihm zu befreien und ihn eine neue Liebe finden zu lassen. Da sie aber wisse, dass seine Beziehung zu Tariq nicht nur aus diesem Grund eine so innige gewesen sei, sondern vor allem, weil ihr gemeinsames Interesse, die Erfindungen, sie vereint hätte, sagte Sara Nassir, sie habe den Keller für ihn leergeräumt, habe dort saubergemacht und ihm alles besorgt, was er an Material und Gerätschaften brauche, um mit der Arbeit anzufangen, wann immer er wolle. Er müsse sich keine Sorgen um sie machen: Solange ihr Vater ihnen Geld schicke, müsse sie nicht arbeiten. Sie habe sich bei einem der Londoner Wirtschaftsinstitute eingeschrieben, werde dort in drei Jahren einen Abschluss machen, und danach werde man sehen. Aber sie sei fest überzeugt, dass sie in dieser Form, er mit seinen Erfindungen und sie mit dem Wissen, das sie durch das Studium am Institut erwerben werde, würden leben können, wie sie es wollten. Und als er einwandte, aber wir leben doch jetzt auch schon, wie wir wollen, erwiderte sie, sie habe eigentlich ein Leben ohne fremde Hilfe gemeint.

Von da an standen beide jeden Morgen um sieben Uhr auf, frühstückten gemeinsam, und während sie sich anderthalb Stunden später auf den Weg zu ihrem Institut machte, stieg er hinab in den zu einem großen Labor umgewandelten Keller, um dort an seinen Versuchen und Erfindungen zu arbeiten. An Tagen, an den sie keinen Unterricht hatte, etwa zu Ferienzeiten, wachte sie manches Mal von Explosionsgeräuschen im Keller auf. Bei einem seiner Experimente habe sich etwas in die Luft entladen, wie er ihr später erklärte, und mit der Zeit gewöhnten sie und die Nachbarn sich an das Geräusch solcher kleinerer Explosionen, die zu unterschiedlichen Zeiten, während des Frühstücks, zur Mittagszeit oder zuweilen auch beim Abendessen ertönten, wenn Nassir wieder einmal in seinem Keller kein Ende fand. Niemals verlangte sie von ihm, er solle abends doch die Arbeit im Keller einstellen oder gar aufhören, die ganze Nacht dort zu verbringen. Und auch als Sara nach drei Jahren ihr Studium am Institut abschloss, blieben sie bei ihrer Gewohnheit, gemeinsam früh aufzustehen, denn nun ging sie zu Fuß zu ihrem Arbeitsplatz bei einer Headhunting-Firma für Führungskräfte, die ganz in der Nähe, im Stadtteil Paddington, ihren Sitz hatte. Nassir aber setzte beharrlich seine Arbeit im Labor fort, das inzwischen noch größer und besser ausgestattet war, und wer ihn in seinem weißen Baumwollkittel sah, der an einen Arzt denken ließ, hatte unwillkürlich jene James-Bond-Filme vor Augen, in denen ein finster dreinblickender Bösewicht in einem riesigen Kellergewölbe vor seinen Flaschen steht und mit Dutzenden von Gehilfen an seinen teuflischen Experimenten arbeitet. Doch alles, was Nassir in jenen Tagen besaß, war jene vage Idee, die ihn schon seit seiner Kindheit begleitete, die Erschaffung eines saudischen Homunkulus. Sara wusste, wie verschwommen diese

Vorstellung noch war, wollte aber keine Diskussion mit ihm anfangen.

Auf diese Weise teilten sie ihr Leben miteinander, waren beide während der fünf Jahre, die sie in ihrem Loft in Chiswick wohnten, jeder mit seiner eigenen Welt beschäftigt, er in seinem Labor oder auf Schrottplätzen, auf der Suche nach Material, das er brauchte, ganz gleich, wie oft seine Versuche auch misslangen, und sie mit Haus- und Geldangelegenheiten. In den ersten drei Jahren hatten sie ausschließlich von dem Geld gelebt, das ihr Vater ihnen überwies, während sie in den beiden darauffolgenden Jahren durch ihr Einkommen bei der Headhunting-Firma noch hinzuverdiente. Auf das Geld ihres Vaters jedoch konnte und wollte sie nicht verzichten, da ihr monatliches Gehalt weder ausreichte, um ihre eigenen Bedürfnisse zu decken, noch die Kosten für das Labor und die von Nassir benötigten Materialien bestritt.

Sechstes Kapitel

VOM ENDE DES SAUDISCHEN HOMUNKULUS

Fünf Jahre träumte Nassir davon, seine Erfindung zu verwirklichen, und weder Rückschläge noch die Beschwerden der Nachbarn konnten ihn davon abbringen, auch wenn die Explosionen, die aus seinem Labor zu hören waren, mitunter an Bomben oder Dynamit denken ließen. Einige Nachbarn zögerten nicht, an ihre Tür zu klopfen, doch wenn er im Keller war, klopften sie so lange, bis sie resignierten und unverrichteter Dinge wieder in ihre eigenen vier Wände zurückkehrten, in Erwartung der nächsten Explosion. Wenn jedoch Sara zu Hause war, öffnete sie ihnen die Tür und schenkte ihnen ein Lächeln, entschuldigte sich bei ihnen und ließ sie dann teilhaben an der Genialität ihres Mannes Nassir, von dem die Welt eines Tages erfahren würde, was er unten im Keller erfunden hatte.

Fünf Jahre lang lebten die beiden zurückgezogen in ihrer Welt, und nicht einmal die Wochenenden konnten Nassir davon abbringen, auf Schrottplätzen unterwegs zu sein oder zur Arbeit in den Keller zu gehen. Nur zu jenen Zeiten im Jahr, wenn Ghazi al-Djaassi sie allein oder gemeinsam mit seiner Frau, Saras Mutter Masha'il, besuchen kam, in der Regel im August, war Nassir gezwungen, Zeit mit der Familie seiner

269

Frau zu verbringen, mit seiner Schwiegermutter oder seinem Schwiegervater, und gelegentlich Sightseeingtouren in London mit ihnen zu unternehmen, obwohl er sich nicht gut in der Stadt auskannte, dafür aber einen indischen Fahrer an der Hand hatte, dem er vertraute und den er bei solchen Gelegenheiten anheuerte. Nassirs Mutter hingegen vermochte sie in der ganzen Zeit nur ein einziges Mal zu besuchen, wozu sie auch noch auf Masha'ils Hilfe angewiesen war, die ihr ihren Reisepass lieh, um an Ghazi al-Djaassis Seite damit nach England einzureisen. »Den Engländern wird der Unterschied zum Foto gar nicht auffallen«, beteuerte Masha'il. »Für sie sehen alle Saudis gleich aus, vor allem die Frauen.« Wie froh Rimal war, wie glücklich, ihren Sohn Nassir mit eigenen Augen wiederzusehen, der mit seiner Frau, die sie seit Kindheitstagen für ihn erhofft hatte, glücklich und vereint zusammenlebte. Unwichtig, dass er so weit weg von ihr lebte, denn hier in London war seine Frau wie eine Mutter für ihn. Außerdem besuchten jedes Jahr Tausende von Saudis die britische Hauptstadt. »Man fühlt sich ja gar nicht mehr fremd, wenn man durch die Straßen Londons läuft und an jeder Ecke Saudis reden hört, auf Saudis trifft, wo man geht und steht«, versicherte Rimal dem jungen Paar. Am meisten aber freute sie, ja erfüllte sie mit Stolz, dass Nassir noch immer seine Erfindungen verfolgte. Sie selbst hatte niemals aufgehört, daran zu glauben, dass er eines Tages seinen Kindheitstraum verwirklichen würde, auch wenn sie nicht verstand, was genau er mit seiner Erfindung erreichen wollte. Aber ihr Mutterherz sagte ihr, Nassir wolle nichts anderes als den Fortschritt für sein Volk und sein Heimatland. So wie sie auch wusste, dass Nassir anders war als seine übrigen neunzehn Geschwister, von denen jede Nachricht fehlte. Nur Gott allein wusste, wohin sie gegangen waren und wo sie sich aufhielten. Nein, Nassir hatte nichts zu tun mit dem Bösen auf der Welt, hatte nur das Gute im Sinn in allem, was er tat, und morgen oder übermorgen schon würde sie mit eigenen Augen sehen, wie er seinen Traum verwirklichte.

Nassir war hocherfreut, als er seine Mutter so zu Sara über ihn reden hörte. Ähnlichen Zuspruch hatte er schon als kleiner Junge von ihr erfahren, immer hatte sie ihn bei seinen Erfindungen ermutigt, damals, als er neben der Küche sein kleines, aus Kanistern errichtetes Labor hatte. Und als eines Tages dort Feuer ausgebrochen war, hatte sein Vater ihm erst eine Tracht Prügel verpasst und ihn dann für eine Woche zu den indischen Dienern in den Vorratsraum gesperrt, ehe seine Mutter ihn, nachdem der Vater wieder abgefahren war, daraus befreit hatte. Was würde wohl der »Künder« Scheich Jussuf al-Ahmad sagen, wenn er das neue Labor in London zu sehen bekäme? Sicher würde er seinen Sohn von neuem beschimpfen: »Du willst einen saudischen Roboter erschaffen, du Verfluchter?« Und seine Verwünschungen würde er mit seinem Lieblingssatz versehen, würde seinem Sohn in Erinnerung rufen, dass »der Saudi über allem steht, weil Gott seinen Wohnsitz auf Erden in unserem Königreich gewählt und ihn damit allen anderen Menschen vorgezogen hat«. Was sein Sohn aber treibe, sei »eine verdammenswerte, durch den Satan ihm eingegebene Tat«. Glücklicherweise jedoch würde sein Vater London niemals besuchen, nicht nur aufgrund seiner vielen Verpflichtungen, die noch mehr geworden waren, seit er die Aufsicht über die Arbeit der Behörde für die Verbreitung von Tugendhaftigkeit und für die Verhinderung von Lastern in Hafar al-Batin übertragen bekommen hatte, oder seiner Abneigung gegen London, »eine der lasterhaftesten Städte, die Gott in seinem kostbaren Buch mit einem Fluch belegt hat«, oder weil er noch nie besondere Zuneigung zu seinem aus der Art geschlagenen Sohn an den Tag gelegt hatte, dem aufrührerischen Sohn, der im Gegensatz zu seinen »frommen« Brüdern »dem eitlen Gerede der Wissenschaft den Vorzug gegenüber dem Glauben« gegeben hatte. Sondern vor allem, weil er seit den Vorfällen im Sheraton von Dammam, seit jener »verfluchten Hochzeitsnacht«, Nassir gänzlich aus seinem Leben gestrichen hatte. »Sag ihm«, hatte er seiner Frau mit auf den Weg gegeben, »dass er nicht mehr mein Sohn ist, und ich ihn bis zum Tag des Jüngsten Gerichts verfluchen werde.«

Doch Nassir war weder besonders erschüttert noch traurig, als er dies von seiner Mutter hörte, im Gegenteil, er fühlte sich zum ersten Mal nachgerade erleichtert. Nie hatte er Stolz empfunden, weil sein Vater die Stelle des höchsten Künders bekleidete, ganz anders als seine Klassenkameraden oder andere Jungen seines Alters, die sich mit der Arbeit ihrer Väter für die Behörde brüsteten, seit in den achtziger Jahren die sogenannten Sahwas, die Komitees zum religiösen Wiedererwachen, gegründet worden waren und sich das Wirken der »Künder« ausgeweitet hatte. Und entgegen seinen neunzehn Brüdern, sechzehn davon nur Halbbrüder, Söhne allein seines Vaters, hatte er nicht auch nur einen Tag versucht, Vorteil aus dem Namen seines Vaters zu ziehen. Wohl wusste er um dessen Stellung bei vielen, denn oft genügte nur die Nennung seines Namens, um Menschen in Angst und Schrecken zu versetzen. »Scheich Jussuf al-Ahmad, der größte der Künder und Hüter der Sahwas«, hatte Awlaki einmal gesagt, als er ihn beruhigen wollte, er solle sich keine Sorgen wegen seiner Kündigung in der Botschaft machen, bei dem Rang seines Vaters in der islamischen Welt und insbesondere unter den Kündern würde er ohne Probleme eine Anstellung in den größten Moscheen von

London finden. Ja, er habe schon Scheich Abu Qatada gefragt, den Imam seiner Moschee, und der habe ihm gesagt, alle wären hocherfreut, wenn ihre Söhne durch Nassir unterrichtet würden. »Die Söhne der Muslime müssen Wissen erlangen, um den Feind zu schlagen«, habe Abu Qatada wörtlich gesagt. Doch Nassirs Antwort war immer dieselbe, und allen, die es hören wollten, sagte er, wenn ich eine Anstellung annehme und einer Tätigkeit nachgehe, dann nur aufgrund meiner Qualifikationen und nicht wegen meines Vaters. Wann haben wir denn unsere Väter und Mütter selbst gewählt? Und was er erfinde, gehe nur ihn etwas an, doch solange er damit nicht fertig sei, könne er niemanden unterrichten. Wohl wusste er, dass allein er davon überzeugt war, und dass mit Ausnahme von Sara und bis vor kurzem auch Tariq es niemanden gab, den er an seinen Gedanken teilhaben ließ. Ganz egal, was andere dächten, er würde sein Leben mit Sara weiterleben, sie würden in London bleiben und die Stadt nicht eher verlassen, bis er seine Erfindung nicht vollendet hatte, ganz gleich, welche Verlockungen sich ihm bieten oder welche Schwierigkeiten noch auf ihn warten würden.

Das war es auch, was er seinem Schwiegervater Ghazi al-Djaassi sagte, als dieser ihm im fünften Jahr ihres Aufenthalts in London mitteilte, er werde sie besuchen kommen und diesmal eine Neuigkeit, ja eine frohe Kunde mitbringen – endlich habe Seine Exzellenz, der Emir der Ostprovinz dem Gnadengesuch zugestimmt, das sein Freund, der libanesische Bauunternehmer Rafiq Abu de Gaulle, in seinem Namen gestellt hatte. Und nach allem, was sein Freund, dessen Stern kometenhaft aufgegangen sei, nicht nur, weil ihm das zweitgrößte Bauunternehmen im Königreich gehörte, sondern vor allem, weil er als Regierungschef in seinem Heimatland im Gespräch sei, ihm mitgeteilt habe, könnten seine Tochter und ihr Mann ganz beruhigt sein. Seine Exzellenz habe bereits ein Begnadigungsschreiben an allen Flughäfen aushängen lassen, insbesondere an dem in Dammam. »Unser Sohn und unsere Tochter können heim ins Königreich kommen, wann immer es ihnen beliebt«, das habe sein Freund Rafiq Abu de Gaulle wortwörtlich von seiner Exzellenz übermittelt. War das nicht die freudige Nachricht, auf die sie so lange gewartet hatten? Und so verstand Ghazi al-Djaassi nicht, warum die beiden die Stirn runzelten, ja warum sie eine baldige Rückkehr ablehnten. Auf ihre diplomatische Art versuchte Sara, die Gefühle ihres Vaters nicht zu verletzen: »Wenn du die Wahrheit hören willst, lieber Vater, wir haben uns schon so an London gewöhnt, dass eine Rückkehr ins Königreich und nach al-Chobar schwer für uns sein wird. Nassir steht mit seinem Projekt kurz vor dem Abschluss, und ich arbeite in einer angesehenen Firma. Gib uns noch ein bisschen Zeit zum Nachdenken.« Nassirs Antwort hingegen fiel deutlicher und direkter aus: »Lieber Onkel, ich möchte nicht eher zurückkehren, bis die Erfindung, die ich mir in den Kopf gesetzt habe, fertig ist.« Und selbst, als Ghazi al-Djaassi sie weiter beschwor, ihre Rückkehr werde überhaupt keine Probleme aufwerfen, vor allem sollten sie sich keine Sorgen um ihre berufliche Zukunft machen, da – wie er wörtlich sagte – »Sara jederzeit bei Aramco anfangen kann, ein Anruf bei dem Direktor, und sie hat einen Spitzenjob«, während er, Nassir, sich weiter seinen Erfindungen widmen könne, er persönlich werde ihm alles zur Verfügung stellen, was er brauche, werde ihnen auf dem Grundstück, das er als Geschenk für seine Tochter im neuen Stadtteil Iskan al-Chobar erworben hatte, ein Haus bauen – selbst da blieben die beiden bei ihrer Weigerung, eine baldige Rückkehr ins Auge zu fassen.

Also kehrte Ghazi al-Djaassi am 1. September jenen Jahres unverrichteter Dinge zurück, jedoch ohne die Hoffnung gänzlich verloren zu haben, sie doch noch umstimmen zu können. Und als zehn Tage nach seinem Rückflug aus London, genauer gesagt am 11. September, die Welt zu den Angriffen auf die beiden Türme des World Trade Centers in New York und das Pentagon in Washington erwachte, als noch am selben Tag die ganze Welt erfuhr, dass siebzehn der neunzehn jungen Männer, die diese Selbstmordattentate begangen hatten, aus einer einzigen Weltregion, aus den arabischen Golfstaaten nämlich, ja dass fünfzehn von ihnen allein aus dem Königreich Saudi-Arabien stammten – da packte Ghazi al-Djaassi erneut seine Koffer, um seine Tochter und ihren Ehemann abermals in London zu besuchen. Es sollte nur ein kurzer Besuch von wenigen Tagen sein, und hätten die beiden nicht in London gelebt, hätte Ghazi al-Djaassi wohl kaum die plötzlichen Strapazen dieser Reise auf sich genommen. »Reisen ist für uns Saudis zu einem Albtraum geworden«, beklagte er sich gleich nach seiner Ankunft auf dem Flughafen Heathrow. »Seht ihr, wie wir Saudis für die ganze Welt plötzlich Aussätzige sind?«, fragte er mit bebender Stimme, in die sich fassungsloses Erstaunen mischte. Und fügte hinzu, nachdem er zum vielleicht zwanzigsten oder dreißigsten Mal seine Kufiya unter dem Iqal zurechtgezupft hatte und immer wieder misstrauisch die Menschen zu seiner Rechten und Linken beäugte, er wolle ihnen besser nicht berichten, welche Leibesvisitationen man nach der Landung an ihm vorgenommen habe. Aber das alles sei nicht wichtig, wichtig sei nur, dass er gekommen sei, um sie mit nach Hause zu nehmen. »Von heute an ist der einzige Ort, an dem ein Saudi sicher leben kann, unser geliebtes Königreich«, ein Satz, den er noch mehrfach während seines kurzen Aufenthalts in London wiederholen sollte. Niemals jedoch hätte er für möglich gehalten, dass seine Forderung auch diesmal auf Ablehnung stoßen würde. Es war, als hätten die beiden jungen Leute sich abgesprochen.

»Was haben wir mit all dem zu tun, die Attentate sind Teil eines Kriegs, der überall auf der Welt tobt. Gestern waren Opfer dort zu beklagen und heute hier«, hielt ihm seine Tochter vor. »Die Großmächte spielen Fangen.« Und sein Schwiegersohn Nassir sagte: »Im Gegenteil, ich bin heute fester denn je entschlossen, meine Erfindung zu vollenden.« Denn was geschehen sei, habe seine Überzeugung nur bekräftigt, wie sehr er recht habe, und dass er alles daransetzen müsse, einen neuen saudischen Menschen herzustellen. »Diesmal waren fünfzehn Saudis an den Attentaten beteiligt, und beim nächsten Mal sind es alles Saudis. Das Königreich braucht einen neuen Menschen«, rief er entschieden aus. Und die Aufgabe, die auf seine Schultern gelegt sei, sage ihm: Das muss verhindert werden. Abermals traf die Enttäuschung Ghazi al-Djaassi wie ein Schlag, wobei das Hauptargument, das die beiden bemühten, unverändert ein und dasselbe war: Sie hätten sich so sehr an ihr Leben hier in London gewöhnt, dass eine Rückkehr nach Saudi-Arabien und nach al-Chobar ein Unding für sie wäre, wie seine Tochter Sara sagte. Und für seinen Schwiegersohn Nassir stand das Ganze ohnehin nicht zur Diskussion. Er sei in der letzten Phase der Arbeit an seiner Erfindung und werde nicht zurückkehren, bis er nicht vollendet habe, wovon er träume. Ghazi al-Djaassi war unschlüssig, wie er sich verhalten sollte. Wäre es nur um Nassir gegangen, hätte er die Sache wohl auf sich beruhen lassen. Aber er hatte Angst um seine Tochter. Der einzige Weg also, sie zur Rückkehr zu bewegen, war Nötigung. Am darauffolgenden Tag beschloss er daher, den Makler aufzusuchen, über den er die Wohnung erworben hatte, diesmal jedoch, um mit diesem einen Verkauf des Lofts zu vereinbaren. Und zwar in spätestens sechs Monaten, das war der Aufschub, den er den beiden jungen Leuten gewähren würde, wie er ihnen oder vielmehr zuerst nur seiner Tochter sagte. Diesmal werde er nicht mit sich reden lassen, es sei ihm ja nichts anderes übriggeblieben, als ihnen lediglich noch ein halbes Jahr Bedenkzeit einzuräumen. Sie sollten jedoch nicht abwarten, bis die Frist vorüber wäre und der neue Eigentümer auf der Matte stände und verlangte, sie sollten die Wohnung räumen. »Außer den eigenen Landsleuten gewährt kein Volk der Welt dem Fremden Unterschlupf«, philosophierte Ghazi al-Djaassi, ehe er sich am Flughafen Heathrow von ihnen verabschiedete und im guten Glauben zurückflog, dies sei das Ultimatum, und nach dessen Ablauf würden sich die beiden gewiss seinem Vorschlag fügen. Nicht nur, weil sie ohne den Betrag, den er Sara monatlich überwies, nicht über die Runden kommen würden, sondern mehr noch aufgrund des Labors, das Nassir sich im Keller des Hauses eingerichtet hatte. Es würde sich mit Sicherheit kein Vermieter finden, der ihm erlauben würde, etwas Ähnliches in seinem Keller anzustellen, sollten sie den Versuch unternehmen, in eine andere Wohnung zu ziehen. Doch ungeachtet seiner Drohung und der Ungewissheit, welches Schicksal sie nach Ablauf der sechs Monate erwartete, sträubten sich die beiden weiterhin gegen eine Rückkehr.

Dies zumindest war der Stand der Dinge, als Saras Schwester Asma sie gut zwei Monate später anrief und ihr mitteilte, ihr Vater liege im Krankenhaus. »Was soll ich dir sagen?«, schluchzte sie. »Alles nur wegen unseres Onkels, des verfluchten Scheichs Jussuf al-Ahmad, er hat ihn angestachelt.« Und dann erzählte sie ihr, wie der »Künder« doch noch herausgefunden hatte, wo ihre Tante Sara, die Schwester ihres Vaters Ghazi al-Djaassi, lebte: Männer von der Sittenpolizei hätten sie am Steuer ihres Pick-ups festgenommen, und zwar als Mann verkleidet, wie sie es immer tat, wenn sie Auto fuhr, als sie gerade dabei gewesen war, Muda zur Schule zu bringen.

»Ihr wisst nichts davon, aber ich habe ihr geholfen. Sie war bei mir in der Schule«, sagte Asma, und Stolz sprach aus ihrer Stimme, auch weil das Geheimnis so lange nicht aufgeflogen war. Unter Tränen sagte sie: »Seit ich die Stelle in Hafar al-Batin habe, unterstütze ich Muda. Die ganze Zeit hat niemand etwas gewusst, bis sie im Verhör mit ihr herausgekriegt haben, dass sie mit ihrem Schätzchen Muda und ihrem Mann Fahd im Wadi al-Batin lebt.« Und dann erzählte ihre Schwester Sara, wie der Vater vom Wohnort seiner Schwester erfahren hatte: »Unser niederträchtiger Onkel Jussuf al-Ahmad hat ihm den Ort genannt, und dank Radjus Ortskenntnissen hat er sie dort schnell aufgespürt.« Noch am selben Tag sei er hingefahren, bewaffnet, und habe sich dort einen Schusswechsel mit dem Mann der Tante geliefert. »Sie haben Papa ins Krankenhaus gebracht«, schloss Asma. Den Rest der Geschichte sollte Sara später von ihrer Tante selbst erfahren. Doch in jenem Moment, als sie die schreckliche Nachricht von ihrer Schwester erfuhr, seufzte sie nur und dachte bei sich, warum musste alles, was ihr geschah, immer zwei Seiten haben. Wie sehr freute sie sich darüber, dass ihre Tante Sara, die Schwester ihres Vaters, nach der sie benannt worden war, nicht nur wohlauf und am Leben war, sondern offenkundig noch immer ihren eigenen Kopf hatte, sich in allem vom gewohnten Frauenbild unterschied, um nicht zu sagen, eine regelrechte Rebellin war. Wie alt mochte sie jetzt sein? Aber trotz allem schien sie alles andere als kampfesmüde: Sie fuhr Auto, brachte Muda zur Schule, lebte in der Wüste, ernährte sich von ihrer Hände Arbeit, alles Dinge, die einem Menschen Wert und Ansehen verliehen. Und dabei kümmerte es sie nicht, was andere über sie sagten. Sie lebte ihr Leben, sollten die anderen sich ruhig weiter fehlleiten lassen. Wie sehr freute sie diese Nachricht, und wie gerne hätte sie ihrer Schwester Asma dies auch gesagt, aber gleichzeitig musste sie wegen der Tat ihres Vaters traurig sein.

Das war es, was sie immer am meisten in ihrem Leben gefürchtet hatte, dass er eines Tages in die Tat umsetzte, was er schon lange in seinem Innersten gehegt hatte, die »Familienehre reinzuwaschen«, auch wenn er das Feuer nicht auf seine Schwester eröffnet, sondern nur versucht hatte, den löchrigen Fahd, ihren Mann, zu töten. Doch wer weiß, wenn Fahd ihn nicht angeschossen hätte, hätte er es vielleicht nicht dabei belassen, den Mann seiner Schwester zu töten, sondern hätte auch sie erschossen. Wie gern hätte sie ihren Vater gefragt, warum er das getan hatte, denn von jetzt an würde es ihr schwerfallen, ihn zu lieben. Er hatte sie zutiefst enttäuscht, war ein weiteres Mal der Logik des »Künders« Scheich Jussuf al-Ahmad verfallen. Vielleicht hatte sie einen Augenblick lang an eine Rückkehr gedacht, in dem Moment, in dem sie die furchtbare Nachricht von ihrer Schwester hörte, doch das war eine intuitive Reaktion gewesen, ausgelöst durch den Schock. Aber als sie jetzt darüber nachdachte, fand sie keinen Grund, der ihre Rückkehr nötig gemacht hätte, im Gegenteil, es würde besser sein, wenn sie Abstand zu ihrem Vater hielt. Dies war nicht das erste Unglück in ihrem Leben. »Mein Leben ist eine einzige Aneinanderreihung von Unglücken«, sagte sie sich und beschloss von einem Augenblick auf den nächsten, alle

Kraft aufzubieten und wagemutiger zu sein. Unwichtig, ob das, was sie im Begriff war zu sagen, ihre Schwester Asma und alle anderen Mitglieder der Familie schockieren würde, an erster Stelle natürlich ihre Mutter. Denn noch war sie der festen Überzeugung, ihre Mutter sei zwar bestürzt und in großer Sorge, aber am Leben, nicht wissend, dass ihre Schwester, aus Angst, ihr auch diesen Schlag zu versetzen, ihr die Nachricht von deren Tod unmittelbar nach dem Feuergefecht bislang verschwieg. »Kommst du, um mir beizustehen, liebe Schwester?« Nein, sie habe nichts mehr zu verlieren, lautete ihre bestimmte Antwort. Und: »Ich verlasse mich auf dich, große Schwester, denn du weißt, meine Lebensumstände erlauben mir keine Rückkehr.« Vergeblich versuchte Asma, sie umzustimmen, sagte: »Aber dein Vater braucht dich, Sara.« Oder: »Du weißt doch, dass er dich mehr liebt als jeden anderen von uns.« »Ich weiß, Asma«, erwiderte Sara. »Doch gerade weil er mich liebt und ich ihn, wird es das Beste sein, wenn ich in London bleibe.« Ja, sie wollte die Rückkehr nicht und ließ sich in ihrer Entscheidung nicht beirren. Auch ihrem Mann Nassir berichtete sie, was sich ereignet hatte, denn nur so war er gewappnet und hatte eine Antwort parat, als seine Mutter anrief und seine sofortige Rückkehr verlangte. »Jetzt, da sich dieses Unglück ereignet hat«, wie sie nur sagte, in der Annahme, er kenne bereits alle Einzelheiten. Doch weder seine Mutter noch Saras Schwester Asma und am allerwenigsten Ghazi al-Djaassi, der nach seiner Verwundung im Koma lag, wussten, dass die britische Polizei, Sondereinheiten von Scotland Yard und des militärischen Abschirmdienstes MI5 sowie andere Spezialkommandos, im Begriff waren, ihnen ihren Wunsch in die Tat umzusetzen. Zumindest was das sechsmonatige Ultimatum anbetraf, das Ghazi al-Djaassi ihnen gesetzt hatte, denn am Ende sollte ihnen die Entscheidung über ihre Rückkehr von den britischen Sicherheitsorganen abgenommen werden.

An jenem kalten Wintermorgen wachten die Nachbarn im Londoner Stadtviertel Chiswick gegen fünf Uhr in der Früh oder vielleicht noch etwas eher von etwas auf, was an einen Actionstreifen erinnerte: Dutzende von Polizei- und Armeefahrzeugen hatten das vornehme Viertel abgeriegelt, einige davon schwer gepanzert blockierten sie die Straßen, die zu dem Haus führten, in dem Sara und Nassir wohnten. Darüber kreisten in der Luft etliche Hubschrauber, während Hunderte von Polizisten und Spezialkräften, von denen ein Teil Maschinenpistolen und ein anderer Granatwerfer trug, sich auf die umliegenden Straßen verteilt hatten. Die meisten von ihnen hatten sich hinter eilends errichteten mobilen Barrikaden auf Straßen und Dächern verschanzt. Befehligt wurde das Ganze von einem hünenhaften Offizier, der einen kugelsicheren Anzug trug und sorgfältig vermummt war, in der Hand ein Megafon hielt und die Anwohner aufforderte, vor einem bewaffneten Zugriff oder einer möglichen Explosion zum Schutz des eigenen Lebens ihre Häuser zu verlassen. Hinter ihm hatte sich ein Kamerateam der BBC in Stellung gebracht, bestehend aus drei Personen, einem Kameramann, einem Tontechniker und einem Reporter von dunklem, südländischem Äußeren, vielleicht ein Inder, Pakistani oder Araber, der Helm und kugelsichere Weste trug und in der einen Hand sein Mikrofon und in der anderen einen kleinen Zettel hielt. Er berichtete live vom Geschehen, kommentierte die Szenerie, da Menschen in Nachtkleidung aus den Häusern strömten, einige von ihnen Wolldecken umklammernd. Der Reporter wirkte einigermaßen konfus, als sei es seine erste Begegnung mit der Gefahr.

Und bis zu jenem Augenblick, da draußen ein kräftiger, kalter Wind aufkam, wusste keiner von beiden, weder Sara noch Nassir, die gerade erst erwacht waren, dass diese ganze Armada mit ihren gepanzerten Fahrzeugen und den über dem Haus in der Luft stehenden Helikoptern nur ihretwegen angerückt war, es vielmehr nur auf eine einzige Person abgesehen hatte, einen jungen Mann von dunklem, orientalischem Erscheinungsbild, den die Leute Tag für Tag in seinem weißen Kittel, der an die Aufmachung eines Arztes oder Chemikers erinnerte, frühmorgens im Keller des Hauses verschwinden hatten sehen, um erst in den späten Abendstunden von dort wiederaufzutauchen. Ganz offenbar führte er dort Experimente durch, von denen niemand wusste, was es damit auf sich hatte, doch war kein Tag vergangen, an dem die Nachbarn nicht dumpfe Knalle wie von Explosionen aus dem Keller vernahmen. So hieß es Stunden später in allen Nachrichtensondersendungen und am nächsten Tag in sämtlichen Zeitungen, die sich in ihrer Berichterstattung auf die Informationen stützten, welche Scotland Yard und die an der Operation beteiligten Sicherheitsdienste wie der MI5 und andere herausgegeben hatten. Es sei geradezu ein Wunder, schrieben einige der angesehensten Zeitungen wie etwa die *Times*, dass es den britischen Sicherheitsorganen zum ersten Mal in ihrer Geschichte überhaupt gelungen sei, konzertiert und in Absprache miteinander vorzugehen, um diesen saudi-arabischen Schläfer zu fassen. Endlich – schrieb dagegen das Massenblatt *The Sun* – wisse die Welt nun, dass an der Planung der Attentate des 11. September nicht, wie ursprünglich angenommen, neunzehn Terroristen beteiligt waren, sondern in Wahrheit zwanzig. Dieser Täter

Nummer 20 aber, der eigentlich zu den anderen hätte stoßen sollen, war am Ende in London geblieben, um – wie jetzt klar geworden sei – einen noch größeren Angriff vorzubereiten. Wieso sollten wir nur Amerika angreifen, habe er ausgesagt. Und was ist mit Amerikas Verbündetem Großbritannien? Es sei ein Skandal, wie der *Daily Mirror* schrieb, dass dieser terroristische Schläfer, ein Mann mit saudi-arabischer Staatsangehörigkeit, jahrelang unter uns gelebt und gearbeitet, ja sich frei bewegt und sehr annehmlich in einem noblen Viertel wie Chiswick gewohnt habe, und dies, ohne eine gültige Aufenthaltsgenehmigung oder gar ein Visum zu besitzen.

Ihr Tag nahm also nicht seinen gewohnten, vertrauten Gang, Sara fuhr nicht zum Studium ins Institut oder ging zur Arbeit, und Nassir begab sich nicht in sein Kellerlabor, denn stattdessen wurde das Paar von schwer bewaffneten und maskierten Polizisten überrascht, die die Tür ihrer Wohnung sprengten und im nächsten Augenblick schon in dem geräumigen Loft standen, verlangten, sie sollten – »Hands up!« – die Hände heben. Keine Sekunde später war das Klicken der Handschellen zu hören, die sich um ihre Handgelenke schlossen, ehe die Polizisten sie unsanft und mit vorgehaltener Waffe aus der Wohnung dirigierten, ihnen nicht einmal gestatteten, ein paar Sachen zusammenzupacken. Zum Glück trug Sara bereits ein Kleid, hatte sich die Haare gekämmt und war auch schon geschminkt, da sie im Begriff gewesen war, das Haus zu verlassen und zur Arbeit zu gehen. Nassir aber trug noch sein kurzes Hemdgewand, war ungewaschen und unrasiert und hatte sich noch nicht einmal gekämmt. Als die beiden schließlich auf der Straße standen und die Menschenmenge sahen, die auf sie deutete, verstanden sie noch immer nicht, wie ihnen geschah, und weder die Polizei noch einer der Schaulustigen, die das Geschehen verfolgten, wäre wohl in der Lage gewesen, ihnen den Albtraum begreiflich zu machen, den sie durchlebten. Dann aber bemerkten sie den Kameramann der BBC, der seine Kamera herumschwenkte und auf sie richtete, und seinen Kollegen, den indisch- oder pakistanisch- oder arabischstämmigen Reporter, und in dem Augenblick kam ihnen nichts anderes in den Sinn, als laut zu schreien, sie seien unschuldig:

»We are innocent, we don't know why this is happening.« Aber im nächsten Moment wurden sie bereits von Polizisten in einen bereitstehenden Gefangenentransporter verfrachtet. Und kaum hatten sie darin Platz genommen, tief durchgeatmet und sich restlos verwirrt angeschaut, bekamen sie schon von einer Polizistin und einem männlichen Beamten Kapuzen über die Köpfe gezogen, um den Weg zum Gefängnis Belmarsh nicht mitzuerleben, wo Nassir im Hochsicherheitstrakt der Männer und Sara im Frauengefängnis landete. Von jenem Tag an trug Nassir, Sohn des Scheichs Jussuf al-Ahmad, den Beinamen »Terrorist Nr. 20«, während Sara, die Tochter Ghazi al-Djaassis, von Stund an und bis lange nach ihrer Freilassung aus dem Gefängnis der Einfachheit halber die Bezeichnung »Geliebte von Terrorist Nr. 20« verliehen bekam, da die Polizei in dem Loft in Chiswick weder eine Heiratsurkunde noch sonst irgendein offizielles Schriftstück hatte finden können, das ihren Stand als Eheleute bezeugt hätte.

Siebtes Kapitel

SARAS RÜCKKEHR
UND DAS BUCH DER SÜNDE

Sara blieb nicht länger als einen Monat im Gefängnis, doch nicht, weil sie unschuldig war oder diejenigen, die ihre Verteidigung übernahmen, besonders fähig gewesen wären, sondern aufgrund eines Fehlers, der keinem Geringeren als dem britischen Innenminister David Blunkett unterlief. Um dem Vorwurf zu begegnen, den Presse und Opposition gegen ihn erhoben, er wende das neue Gesetz zur Terrorismusbekämpfung planlos und willkürlich an, richtete der Minister ein Schreiben an das Unterhaus, in dem es hieß, sämtliche Festnahmen seien aufgrund von Verstößen gegen die Einwanderungsgesetze erfolgt, strafrechtlich relevante Delikte jedoch lägen nicht vor. Dennoch sei die Festnahme aller Beteiligten »notwendig und unumgänglich« gewesen. Wohl erlaubte das neue Gesetz eine Inhaftierung von Ausländern, die als Gefahr für die öffentliche Sicherheit angesehen wurden, doch es ermöglichte nicht deren automatische Ausweisung oder Anklage, ebenso wenig wie eine zeitlich unbegrenzte Untersuchungshaft ohne konkrete Anschuldigung oder Gerichtsverfahren. Was nun dem britischen Innenminister schlicht entgangen zu sein schien, war, dass Sara – im Gegensatz zu Nassir – sehr wohl über eine gültige Aufenthaltsgenehmigung und Arbeitserlaubnis für ein weiteres Jahr verfügte und ganz regulär als Angestellte bei einer Headhunting-Firma tätig war. Dieser überraschende Aspekt, der in einer Reportage der BBC aufgedeckt wurde, für die niemand anderer verantwortlich zeichnete als ebenjener Journalist, der – so ließ zumindest sein Name, Sandjai Ruwanday, vermuten – indischer oder pakistanischer Herkunft sein musste und zuvor bereits über Saras Verhaftung berichtet hatte, traf den britischen Innenminister wie ein Schlag an den Kopf.

Am Tag nach der Ausstrahlung der Reportage und nachdem sich das Innenministerium von der Richtigkeit ihres Inhalts überzeugt hatte, wurde Saras umgehende Haftentlassung angeordnet. Um dem Druck zu begegnen, dem der britische Innenminister ausgesetzt war, der wegen seiner scharfen Gesetzgebung und in Anspielung auf Orwells »Big Brother« als Big Blunkett bezeichnet wurde, verkündete sein Sprecher auf einer eigens in London einberufenen Pressekonferenz, die junge Frau aus Saudi-Arabien sei ein Opfer der Terroristen geworden, die sie in die Falle gelockt hätten. Denn dieser Nassir ibn Scheich Jussuf al-Ahmad, der Terrorist Nr. 20, habe ihr die Ehe versprochen und sie mit nach London genommen, doch nur, um sie als Fassade zu benutzen und seinen unrechtmäßigen Aufenthaltsstatus und seine terroristischen Pläne zu verschleiern. Was gab es Besseres, als mit einer unverschleierten, modernen Frau zusammenzuleben, die kaum von anderen britischen jungen Frauen ihres Alters zu unterscheiden war, um den Eindruck zu vermitteln, er lebe friedlich und arglos in dieser westlichen Gesellschaft? Der Pressesprecher des Innenministers redete sich, wie alle anderen offiziellen Sprecher von Regierungen und Ministerien in jenen Tagen auch, zusehends in Rage, um dann Aufnahmen aus dem Labor zu präsentieren, das sich der »Schläfer« im Keller des Hauses eingerichtet hatte. Jede Flasche, die dort zu sehen war, enthielte, so der Sprecher, Chemikalien zum Bau von Bomben und Sprengsätzen, und jede Detailzeichnung zu Nassirs Versuchen zeugte nur von dessen finsteren Plänen. Das Bild des neuen saudischen Homunkulus indes, der nur auf einer Zeichnung zu sehen war, in ein gefälliges Hemdgewand gekleidet und mit einer leichten weißen Kufiya, die anders als sonst üblich nicht den ganzen Kopf bedeckte, sei nichts als ein Anatomiemodell, das der Terrorist Nr. 20 verwendet hatte, um herauszufinden, wie und wo Sprengstoffgürtel am effektivsten anzubringen waren. Außerdem sei es nicht das erste Mal, dass der Verhaftete an seinen Planungen gearbeitet habe, bereits in Manama, der Hauptstadt von Bahrain, habe er ähnliche Versuche angestellt. London sei jetzt so etwas wie ein Probelauf gewesen für seine niederträchtigen Pläne, sagte der Sprecher und präsentierte den anwesenden Journalisten zum Beweise weitere Bilder aus Nassirs Zimmer im Studentenwohnheim der Universität von Manama. Und tatsächlich wirkte das Zimmer nicht wie eine gewöhnliche Studentenbude, sondern wie ein voll ausgestattetes Labor. Wie Sie sehen, schloss der Sprecher, rückte seine dickglasige Hornbrille zurecht und räusperte sich, haben wir es hier mit dem neuen Typus eines terroristischen Schläfers zu tun: Terrorist Nr. 20, dem es nicht gelungen war, zu den übrigen neunzehn Tätern in New York zu stoßen. Meine Damen und Herren, dieser Mann, dessen Festnahme den britischen Sicherheitsorganen geglückt ist, ist das lebende Beispiel eines neuen Typs von Terroristen, wie wir ihn im 21. Jahrhundert noch vermehrt sehen werden. Und mit diesen Worten beendete der Sprecher des Innenministers die Pressekonferenz.

Worte, die Sara in lautes Gelächter und zugleich Tränen ausbrechen ließen. Von wegen Terrorist, »nicht mal im Traum«, kommentierte sie ironisch und verlangte von ihren Anwälten, sie sollten sich mit Nachdruck für eine Haftentlassung Nassirs einsetzen, da die Anschuldigungen des Sprechers des Innenministeriums einfach absurd seien. Doch die Rechtsanwälte erklärten, sie müsse sich in Geduld üben, in naher Zukunft würden sie Nassir sicher nicht helfen können, da er im Gegensatz zu ihr ja tatsächlich über keine gültige Aufenthaltsgenehmigung verfügte. Was aber die Geschichte angehe, er habe ausschließlich zu friedlichen wissenschaftlichen Zwecken in seinem Labor gearbeitet, so gebe es bei Polizei und Presse wohl niemanden, der dies glaube. Sara wusste, sie hatten recht, niemand schenkte der Geschichte von Nassirs Labortätigkeit und seiner Arbeit an einem neuen saudischen Homunkulus Glauben. Die Beamtin, die sie vernommen hatte, hatte barsch verlangt, sie solle den Mund halten. Wenn jemand sich eine Geschichte ausdenken oder ein Lügenmärchen zusammenspinnen wolle, dann müsste diese auf einem Minimum an glaubwürdigen Fakten basieren. »Sie können mir erzählen, die Sonne geht im Westen auf und im Osten unter, aber Sie können mir nicht eine Geschichte erzählen über einen Saudi, in der es um Wissenschaft und Erfindungen geht. Erdöl, Glücksspiel, Terror und Sex mit Kamelen, das sind eure Markenzeichen!«

Was hatte Sara innerlich gelacht, ein Lachen jedoch, bei dem ihr nach Weinen zumute war. In ihrer Heimat glaubte niemand den Angehörigen der anderen Konfessionen. Das seien Rafiditen, Abkehrer, hieß es von ihnen, und jeder Abkehrer war verdächtig, bis seine Unschuld nachgewiesen war. Und jetzt, hier in Europa, glaubte niemand mehr einem Saudi, war jeder Saudi so lange verdächtig, bis sich herausstellte, dass er unschuldig war. Welch ein Paradox! Nur widerwillig nahm sie die Entscheidung hin, Nassir nicht besuchen zu dürfen. Aber als sie von ihren Rechtsanwälten verlangte, sie sollten das Innenministerium auf Entschädigungszahlungen verklagen, bekam sie gesagt, das solle sie sich besser aus dem Kopf schlagen und stattdessen die ganze Geschichte möglichst schnell vergessen und London Lebewohl sagen, denn schließlich werde auch sie nach wie vor verdächtigt, terroristische Aktivitäten finanziert zu haben. Also müsse sie sich das alles gut überlegen, dürfe nicht nur an sich selbst denken, da auch gegen ihren Vater ähnliche Verdachtsmomente vorlägen, und auf Grundlage des neuen Gesetzes zur Terrorismusbekämpfung könnten alle seine Konten bei westlichen Banken beschlagnahmt oder zumindest eingefroren werden. Mein Vater ist schwer krank und liegt seit Monaten im Bett, gab sie zurück. Ja, sie wüssten natürlich, dass derartige Anschuldigungen absurd seien und jeder Grundlage entbehrten, aber die Zeit sei dieser Tage nun mal nicht auf ihrer Seite. Sie warteten immer noch auf eine Entscheidung des Berufungsgerichtes im Zusammenhang mit der Klage, die sie gegen das Innenministerium und dessen Order, Nassir unter dem Vorwurf terroristischer Aktivitäten in Haft zu behalten, angestrengt hatten. Sollte es ihnen tatsächlich gelingen, Nassirs Freilassung zu erwirken, wären alle Karten neu gemischt, aber wenn sie einen Rat von ihnen wolle, dann würden sie ihr raten, Großbritannien noch vor Ablauf ihrer Aufenthaltsgenehmigung zu verlassen, damit die Behörden sie nicht unter dem Vorwand einer Verletzung ihres Aufenthaltsstatus erneut festnehmen konnten.

Doch das mussten sie ihr nicht sagen, sie wusste das alles, wusste, dass diese Stadt, ihr London, das sie so geliebt hatte, ihr vollkommen fremd geworden war. Sie wusste nicht mehr, was sie von jetzt an dort tun sollte, alles war einfach weg und verloren, und die Einsamkeit, die sie zu spüren begonnen hatte, war unerträglich. Aber wie sollte sie London den Rücken kehren und Nassir im Stich lassen? Sie erinnerte sich an ihren alten Starrsinn als kleines Mädchen, wenn sie sich gefragt hatte: Wer bin ich? Aramco oder Sara? Und was soll aus mir werden? Jetzt aber halfen ihr weder Starrsinn noch Beharrlichkeit, denn niemals hätte sie sich ausmalen können, ein »Blinder« würde eines Tages ein Ministeramt bekleiden. Und noch dazu welches? Das des britischen Innenministers. Was jetzt geschah, überstieg ihr Vorstellungsvermögen. Ja, selbst die Blinden in diesem Land haben kein Herz, sagte sie sich. Und hätte sie in jenem Moment eine Bombe zur Hand gehabt, hätte sie diese als Erstes in den Amtssitz dieses »blinden« Ministers geworfen. Ein zweites Mal sollte sie nicht in der Lage sein, denjenigen zu retten, den sie liebte? So wie sie ihrer Freundin Alhanuf nicht hatte helfen können, konnte sie diesmal nichts für Nassir tun? Aber was sollte eine wehrlose junge Frau wie sie auch erreichen können?

Sie wusste nicht, was sie tun sollte. Selbst in ihr Zuhause, ihr Loft, das zwar schon nicht mehr auf ihren Namen eingetragen war, jedoch wenigstens einen Monat noch ihr gehörte, bis es an einen neuen Eigentümer fallen würde, durfte sie nach ihrer Entlassung aus dem Gefängnis nicht zurück, nicht einmal vorübergehend. Ja, sie durfte die Wohnung nicht einmal mehr betreten. Alles war mit rot-weiß gestreiftem Flatterband abgesperrt und zum Tatort eines Verbrechens geworden, wie es auf einer winzigen Mitteilung hieß, die im Hauseingang hing.

Dennoch wollte sie nicht weglaufen, solange der Aufenthalts-stempel in ihrem Pass noch Gültigkeit hatte. Ihr blieb noch Zeit, ein paar Monate noch, die sie in London bleiben musste, ganz gleich, wie viel Kraft und Nerven sie das kosten würde. In der Headhunting-Firma war schon kein Platz mehr für sie, gleich nach ihrer Verhaftung hatte man ihr dort gekündigt. Auch hatte sie nur noch wenig Geld auf dem Konto, das glück-licherweise jedoch, und nicht, wie es der Innenminister an-gekündigt hatte, eingefroren worden war. Sie hob alle ihre Ersparnisse ab, zahlte davon den Rechtsanwälten ihr zuvor ausgehandeltes Honorar und nahm sich dann ein kleines Zimmer in einem B & B im Stadtteil Queensway, unweit der Paddington Station, dessen Miete wöchentlich zu entrichten war. Sie musste mit dem ihr noch verbliebenen Bargeld haus-halten, damit es noch lange genug reichte, denn sie war fest entschlossen, zumindest so lange auszuharren, bis sie die Ant-wort des Gerichts auf die von den Anwälten gegen die Inhaf-tierung Nassirs eingereichte Klage hatte. Denn sie war weder gewillt aufzugeben, noch von irgendjemandem Hilfe zu erbit-ten, nicht von Tariq und nicht von Awlaki und am allerwenigs-ten von der saudischen Botschaft. An Tariq war gar nicht zu denken, denn immerhin war sie es ja gewesen, die von ihm ver-langt hatte, sich von seinem Freund zu trennen. Und wie sollte sie ihm da jetzt unter die Augen treten? Von Awlaki dagegen wusste sie, dass er hinter ihr her war, mehrfach hatte sie ihn überrascht, als sie von der Arbeit kam, und jedes Mal hatte er ihr etwas vorgemacht, hatte gesagt, er sei nur zufällig in der Gegend gewesen. Doch sie wusste anhand seiner Blicke, der Augen, die sich weiteten, sobald er sie sah, oder der Art, wie er mit ihr sprach, dass er mit ihr ins Bett wollte, mit ihr schlafen, denn für ihn war sie nicht mehr als eine Prostituierte, die für

Sex gut war und für nichts sonst. Und hätte sie gewusst, dass er schon bald, noch vor ihrem eigenen Abschied, London bei Nacht und Nebel verlassen würde, um wenig später als Terroristenführer im Jemen wiederaufzutauchen, wie sie den aus seinem Versteck in Sanaa und Hadramaut verschickten Kommuniqués und Drohungen entnahm, welche die britischen Zeitungen abdruckten, hätte sie niemals auch nur einen Gedanken an ihn verschwendet. Was aber die saudische Botschaft betraf, wie hätte sie dort um Hilfe fragen können? »Sie kennen Ihr Heimatland wohl nur in der Not?«, würde man ihr dort sagen. Und wenn nicht, würden sie mit ihr feilschen, würden Bedingungen stellen, die in aller Regel unzulässig waren und nicht zu vereinbaren mit ihrem Status als saudische Staatsbürgerin oder gar den Menschenrechten. Nein, sie war fest entschlossen, alleine klarzukommen, war überzeugt davon, Nassir aus dem Belmarsh-Gefängnis holen zu können.

In allen Geschichten und Märchen, die sie in ihrer Kindheit gelesen hatte, war es immer ein Prinz, der ein verzaubertes, einfaches junges Mädchen aus seinem Karzer befreite, und diesmal würde sie die Prinzessin sein, die einen einfachen, verzauberten jungen Mann aus seinem Gefängnis holte, dieser finsteren Trutzburg im Stadtteil Thamesmead im Südosten Londons. Denn in diesen letzten Tagen und Wochen in London kannte Sara keine Resignation, stand jeden Tag früh auf, telefonierte mit den Anwälten, sammelte Zeitungsausschnitte, nahm Radio- und Fernsehberichte auf, vor allem jene Reportagen, die von Sandjai Ruwanday stammten, dem indisch- oder pakistanischstämmigen Reporter der BBC, sprach mit Menschenrechtsorganisationen, mit den Oppositionsparteien, ja mit jedem, der ein potentieller Verbündeter sein konnte. Nur in eine der Moscheen Londons setzte sie keinen Fuß. Und so optimistisch sie morgens aufstand, so niedergeschlagen und pessimistisch schlief sie nachts ein, da es ihr wieder mal nicht gelungen war, Hilfe zu mobilisieren.

Was sie aber in ihrem Entschluss bekräftigte, waren die gelegentlichen Anrufe ihrer Schwester Asma, an den Freitagabenden, um genau zu sein, nicht nur, weil sie wenigstens eines Menschen bedurfte, der ihr zur Seite stand und ihre Einsamkeit ein wenig erträglicher machte, sondern auch, weil sie ihre aufkommenden Schuldgefühle vertreiben musste, dass sie weiterhin in London blieb, während ihr Vater ohne Bewusstsein in seinem Krankenbett lag. Jedes Mal fragte sie ihre Schwester, wie es ihm gehe, und bekam zur Antwort, sein Zustand sei unverändert. Und jedes Mal stieß Sara einen Seufzer aus und sagte ihrer Schwester: »Du kannst sicher sein, wenn ich könnte, würde ich London noch heute verlassen.« Tatsächlich glaubte sie, was sie da sagte, dass sie langsam zugrunde ging und das Leben in London sie aufzehrte, nicht aber, weil sie überzeugt gewesen wäre, etwas für ihren Vater tun zu können. Alle diese erforderlichen offiziellen Dokumente und das an den Nerven zerrende Herumtelefonieren – es war nicht einfach, die Unschuld eines Menschen nachzuweisen, der terroristischer Umtriebe beschuldigt wurde, aber sie wollte Nassir nicht im Stich lassen, denn wen außer ihr hatte er denn? Und wenn sie ihn nicht rettete, wer würde sich dann noch für sein Schicksal interessieren? Nein, sie würde Felsen sprengen für ihn, sie weiß, sie ist eine Frau mit einem Körper aus Glas im Kampf gegen Stein, dennoch würde sie das Unmögliche möglich machen, bis zu ihrem allerletzten Tag in London, auch wenn sie schon begann zu welken, an Gewicht verloren hatte und immer mehr Falten bekam. Gleichgültig, dass jeder neue Tag deprimierender als der vorangegangene war und ihr Gesicht sie immer mürrischer im Spiegel anschaute, dass sie kaum noch schlief und, fiel sie irgendwann doch noch in den Schlaf, ein Albtraum den nächsten ablöste. Mehrfach wachte sie nachts verstört und zu Tode geängstigt auf, und sogar die alte Lady, die nette alte Dame, die ihr das Zimmer vermietet hatte, berichtete ihr, sie habe sie mehr als einmal nur »Help!« schreien hören. All das spielte keine Rolle, sie würde in London bleiben.

Es waren dies auch die Tage, da Sara begann, Nacht für Nacht ein Fläschchen billigen Cognac zu trinken, nicht etwa, weil sie selbst den Reiz dieses starken alkoholischen Getränks entdeckt hätte, sondern weil der Zufall es wollte, dass sie die Irakerin wiedertraf, der sie zuvor zwei- oder dreimal auf dem Markt in Southall oder Ealing Broadway begegnet war, genau erinnerte sie sich nicht, diese Frau, die mindestens dreißig Jahre älter war als sie und Sundus oder Nardjiss oder Yasmine oder so ähnlich hieß. Diesmal jedoch lief ihr Sara, etwa drei Monate nach ihrer Entlassung aus der Untersuchungshaft, in einer deutlich vornehmeren Gegend über den Weg, im Kaufhaus Harrods in Knightsbridge nämlich, untergehakt bei einem jungen Mann, der sicherlich mehr als dreißig Jahre jünger sein mochte als sie und aufgrund seines Gangs, seiner Handbewegungen und des Make-ups in seinem Gesicht wahrscheinlich sie für homosexuell hielt. »Mein Neffe«, erklärte die Irakerin, um etwaigen Missverständnissen vonseiten Saras vorzubeugen. Und dann wollte sie wissen, wie es denn bei ihrem Liebsten *stünde*, ob sich seit dem letzten Mal etwas an seiner *Haltung* geändert habe. »Wie steht's um ihn?«, fragte sie, formte die linke Hand zu einer senkrechten Röhre und schlug mit der Rechten darauf, sodass ein schmatzendes Geräusch entstand. Dann zwinkerte sie vielsagend: »Also, gibt's ein bisschen rein und raus«, und brachte schließlich ihren Mund nahe an Saras Ohr und flüsterte, damit der junge Mann nicht mithörte: »Vögelt ihr?«

Wie gern hätte Sara schallend über die obszöne Handbewegung der Irakerin gelacht, die so gar nicht ihrem Alter entsprach, doch sie war in einem Zustand, in dem einem mit Verlaub nicht nach Lachen zumute war. Ebenso wenig wollte sie der Irakerin die Gefängnisgeschichte anvertrauen, aber zumindest – und um mit der Älteren in Sachen erbauliche Anekdoten Schritt zu halten – überlegte sie, warum nicht einfach eine andere Geschichte erzählen?

Also berichtete Sara, ihr Liebster habe sie verlassen und sich davongemacht, und jetzt hocke sie traurig und allein Nacht für Nacht da und finde keinen Schlaf. Worauf die Irakerin in mitleidigem, tröstendem Ton, der auch ein gewisses Erstaunen nicht verhehlte, entgegnete: »Du armes Kind, was für eine Sünde, eine wie du, süß wie Honig, sollte nicht so traurig sein, mein Kind.« Und um die Traurigkeit zu töten und zu vergessen, riet ihr die betagte Lebedame, jede Nacht ein Fläschchen Cognac der Marke Mathilde zu trinken, der werde zwar in China hergestellt, sei aber ein starkes Gesöff. »Verlangt nach Cognac, und sei es in China«, schloss sie mit einem glucksenden Lachen, auf den Ausspruch des Propheten anspielend: »Verlangt nach Wissen, und sei es in China.« Wie gern hätte Sara bei diesen Worten schallend gelacht, erinnerten sie sie doch an das ebenfalls in China gefertigte künstliche Jungfernhäutchen, das bei ihnen zu Hause im Viertel Thuqba und in Bahrain gehandelt wurde, doch sie begnügte sich mit einem schlichten Lächeln. Denn sie musste weiter dieser sonderbaren Frau und Ratgeberin lauschen.

»Der Cognac ist ein Allheilmittel«, sagte sie und hielt Sara an, stets ein ganzes Fläschchen zu trinken, eine »Butl«, also Bottle, wie sie in ihrem irakischen Akzent meinte. Und danach werde Sara sich selbst nicht mehr erkennen, werde schlafen wie im siebten Himmel. »Selbst der Sex hat sich dann erledigt«, versicherte sie. »Darum vergiss nicht, Kindchen: Cognac von Mathilde, made in China, und du denkst nicht ans Vögeln, nicht ans Lesen oder Schreiben. Nur Cognac und gut«, beschwor sie Sara ein letztes Mal, bevor sie sich von ihr verabschiedete und mit den Knöcheln der Finger gegen das Buch klopfte, das Sara, wie sie es sich seit einiger Zeit angewöhnt hatte, mit sich herumtrug. Das sinnliche Verlangen war abgestorben bei ihr, seit der »Terrorverdacht« sie getroffen hatte. Und hatten die Bücher sie in den ersten Tagen nach ihrer Haftentlassung noch abzulenken vermocht, so hatte der Drang zu lesen mit der Zeit immer mehr abgenommen. Auch war sie tatsächlich ratlos gewesen, wie sie die Tage und vor allem die Nächte überstehen sollte, und dank Mathildes Cognac schlief sie jetzt Nacht für Nacht, und dies sogar im achten Himmel und nicht bloß im siebten, wie Sundus oder Yasmine oder wie auch immer ihr versprochen hatte.

In einer solchen Nacht, Sara zählte sie nicht und wollte nicht wissen, wie viele es davon schon gegeben hatte, kippte sie die ölige, im Magen brennende Flüssigkeit in sich hinein, und wenn sie endlich betrunken war, murmelte sie bei sich oder rief vielleicht auch so laut, dass ihre alte Landlady es hörte: »Es lebe China!« Oder sie wiederholte mehrfach ihre Lieblingsformel, »WTF«, die Abkürzung von »What the fuck«, eine Wendung, die ihr angemessener für ihre Lage erschien als das gleichlautende Kürzel für »Wahhabi Transreligious Friendship Fund«, auf das sie zufällig in einem Interview mit einem »getarnten« amerikanischen Autor über seinen zukünftigen

Roman im *New Yorker* gestoßen war, das sie in jenen Tagen gerade las. So vergingen ihre Nächte, zwischen der Überwindung, das brennende Gesöff herunterzubekommen, dem Spiel mit Worten, Selbstironie oder sarkastischen Tiraden gegen die ganze Welt. »What the fuck!« Die Resignation nagte an ihr, bis sie eines Morgens aufwachte, sich selbst im Spiegel betrachtete und feststellte, dass ihr Gesicht sie trauriger denn je zuvor anschaute. Sie wusste, das Wochenende nahte, und sie musste die Miete für die nächste Woche bezahlen, so sie denn bleiben wollte. Doch als sie ihre Barschaft durchzählte, kam sie nur noch auf zweihundertundsiebzig Pfund.

Noch am selben Tag bat sie die Hauswirtin, sie möge ihr zwei oder drei Tage Aufschub bis zum Auszug gewähren, da sie nicht die Absicht habe, noch länger zu bleiben. Die ältliche Landlady aber schien eine herzensgute Frau zu sein, die sie beruhigte, alles könne so geregelt werden, wie sie wolle, sie müsse nicht den ganzen Mietpreis für eine Woche entrichten. Sie sei doch eine redliche junge Frau, »God bless you«, sagte die Wirtin. Sara wusste nicht, ob sie dasselbe auch sagen würde, wüsste sie um ihre Geschichte, oder ob sie dies sagte, weil sie die Geschichte kannte. Sicher hatte sie ihr Foto in der Zeitung gesehen oder im Fernsehen. Natürlich hätte Sara ihre Schwester Asma bitten können, ihr den nötigen Betrag zu überweisen, um die ihr noch verbleibende Zeit zu bestreiten, da ihre Aufenthaltsgenehmigung in London ohnehin in zwei oder drei Monaten ablief, aber was hätte ihr das genützt, wenn jeder weitere Tag nur eine Anhäufung von Trauer und Verzweiflung bedeutete? Die Entscheidung des Gerichts, Nassir zumindest auf Kaution freizulassen, ließ nach wie vor auf sich warten und würde, wie es aussah, auch in nächster Zeit nicht erfolgen, wie ihre Rechtsanwälte ihr mitteilten. Zudem hatte Nassirs Vater, der »Künder« Scheich Jussuf al-Ahmad, inzwischen die ganze Sache noch weiter verkompliziert, indem er der heimischen und der ausländischen Presse gegenüber verkündete, wie stolz er sei, dass Gott seinen Sohn endlich auf den rechten Weg geleitet habe. »Gott hat seinem Herzen den wahren Glauben geschenkt.« Und warum das? Weil er durch seinen Glauben nicht nur Sühne für seine vielen Sünden tun wolle, sondern an erster Stelle für eine weitaus ältere Sünde Abbitte leiste, »den Frevel Saras« nämlich.

Niemand, weder Sara noch ihre Rechtsanwälte und am allerwenigsten Nassir, wusste, ob Scheich Jussuf al-Ahmad derartige Verlautbarungen absichtlich in die Welt setzte, um seinem Sohn und dessen Frau zu schaden, da er endlich Gelegenheit gefunden hatte, sich an den beiden zu rächen, oder weil er tatsächlich annahm, sein Sohn sei »gläubig« geworden, wie der Scheich es schon immer erhofft hatte. Nach allem, welchen Nutzen würde ein Verbleib in London für weitere zwei oder drei Monate haben? Selbst Nassir hatte ihr bei ihrem letzten Besuch in Belmarsh gesagt, weitere Monate in London würden ihr gar nichts bringen, würden ihm nicht helfen, sie solle nach Saudi-Arabien zurückkehren, dort im Königreich brauche er ihre Stimme mehr. Sie müsse die Leute davon überzeugen, dass er kein Terrorist sei, denn am traurigsten stimme ihn, dass die Engländer den Behauptungen seines Vaters Glauben schenkten. Und am schlimmsten sei, dass er auf einmal mit seinem Vater in Verbindung gebracht werde, wie er jetzt immer wieder lese. Er sei »ein Sohn seines Vaters«, hieß es. Aber das stimmte nicht, er sei nicht der Sohn seines Vaters, trete nicht in dessen Fußstapfen und habe das ganz gewiss auch in Zukunft nicht vor. »Der Terrorist ist doch er, Scheich Jussuf al-Ahmad, und nicht ich«, schloss er verbittert.

Was also blieb ihr noch in London? Die Zeit verrann, sie kämpfte darum, seine Unschuld zu beweisen, und niemand glaubte ihr. Auch ihre Anwälte äußerten sich ähnlich, sagten, es bestünde keine Notwendigkeit, dass sie in London bliebe, sie könne auch in telefonischem Kontakt mit ihnen bleiben, wann immer sie wolle. Außerdem könne sie in der Heimat zumindest seinen Vater bewegen, seine Tiraden einzustellen, da diese dem Wohl seines Sohnes nicht dienlich seien. Aber seit wann hatte ihr Onkel denn jemals an das Wohl seines Sohnes gedacht? An jenem kalten Tag im Spätherbst rief Sara ihre Schwester Asma an und teilte ihr mit, sie habe sich entschlossen zurückzukehren und brauche ein Flugticket. Ihre Schwester mochte die Nachricht kaum glauben. »Sicher wird unser Vater leben, wenn er dich sieht.« Also kaufte Asma noch am selben Tag ein Ticket für den ersten Flug der Saudia Airlines von London Heathrow nach Dammam, zwei Tage später. Am Morgen ihrer Abreise aus London bezahlte Sara ihrer Wirtin die noch ausstehende Miete für die letzten beiden Tage. Von dem Geld, das ihr noch blieb, achtzig oder neunzig Pfund, wollte sie sich ein letztes Mittagsmenü in London gönnen, diesmal mit einer guten Flasche Wein, einem Italiener oder Franzosen. Sie kannte ein indisches Restaurant ganz in der Nähe ihres B & B, in der Westbourne Grove, und beschloss, dorthin zu gehen. Doch noch ehe sie das Restaurant erreicht hatte, hörte sie zwei junge Frauen, die in ein angeregtes, lautstarkes Gespräch vertieft vor ihr herliefen und auf das Schaufenster eines großen arabischen Buchladens auf der anderen Straßenseite des Restaurants deuteten, Al Saqi Books, eine Buchhandlung, in der sie selbst auch schon ein paarmal gewesen war.

»Siehst du das Buch da?«, fragte die junge Frau zur Rechten

und deutete auf ein hübsch gemachtes Buch, das auffällig vor den anderen Büchern im Schaufenster der Buchhandlung platziert war. »Das Buch der fünf Sünden«, sagte die junge Frau, ein mehrbändiger Roman, den jede Frau auf der Welt lesen müsse, vor allem diesen ersten Teil, »Saras Sünde«, die Geschichte einer jungen Saudi-Araberin, deren Leben zerstört und zur Tragödie wird, und alles nur wegen ihres Onkels, bis ihr am Ende kein anderer Ausweg mehr bleibt, als diesen Onkel zu töten, der, nachdem man auf ihn geschossen hat, verletzt in einem Militärkrankenhaus in Hafar al-Batin liegt. Und mit diesen Worten zog die junge Frau ihre Freundin auch schon in den Buchladen. Hätte Sara die beiden jungen Araberinnen nicht vor ihr über die Straße laufen und untergehakt in der Buchhandlung verschwinden sehen, genauso wie Alhanuf und sie sich auf ihren Spaziergängen immer untergehakt hatten, hätte sie gemeint, sie träume oder erlebe eine der Halluzinationen, die sie in den letzten Nächten überkommen hatten, seit sie begonnen hatte, die Nacht in Gesellschaft des billigen Cognacs zu verbringen, um gegen Morgen betäubt in den Schlaf zu sinken.

Sie blieb eine Weile vor dem Schaufenster stehen, überlegte, dass sie schon lange kein Buch mehr gelesen hatte, als Letztes einen saudischen Roman mit dem Titel »Die Felder von Riad«, von dem es hieß, eine Frau habe ihn unter einem Pseudonym geschrieben. Und jetzt war sie mit einem Mal auf dieses Buch gestoßen, das dort in der Auslage vor ihr lag und von einem Autor stammte, der Harun Wali hieß und dessen Namen sie meinte, schon einmal gehört zu haben, auch wenn sie noch nichts von ihm gelesen hatte. Und tatsächlich trug dieser erste Band des Romans, wie sie durch die Schaufensterscheibe lesen konnte, ihren Namen, »Saras Sünde«. Dieses Buch musste sie lesen. Sie zählte noch einmal ihr restliches

Geld, stellte fest, dass es auch reichen würde, um das Buch zu kaufen, betrat die Buchhandlung und fragte nach dem Roman. Als der Verkäufer sie fragte, ob sie eine Plastiktüte haben wolle, verneinte sie einsilbig, ließ das Buch in ihre Handtasche gleiten und verließ das Geschäft, überquerte die Straße, betrat das Restaurant und aß dort ruhig zu Mittag, eine vegetarische Platte mit frisch gebackenem Ofenbrot und Labbane.

Den Gedanken, Wein zum Essen zu trinken, ließ sie fallen. Sie musste sich wieder daran gewöhnen, in Zukunft keinen Alkohol mehr zu trinken, weder Wein noch chinesischen oder französischen Cognac. Stattdessen bezahlte sie ihre Rechnung, trat auf die Straße und war kurz darauf wieder auf ihrem Zimmer, schloss ihren großen Koffer, in den sie in der vergangenen Nacht alle ihre Habseligkeiten gepackt hatte, mit Ausnahme einiger Kleidungsstücke, die sie separat in einer kleinen Plastiktüte verstaute. Und dann bestellte sie sich ein Minicab, sie, die immer nur in die größten und teuersten Limousinen gestiegen war oder sich von teuren Luxustaxis durch die Gegend hatte chauffieren lassen, saß jetzt in einem heruntergekommenen Minicab, einem alten Ford, der sie zwei Stunden vor Abflug zum Flughafen brachte. Nachdem sie ohne weiteres eingecheckt hatte, hievte sie ihren Koffer auf das Gepäckband und wandte sich den Rolltreppen zu, betrachtete das Lichtermeer der Duty-free-Shops, in deren Auslagen Aberhunderte von kostspieligen Produkten angeboten wurden. Früher war sie immer unschlüssig gewesen, welches Parfüm sie erwerben sollte. Und jetzt? Nichts.

Sie betrat die Behindertentoilette, schloss sich dort ein und holte aus der Plastiktüte ihre saudische Kleidung, die sie seit ihrer Flucht mit Nassir nicht mehr getragen hatte, ein langes schwarzes Überkleid, darunter eine lange schwarze Hose und ein dünner, feiner schwarzer Schal. Sie stopfte die Sachen, die sie ausgezogen hatte, eine Bluejeans und ihre grüne Bluse, in die Tüte und verbarg das Haar unter dem Schal. Ziellos lief sie ein wenig durch den Abflugbereich des Flughafens, und als sie die Durchsage hörte, mit der die Passagiere des Saudia-Airlines-Flugs nach Dammam aufgefordert wurden, sich zum Boarding am Gate einzufinden, strebte sie dem Ausgang und dem Finger zu, der zum Flugzeug führte. Sie ging ganz ruhig und versuchte, sich zu beherrschen, als stünde sie vor einer gefährlichen Entscheidung. An der Tür des Flugzeugs griff sie sich eine der dort ausliegenden saudischen Zeitungen und ließ sich auf ihren Sitz sinken, 13 A. (Erstaunlich, normalerweise gab es doch in Europa in Flugzeugen keine Reihe dreizehn?!). Ein Fensterplatz. Sie starrte durch das dicke Plexiglas und ließ den Blick in die Ferne schweifen. Ihr Kopf war leer. Oder vielleicht hätte sie sich gewünscht, er wäre es. Die Stimme der Frau, die den Platz neben ihr einnahm, riss sie aus ihrer Apathie. Allem Anschein nach eine Engländerin, jedoch verschleiert, die sie mit einem sanften »hello« begrüßte. Sara starrte sie an, wusste nicht, warum ihre Sitznachbarin sie ausgerechnet an die amerikanische Soldatin erinnerte, die eines Tages plötzlich auf der Corniche von al-Chobar aufgetaucht war, in Shorts und ihre Oberweite schaukelnd vor sich hertragend, und einen Massenauflauf junger Burschen ausgelöst hatte, die sie in ihren Autos umkreist und wild gehupt hatten. Vielleicht, weil die Engländerin die herben Gesichtszüge einer Soldatin hatte oder vielleicht auch, weil Sara auf der Titelseite der englischen Zeitung, die auf ihrem Schoß lag, Fotos von Kriegsschiffen und Armeeeinheiten sah. »Diesmal eben verschleierte Soldatinnen, warum nicht?«, sagte sie sich, lächelte ihrer Sitznachbarin zu und antwortete ebenfalls mit einem unverbindlichen »hello«. Das Flugzeug rollte jetzt zur Startbahn, nahm Fahrt auf, und in der Sekunde, bevor es abhob, musste Sara an ihren Flug von Dammam nach London denken, vor sechs oder sieben Jahren, genau wusste sie es nicht mehr. Damals war Nassir bei ihr gewesen. Oh, wie glücklich sie an jenem Tag waren. Und jetzt? Jetzt kehrte sie zurück und hatte nichts außer der Rückkehr, kehrte, wie das Sprichwort bei ihnen sagte, mit leeren Händen zurück. Ihr Leben war eine einzige Trümmerlandschaft, und in dem Moment, in dem sich das Flugzeug vom Boden löste, wusste Sara, wie zutreffend der Satz war, den sie irgendwann einmal gehört oder gelesen hatte, dass der Rückweg niemals dem Hinweg gleicht. Damals war sie in Begleitung Nassirs geflogen, hatte den Kopf voller Träume und Pläne gehabt, und jetzt kehrte sie allein zurück, mit nicht mehr als ein paar Cent im Portemonnaie. Das vielleicht einzig Tröstliche an ihrer Lage war, wie sie sich sagte, als sie ihre Handtasche öffnete, dass sie dies hier in London erbeutet hatte, ein Buch, auch wenn es einen sonderbaren Titel haben mochte: »Das Buch der fünf Sünden«. Und damit nicht genug, war doch der erste Band mit »Saras Sünde« betitelt, trug keinen anderen Namen als den ihren.

Das war zumindest, was sie dachte, in dem Augenblick, in dem die Maschine abhob in Richtung Dammam. Was sie nicht wusste, war, dass sie nur noch Sekunden von einer gewaltigen Entdeckung trennten, denn als das Flugzeug zu seinen routinierten Schwenks ansetzte, einen Richtung Süden und dann einen nach rechts, und im Steigflug seine erforderliche Höhe gewann, nahm Sara, vielleicht um die Angst zu verscheuchen, die sie wie viele andere Menschen auch in dieser Startphase unwillkürlich verspürte, und um sich durch irgendetwas abzulenken, ganz gleich, was, die arabische Zeitung zur Hand, schlug sie auf und sah sein Bild, das fast die ganze linke Spalte der Seite ausfüllte, und darüber in schwarzen, fettgedruckten Lettern: »Schüsse auf den Leiter der Behörde für die Verbreitung von Tugendhaftigkeit und für die Verhinderung von Lastern: Der Künder Scheich Jussuf al-Ahmad liegt im Koma und wird im Militärkrankenhaus Khaled ibn Abd al-Aziz behandelt.«

Und in jenem Augenblick, als sie die Bildunterschrift las, »Es grenzt an ein Wunder, dass er nicht wie sein Begleiter getötet wurde«, wusste Sara, warum sie hatte zurückkehren müssen, ahnte, dass der Kauf des »Buchs der fünf Sünden« nicht, wie sie angenommen hatte, ein bloßer Zufall gewesen war, denn noch ehe sie überhaupt begonnen hatte, den ersten Band mit dem Titel »Saras Sünde« zu lesen, wusste sie, sie würde diesen Mann, der dort auf der Intensivstation des Militärkrankenhauses lag, endgültig vom Leben zum Tode befördern müssen. Ja, sagte sie sich, presste das Buch an ihre Brust und schloss die Augen, ihr Schicksal musste hier zwischen den Zeilen dieses Buches vorgezeichnet sein. Und um sich zu vergewissern, dass sie recht hatte und ihre Einflüsterungen sie nicht trogen, machte sie die Augen wieder auf und betrachtete das Buch eine Weile, schlug es dann auf und begann, die erste Seite zu lesen: »Da war er, lag dort in seinem Bett, und nichts trennte sie mehr von ihm als ein durchsichtiges weißes Stück Stoff. Sie musste nur ein wenig herantreten, den Stoff beiseiteziehen und wäre genau auf Höhe seines Kopfes …« Und jetzt, da die Maschine ihre Flughöhe erreicht hatte, flog auch sie durch ihre Erinnerungen, Gedanken an die, die sie gewesen war, und an die, die sie sein würde, da sie sich das Leben vorstellte, das sie von jetzt an würde führen müssen, höher und höher flog sie, und mit jedem Satz, den sie las, fühlte sie sich leichter und freier. Sie las und las, las alles noch einmal, von Anfang an: »Da war er, lag dort in seinem Bett, und nichts trennte sie mehr von ihm als ein durchsichtiges weißes Stück Stoff. Sie musste nur ein wenig herantreten, den Stoff beiseiteziehen und wäre genau auf Höhe seines Kopfes ...«, las bis zum Ende der Einleitung von »Saras Sünde«.

RÜCKKEHR ZUM ENDE DER SÜNDE

Wer hätte geglaubt, dass die Sache so enden würde, wie sie es sich ausgemalt hatte, da sie an jenem Tag auf ihrem Platz im Flugzeug saß? Ja, wer überhaupt hätte sich so etwas vorstellen können? Hätte ihr jemand gesagt, sei unbesorgt, du wirst es schaffen, zu ihm vorzudringen, hätte sie selbst ihm nicht geglaubt, so wie sie auch nicht glaubte, dass es nur eine Frage der Zeit sei, bis alles der Vergangenheit anheimfallen würde. Doch so groß auch die Zweifel gewesen sein mochten, die sie umtrieben, so vergaß sie diese, als die Reifen des Wagens, den sie steuerte, über den Asphalt der Schnellstraße rollten und sie aufs Gaspedal drückte, und so, wie sie im Flugzeug das Gefühl gehabt hatte, sie selbst fliege, meinte sie auch diesmal mit jedem Kilometer, den der Wagen zurücklegte, zu fliegen. Fliegen zu können, wohin sie wollte, da nur Staub und Sand, nichts als Staub und Sand sie umgaben und sich vor ihr die Straße öffnete, die bis an den Horizont reichte.

Ach, wie leicht und unbeschwert fühlte sie sich an diesem Tag, und den Weg, der sonst kein Ende nehmen wollte, legte sie diesmal erstaunlich schnell zurück, brauchte nur eine gute halbe Stunde, bis sie die große Villa erreicht hatte, ihr Zuhause. Alles schien ruhig zu sein. Sie hielt vor dem Tor an und zog sich als Erstes mit einer schnellen Bewegung die Perücke vom Kopf, befreite im Rückspiegel ihr langes Haar und ließ es bis auf die Schultern fallen, holte dann einen diskret roten Lippenstift aus ihrer Handtasche und fuhr sich damit über die

Lippen, ließ ihn zurück in die Handtasche gleiten und drückte dann auf den Knopf der Fernbedienung, und das breite Tor der Einfahrt glitt zur Seite. Sie umrundete mit dem Wagen den Garten des Hauses und stellte ihn in der ihr vorbehaltenen Garage ab, holte dann ihre schwarze Aba'a aus der Plastiktüte, die sie unter dem Beifahrersitz versteckt hatte, legte das Übergewand an und stieg aus dem Auto. Sie wirkte lächerlich in ihrer Aufmachung, aber sie wusste, außer der Dienerschaft war niemand im Haus. Ihre beiden Schwestern kamen zwar oft mit den Kindern her, legten ihre Besuche aber zumeist auf den Freitag und das Wochenende und riefen sie in der Regel vorher an. Doch selbst wenn sie da gewesen wären, würden jetzt alle ein Schläfchen halten, da niemand in diesen Stunden der größten Mittagshitze auf den Beinen war, ja, selbst die Diener schliefen bestimmt.

»Die Stunden der nationalen Siesta«, scherzte sie bei sich und betrat das Haus durch die Hintertür, stieg die Treppe zu ihrem Zimmer im Dach des Hauses hinauf und stieß die Tür hinter sich zu. Ihr Zimmer war noch immer so, wie sie es verlassen hatte, nachdem sie am Morgen aufgewacht war, und es waren ihre Sachen, die überall verstreut lagen, ihre Kleider auf dem Fußboden, der grüne Pyjama auf dem Bett, die grüne Hose, die sie so liebte, hing aus einer Seite des Kleiderschranks, dessen Tür offen stand, sodass ihre ganze Schuhsammlung hervorschaute. Auch der Haarfön, ihr Laptop, das Tablett mit den Kaffeetassen und der Roman »Das Buch der fünf Sünden«, dessen Lektüre sie sich seit ihrer Rückkehr aus London hingegeben hatte, vom Anfang bis zum Ende und wieder zurück, wobei sie recht eigentlich ja nur den ersten Band des auf fünf Teile angelegten Romans gelesen hatte (und ungewiss war, wann und ob die anderen Bände, »die vier übrigen Sünden«, erscheinen würden) – alle diese Dinge hatten das kleine Sofa neben dem Bett in Beschlag genommen. Sie ging ins Bad, zog ihre Männersachen aus und warf sie in den Wäschesack, streifte dann ihre Baumwollunterwäsche ab, urinierte, verließ das Bad, ohne die Toilettenspülung betätigt zu haben, zog einen Stuhl aus der Zimmerecke heran und stellte ihn vor den Kleider-schrank, stieg auf den Stuhl, holte einen kleinen Koffer vom Schrank und warf diesen auf das Bett, von dem aus man in den Kleiderschrankspiegel schaute. Dann stellte sie den Stuhl wie-der weg, öffnete den Schrank und wählte schnell und ohne groß zu überlegen einige Blusen aus, einen sauberen, ebenfalls grünen Pyjama und mehrere Unterwäschekombinationen, von denen die meisten auch grün waren. Darauf wandte sie sich der Schminkkommode zu und zog einige Schmuckstücke aus der Schublade, die sie in ihrer Kosmetiktasche verstaute. Und schließlich packte sie alles, von dem sie glaubte, sie würde es brauchen, in den Koffer, kniete sich, als sie damit fertig war, mit ihrem ganzen Gewicht darauf, um ihn zu schließen, war mit zwei Schritten beim Sofa und nahm das Buch in die eine Hand, hob mit der anderen den Koffer an und war schon im Begriff, das Zimmer zu verlassen, als sie, da sie einen letzten Blick in den Spiegel warf, feststellte, dass sie noch fast nackt und nur in Unterwäsche war, nur eine grün schimmernde, durchscheinende Kombination aus Slip und Bustier trug. Sie musste lachen, das wäre eine schöne Überraschung für die Sit-tenwächter der Hisba, fehlte nur noch der querliegende Säbel und die Aufschrift »Es gibt keine Gottheit außer Gott, und Muhammad ist der Prophet Gottes«, und sie würden sagen, warum trägst du die Flagge unseres Königreichs, du Verdor-bene? Sie öffnete den Kleiderschrank von neuem, zog einen orangefarbenen Rock und eine schwarze Bluse an und verließ endlich das Zimmer, schloss die Tür und stieg, in einer Hand den Koffer, leise die Treppe hinab, öffnete die rückwärtige Eingangstür und wandte sich diesmal nicht zur Garage, in der sie ihren Wagen abgestellt hatte, sondern strebte dem anderen Ende des Gartens zu, wo die kleine Blechhütte stand, an deren Tür sie klopfte und mit gedämpfter Stimme rief: »Radju!« Es vergingen einige Augenblicke, bis der Fahrer in der Tür erschien. Seine Gesichtszüge und Aufmachung verrieten, dass er geschlafen haben musste. Er entschuldigte sich und sagte in gebrochenem Arabisch: »Verzeihen, Fräulein.« »Das macht doch nichts«, erwiderte sie und verlangte dann, er möge den Wagen vorbereiten, da sie eine lange Fahrt vor sich hätten. Radju verspritzte etwas Wasser aus einem Krug, der am Eingang der Blechhütte stand, als Zeichen der Hoffnung, dass alles gut werden würde, wie er meinte, und begleitete sie dann zu der zweiten Garage, in der der schwarze GMC stand, der Wagen, der ihrem Vater gehört hatte und jetzt nur noch auf langen Strecken zum Einsatz kam. Radju nahm ihr den Koffer ab und verstaute ihn im Kofferraum, und als er ihr die Tür öffnete und sie auf dem Beifahrersitz Platz nahm, fragte er sie: »Wir fahren wohin?« Sie verlangte von ihm, er solle nach Norden fahren, und er wusste, sie meinte die Zelte ihrer Tante. Als die Villa, in der sie ihr ganzes Leben verbracht hatte, ihre Kindheit und Jugend, zurückblieb, als sie das Make-up-Set mit dem kleinen Spiegel aus ihrer Handtasche holte und begann, sich zu schminken, als sie die Ray-Ban-Sonnenbrille wieder aufsetzte, ihr Haar mit einem Tuch, das sie ebenfalls in der Handtasche gehabt hatte, bedeckte, als sie erst mit dem Lippenstift und dann mit der Zunge über ihre Lippen fuhr, als sie von ihrem Fahrer verlangte, er solle Gas geben und schneller fahren – bei all dem, was in jenen Momenten wie im Flug an ihr vorüberzog, wusste Sara, dass sie von Stund an und in allem, was sie tat, in jeder Bewegung, neu geboren war und diesen Tag immer als ihren neuen Geburtstag begehen würde.

Vor einer Weile waren sie abgebogen und befanden sich jetzt auf einer unbefestigten Wüstenpiste, wo Sandstürme sich wie eine Wand vor ihnen aufbauten und die Sicht erschwerten, aber Radju, der sie schon einige Male hergefahren hatte, kannte die Gegend wie seine Westentasche. Auch war es nicht das erste Mal, dass sie es mit Sandverwehungen zu tun hatten, aber noch nie war er vom Weg abgekommen und hatte sie immer zielsicher bis zu den Zelten ihrer Tante chauffiert, hatte den Wagen exakt wenige Meter vor dem Eingang ihres Zeltes zum Halten gebracht. Und so dicht das Sandtreiben auch sein mochte, nie ging er mit der Geschwindigkeit herunter, bis sie wusste, sie waren da. Einmal hatte sie ihn gefragt, wie er seinen Weg denn finde, wo er doch keine Karte habe, worauf er gelacht und ihr stolz erklärt hatte, wer einmal als Schmuggler gearbeitet habe, brauche keine Landkarte. Sie hatte ihm mit einer Handbewegung bedeutet, er solle schweigen, da er drauf und dran war, ihr die Geschichte zu erzählen, wie ihr Vater ihn genau aus diesem Grund eingestellt hatte, als er eines Tages wie gewöhnlich ins Büro von Oberleutnant Daniel Brooks im Hauptquartier der amerikanischen Streitkräfte in Dhahran gekommen war und sich bei diesem beklagt hatte, er suche schon seit einer Ewigkeit nach einem anständigen Fahrer, der nicht nur fahren könne, sondern auch etwas vom Schmuggel auf den Pisten durch die Wüste verstehe. Warum denn ausgerechnet das, wollte der Oberleutnant wissen, worauf ihr Vater geantwortet hatte, die Schmuggler dort hätten einen wunderbaren Orientierungssinn und seien gute Automechaniker. Ich verstehe, gab der Amerikaner zurück und fügte nach kurzem Zögern hinzu: Hör mal, mein lieber Ghazi, du bist während unserer gesamten gemeinsamen Arbeit immer fair zu mir gewesen. Und deshalb werde ich dir Radju überlassen. Obgleich er wusste, wie sehr ihn dieser Verzicht schmerzen würde, denn Radju war auch über Dammam hinaus eine Berühmtheit. Selbst ihr Vater, Ghazi al-Djaassi, gab später mit ihm an, wenn er sich über den starken Schwund an geschickten, ortskundigen Fahrern beklagte, von denen die meisten im Schmugglergeschäft entlang der Grenze zu Bahrain und Katar oder den Grenzen zum Jemen und Oman tätig gewesen waren. Doch der Krieg hatte die allermeisten von ihnen verängstigt, hatte ihre Arbeit zu einem unkalkulierbaren Risiko werden lassen, denn gegen die Landminen, die er hinterlassen hatte, nützten auch Cleverness und Ortskenntnisse nichts.

Radju aber oder »der Inder«, wie ihr Vater ihn immer nannte, der als ganz junger Mann den Schmuggel betrieben und dieses einträgliche Geschäft erst drangegeben hatte, als er für Oberleutnant Daniel Brooks zu arbeiten begann, war offenbar mit einer natürlichen Intuition gesegnet, ahnte, wie ihr Vater immer prahlte, alle Gefahren voraus und war sogar in der Lage, Minen und andere Hinterlassenschaften des Kriegs zu riechen. Wie sehr hatte sie Radju manches Mal gehasst, vielleicht, weil sie überzeugt war, dass, hätte ihr Vater ihn nicht eingestellt, ihrer aller Leben anders verlaufen wäre. Andererseits wusste sie auch, dass es ihrem Vater sicher nicht schwergefallen wäre, einen Ersatz für ihn zu finden, hätte Daniel Brooks damals nicht auf seinen ihm treu ergebenen Fahrer verzichten wollen.

Glücklicherweise schwieg Radju auch diesmal. Er wollte schon ihren Koffer nehmen, den er aus dem Kofferraum gehoben hatte. Doch sie verlangte, er solle ihr das überlassen, sie werde ihn selbst tragen. Wann er denn wiederkommen solle, um sie abzuholen, fragte er, und sie erwiderte, am nächsten Morgen. Und da sie ihr Mobiltelefon schon seit zwei Tagen abgeschaltet hatte, wies sie ihn an, sollte jemand anrufen und nach ihr fragen, wobei sie in erster Linie an ihre Geschwister dachte, solle er sagen, sie sei nach Bahrain gefahren, um Prüfungen an der Universität dort abzulegen. Dass er am nächsten Morgen wiederkommen möge, sagte sie ihm nur, damit er nichts von den Plänen ihrer Tante und Muda erfuhr und diese weitererzählte, etwa ihren Schwestern. Er würde es noch früh genug erfahren, würde Sara dort nicht mehr antreffen, wenn er käme. Sie hob ihren Koffer an und trug ihn zu dem zweiten Zelt, das ihr Zuhause werden sollte. Das erste Zelt betrat sie nicht, weil sie wusste, weder ihre Tante noch Muda waren da. Ihre Tante war mit Sicherheit noch unterwegs, um ihre Waren auf dem nahen Beduinenmarkt feilzubieten, da sie wie Sara auch nur noch zu solchen Zeiten, den Stunden der allgemeinen Mittagsruhe, riskierte, mit dem Wagen unterwegs zu sein. Endlich setzte sie den Koffer auf dem sandigen Boden ab und warf sich gleich darauf auf das Lager.

Sie wusste nicht, wie viele Stunden sie geschlafen hatte. Sie lag noch immer auf der Pritsche, als sie Schritte leise näher kommen hörte. Sie musste alle Energie aufbringen, um die Augen zu öffnen und herauszufinden, was sich neben ihrem Lager tat. Und obwohl sie alles wie durch einen Schleier sah, nahm sie für einen Augenblick wahr, dass ihre Tante und Muda am Kopfende ihres Lagers saßen, jede von ihrer Seite zärtlich eine

Hand hielten und abwechselnd ein feuchtes Tuch auf ihre Stirn drückten. Dann spürte sie, wie eine Hand ihren Mund öffnete und ihr ein Fieberthermometer zwischen die Lippen schob. Sie wusste, das war Doktor Bandi, der indischstämmige Arzt, der die Familie ihrer Tante schon viele Jahre kannte und zuletzt immer in ebendieses Zelt gekommen war, um ihren Vater bis zu seinem Tod zu behandeln und ihm schmerzstillende Mittel zu geben. Sie musste bestimmt eine Ewigkeit geschlafen haben, wusste nicht, ob sie womöglich sogar das Bewusstsein verloren haben mochte. Warum sonst hätte ihre Tante den Arzt gerufen? Gewiss hätten diese Fragen sie noch stundenlang weiter beschäftigt, hätten sie wahrscheinlich auch noch viele weitere Stunden schlafen lassen, wenn sie jetzt nicht Doktor Bandis Stimme gehört hätte, der zu ihrer Tante und Muda sagte, ich glaube, sie war sehr erschöpft. Und sie muss ein bisschen was essen. Offenbar hat sie seit gestern nichts mehr gegessen. Dann erhob er sich, und ihre Tante und Muda taten es ihm nach. Sie wollte ihrer Tante sagen, sie habe keinen Appetit, aber sie müssten sich keine Sorgen machen, es sei nur eine Frage der Zeit, bis sie aufstehen und die Reise mit ihnen antreten könne, wie sie es in der vorherigen Nacht mit ihnen vereinbart hatte. Sie sollten sie nur noch ein paar Stunden schlafen lassen, dann wäre alles bestens, und sie würden von Ort zu Ort ziehen, wie ihre Tante es mit ihrer Tochter schon immer getan hatte, diesmal aber zusammen mit ihr, wie Sara es in ihren Träumen erhofft hatte. Doch sie fand nicht genug Kraft, den Mund aufzumachen, sah nur, wie alle sie verließen, und bevor der Stoff wieder über den Eingang des Zeltes fiel und diesen verschloss wie eine Tür, sah sie einen schwachen Lichtstrahl vor ihr über den Boden tanzen. Es dämmerte also bereits. War das denn möglich, dass sie mehr als vierundzwanzig Stunden geschlafen hatte? Und das bedeutete doch auch, dass Radju da gewesen und wieder gegangen sein musste. Oder wartete er noch immer auf sie?

Sie schaute sich um und sah eine Lichtgarbe durch eine Öffnung im Zeltdach fallen, in der hintersten Ecke des Zeltes, dort, wo ihr Vater gelegen hatte, zwei Monate lang. Und sie war es gewesen, die vorgeschlagen hatte, dort in jenem spitzen Winkel eine Öffnung in die Zeltwand zu schneiden, denn er musste Luft bekommen, wie sie ihrer Tante klargemacht hatte, die fürchtete, Staub und Sand könnten durch die Öffnung eindringen. Sein Körper braucht auch Licht, hatte sie der Tante gesagt, schau nur, wie abgemagert er ist, seit er aus dem Krankenhaus gekommen ist. Vielleicht hätte ihre Tante es ohnehin vorgezogen, wenn er im Krankenhaus geblieben wäre, denn er fehlte ihr nicht. Ob sie ihn verhörten oder ins Gefängnis warfen, ganz gleich, welches Ende es mit ihm nähme, es machte für sie keinen Unterschied. Ja, ihr Desinteresse an ihm stand ihr ins Gesicht geschrieben, und wenn die Tante ihren Vater aus dem Krankenhaus geholt hatte, dann nur ihretwegen, wegen ihrer Familie. Denn sie wollte nicht, dass das Militär hinter die ganze Sache käme und ihren Vater ins Gefängnis warf. Und vielleicht hatte sie auch gar keine andere Wahl, da sie in den ersten Tagen sah, wie die Militärs sein Bett im Krankenhaus umkreisten. Das zumindest hatte die Tante ihr bei ihrer ersten Begegnung nach der Rückkehr aus London erzählt. Schließlich wäre es ein Leichtes für sie gewesen, ihn einfach im Krankenhaus sich selbst zu überlassen, was hätte es sie gekümmert, ob er starb oder genas, wie die Tante ihr gestand. Ebenso leicht hätten sie ihre Zelte abbauen, ihre Habseligkeiten zusammenpacken und mit ihrer kleinen Herde an einen anderen Ort ziehen können, wie sie es lange Jahre getan hatte, immer auf der Flucht vor ihrem Bruder Ghazi al-Djaassi, da sie um dessen unstillbares Verlangen wusste, sie beide eines Tages aufzuspüren, sie und ihren Mann. So hatten sie gelebt, waren von einem Ort zum nächsten gezogen. Sie hatte die Wolle der Schafe gesponnen und ihr Mann Hufeisen gefertigt. Bis sie dann Muda halbtot und allein in der Wüste fand und diese irgendwann, als kleines Mädchen, auf die ungewöhnliche Leidenschaft verfallen war, Schmuckstücke aus Schädelknochen zu fertigen, die sie im Wüstensand vergraben fand. Ja, ihre Tante hätte wohl niemals die Entscheidung getroffen, sich dauerhaft in dieser Gegend niederzulassen, hätte sie sich nicht zunehmend Gedanken um Mudas Ausbildung gemacht, um den Besuch einer Schule.

»Die Bildung ist der größte Schatz eines Mädchens«, so die Überzeugung der Tante. Auch war sie sich sicher gewesen, Muda würde alle Schwierigkeiten meistern können. Und was sie in dieser Überzeugung bestärkte, war die Tatsache, dass Saras Schwester Asma in der am nächsten gelegenen Schule tätig war, denn sie hatte einige der Beduinenfrauen, die auf den Märkten ihre Waren verkauften, von »Asma al-Djaassi« reden hören, der »guten Lehrerin« aus al-Chobar. Und so neugierig ihre Tante gewesen war, die Tochter ihres Bruders kennenzulernen, so unermesslich war ihr Freude darüber, diese gefunden zu haben, denn nun würde ihre Muda endlich zur Schule gehen können. Ihre Nichte Asma, die Tochter ihres Bruders, würde sie beschützen. Was ihr Glück komplett machte, war, dass sie an einem abgelegenen Ort tief in der Wüste lebten, wo ihr Bruder sie niemals würde finden können. So zumindest dachte ihre Tante da noch, ohne zu ahnen, dass er ihren Aufenthaltsort durch die Sittenwächter von der Behörde für die Verbreitung von Tugendhaftigkeit und für die Verhinderung von Lastern erfahren würde, die sie eines Tages in ihrem Wagen anhielten. Für die Männer von der Hisba stellte das Autofahren von Frauen ein Vergehen dar, auch wenn sie es für gewöhnlich vermieden, das Ganze an die große Glocke zu hängen, da sie auf keinen Fall wollten, dass das rebellische Verhalten einer einzelnen Frau andere Frauen zur Nachahmung animierte. Zumal, da sie eine Beduinin war. Wäre sie eine der aufgetakelten Städterinnen, bekam sie gesagt, würden sie sie nicht so ohne weiteres davonkommen lassen. So aber begnügten sie sich damit, sie zurechtzuweisen, ihren Namen und Wohnort aufzunehmen und sie dann laufenzulassen, nachdem sie ihr das Versprechen abgenommen hatten, sich nicht noch einmal hinters Steuer zu setzen. Und hätte sie gewusst, dass der Kopf des Bösen, derjenige, der als Aufpasser der Arbeit der Sittenpolizei vorstand und seinen Amtssitz ganz in der Nähe hatte, niemand anderes als Saras Onkel war, hätte sie mit Sicherheit nicht ihren richtigen Wohnort angegeben.

»Die Wüste ist ja groß«, wie ihre Tante sagte. So aber habe es das Schicksal gewollt, »auf die Stirn geschrieben, dass jedes Auge es hätte sehen müssen«. Ihr Onkel war zu ihrem Vater gegangen und hatte ihm gesagt, ein Weib, das Auto fährt? Schau dir an, wie tief wir gesunken sind. Du bist mein Schwager, lieber Ghazi, der Mann meiner Schwester, und die Ehre deiner Familie ist auch die meine. Es ist an der Zeit, dass du dich als Mann erweist und den Ruf der Familie rettest, Ghazi. Ihrem Vater war bewusst, dass sein Schwager ihn aufstacheln wollte, und natürlich halfen ihm Radjus Ortskenntnisse der Wüste, den genauen Aufenthaltsort seiner Schwester herauszufinden. Es war nur eine Frage der Zeit, bis er sie aufspüren würde. Und so hatte also eines Tages ihr Bruder Ghazi al-Djaassi plötzlich vor ihrem Mann gestanden und das Feuer auf ihn eröffnet, ohne zu wissen, dass das Schießen in dieser Gegend verboten war, weil es sich bei dem ganzen Gebiet um ein dem König und seinem Gefolge vorbehaltenes Jagdrevier handelte, das durch die königliche Garde Tag und Nacht bewacht wurde. Bei dem Feuergefecht sei ihr Mann getötet, ihr Bruder aber schwer verwundet worden. Der Patrouille der königlichen Garde jedoch, die, durch den Schusswechsel aufgeschreckt, zum Ort der Tragödie geeilt gekommen sei und nach der Identität der beiden Männer gefragt habe, habe sie gesagt, der Tote sei ihr Bruder und der Verwundete ihr Mann. Deine Mutter hat die Nachricht nicht verwunden, gestand ihre Tante Sara. »Sie ist am Tag darauf verstorben.« Ja, sie habe damit nicht einmal einen einzigen Tag gewartet, um sich von der Richtigkeit der Nachricht zu überzeugen. »Welchen Wert hat mein Leben noch ohne Ghazi?«, habe sie ihren Söhnen und Töchtern gesagt. »Und lasst Sara dies wissen, wenn sie zurückkommt.« Hätte ihre Tante die Adresse des Hauses gehabt, in dem die Familie ihres Bruders in al-Chobar wohnte, hätte sie sich selbst noch am Tag des schrecklichen Ereignisses unverzüglich dorthin begeben oder ihre Muda geschickt, um Masha'il, die Frau ihres Bruders und Mutter von Sara, zu benachrichtigen, was sich zugetragen hatte. Vor allem aber hatte sie mit ihrem verwundeten Bruder zu tun gehabt, wollte ihn schützen. Die Gardisten hatten ihn ins Krankenhaus geschafft, doch nicht etwa aus Fürsorge um ihn, denn was bedeutete schon ein schwerverwundeter Beduine mehr, draußen in der Wüste. Nein, sie hatten sich seiner bloß angenommen, um ihn später vernehmen zu können, denn sie wussten ja nicht, dass es sich bei ihm um Ghazi al-Djaassi handelte, Inhaber der Ahlam-Company, Ausrüster des amerikanischen Luftwaffenstützpunktes in Dhahran, dachten, er sei einer der gefährlichen Schmuggler, die die Gegend unsicher machten.

Wie unendlich traurig machte sie, was sie an Trauer und Tod über die Familie ihres Bruders gebracht hatte, aber was hätte sie tun sollen? Sie hatte doch keine andere Wahl, erklärte ihre Tante Sara später, denn nach dem Verlust ihres Mannes habe sie nicht auch noch ihren Bruder verlieren wollen. Also habe sie die Identitäten der beiden vertauschen müssen, habe gewartet, bis sich der Zustand ihres Bruders ein wenig stabilisiert hatte, um ihn zu retten, ehe die königlichen Gardisten ihn verhören konnten. Sie habe nicht gewollt, dass die ganze Geschichte aufflog, dass sie ihn ins Gefängnis warfen oder ihn einfach erschossen, weil er im königlichen Jagdrevier, zu dem der Zutritt strengstens verboten war, gewildert hatte. Sie hatte alles vorbereitet, um ihren Bruder bei sich aufzunehmen und seinen Aufenthalt möglichst erholsam zu gestalten, war mit Muda zunächst in eine andere Gegend gezogen, auf die andere Seite des Wadis von Hafar al-Batin, wo sie auch jetzt noch waren, hatte dann zusammen mit Muda und Saras Schwester Asma ihren Bruder aus dem Krankenhaus geschmuggelt und ihn hergebracht, zu den zwei offenen Zelten in den Weiten der Wüste. Auch hatte sie sich damit abgefunden, dass er in ihrem Zelt blieb, bis er genesen wäre und selbst entscheiden konnte, welches Schicksal er wählen wollte. Und an jenen Tagen, an denen Saras ältere Schwester Asma nicht kommen konnte, hatte ihre Tante selbst die Pflege des Bruders übernommen, voller Groll und Widerwillen und ohne ein Wort zu sagen. Das war es, was sie mit Asma vereinbart hatte. »Von mir wird er kein Wort zu hören bekommen«, war ihre Bedingung gewesen. »Bis zu deiner Rückkehr habe ich nicht mit deinem Vater gesprochen«, gestand ihre Tante. Gleich nach ihrer Rückkehr aus

London übernahm Sara die Pflege ihres Vaters, hatte ihre Schwester Asma so von der Last befreit, hatte, ohne dass ihre Geschwister davon wussten, ihre Tante mehrmals in der Woche besucht und ihren Fahrer Radju angewiesen, Stillschweigen über ihre gemeinsamen Fahrten in die Wüste zu wahren.

Und das, obwohl sie wusste, ihre Bemühungen würden zu keinem Ergebnis führen. Denn wie ihre Tante und Doktor Bandi war auch sie sich bewusst, dass die Tage ihres Vaters gezählt waren und er sterben würde. Später sollte sie sich nicht mehr erinnern, wie viele Tage er dort in der Ecke des Zeltes gelegen hatte, auf genau demselben Feldbett, auf dem sie jetzt lag, und kein Wort gesagt hatte, da er bereits nicht mehr bei Bewusstsein war. Immer würde sie Doktor Bandi dankbar sein, der von Zeit zu Zeit den beschwerlichen Weg auf sich genommen hatte, um ihrem Vater schmerzstillende Medikamente und Injektionen zu geben. Am Ende aber geschah, was alle erwartet hatten, und Ghazi al-Djaassi starb. Sie begruben ihn ganz in der Nähe des Lagerplatzes. Sara saß drei Tage lang an seinem Grab und konnte nicht aufhören zu weinen. Konnte nicht verstehen, was geschehen war. Dass ihr Vater hier als regloser Leichnam verscharrt lag. Und noch dazu wo? Am Lagerplatz seiner Schwester, die er als Junge abgöttisch geliebt hatte. Das alles war unbegreiflich, und je länger sie darüber nachdachte, je mehr sie sich im Kreis drehte und sich den Kopf zerbrach, nach Erklärungen und Gründen suchte, landete sie immer wieder bei ein und demselben Punkt: ihrem Onkel, dem älteren Bruder ihrer Mutter. Ja, sie konnte sich kaum vorstellen, was ohne ihn alles nicht geschehen wäre, nicht nur ihr persönlich, nicht nur ihrem Vater und ihrer Tante, sondern in Bezug auf alles Böse – immer war ihr Onkel der Grund. Ja, er war die Ursache und kein anderer. Unzählige Male hatte ihr

Onkel alles in seiner Macht Stehende getan, hatte alles, was seine Seele an Schlechtigkeit barg, hervorgeholt, um ihren Vater zu provozieren, ihn gegen die eigene Schwester aufzuhetzen, vor allem dann, wenn ihr Vater die Geschichte der Flucht seiner Schwester mit einem anderen Mann, einem Handwerker, vergessen zu haben schien. Wie viele Male hatte sie ihn ihren Vater darauf ansprechen hören, vor allem bei jenen Gelegenheiten, wenn es galt, sie – Sara – zu tadeln oder »zu erziehen«, wie ihr Onkel gerne sagte. Ihr Vater müsse die Sache mit seiner Schwester »in Ordnung bringen«, hatte er immer gesagt. Ja, es war ihr Onkel gewesen, der hinter allem steckte, der Mann in der kurzen Dischdascha und dem mit Henna gefärbten, zerzausten Bart, derjenige, der sich immer gebrüstet hatte, seine hohe Position bei der Hisba oder der Behörde, der Behörde des Satans oder what the fuck, vor allem seiner edlen Abstammung wegen innezuhaben, so als wären alle anderen Menschen Sklaven. Es war, als hätte ihr Onkel von der Eifersucht gewusst, die ihren Vater als kleinen Jungen um den Verstand gebracht hatte, und dass die Erinnerung an seine Schwester, in der sich Zorn und Liebe mischten, nur einer Gelegenheit bedurfte, um wieder an die Oberfläche zu kommen, ein winziger Nadelstich nur. Sie musste daran denken, wie sie eines Tages neben ihrem Vater auf dem Beifahrersitz des GMC gesessen hatte, keine fünf mochte sie damals gewesen sein und gerade dabei, ihr neu gewonnenes sprachliches Vermögen zu erproben, und ihr Vater sie aufmerksam, aber auch mit einem Anflug von Sorge betrachtet hatte, einer Besorgnis, die sie erst später, als sie älter und reifer wurde, verstanden hatte. Doch damals hatte er sich gewiss über ihre sprachliche Gewandtheit gewundert, und bestimmt war sie ihm wie eine reife Persönlichkeit erschienen, die sich ihrer Worte sicher war. Ja, sogar die

Art, wie sie neben ihm im Wagen saß, ihre Ruhe die ganze Strecke über, ihre Nachdenklichkeit, all das hatte ihren Vater besorgt gemacht und ihn um ihre Zukunft fürchten lassen. Mehrfach hatte sie gehört, wie er neben ihr saß und wie mit sich selbst redete: »Dieses Mädchen macht mir Angst«, als fürchtete er sich vor etwas, das jeden Augenblick geschehen konnte, in der nächsten Sekunde oder wenig später, als könnte er sie urplötzlich verlieren, wie er seine einzige Schwester verloren hatte. Und jetzt bewahrheitete sich, wie recht er gehabt hatte, da sie nicht wusste, welches Schicksal sie fortan erwartete. Was wäre, hätte er gewusst, dass sie endlich denjenigen getötet hatte, der ihn am meisten in seinem Leben gegen sich selbst aufgebracht hatte. Wäre er erleichtert, oder würde er voller Abscheu zu ihr sagen: »Meine Tochter kann keine Mörderin sein, ganz gleich, was geschehen oder gewesen ist.«

An jenem Mittag verspürte sie zum ersten Mal einen Stich in der linken Brusthälfte, legte die Hand auf ihr Herz und massierte die Stelle, wusste nicht, ob dieser winzige Krampf durch einen organischen Schmerz ausgelöst worden war, als wäre ihr Herz vor der Zeit gealtert, oder von der Besorgnis herrührte, die sie mit einem Mal befiel, nichts, was die Zukunft für sie bereithielt, würde sie je wieder Ruhe und Unbeschwertheit empfinden lassen. Ganz sicher spielte die Ungewissheit eine Rolle, was die nächsten Tage bringen würden, aber nicht etwa, weil sie bereute, was sie getan hatte. O nein, wäre sie nur wieder bei Kräften, würde sie gleich von neuem zum Polyklinikum fahren und ihre Tat wiederholen. Denn hätte sie tatsächlich Reue empfunden, hätte sie in den zurückliegenden Stunden von Albträumen gepeinigt sein müssen. Doch sosehr sie in jenem Augenblick auch ihre Erinnerung bemühte: Das genaue

Gegenteil war der Fall, sie hatte viele Stunden lang tief und fest geschlafen, ohne dass auch nur ein Albtraum sie heimgesucht hätte. Denn diese beiden Frauen, die bis gerade noch an ihrem Kopfende gesessen hatten, sie waren der Trost, der ihr in ihrem Leben noch verblieben war. Ganz egal, was an dem Tag passiert war, sie bereute nichts. Sie hatte vollendet, was sie auf dem Flug von London nach Dammam geplant hatte. Und jetzt musste sie sich keine Sorgen mehr machen, solange nur diese beiden Frauen bei ihr wären. Sie würde wieder gesund werden und leben, würde ihr Leben mit diesen beiden teilen, würde mit ihnen von Lagerplatz zu Lagerplatz ziehen, von einem Wadi zum nächsten. War es nicht das, was sie ihnen versichert hatte? Nur mit ihnen würde sie ihr Leben in Freiheit leben, würde mit ihnen an den entlegensten Orten der Wüste wohnen. Und wenn sie auch nur für einen Moment daran zweifelte, musste sie nur die Augen öffnen und sich umschauen, um zu wissen, sie befand sich nicht in einem Traum. Sie war es, die hier lag, und nicht die Sara, deren Geschichte sie gelesen hatte. Und die Stimme, die sie süß von nahem anrief und ihr Herz Frieden empfinden ließ, war die Stimme ihrer Tante. »Es wird Zeit aufzubrechen.« Sie hatten die beiden Zelten zusammengepackt und verstaut und saßen bereits im Wagen, warteten. Ja, sie träumte nicht, es war keine andere als sie, die hier im Freien auf dem einfachen Feldbett lag. Nein, es war niemand mehr hier außer ihr, und nichts wartete mehr darauf, verstaut zu werden, als das Buch, das noch unter der Pritsche lag. Also, kein Zögern und kein Zaudern mehr, keine Trauer und Verzweiflung ab jetzt. Alles, was sie tun musste, war aufstehen, das Bett zusammenlegen, es zum Wagen tragen und zu den anderen Habseligkeiten auf die Ladefläche des Pick-ups werfen. Denn das war es, was sie sich vorgestellt hatte, und genau das tat sie im nächsten Augenblick auch: Sie erhob sich, faltete das einfache Lager zusammen, wandte sich dem Pick-up zu, der auf sie wartete, warf das Feldbett auf die Ladefläche und schwang sich in die Fahrerkabine. Und in der Sekunde, in der ihre Tante das Gaspedal durchtrat, der schwere Wagen einen Satz nach vorne machte und Sara Muda in den Arm nahm, glücklich darüber, welches Leben sie mit den beiden haben würde, erst in dem Augenblick fiel Sara ein, dass sie das Buch im Wüstensand hatte liegen lassen. »Stimmt etwas nicht?«, wollte ihre Tante wissen, vielleicht, weil sie mit einem Mal nachdenklich und zerstreut wirkte. »Nein, alles bestens«, gab Sara zurück, und anstatt sich umzudrehen oder zu überlegen, noch einmal zurückzufahren, richtete sie den Blick nach vorn und dachte, dass sie vielleicht dieses Buch für immer verloren haben mochte, aber andererseits war sie mit einem Mal froh und ganz unbeschwert, als hätte sie nicht die Geschichte einer anderen Sara hier zurückgelassen, sondern ihre eigene, an einem Ort irgendwo in der Wüste, in einem Wadi, von denen es unzählige gab, eine Geschichte, die diejenigen sich erzählen würden, die die Wüste durchquerten, eine Geschichte, die, sollte sie eines Tages in Buchform erscheinen, den sonderbaren Titel »Saras Sünde« tragen würde.

NACHWORT

Meine liebe Sara,

ich denke, es war der Pfirsichduft, der mich vor einigen Tagen, da ich Anfang September mit einigen Freunden und Freundinnen im österreichischen Burgenland beisammensaß, an dich erinnert hat. Die Sonne hatte gerade begonnen, sich wie ein Feuerball auf die andere Seite des Globus zu wälzen, als ich einen Geruch wahrnahm, der mich für einen Moment die Augen schließen ließ, ein angenehmer, süßlicher Duft. »Ich kenne diesen Duft«, sagte ich vernehmlich und atmete tief ein. »Das ist der Duft von Pfirsichen, wer kennt den nicht?«, hörte ich unsere Gastgeberin sagen und dabei auf einen kleinen Baum hinter uns deuten, in dem Garten, in dem wir saßen. »Ja, ich weiß, aber …«, erwiderte ich, ohne meinen Satz zu beenden. Wollte sagen, aber der Duft, den ich gerade wahrgenommen habe, ist ein anderer, ist der besondere Pfirsichduft, den ich in Saras Garten geschnuppert habe. Und es war ebendieser Duft, der mich diesmal den festen Vorsatz fassen ließ, die Geschichte zu erzählen. Deine Geschichte.

Ich musste dir dies erzählen, muss dich um Erlaubnis bitten, weil ich endlich gewagt habe, dieses Buch zu veröffentlichen, das ursprünglich ja das deine ist. Und ich will dir gestehen, dass ich bis zu jenem vom Duft der Pfirsiche – deinen Pfirsichen – getränkten Abend nicht daran gedacht hatte, die Geschichte niederzuschreiben, die ich von dir erfahren hatte, sie aus dem kleinen Notizbuch, das du mir anvertraut hattest, zu übertragen und in Form eines Romans zu veröffentlichen, der deinen Namen tragen würde. Ich hatte es oft versucht, bis ich die ganze Sache aufgab und mir schwor, die Geschichte endgültig ruhen zu lassen, erstens, um dem Versprechen treu zu bleiben, das ich dir gegeben hatte, die Geschichte nicht ohne deine Erlaubnis zu veröffentlichen, und zweitens, weil ich, sooft ich mich an die Geschichte gewagt hatte, immer das Gefühl hatte, ihr nicht zu genügen, mir sicher war, es würde mir niemals gelingen, sie in Buchform so wiederzugeben, wie du es wolltest. Am besten, sie blieb in der Schublade und wartete dort auf ihr unbekanntes Schicksal. Doch es war dieser intensive Duft, der mich erneut zu der Geschichte und damit zu dir trug. In Marcel Prousts »Auf der Suche nach der verlorenen Zeit« wird der ganze Prozess der Erinnerung eingeleitet, nachdem der Erzähler den Geschmack einer Madeleine gekostet hatte. Eine begierige Leserin wie du und begabte Schriftstellerin (dein Notizbuch ist Zeuge genug deines Talents) muss wissen, woher die Erinnerungen rühren. Und ich? Der Duft des Pfirsichbaums war es, der mich bewogen hat, der mir die Erinnerung zugetragen hat an jenen schönen Abend, den ich mit dir im Garten deines kleinen Hauses verbringen durfte.

Jetzt, da ich dir schreibe, tritt mir dein Bild vor Augen, wie du dort in deinem mit roten Rosen bestickten und mit Perlen verzierten Kleid sitzt. Es war ebenfalls Anfang September und einer der in deinem Land seltenen Tage, da relativ milde Temperaturen uns erlaubten, auf der Terrasse deines Hauses zu sitzen und das angenehme Wetter und den Blick auf das Meer von Blumen zu genießen, die du zum Teil in Tröge und zum Teil in die Erde gepflanzt hattest. Wir atmeten genüsslich die klare, sommerliche Luft ein, und um uns herum herrschte tiefe

Stille. Nur unsere Stimmen waren zu hören, oder vielmehr deine Stimme, die wie ein sanfter Windhauch war, der durch den weiten, leeren Raum wehte, während der in jener Nacht perfekte Vollmond an einen Sultan denken ließ, dessen Diamanten wie geschmolzenes Gold auf der Wasseroberfläche schillerten. Die Küste schien leer bis auf ein paar wenige Häuser, deren Besitzer nur selten zu Besuch kamen, wie du mir sagtest. Du warst zu Recht stolz auf deinen Garten, den du eigenhändig angelegt hattest, denn im Gegensatz zu den Nachbargrundstücken war die Erde vor deinem Haus nicht wüst und trostlos, da du, die »Gartenliebhaberin«, wie du dich scherzhaft selbst bezeichnetest, daraus einen Wüstengarten gemacht hast, und, wann immer sich dir die Gelegenheit bot, Steinblöcke verschiedener Größe von nahe gelegenen Fundstellen herangeschafft und dazwischen Stachelgewächse und großblättrige Kakteen angepflanzt hattest. »Sogar einen Pfirsichbaum habe ich, siehst du?«, sagtest du und deutetest auf einen kleinen Baum vor uns, um dich dann zu erheben, ein Blatt von dem Baum zu zupfen, es zwischen den Fingern zu zerreiben und mich aufzufordern, daran zu riechen. »Das ist der Duft des persischen Apfels«, sagtest du und fügtest melancholisch hinzu: »Wann immer du den Pfirsichduft riechst, denke daran, dass Sara dich um etwas gebeten hat.« Und tatsächlich sollte ich diesen Duft in der Nase behalten und mit ihm in meiner Erinnerung all die Geschichten jenes außergewöhnlichen Abends.

Ich erinnere mich auch, dass du mir sagtest, in diesem Land habest du seit deiner Kindheit wie im Krieg leben müssen, habest ihn mit der Muttermilch aufgenommen. Wer als Frau hier geboren werde, müsse den Fels mit einem Körper aus Glas sprengen. Nichts erfreue einen in diesem Land, hörte ich dich bedauernd sagen, alles sei eine Quälerei, sogar die Natur, und um mir dies zu verdeutlichen, fragtest du: Siehst du nicht? Jeder noch so leichte Windstoß, jede sanfte Bö hier trägt Staub mit sich. Und die Sandstürme? Wie sollen die Menschen hier nicht den Frühling hassen, die Jahreszeit der peitschenden Ostwinde, die Staub und Sand mit sich führen. Und es nütze nichts, feuchte Tücher in Fenster- und Türritzen zu stopfen, der Staub dringe überall ein, erobere die Häuser, bis die Menschen ihn einatmeten und dicke Schichten davon auf allen Möbeln lägen. Und wenn die Stürme sich legten, ließen sie Sandhaufen zurück, die sich vor Türen und auf Terrassen türmten, und der Staub bleibe noch tagelang in der Luft hängen, drinnen wie draußen. »Du hast Glück, dass dein Besuch in den Herbst fällt«, sagtest du mir. Ich wollte schon sagen, ich sei nicht derjenige, der den Reisetermin ausgewählt hatte, das habe der deutsche Kulturattaché für mich gemacht, aber ich schwieg, denn ich musste dir weiter lauschen. Deine Stimme klang belegt, als du den Krieg, den du durchlitten hattest, seit du ein kleines Mädchen gewesen warst, seit dem Tag, an dem jener Scheich mit seinem hennarot gefärbten Bart zu dir und deinen Mitschülerinnen in die Klasse gekommen war, mit deinem nicht enden wollenden Kampf gegen den Staub im »Königreich des Staubs« verglichst. Selbst die Erde hier war wüst und trostlos, bis deine Hände sie in einen blühenden Garten verwandelten. »Das sind nicht die Hände einer Mörderin«, sagtest du zu mir und spreiztest deine Finger.

Ich muss dir gestehen, ich war verwirrt in jenem Augenblick, verstand nicht, was du damit sagen wolltest, »die Hände einer Mörderin«, nahm an, du habest einen Spaß gemacht, oder es sei eine Art von schwarzem Humor, etwas mir Unverständliches. Denn noch hatte ich dein Notizbuch ja nicht gelesen,

warst du für mich – bitte verzeih – in jenem Augenblick eine
mir völlig unbekannte Persönlichkeit. Ich wusste nichts von
dir, hatte nichts außer dem Zettel, den einer der Organisatoren
der Lesung mir in die Hand gedrückt hatte, als er beim Raus-
gehen am Ende des Abends sagte, ich soll dir das hier geben,
eine der Zuhörerinnen hat ihn mir zugesteckt, womit er auf
den Saal der Frauen deutete, wo ihr saßet und die Lesung über
einen großen Bildschirm verfolgt hattet. Ihr konntet mich sehen, ich euch aber nicht, konnte nur eure Stimmen hören, die
mir Fragen stellten, auf die ich antwortete. Als du erschienen
bist und vor mir Platz genommen hast, hatte ich etwas Angst
(das muss ich gestehen). Wieso sollte der Mann, der mir den
Zettel gegeben hatte, den ich auseinanderfalten musste, um
seinen Inhalt zu erfahren, mir nicht eine Falle gestellt haben?
Ja, sagte ich mir, ich kenne zwar seinen Namen, und er ist eine
bekannte Persönlichkeit in eurem Land, aber ist bei euch nicht,
wie du selbst sagst, alles anders, als man denkt? »Sagen Sie dem
Fahrer, er soll Sie am Strand nördlich von … absetzen. Dort
werden Sie zu Ihrer Linken ein weißes, von einer Terrasse mit
Rundbögen umgebenes Haus sehen, das aufs Meer geht. Heute
Nacht herrscht Vollmond, Sie werden das Haus daher leicht
finden, und sollten Sie sich verlaufen, folgen Sie dem Duft der
Pfirsiche.« Das las ich auf dem Zettel. Wie hätte ich da nicht
misstrauisch sein sollen?

Ich brauchte einige Zeit, bis sich meine Zweifel gelegt hatten, und ich die Angst, die sich meiner bemächtigt hatte, allmählich verscheuchen konnte. Und ich muss dir hier gestehen,
dass es vor allem deine Stimme war, die mit jedem Ton, jedem
Wort mir Zutrauen einflößte. »Herzlich willkommen«, sagtest
du und bliebst sitzen auf deiner Terrasse, um mir dann zu berichten, wie glücklich du seiest, mich endlich gefunden zu ha-

ben. Und noch dazu wo? Hier in … Du habest deinen Augen nicht getraut, als du von meiner Einladung zu einer Lesung hier im Literaturclub eurer Stadt lasest. Ich muss ihn treffen, habest du dir gesagt, egal wie, niemand außer ihm wird wagen, die Geschichte zu erzählen. »Kein anderer als Sie, lieber Harun«, sagtest du zu mir und zeigtest mir dann das kleine Notizbuch, das in deinem Schoß lag, ein kleines schwarzes Notizbuch von Moleskine, wie Journalisten oder Schriftsteller es auf Reisen bei sich zu tragen pflegen. Auch ich hatte auf meinen letzten Reisen immer ein solches bei mir, wenn ich durch Städte und Landstriche streifte. Du sagtest, du würdest niemanden kennen, dem du mehr Vertrauen schenktest als mir. Seit ich Ihr erstes Buch gelesen habe, hoffte ich, Sie einmal zu treffen, sagtest du. Und ich möchte, dass Sie dieses Notizbuch an sich nehmen, fuhrst du fort. Lesen Sie es aufmerksam. Ich lasse Ihnen alle Freiheiten, wie Sie damit verfahren. Ich hoffe, ich liege nicht falsch, aber sicher werden Sie darin manches finden, was sich mit Ihrem Interesse deckt. Doch wie auch immer, eines müssen Sie berücksichtigen. Ich möchte, dass Sie wissen, sagtest du sanft und formvollendet, wobei du sacht meinen Handrücken berührtest, erst, wenn ich verschwinde, haben Sie das Recht, etwas davon öffentlich zu machen. Sie schreiben nicht über »Saras Sünde« und die saudische Erziehung, solange Sara noch am Leben ist. Das heißt, so sie denn überhaupt ein Leben hatte, fügtest du noch in traurigem Ton hinzu. Oder sehen Sie nicht, dass alles in diesem elenden Königreich einem die Luft zum Atmen nimmt? Sie ist wie eine, die einen andauernden Krieg gegen den Staub führt, sagtest du, als würdest du mit einem Mal über eine andere, eine zweite Person sprechen, als suchtest du Zuflucht bei einer Zwillingsschwester, einer anderen Sara oder Aramco, wie du es als Kind eine Zeitlang getan hattest. Und das, obgleich derjenige, der dir in jener Nacht gegenübersaß, dir alles hätte sagen können, nur nichts, was dir das Gefühl gegeben hätte, getadelt zu werden.

Ich erinnere mich noch immer an jedes deiner Worte in jener Nacht, an deine traurige Stimme, und später, als ich die Aufzeichnungen in dem Notizbuch las, verstand ich, woher deine Traurigkeit kam, deine Angst, warum du in einer solchen Lage warst. Und ich verheimliche dir nicht, dass ich bis zu dem Augenblick, da diese Zeilen hier niedergeschrieben werden, unschlüssig war, nicht wusste, ob die Veröffentlichung der Geschichte nicht verhängnisvoll sein würde. Und sollte sie tatsächlich erscheinen – dann unter deinem richtigen Namen oder einem Pseudonym? Oder im schlechtesten Fall unter unserer beider Namen, deinem und meinem? Oder wäre es nicht doch am besten, wenn ich sie einfach unter meinem Namen herausbringen würde, als der Harun Wali, dem du vertraut hast? Am Ende aber ist die Form wohl unwichtig, in der diese Geschichte erscheinen wird. Ich denke nicht, dass mich das vor Nachstellungen retten wird. Denn wer nicht glaubt, dass dies meine Geschichte ist, wird wissen, es ist deine, ist die einer Frau, die mehr als genug »Sünde« und Leid erdulden musste, und dass ich nicht mehr getan habe, als zu übertragen, was du in deinem kleinen Notizbuch dokumentiert hast. Aber um dir die Wahrheit zu sagen, da ich dir von meinen Zweifeln und meinen Bedenken schreibe, von meiner Angst und meinem Argwohn: Ich höre das Echo deiner Worte in meinem Hirn, die aus der Tiefe der Nacht zu mir dringen, von jenem fernen Ort, an dem wir saßen. »Niemand außer Ihnen ist in der Lage, diese Geschichte ohne Zensur und Tabus zu erzählen«, wie du mir sagtest und dabei einen Satz aus einem meiner vorherigen

Romane borgtest, ihn jedoch mit deinem ganz eigenen Tonfall versahst. Und es war dieser ermutigende Vertrauensvorschuss, der mich bewegte, mir zu sagen, komme, was da wolle, ich werde tun, was sie für richtig hält.

Meine liebe Sara, die Schufte haben ihre Gesetze, aber wir haben die Freiheit zu sagen, was uns beliebt. Verzeih mir also, dass ich letztlich beschlossen habe, dieses Buch unter Saras Namen zu veröffentlichen. Ich verarbeite darin, was sie an Wünschen und Begierden preisgegeben hat, sowohl jene, die Wirklichkeit geworden sind, als auch all die, die unerfüllt geblieben sind, wobei es keine Rolle spielte, wenn zuweilen etwas fehlte in dem Notizbuch, das du mir anvertraut hattest. Denn es war ja genau die Aufgabe, die du von mir erwartet hast, dass ich die blinden Flecken ausfülle, die sie gelassen hatte zwischen den Zeilen, natürlich nicht absichtlich, sondern weil sie wahrscheinlich nicht genug Zeit hatte oder ganz einfach keinen Ort, an den sie sich hätte zurückziehen können, um wenigstens ein paar Tage allein mit sich zu sein und zu vollenden, was sie an Aufzeichnungen begonnen hatte. Eine gejagte Frau wie sie, oder eine Frau in permanentem Kriegszustand, die im Königreich des Staubs nicht einen Augenblick frei atmen kann, die nirgendwo Sicherheit oder Geborgenheit findet. Das Einzige, dessen sie sich sicher ist, ist, dass eines Tages einer kommen wird, um die Geschichte zu vollenden. Denn jede Geschichte hat einen Faden, an dem derjenige weiterweben wird, der den Wunsch zu erzählen hegt. Und der Faden in Saras Geschichte sind die Geschichten, die sie in einem kleinen schwarzen Notizbüchlein hinterließ. Ich hoffe daher, ich täusche mich nicht in meiner Einschätzung, dass es das war, was du wolltest oder mit deiner Einladung zu bewirken erhofftest, in jener außergewöhnlichen Nacht am Strand nördlich von …, in deiner Stadt … Denn war es nicht dein Wunsch, ich sollte zu Ende bringen, was du begonnen hattest?

Liebe Sara, wahrscheinlich habe ich deinen Wunsch nicht umfänglich erfüllt, verzeih mir. Ich wollte das Erbe, das du mir hinterlassen hast, das Testament, das ich seit Jahren mit mir herumtrage, nicht verzerren. Vielleicht wäre die Geschichte so vollständig geworden, wie du es wolltest, und ich hätte mich mit Änderungen an den Stellen begnügt, an denen es erforderlich schien, was aber nur sehr wenige betraf, wäre es uns gegeben gewesen, nach unserem ersten und einzigen Treffen an jenem Abend am Strand nördlich von … ein weiteres Mal zusammenzukommen. Zum Beispiel hätte ich von dir Antworten erhofft auf all die Fragen, die in meinem Kopf herumspuken, seit ich dein kleines Notizbuch das erste Mal gelesen hatte, oder auch andere Fragen, die mir später kamen, wenn ich auf Meldungen und Nachrichten aus deinem Land, dem »Königreich des Staubs«, stieß. Wie gern hätte ich dich zum Beispiel gefragt, was ist nach deiner Flucht mit deiner Tante und Muda, die wie ihre Tochter ist, geschehen? Und welches Schicksal hat deine Freundin Alhanuf ereilt? Und Nassir? Was ist mit ihm? Haben die Engländer ihn freigelassen? Ich weiß, dass es das Gefängnis Belmarsh im Stadtteil Thamesmead im Südosten Londons natürlich noch gibt und dass diese Trutzburg noch immer überfüllt ist mit »terrorverdächtigen« Häftlingen. Doch vielleicht hat man ihn aus genau diesem Grund rausgelassen, damit ein neuer »Terrorist« an seiner Stelle einsitzen kann? Und hätte ich dich nicht nach Nassir gefragt, was ich allerdings stark bezweifle, so hätte ich dich mit Gewissheit zur Ermordung weiterer »Künder« und Scheichs der Behörde für die Verbreitung von Tugendhaftigkeit und für die Verhinde-

rung von Lastern in deinem Land befragt, das wir diesmal –
und ich denke, da hast du keine Einwände – auch als »Königreich der Finsternis« bezeichnen können. Was ist mit diesen
zur Fatwa befugten Scheichs, den »Rechtsautoritäten des Königreichs der Finsternis«? Steckst du tatsächlich hinter ihrer
Ermordung? Mehr als dreißig Scheichs und Muftis, eine genaue und gesicherte Zahl liegt nicht vor, sind umgebracht
worden, ein jeder auf unterschiedliche Art. Zuletzt der ver-
hasste, abstoßende »Künder« namens Salih al-Fawzan. Als man
ihn das letzte Mal im Fernsehen sah, war er gerade dabei, eine
seiner Fatwas zu erlassen, sagte, es sei nicht statthaft, die Formel »Muhammads Familie« in der Lobpreisung auf den Propheten zu verwenden. Man müsse vielmehr sagen, »Gottes Segen sei auf Muhammad und Muhammads Familie und seinen
Genossen«, da die erste, kurze Formel auch von den Schiiten
verwendet würde. Welch ein teuflisches Gebräu aus Propaganda, Hass und Diffamierung. Was hat diese Zunge einen Dreck
von sich gegeben! Aber ist er der Einzige? Erinnerst du dich?

Von Dostojewski stammt das Diktum, »Wenn es Gott nicht
gäbe, wäre alles erlaubt«. Es ist, als wollten die Wahhabiten
ihm entgegnen: »Sollte es Gott geben, ist dem Wahhabismus
alles erlaubt.« Nicht wahr? Dennoch wollte ich dich fragen, ist
es möglich, dass am Ende du und deine Freundin Alhanuf und
vielleicht noch eine andere junge Frau hinter diesen Anschlä-
gen steckt, wie Dokumente nahelegen, auf die ein ehemaliger
Mitarbeiter eines ausländischen Geheimdienstes gestoßen ist,
und von denen einige in der internationalen Presse und den
Medien veröffentlicht wurden? Es hieß dort, eine junge Frau,
die mit anderen jungen Frauen an einen Ort in der Wüste ver-
bannt worden war, sei von dort mit einer Leidensgenossin geflohen, um sich einer anderen jungen »Sünderin« in der Ost-

provinz anzuschließen. Und ebendiese Frau sei es gewesen, die als Kopf der »Terrorbande« keine Gnade kannte, die religiöse Würdenträger liquidierte, Polizeireviere angriff, Einrichtungen der Sicherheitsorgane überfiel und Gebäude der Behörde für die Verbreitung von Tugendhaftigkeit und für die Verhinderung von Lastern in Brand setzte. Die Nachrichtendienste mehrerer Länder in der Region hätten zusammengearbeitet, um der Bande das Handwerk zu legen, ja der Geheimdienst deines Landes habe sogar ausländische Dienste um Amtshilfe ersucht, wohl in der Annahme, diese besäßen bessere Techniken im Kampf gegen den Terrorismus. Natürlich haben die Behörden dies offiziell niemals eingeräumt, denn was hätten sie auch sagen sollen? Wir bitten ausländische Geheimdienste um Unterstützung, weil wir mit ein paar aufsässigen Frauen nicht fertigwerden? Du weißt doch, nichts ängstigt sie mehr als eine Intifada der Frauen, ja, alles, nur kein Frauenaufstand, denn das würde ihre Männlichkeit schrumpfen lassen und außer Gefecht setzen. Und das erklärt auch die in deinem Königreich herrschende Panik, die Welle von Massenhinrichtungen, die zur Zeit dort vollzogen werden. Unlängst erst wurden in einem Monat dort einhundertdreiundfünfzig des Terrors Verdächtige exekutiert, und das alles ohne Gerichtsverfahren und ohne Verteidigung. Unwesentlich, ob die Hinrichtungsopfer nun unschuldig waren oder der Terrorismusverdacht, der ihnen angelastet wurde, bewiesen werden konnte; die allermeisten von ihnen jedoch dürften noch niemals im Leben eine Waffe in der Hand gehabt haben. Und gibt es denn so etwas, einen Terroristen oder Mörder ohne Waffe? Die Rechtsgelehrten der Finsternis aber interessiert das nicht. Worauf allein es für sie ankommt, ist, den Eindruck zu vermitteln, die Täter seien Männer gewesen und keine Frauen. Als sei jeder Mann, der nicht mit ihnen übereinstimmt, ein Terrorist! Denn das ist ihr Dogma, alles, was unvereinbar mit der Lehre Scheich Muhammad ibn Abd al-Wahhabs ist, ist nichtig und hat keine Daseinsberechtigung. Und da wir gerade über Frauen reden, muss ich dich fragen: Was ist mit dem Mann, der sich in Gesellschaft des »Künders« Scheich Jussuf al-Ahmad befand und den man – im Gegensatz zum Scheich selbst, dem noch ein letzter Rest Leben belassen wurde – im Haus des Scheichs erschossen auffand? War es dieser Geheimdienstoffizier, dieser Mann mit dem Kürzel S.M.A., der in der ganzen Ostprovinz und wahrscheinlich sogar im gesamten Königreich berühmt-berüchtigt war, nicht nur wegen seiner ausnehmenden Hässlichkeit, die ihm als Halbwüchsiger die Pocken beschert hatten, sondern vor allem aufgrund seiner sprichwörtlichen Grausamkeit gegenüber Häftlingen. Es gab keinen, der im Verhör mit ihm nicht sofort jedes Verbrechen gestanden hätte, selbst wenn er es nicht begangen hatte. Also, ist es möglich, dass diejenige, die das Attentat auf Scheich Jussuf al-Ahmad in seinem Haus verübt und diesen Verhörspezialisten getötet hat, der gerade zu Besuch bei seinem Freund war, am Ende deine Freundin Alhanuf war? Und dass es niemand anderes als sie war, die – ebenfalls als Mann verkleidet – dich wenig später als Einzige beim Verlassen des Militärkrankenhauses gesehen hat? Warum sollte Alhanuf deinen Onkel nicht vorsätzlich am Leben gelassen und ihn nicht getötet haben, um dann zu warten, dass du kommen und ihn eigenhändig erledigen würdest?

Natürlich sind das alles nur Mutmaßungen meinerseits, da in sämtlichen Zeitungsartikeln und Medienberichten außer den Namen der Opfer niemals Täter namentlich genannt wurden. Ein einziges Mal war von »möglichen« Tätern die Rede, doch das entpuppte sich als große Farce, da es hieß, es seien drei Arbeiter verhaftet worden, die im Garten des Militärkrankenhauses König Khaleds ibn Abd al-Aziz tätig gewesen waren. Einfache Arbeiter aus Indien, Sri Lanka oder Nepal hätten hinter dem Mordanschlag gestanden. Und warum? Es hieß, der Täter habe einen weißen Panamahut getragen, und diese drei hatten ebenfalls Panamahüte auf. Die armen Kerle, die Hüte, die sie immer in Wasser tauchten und dann zum Schutz gegen die brennende Sommersonne aufsetzten, wenn sie im Freien arbeiteten, hatten sie ihren Tod bedeutet? Weiß jemand, welches Schicksal diese Unglücksraben am Ende ereilte? Aber wer fragt dort schon nach einem ausländischen Leiharbeiter?

Auch andere Fragen gingen mir unentwegt im Kopf herum, so etwa nach einer Nachricht, die ich über jenen indisch- oder pakistanischstämmigen Fernsehjournalisten Sandjai Ruwanday las, der über deine und Nassirs Verhaftung in London berichtet hatte. Bist du womöglich die junge Frau, die er in der Wüste von Hafar al-Batin in der Nähe von … getroffen hat, um einen Dokumentarfilm über sie zu drehen mit dem Titel »Saras Sünde: Die saudische Erziehung«? In dem Artikel hieß es, er sei ursprünglich auf der Suche nach einem Doktor Bandi gewesen, der von Unbekannten entführt worden war. Diese hätten in Kontakt zu lokalen Mafiakreisen gestanden, die mit menschlichen Organen handelten und hinter der Entführung ausländischer Arbeiter steckten, denen sie unter Narkose innere Organe entnähmen, um diese zu verkaufen. Doch anstatt Doktor Bandi zu finden, war Sandjai Ruwanday auf ein Buch gestoßen: »Das Buch der fünf Sünden«, oder genauer gesagt auf dessen ersten Teil, »Saras Sünde«, das du dort in der Wüste vergessen hattest. Sein von der BBC produzierter Film sei am Ende aber auf Druck der saudischen Botschaft in London nicht ausgestrahlt worden.

Stimmt es, dass es diesem scharfsinnigen Journalisten gelungen ist, dich aufzuspüren, nachdem er das Buch gelesen hatte? Und was ist mit Muda, dem schönen Schatz, der deiner Tante Leben brachte? Ist sie die junge Frau, der der ehemalige britische Botschafter auf einem Jagdausflug in Hafar al-Batin zufällig über den Weg lief? Als er sah, was sie dort machte, und sogleich die künstlerische Begabung erkannte in ihren handgemachten Schmuckstücken, gefertigt aus Schädeln und Knochen, die sie in der Wüste fand, nahm er sie mit nach London und von dort weiter nach New York, wo sie heute ihre Arbeiten in den bedeutendsten Galerien der Welt ausstellt und jüngst eine Ausstellung im Guggenheim-Museum hatte. Niemand hat die junge Frau bisher von Angesicht zu Angesicht gesehen, die – wenn sie denn einmal auftritt – stets vollverschleiert von Kopf bis Fuß in eine afghanische Burka gekleidet erscheint. Der Botschafter außer Dienst und seine Medienleute behaupten, der Glaube und die Sitten dieser jungen »Muslima« erlaubten ihr nicht, ihr Gesicht zu zeigen oder vor Journalisten öffentlich zu sprechen. Stimmst du mir zu? Einige Enden der Geschichte mögen glücklicher sein – der Fund deiner Tante von Muda in der Wüste zum Beispiel – und andere weniger. Aber du wirst sagen, sogar das glücklichste unter ihnen hinterlässt ein bisschen Staub im Rachen, denn alles hat zwei Seiten, wie in der Natur. Was nützt ein glückliches Ende, wenn die junge Künstlerin, der Star aller Galerien, die sehr gut möglich Muda sein könnte, wie in einem Gefängnis lebt, unter der Kontrolle und Fuchtel des britischen Botschafters a.D., ihres Mentors, der formal ihr »Artdirektor« ist, in dessen Tasche aber faktisch alles wandert, was er von ihren Schmuckstücken und Arbeiten verkauft?

Diese Fragen und andere mehr kreisten und kreisen bis heute in meinem Kopf. Wie viele schlaflose Nächte du mir beschert hast! Jedes Mal, wenn ich überlegte, deine Geschichte aufzuschreiben, oder zumindest daran dachte, die Leerstellen zwischen deinen Zeilen auszufüllen, habe ich mir gesagt, warte noch, vielleicht führt dich der Zufall ein weiteres Mal mit Sara zusammen wie an jenem Abend, als du ihrer Einladung gefolgt bist, sie in ihrem winzigen Haus zu besuchen. Warte noch, ich bitte dich, ein Mann, der für seine Geduld und Unerschütterlichkeit bekannt ist, durchtrenne nicht das Haar des Kalifen Mu'awiya, wie das Sprichwort bei uns sagt, überspann den Bogen nicht. Eine Veröffentlichung der Geschichte wird dir nur Schwierigkeiten und ein Veröffentlichungsverbot im Königreich der Finsternis und bei seinen Verbündeten einbringen, wenn du dich am Ende nicht sogar der Verfolgung aussetzt. Hast du etwa vergessen, dass die Schufte ihre eigenen Gesetze haben? Die kennen weder Verzeihen noch Gnade. Die erledigen einen, von dem sie denken, er sei ihr Gegner, am helllichten Tage.

Meine liebe Sara, mehr als fünf Jahre lang habe ich deine Geschichte immer wieder gelesen, habe mir erlaubt, einige Veränderungen daran vorzunehmen, wenn du so willst, eine Art Schreibübung für eine Neufassung, und jedes Mal, wenn ich damit fertig war und das, was ich geschrieben hatte, auf meinem Schreibtisch beiseitelegte, wo es manchmal unter anderen Papieren verlorenging, vergaß ich es wieder für lange Zeit, mal für ein halbes oder gar ein ganzes Jahr, zuweilen absichtlich und dann wieder ungewollt. Und in dieser ganzen Zeit – ich weiß nicht, ob dir das bekannt ist – habe ich vier Bücher veröffentlicht, zwei Romane, einen Reisebericht und ein Buch über das Schicksal einer ehemaligen Weltstadt, die Zerstörung und Auslöschung erfahren hat. In diesen Jahren bin ich gereist und habe zahlreiche Städte und Länder besucht, habe mich in Frauen verliebt und bin neue Freundschaften eingegangen, habe geheiratet und mich wieder getrennt, bin ausgewandert und zurückgekehrt. Doch während all dessen bin ich immer wieder zu deiner Geschichte zurückgekehrt, habe sie jedes Mal von neuem gelesen, vom Anfang bis zum Ende und dann vom Ende bis zum Anfang. Und jedes Mal habe ich mir gesagt, hier fehlt doch etwas, und habe begonnen, Veränderungen vorzunehmen oder das, was ich für Veränderungen hielt.

Aber ganz gleich, was ich auch unternahm, immer war da diese Befürchtung, die mir sagte, es fehlt etwas, und dass dies nicht deine Geschichte ist, sondern einfach die einer gewissen Sara. Ja, es beschlich mich sogar das sonderbare Gefühl, dass ich zweifelte, dich überhaupt jemals getroffen zu haben. Und dass das, was ich aufgezeichnet in dem kleinen schwarzen Notizbuch von Moleskine las, ganz allein meine Worte waren, etwas, das ich ersonnen hatte, und mehr nicht. Was mich zudem verwirrte, war, dass, sosehr ich mich auch mühte und anfing, in Zeitungsarchiven zu suchen, insbesondere in den Zeitungen deines Heimatlandes, ich auf keine Nachricht oder Meldung stieß, so klein und unbedeutend sie auch sein mochte, die mir weitergeholfen hätte, die einen Hinweis auf deinen Namen geliefert oder über die Ermordung eines »Künders« oder Scheichs zu berichten gewusst hätte, dessen Name Jussuf al-Ahmad war und der durch deine Hand und keine andere vom Leben zum Tode befördert worden war. Gewiss, Google lieferte Myriaden von Sucherergebnissen, Predigten, Erklärungen und Lügenmärchen, alles, was dieser gottverfluchte Scheich je von sich gegeben hat. Sogar die Geschichte seiner

Gefängnishaft und baldigen Freilassung, seine Aufsicht über die Arbeit der Behörde für die Verbreitung von Tugendhaftigkeit und für die Verhinderung von Lastern, seine Gründung der Sahwa-Komitees und seine Unterstützung durch die offiziellen Machthaber in Person des Innenministers und Chefs der Geheimdienste – all das findet sich. Ja, in der Tageszeitung *ad-Dunya* war auch die Geschichte des Feuerüberfalls auf ihn zu finden, dessen Zeitpunkt sich in etwa mit dem Datum deckt, an dem du in London ins Flugzeug stiegst, um nach Dhahran zurückzukehren. »Ein Terrorist eröffnete das Feuer auf ihn«, hieß es dort, doch die Umstände der Ermittlung erlaubten ihnen nicht, den Namen oder die Identität des Täters preiszugeben. Natürlich war dort auch nicht die Rede davon, man habe aus Sri Lanka oder Indien stammende Arbeiter festgenommen, die Panamahüte trugen.

Aber auch in allen weiteren Meldungen und Nachrichten, die ich las, stieß ich keinmal auf deinen Namen. Nirgends tauchte er auf, weder in einer der Zeitungen noch bei der Internetrecherche, nichts, es war, als wollten sie, dass du in der Finsternis des Vergessens endest, als hätte jemand beschlossen, deinen Namen auszulöschen, damit du nicht zum leuchtenden Vorbild für andere Saras werden konntest, die dir auf deinem Weg nachfolgen würden.

Meine liebe Sara, dies also waren meine Bemühungen, immer wieder habe ich es versucht, unzählige Male, bis ich schließlich aufgab und mir schwor, nicht noch einmal zu deiner Geschichte zurückzukehren. Besser, ich überlasse sie in irgendeiner Schublade ihrem Schicksal, sagte ich mir, als hätte ich gewusst, die Zeit würde kommen, nicht nur, um sie erneut zu lesen, sondern auch, um sie zu übertragen, sie neu zu schreiben und, falls nötig, zu verändern. Und tatsächlich musste ich bis zu jener Nacht warten, in der ich den Duft der Pfirsiche roch. Und wo? An einem Ort, der Tausende von Kilometern entfernt von dir liegt. Doch es war ebenfalls in den ersten Tagen des Septembers, dass ich mit einem Grüppchen von Freunden und Freundinnen im österreichischen Burgenland beisammensaß und dieser Pfirsichduft mich nicht nur an dich erinnerte, sondern mich auch dazu brachte, mir zu sagen, jetzt oder nie, diesmal muss Saras Geschichte erzählt werden, von heute an gilt kein Zögern, kein Zaudern und keine Furcht mehr. Ich weiß nicht, wie viel Zeit mich die Niederschrift gekostet hat, wie viele Nächte und Tage, doch eines weiß ich, nämlich dass ich beim Schreiben die ganze Zeit über dein Bild vor Augen hatte, wie einen Kompass, einen Wegweiser, genauso, wie ich dich an jenem unvergesslichen Abend gesehen hatte. Erinnerst du dich? Ich denke noch immer an die letzten Augenblicke unseres Treffens dort in …, am Strand von …

Ja, ich erinnere mich. Der Strand nördlich von …, der bis auf ein paar Privathäuser unbebaut war, war menschenleer an jenem Abend. Niemand außer uns war dort, und selbst die wenigen Lichter, die von ferne leuchteten, erloschen allmählich eines nach dem anderen. Ich erinnere mich, wie sich auch deine Stimme immer mehr senkte, bis sie nur noch ein Flüstern war, die Zeit der Geschichten nähert sich ihrem Ende, sagtest du mir. Und fügtest dann betrübt hinzu, ich muss jetzt aufbrechen, wobei du in die Weite hinter uns deutetest. Doch bevor du dich von mir verabschiedetest, wandtest du dich mir zu, reichtest mir aus deinem Schoß ein kleines Notizbuch und sagtest, ich möchte, dass Sie meine Geschichte aufbewahren und sie erst dann veröffentlichen, wenn die Stunde gekommen ist. Dann strecktest du die Hand aus, um die meine zu schütteln. Ich mache mich auf den Weg, sagtest du mit fester, aber trauriger Stimme, und meintest noch, ich könne unbesorgt dort schlafen. Ihr Bett ist schon gemacht, sagtest du und meintest damit das Nachtlager, das du mir auf der Schaukel auf der Terrasse bereitet hattest. Ich weiß nicht, wie spät es war, da ich keine Uhr besitze und es auch immer vermieden habe, eine bei mir zu tragen. Auch dich zu fragen wagte ich nicht, weder nach der Uhrzeit noch wenigstens, wohin du denn wolltest, da dieses Haus ja deins war. Stattdessen schüttelte ich nur ernst mit dem Kopf und folgte deinen Bewegungen, da du dich entferntest. Ich weiß nicht, ob ich wachte oder träumte, als ich dich den leeren Weiten und kahlen Bergen zustreben sah, zwischen denen und uns nichts lag als einige kleine Häuser oder Beduinenzelte, in denen Lichtschimmer glommen, die wie winzige, im Tunnel der Nacht aufleuchtende Staubkörner wirkten. Es dauerte nicht lange, bis ich dich gänzlich in der Stille und vollkommenen Dunkelheit verschwinden sah, die alles verschluckte. Am nächsten Morgen wurde ich durch die noch immer kräftige Septembersonne geweckt. Außer mir war niemand dort, weder auf der Terrasse noch im Haus. Ich hätte womöglich an allem gezweifelt, hätte mir sagen können, ein abenteuerlustiger Mensch wie ich habe die Einsamkeit und das Meer gesucht, und sicher hätte ihn der Anblick der wenigen, leerstehenden Häuser verführt, die am Strand nördlich von … hingestreut lagen. Er musste sie gesehen haben, auf seinem Weg in die Stadt, und sich gesagt haben, es findet sich kein besserer Platz zum Schlafen, zur Abwechslung gewissermaßen. Außerdem lag dieser Ort mit seiner Schaukel ja nicht weit von dem Saal entfernt, in dem ich am vorherigen Abend gelesen hatte.

Doch der Anblick des kleinen schwarzen Notizbuchs, des

Moleskine-Büchleins am Rand der Terrasse, sagte mir, dass alles, was gestern Nacht sich ereignet hatte, keine Phantasie gewesen war, die aus einem Roman oder einem Film stammen mochte, sondern eine reale Szene, die sich in allen Einzelheiten, an die ich mich erinnerte, so abgespielt hatte. Und vor allem, dass dieses Notizbuch nicht mir gehörte. Um meine letzten Zweifel zu beseitigen, erhob ich mich und war mit wenigen Schritten bei dem Buch. Ein schnelles Durchblättern genügte, um mir zu sagen, es war deins, der Name darauf, die Handschrift, all das war nicht meins. Es gehörte dir. Ich schaute mich eine Weile um und sah plötzlich einen Mann am Strand, unterhalb der Terrasse, der einen kleinen Rucksack und Khakikleidung trug. Sein kleines Bärtchen war weiß, doch sein Haar pechschwarz. Auf der Nase trug er eine Doktorenbrille. Für sein Alter, er mochte Mitte sechzig sein, wirkte der Mann agil und bei bester Gesundheit, da er geschäftig eine Angelausrüstung hervorholte. Ich wünschte ihm einen guten Morgen, und er erwiderte meinen Gruß mit sanfter, samtener Stimme, ohne den Kopf von seiner Ausrüstung zu heben, als wären wir alte Freunde, die sich schon ewig kannten. Ich fragte ihn, ob er eine Frau mit Namen Sara kenne, und vermied die Frage, ob er die Besitzerin dieses Hauses kenne, da die Selbstverständlichkeit, mit der er hier an der Terrasse saß, den Eindruck vermittelte, dass er mit den Besitzern des Hauses in Kontakt stehen musste, jedoch nicht zwangsläufig mit Sara selbst. Der Mann lächelte und sagte, wobei er mit der Hand auf die wenigen Häuser deutete, alle diese Häuser, die du dort siehst, haben ihre Besitzer aufgegeben oder diese sind gestorben. Du bist nicht der erste Fremde, der hier geschlafen hat und von einer Frau redet, die er im Wachen oder im Schlaf gesehen hat. Und dann, während er mit seiner Angel ausholte und den Haken ins Wasser schleuderte, fügte er hinzu, was auch kein Wunder ist, denn wir sind ja am Meer. Die Leute nennen alle Meerjungfrauen Sara und nicht anders. Auch wenn die Bemerkung des Mannes eine Spur von Ironie enthalten mochte, behielt er doch seinen freundlichen, liebenswürdigen Tonfall bei. Vielleicht war es mein Bestreben, sämtliche Zweifel auszuräumen, das mich ihn auf die Ebene deutend fragen ließ, ob dort am Vortag Beduinenzelte gestanden hätten, dort zwischen uns und den kahlen Bergen, die am Horizont sich erhoben. Worauf der Mann erwiderte, während er in aller Ruhe weiter mit seiner Angel hantierte, in der Nacht hätten die Leute wohl einen Lichtschimmer aus einem oder zwei Zelten gesehen, aber jetzt am Tag? Da errichteten sonst nie Beduinen oder durchziehende Hirten ihre Zelte dort. Ich dankte ihm und dachte bei mir, sein Akzent, seine falsche Aussprache des Buchstabens Ra, sein Äußeres und sein Alter, all das ließ mich an Doktor Bandi denken. Dieser Mann musste Doktor Bandi sein, sagte ich mir. Und mit einem Mal meinte ich, der Geschichte, deiner Geschichte, habe nichts anderes als sein Auftritt gefehlt. Vielleicht spürte der Mann am Klang meiner Stimme die Sorge, die mich beschlich, da er mit dem Rücken zur mir stehend mein Gesicht in jenem Augenblick nicht sah. Du hast nichts zu befürchten, sagte er, ohne sich umzudrehen, als redete er mit einem Wal oder einem Fisch, der sich in den Wellen an seinem Haken verbissen hatte. Dieser Ort ist sicher, meinte er, er selbst sei ja auch fremd hier und komme nur von Zeit zu Zeit zum Angeln her. Und mir fiel ein, auch du hattest mir in der vergangenen Nacht einen ganz ähnlichen Satz gesagt. Doch warum sollte ich etwas zu befürchten haben? Ich überließ den Mann seiner Arbeit und kehrte zu meinem Platz zurück, zupfte ein Blatt von dem kleinen Pfirsichbäumchen und zerrieb es zwischen den Fingern. Und so stand ich auf der Terrasse, das kleine Notizbuch in der Hand, genau an der Stelle, an der ich in der vergangenen Nacht gestanden hatte, und beobachtete, wie du dich vermehrtest. Stille und Dunkelheit hatten den Ort eingefärbt, und der Vollmond, der Herrscher über die Szene mit seinem Glanz und Gepränge, hatte sein Licht freigebig über die Meeresoberfläche verteilt. Und wie der Vollmond in der Nacht schillerte, sah ich dein Bild an jenem Morgen vor mir auf dem Meer schillern wie geschmolzenes Gold, und mit dir schillerten Dutzende von Saras, die sich am Horizont verstreuten und mit dem Duft der Pfirsiche durch die Luft flogen.

O Sara … nahe, näher, immer näher … Sara, das Herz und die Gnade … Sara, der Duft der Pfirsiche, dessen Wohlgeruch alle Kamillenaromen übertrifft … Sara, die alle Saras in sich vereint, die Sara der offenen Rede, vielleicht habe ich zumindest ein wenig von dem dir gegebenen Versprechen erfüllt, indem ich endlich deine Geschichte zu Papier gebracht habe … die Geschichte Saras, von dir in der dritten Person aufgezeichnet, als sei es nicht die deine. Dem Duft der Pfirsiche also sei gedankt, der mich dein Bild wiedererlangen ließ, der mich nicht nur bewegte, in deinen blühenden Garten zurückzukehren, deinen Garten, der frei von jeder Sünde ist, sondern auch dazu brachte, diese Geschichte zu erzählen, deine Geschichte oder aber die einer gewissen Sara, ganz wie du willst, jedoch exakt in der Form, in der du sie mir hinterlassen hast, ohne Ausschmückungen oder Veränderungen: ohne oder doch … mit »Saras Sünde«.

Harun Wali
An irgendeinem Ort auf dieser Erde   11. Juni 2016

INHALT